U0096966

民國文化與文學<small>研究
文叢</small>

十　編

李　怡　主編

第 5 冊

1933 年的文學遊戲研究

管 冠 生 著

國家圖書館出版品預行編目資料

1933 年的文學遊戲研究／管冠生 著 — 初版 — 新北市：花木
蘭文化事業有限公司，2018〔民 107〕
序 4+ 目 2+252 面；19×26 公分
（民國文化與文學研究文叢 十編：第 5 冊）
ISBN 978-986-485-522-3（精裝）
1. 中國當代文學 2. 文學評論
820.9   107011802

特邀編委（以姓氏筆畫為序）：

ISBN-978-986-485-522-3

丁　帆	王德威	宋如珊
岩佐昌暲	奚　密	張中良
張堂錡	張福貴	須文蔚
馮　鐵	劉秀美	

9 789864 855223

民國文化與文學研究文叢
十 編 第五冊   ISBN：978-986-485-522-3

1933 年的文學遊戲研究

作　　者　管冠生
主　　編　李　怡
企　　劃　四川大學中國詩歌研究院
總 編 輯　杜潔祥
副總編輯　楊嘉樂
編　　輯　許郁翎、王　筑　美術編輯　陳逸婷
出　　版　花木蘭文化事業有限公司
社　　長　高小娟
聯絡地址　235 新北市中和區中安街七二號十三樓
　　　　　電話：02-2923-1455／傳真：02-2923-1452
網　　址　http://www.huamulan.tw 信箱 hml810518@gmail.com
印　　刷　普羅文化出版廣告事業
初　　版　2018 年 9 月
全書字數　240014 字
定　　價　十編 14 冊（精裝）新台幣 26,000 元

1933 年的文學遊戲研究

管冠生 著

作者簡介

管冠生（1977～），男，山東諸城人，文學博士，現任職於泰山學院文學與傳媒學院。近年來主要進行三項研究：（1）現代文學考古與文學遊戲研究，已在《魯迅研究月刊》、《新文學史料》、《現代中文學刊》等刊物發表論文二十餘篇，人大複印資料《中國現代、當代文學研究》轉載一篇；（2）五四文學與魯迅研究，已在《上海魯迅研究》等刊物發表相關論文十餘篇；（3）精神分析學視野下的名家名作重讀新解，已發表《〈再別康橋〉的精神分析學解讀》等論文。

提　　要

　　本書是在 1933 年現代文學考古的基礎上進行理論建構與創新的一次嘗試。

　　借助於文學考古的重新對象化和歷史化的工作，它提煉生成了「文學遊戲」這個核心概念，並組織文學資本、象徵性利益、文債、創作投資、利益表達（算計）等概念群搭建起一個新的文學話語體系，就文學遊戲的自由性、神聖化話語的建構、作家的權力之爭、創作投資的利益表達（算計）等問題展開了認真而細緻的思考與闡釋。

　　與以往的研究對象和理論話語相比，文學考古與文學遊戲研究帶來了多方面的突破：（1）不再僅僅關注作品這一文學遊戲的終端，而是關注文學遊戲發生時的核心問題——利益，把利益問題引入文學研究領域；（2）「作家」不再被視為抽象的同質的存在，不再被視為純粹創造精神價值的形而上主體，而是具體化、肉身化為一個個文學遊戲的參與者，一個個具有各種各樣利益打算的人。文學乃從源頭上真正成為了「人學」；（3)）研究文學遊戲，可以把創作投資、作品本身、評論闡釋作為動態相關的系統過程，揭示其間種種的利益關聯，這樣才能釜底抽薪地揭示文學話語體制中無處不在的排斥與壓抑的權力結構；（4）研究文學遊戲可以更正確、更全面地理解文學與政治的關係，用經濟學的思維方式解放政治學的束縛。總之，文學遊戲理論為深入理解現代文學提供了新的視野與新的概念工具。

在民國史料中重新發現現代文學
——《民國文化與文學研究文叢》第十輯引言

李 怡

　　研究中國現代文學需要有更大的文學的視野，也就是說，能夠成爲「文學研究」關注的對象應該更爲充分和廣泛，甚至是更多的「文學之外」的色彩斑斕的各種文字現象「大文學」現象需要的是更廣闊的史料，是爲「大史料」。如何才能發現「文學」之「大」，進而擴充我們的「史料」範圍呢？這就需要還原現代文學的歷史現場，在客觀的「民國」空間中容納各種現代、非現代的文學現象，這就叫做「在民國史料中重新發現攜帶文學」。

　　但是這樣一個結論卻可能讓人疑竇重重：文獻史料是一切學術工作的基礎，無論什麼時代、無論什麼國度，都理當如此。如果這是一個簡單的常識，那麼，我們這個判斷可能就有點奇怪了：爲什麼要如此強調「在民國史料中發現」呢？其實，在這裡我們想強調的是：文獻史料的發掘、整理並不像表面上看去那麼簡單，並不是只需要冷靜、耐性和客觀就能夠獲得，它依然承受了意識形態的種種印記，文獻史料的發掘、運用同時也是一件具有特殊思想意味的工作。

　　對於現代文學學科而言，系統的文獻史料工作開始於 1980 年代以後，即所謂的「新時期」。沒有當時思想領域的撥亂反正，就不會有對大量現代文學現象的重新評價，就不會有對胡適等自由主義作家的「平反」，甚至也不會有對 1930 年代左翼文學的重新認識，中國社科院主持的「文學史史料彙編」工程更不復存在。而且，這樣的文獻史料的發掘整理也依然存在一個逐步展開的過程，其展開的速度、程度都取決於思想開放的速度和程度。例如在一開

始，我們對文學史的思想認識和歷史描述中出現了「主流」說——當然是將左翼文學的發生發展視作不容置疑的「主流」，這樣一來至少比認定文學史只存在一種聲音要好：有「主流」就有「支流」，甚至還可以有「逆流」。這些「主」「次」之分無論多麼簡陋和經不起推敲，也都在事實上爲多種文學現象的出場（即便是羞羞答答的出場）打開了通道。

即便如此，在二三十年前，要更充分地、更自由地呈現現代文學的史料也還是阻力重重。因爲，更大的歷史認知框架首先規定了那個時代的社會性質：民國不是歷史進程的客觀時段，而是包含著鮮明的意識形態判斷的對象，更常見的稱謂是「舊中國」「舊社會」。在這樣一種認知框架下，百年來的中國文學發展史常常被描繪爲一部你死我活的 「階級鬥爭史」，是「新中國」戰勝「民國」的歷史，也是「黨的」「人民的」「正義」的力量不斷戰勝「封建的」「反動的」「腐朽的」力量的歷史。

這樣的歷史認知框架產生了 1980 年代的「三流」文學——「主流」「支流」和「逆流」。當然，我們能夠讀到的主要是「主流」的史料，能夠理所當然進入討論話題的也屬於「主流文學現象」——就是在今天，也依然通過對「歷史進步方向」「新文學主潮」的種種認定不斷圈定了文獻史料的發現領域，影響著我們文獻整理的態度和視野。例如因爲確立了「五四」新文學的「方向」，一切偏離這一方向的文學走向和文化傾向都飽受質疑，在很長一段時期中難以獲得足夠充分的重視：接近國民黨官方的文學潮流如此，保守主義的文學如此，市民通俗文學如此，舊體詩詞更是如此。甚至對一些文體發展史的描述也遵循這一模式。例如我們的認知框架一旦認定從《嘗試集》到《女神》再到「新月派」「現代派」以及「中國新詩派」就是現代新詩的發展軌跡，那麼，游離於這一線索之外的可能數量更多的新詩文本包括詩人本身就可能遭遇被忽視、被淹沒的命運，無法進入文獻研究的視野，例如稍稍晚於《嘗試集》的葉伯和的《詩歌集》，以及創作數量眾多卻被小說家身份所遮蔽的詩人徐舒。再比如小說史領域，因爲我們將魯迅的《狂人日記》判定爲「現代第一篇白話小說」，就根本不再顧及四川作家李劼人早在 1918 年之前就發表過白話小說的事實。

同樣的情況也出現在文學思潮的認定框架中。過去的文學史研究是將抗戰文學的中心與主流定位於抗日救亡，這樣，出現在當時的許多豐富而複雜的文學現象就只有備受冷落了。長期以來，我們重視的就僅僅是抗戰歌謠、「歷

史劇」等等，描述的中心也是重慶的「進步作家」。西南聯大位居抗戰「邊緣」的昆明，自然就不受重視。即便是抗戰陪都的重慶，也僅僅以「文協」或接近中國共產黨的作家為中心。近年來，隨著這些抗戰文學認知的逐步更新，西南聯大的文學活動才引起了相當的關注，而重慶文壇在抗戰歷史劇之外的、處於「邊緣」的如北碚復旦大學等的文學活動也開始成為碩士甚至博士論文的選題。這無疑得益於學術界在觀念上的重大變化：從「一切為了抗戰」到「抗戰為了人」的重大變化。文學作為關注人類精神生活的重要方式，最有價值的恰恰是它能夠記錄和展示人在不同生存境遇中的心靈變化。

　　在我看來，能夠引起文學史認知框架重要突破的原因就在於我們的現代文學史觀正越來越回到對國家歷史情態的尊重，同時解構過去那種以政黨為中心的歷史評價體系。而推動這種觀念革新的，就是現代文學研究的「民國視野」的出現。中國現代文學發生於民國，與民國的體制有關，與民國的社會環境有關，與民國的精神氛圍有關，也與民國本身的歷史命運有關。這本來是個簡單的事實，但是對於習慣於二元對立鬥爭邏輯的我們來說，卻意味著一種歷史框架的大解構和大重建——只有當作為歷史概念的「民國」能夠「祛除」意識形態色彩、成為歷史描述的時間定位與背景呈現之時，現代歷史（包括文學史）最豐富多彩的景象才真正凸顯了出來。

　　最近 10 來年，現代文學研究出現了對「民國」的重視，「民國文學史」「民國史視角」「民國機制」「民國性」等研究方法漸次提出，有力地推動了學術的發展。正是在這樣的新的思想方法的啟迪下，我們才真正突破了新中國／舊中國的對立認知，發現了現代文學的廣闊天地：中國文學的歷史性巨變出現在清末民初，此時的中國開始步入了「現代」，一個全新的歷史空間得以打開。在這個新的歷史空間中，伴隨著文化交融、體制變革以及近代知識分子的艱苦求索，中國文學的樣式、構成和格局都發生了巨大的變化。具體而言，就是在「民國」之中發生著前所未有的嬗變——雖然錢基博說當時的某些前朝遺民不認「民國」，自己在無奈中啟用了文學的「現代」之名，但事實上，視「民國乃敵國」的文化人畢竟稀少——中國的「現代」之路就是因為有了「民國」的旗幟才光明正大地開闢出來。大多數的「現代」作家還是願意將自己的夢想寄託在這樣一個「人民之國」——民國，並且在如此的「新中國」中積累自己的「現代」經驗。中國的「現代經驗」孕育於「民國」，或者說「民國」開啟了中國人真正的「現代」經驗「新中國」與「民國」原本

不是對立的意義，自清末以降，如何建構起一個「人民之國」的「新中國」就是幾代民族先賢與新知識階層的強烈願望。可惜的是，在現實的「新中國」建立之後，爲了清算歷史的舊賬，在批判民國腐朽政權的同時，我們來不及爲曾經光榮的「民國理想」留下一席之地。久而久之「民國」就等同於「民國政府」，「民國」的記憶幾乎完全被北洋軍閥、國民黨反動派所淤塞，恰恰其中最值得珍惜的部分——民國文化被一再排除。殊不知，後者也包含了中國共產黨及許多進步文化力量的努力和奮鬥。當「民國文化」不能獲得必要的尊重，現代中國文學（文化）的遺產實際上也就被大大簡化了。

民國時期的中國文學也是民國文化當然的組成部分，當文化的記憶被簡化甚至刪除，那麼其中的文學的史料與文獻也就屈指可數了。在今天，在今後，現代文學文獻史料的進一步發掘整理，就有必要正視民國歷史的豐富與複雜，在祛除意識形態干擾的前提下將歷史交還給歷史自己。

嚴格說來，我們也是這些民國文獻搜集整理的見證人。民國文獻，是中華民族自古代轉向現代的精神歷程的最重要的記錄。但是，歲月流逝，政治變動，都一再使這些珍貴的文獻面臨散失、淹沒的命運，如何更及時地搜集、整理、出版這些珍貴的財富，越來越顯得刻不容緩！十五年前，我在重慶張天授老先生家讀到大量的民國珍品，張先生是重慶復旦大學的畢業生，收藏多種抗戰時期文學期刊和文學出版物。十五年之後，張老先生已經不在人世，大量珍品不知所終。三年前，我和張堂錡教授一起拜訪了臺灣政治大學的名譽教授尉天聰先生，在他家翻閱整套的《赤光》雜誌。《赤光》是中國共產黨旅法支部的機關刊物，由周恩來與當時的領導人任卓宣負責，鄧小平親自刻印鋼板，這幾位參與者的大名已經足以說明《赤光》的歷史價值了。三年後的今天，激情四溢的尉先生已經因爲車禍失去行動能力，再也不能親臨研討現場爲大家展示他的珍藏了。作爲歷史文物的見證人，更悲哀的可能還在於，我們或許同時也會成爲這些歷史即將消失的見證人！如果我們這一代人還不能爲這些文獻的保存、出版做出切實的努力，那麼，這段文化歷史的文獻就可能最後消失。爲了搜求、保存現代文學文獻，還有許許多多的學人節衣縮食，竭盡所能，將自己原本狹小的蝸居改造成了歷史的檔案館，文獻史料在客廳、臥室甚至過道堆積如山。中國社科院文學所的劉福春教授可謂中國新詩收藏第一人，這「第一人」的位置卻凝聚了他無數的付出，其中充滿了一位歷史保存人的種種辛酸：他每天都不得不在文獻的過道中側身穿行，他的

家人從大人到小孩每一位都被書砸傷劃傷過！民國歷史文獻不僅銘記在我們的思想中，也直接在我們的身體上留下了斑斑印痕！

由此一來，好像更是證明了這些民國文獻的珍貴性，證明了這些文獻收藏的特殊意義。在我們看來，其中所包含的還是一代代文學的創造者、一代代文獻的收藏人的誠摯和理想。在一個理想不斷喪失的時代，我們如果能夠小心地呵護這些歷史記憶，並將這樣的記憶轉化成我們自己的記憶，那就是文學之福音，也是歷史之福音。

民國時期的中國文學是色彩、品種、形態都無比豐富的 「大文學」。「大文學」就理所當然地需要「大史料」——無限廣闊的史料範圍，沒有禁區的文獻收藏，堅持不懈的研究整理。這既需要觀念的更新，也需要來自社會多個階層——學術界、出版界、讀書界、收藏界——的共同的理想和情懷。

2018 年 6 月 28 日於成都

自　序

　　本書是在博士學位論文的基礎上修改而成的。

　　論文原題《走進被遮蔽的文學遊戲世界——以 1933 年的文學遊戲研究為例》，書名則簡單地改為《1933 年的文學遊戲研究》。論文正題容易讓人產生誤解，以為存在著兩個世界：一個是被遮蔽的文學遊戲世界，由本文把它揭示出來，這正是本文的價值所在；一個是文學史敘述的世界，它是經典與記憶，是口碑與流傳。我的意思其實是這兩個世界本來是一個世界，文學史敘述的只是文學遊戲世界的一部分，正如在弗洛伊德的理論學說中，意識只是在經過審查之後到達意識界的那一部分潛意識。因此，本書不是對現有理論話語的補充或對主流研究態勢的拾遺補缺，而是另起爐灶，憑藉對那個原始的文學遊戲世界的考古挖掘而試圖構建一套新的話語體系。我並不關心也沒有野心要用我的思維成果去取代已有的作品，我只是希望借這本書而展開的思考過程能給讀者以有趣的啟發和閱讀的快感。

　　除了改名，本書相較於博士論文的另一個較大改動是增加新的一章，專門對「現代文學考古」（以下簡稱文學考古）進行闡述。發現文學遊戲世界的必由路徑是文學考古。何謂文學考古？它對現代文學研究的價值與意義何在？這些問題將在新增的第一章中得到回答。這也是我最有心得與收穫、最有底氣拿出手、最有示範意義的一項工作。我甚至相信，人們會對所謂「文學遊戲」的提法表示異議，但對我的文學考古工作則會保留一點敬意。換言之，本書提出的理論話語體系也許會成為過眼煙雲（這並不意味著它就是學術垃圾），但文學考古工作本身會慢慢顯示出它的生命力與吸引力。

　　本書第二章解釋「文學遊戲」這個概念。2010 年夏，博士學位論文答辯之時，我能感覺到山東大學的孔範今教授是真正看了我的論文，但他向我提出的第一個問題是叫我解釋一下到底什麼是文學遊戲。這意味著要麼這個概念行不通，要麼論文對這個概念的解釋不到位、不清楚，致使他人無法切實把握。從此以後，我就在第二個方向上努力，使出渾身解數，力求拿出一個更好懂、更優化的解釋。首先展開自我對話，能讓明天的自己看明白昨天的表達且能為之說服；其次深入展開與已有研究成果的對話，新並非絕對的割斷與斷裂。本書第二章就是這幾年努力的一個結果，它用新的方式、新的話語調整、豐富並充實了我對這個概念的解釋，我希望它能讓孔教授這樣的讀者感到我字裏行間的進步。

　　本書第三至七章保留了論文第二至六章的主要架構與基本觀點，但也做了重大的改進，調整了若干不恰當或不準確的表述，增添了若干新例證並對幾乎所有原有的例證都深化了解釋，努力使之顯得既從容平和又活潑有趣。每一個引用都經過再次仔細地核實，雖然我不能絕對保證從此就抹去了所有的錯誤（因為某些錯誤顯而易見只是後來的事情，當它進行時，我很可能視而不見，這叫人既駭且笑）。可以說，我是逐字逐句、在原學位論文的基礎上重寫了一遍。這樣做首先是讓自己感到滿意些，我希望經過這次近半年的修改，從學位論文到學術著作乃有一個大的變化。這部分的主要內容就是以「文學遊戲」為核心，組織文學資本、象徵性利益、文債、創作投資、利益表達（算計）等概念群搭建起一個新的文學話語體系。在論文構思之初，我並無這樣的理論野心，只是在字面建築的過程中，它自然而然地浮現了出來。對我來說，它讓我的博士論文寫作不枯燥不痛苦、不用搜腸刮肚，而是充滿鮮活的靈感與創造的快樂。常聽人言寫完博士論文要掉幾斤頭髮、少十幾斤肉，然而那對我來說卻是一個奇妙的旅程，令我懷念不已。——如此敘述並非是變相的自誇，弔讀者的胃口，正相反，我希望讀者不要在意這個體系是否嚴密完整、是否具有堅不可摧的邏輯性與說服力，如果其中的某個觀點或某個概念、某個例證能讓讀者感到「有點意思」，從而成為讀者繼續思考的一個起點，那麼本書的出版就算是一件有意義的事情。

　　本書是我正式出版的第一部學術著作。記得博士畢業之時，耳聞目睹同齡人早就出書，自我安慰說自己的第一本書要在 40 歲出；過了兩三年，看看出書無望，為了不騙自己，只得繼續哄自己，將第一本書誕生的時間又推遲

了五年。又從哈耶克那裡取得一點學術信心，他老人家說可能到八十歲才能寫出最好的書（大意），那我還早著呢。

使這個幻象結束的是我的導師魏建先生和臺灣花木蘭文化出版社。

魏老師先是我的碩士生導師，後是我的博士生導師。他確是我的學術導師。僅舉三點以爲證：（1）是魏老師提供一份閱讀書目，由此我才接觸到了福柯和弗洛伊德，由此才逐步打開了理論視野；（2）魏老師強調治學的問題意識與史料理據至今我仍奉爲圭臬，並傳遞給了身邊的新面孔；（3）魏老師專攻郭沫若與五四文學，但他不像我常聽到的那樣，弟子的研究方向要納入或靠近導師的方向，他不干涉學生的研究自由與自主。曾經有學生說起選擇導師的問題，她從學姐那裡打聽到某導師對學生好，直接給學生題目做，我說這不好。

自從與魏老師結識，我人生中的大事皆與他有關，甚至可以說他決定了我的人生方向。2010 年博士畢業之後，我放棄了遠方好的工作機會而回到老家一所職業院校工作，因道不同而很快辭職，淪爲一個連謀生都無能的失敗者；求職接連撞牆碰壁之後，第二年夏，是魏老師把我介紹給了泰山學院。這次，又是他將我的博士論文推薦給臺灣花木蘭文化出版社出版。

向視出書爲畏途。耗費心血不說，還要自己掏錢買書號以及囉嗦許多事情；並且，學術著作出版和孩子出生大大不同，後者似乎帶來了無限長遠的希望，前者顯然往往是短壽的證明，除了用那麼一兩次或送幾個朋友存正，餘皆長眠於高閣櫥櫃之中。反過來，只要有錢就可以找到出版社出書，而書的實質內容本可以用一兩篇學術論文涵括。可是花木蘭與眾不同，它免費出版，在與編輯楊嘉樂先生的兩三通郵件來往中，我又感受到它簡潔、明快、信任、高效的辦事風格，這讓我歡喜，讓我願意再耗費心血以對得起讀博三年已付出的心血，對得起魏老師的期許，對得起花木蘭未曾謀面的信任與付出。

至於本書出版後的命運以及作者對它的種種期待與想像，皆可以忽略不計。一件生活小事看似無聊，卻值得記錄下來：在寫作這個序言的過程中，妻子曾坐在電腦前看了看，後來她說你在序言中應該把提出「文字遊戲」的價值和意義寫一寫吧。我覺得詫異，因爲明明寫的是「文學遊戲」，到了她那裡怎麼就成了「文字遊戲」呢？雖然這是一個特例，但它或許就表徵了本書出版後的不可捉摸的命運；作爲作者，我願意面對並接受挑戰，不爲自己、不爲這本書，而是爲了更好、更眞、更新地認識與把握現代文學而繼續跋涉。

目

次

第一章　文學考古與現代文學研究

一

　　王富仁先生曾經說過：「研究中國文學，必須有適於中國文學研究的獨立概念。只有有了僅僅屬於自己的獨立概念，才能夠表現出中國文學不同於外國文學的獨立性。中國現代文學之所以至今被當作外國文學的一個影子似的存在，不是因為中國現代文學沒有自己的獨立性，而是我們概括中國現代文學現象的概念大都是在外國文學，特別是西方文學基礎上建立起來的。」〔註1〕這段表述的中心意思是這樣一個判斷：中國現代文學研究過度依賴西方文學研究的概念與範式。在很大程度上，我認可這個判斷（當然，我們不能由此否認學術交流與借鑒的合理性與必要性）。但最重要的問題是，既然如此，我們該怎麼辦？我們應該如何行動才能建構起自己的概念與話語？

　　這裡，我要拋出我對現代文學研究的另一個判斷，即現代文學研究連現代文學原本是什麼樣子都還沒有完全搞清楚。換言之，我們還沒有充分瞭解我們的研究對象，如是怎麼會有屬於自己的獨立概念，即使有了又怎麼能站得住腳經得起檢驗呢？這樣說肯定會引起爭議。

　　我們現在對現代文學的瞭解是通過當時的期刊雜誌與文獻史料來進行的，而這方面的搜集整理工作已經取得了豐碩的成果。表現在（1）出版了大量的作家全集與年譜，對重要作家每一年的文學活動均有較翔實的記載，對此不必介紹列舉；（2）對現代文學編年敘述的衝動時有，可以於可訓、葉立

〔註1〕 轉引自李怡《現代性：批判的批判——中國現代文學研究的核心問題》，人民文學出版社，2006年，第33頁。

文主編的《中國文學編年史：現代卷》（湖南人民出版社，2006 年）為例；（3）最重要的收穫來自劉增人先生，於 2005 年出版《中國現代文學期刊史論》（新華出版社），十年之後又出版《1872～1949 文學期刊信息總匯》（青島出版社），所收刊物從三千多增至萬餘，沾溉學界，流芳長遠。

但是，上述三個方面的不足與缺陷之處也是存在的，這一點不奇怪，因為真正搞史料的人都知道，有時候再怎麼小心翼翼也保證不了「一網打盡」與「零出錯」：

（1）全集不全、年譜不周的現象眾所周知，這只要翻翻每年的《新文學史料》雜誌就可知曉，這也是為什麼《魯迅年譜》要變成《魯迅年譜長編》；

（2）編年敘述往往是已有成果的重新排列，如《中國文學編年史：現代卷》就 1933 年《莊子》《文選》之爭所提及的是學界早已耳熟能詳的作者作品，對出現在《濤聲》、《新壘》等雜誌上的相關文章隻字不提，它不會讓我們有新的收穫。當然，有人會說，要記就記重要作家重要作品，比如魯迅和施蟄存，至於《濤聲》《新壘》上的無名之輩完全可以忽略不計，聽上去振振有詞，但我要請他們考慮這樣一些問題：既然那些作者作品無關緊要，那麼他們（它們）為什麼還會一直不斷地出現呢？難道他們（它們）存在的意義（天生）就是被忘記、被忽略嗎？既如此，又何必如海浪一般持續地出現呢？這些問題就標誌了本書與目前常見的研究成果的不同。

（3）《中國現代文學期刊史論》收錄不全不說，尚存在一些錯訛之處。如第 391 頁載《光明・戰時號外》週刊於 1936 年 10 月 19 日第 6 期後終刊，實則是於 10 月 30 日第 7 期後終刊。再如，第 358 頁記卞之琳、孫大雨、梁宗岱、馮至、戴望舒編輯的《新詩》雜誌於 1934 年 10 月創刊，1937 年 7 月停刊；但第 398 頁又記此五人編輯《新詩》於 1936 年 10 月 10 日創刊，1937 年 7 月 10 日終刊。兩個記載應該指的是同一份刊物。後者才是對的。此外，有人指出，《1872～1949 文學期刊信息總匯》也有一些遺漏，如 1941 年漏收《文藝反攻》、1947 年漏收《平原文藝》〔註2〕。

不過，一些錯訛、一些漏收無損於劉先生取得的學術成就。但我們應該清楚，知道有這個雜誌與翻讀這個雜誌是完全不同的兩件事。劉先生把現代文學期刊的「家底」給了我們，如果我們只是在家門口望一望，記住了家的

〔註 2〕劉濤：《近現代文學期刊研究的重大收穫》，《上海魯迅研究》2016 年第 4 期，第 232 頁。

門牌號，而不是進去摸排居住一段時間，我們對這個家可能有眞正的瞭解與理解嗎？崔雲偉兄曾參與劉先生主持的工作，他對我說，我和你做的不一樣，我是幫著劉老師搞普查，而你是把每一期刊物都翻翻看看，讀得細，才發現了很多的佚文。濾掉崔師兄的自我謙虛，公平地說，這兩種做法是互補的，這兩種工作各有其重要的價值與意義。

我對自己工作（文學考古）的價值與意義的認識是逐步得來、逐漸深入的。

文學考古是一種行動，簡單地說，它就是查閱史料。那麼爲什麼不直接稱之爲查閱史料呢？因爲所謂查閱史料通常指的是這樣一種狀況：爲了核對某段引文才去進行查閱，以體現學風嚴謹，查完即走──正如我在博士學位論文《後記》裏所說的，山師圖書館特藏部的讀者「換了一茬又一茬，多半是有備而來，匆匆而去」。文學考古與之形似而神異。

文學考古雖然也是在一本一本地查閱報刊雜誌，但它本身並不含有任何工具性與功利性的目的，既不是爲了核對引文，也不是刻意搜求作家佚文。它要持續不斷地付出大量的時間，確切地說，這是一種制度化、精細化的工作安排。以我爲例，讀研以來每天上午都要拿出三個小時的時間來進行文學考古工作，從 2005 年開始持續至 2010 年博士畢業。文學考古是制度化、精細化的，它以單調枯燥的形式出現，實則它充滿了「豔遇」與「傳奇」。我在我的博士學位論文《後記》中這樣說過：

　　文學考古是快樂的，是不斷有「豔遇」發生的。那些無人照顧卻有重要價值的史料偏偏被你碰上了，這不正是屬於你自己的「豔遇」嗎？你發現你感觸撫摸的世界越來越不像他人敘述的模樣，這並不正是屬於你自己的「傳奇」嗎？

　　這種快樂是上癮的，永遠期待著下一個。

　　我們經常看到的敘述則是，爲了完成論文，查閱史料是如何如何的辛苦，要作出如何如何大的犧牲。這莫不又是一種神聖化的話語建構？我們的話語不應該再建構苦難與神聖，而應該建構快樂和愉悅。

文學考古行動首先帶來了發現與命名的快樂。例如，倪偉先生爲寫作《「民族」想像與國家統制》參考了大量的民國報刊雜誌，包括李贊華編輯的《現代文學評論》，在行文中也提及朱湘等人爲此刊物寫稿，但唯有文學考古才發

現朱湘的《邵冠華的〈旅程〉》是一封評論詩歌創作的重要信件,對邵冠華給予了較高的評價。此前邵冠華只是因那篇抨擊魯迅的《魯迅的狂吠》一文才得以留在人們視野中的灰暗之處——魯迅針鋒相對寫就《漫與》一文,諷刺邵冠華之輩的自我麻痺、自我陶醉的奴才意識與奴才邏輯。朱湘的信則展現了邵冠華的另一面。邵的《邂逅》登載在《新詩》第6期上(1937年3月),這個刊物前已提及,編輯態度嚴肅,水平很高。王哲甫《中國新文學運動史》對他也評價甚高:「他的美麗的文字,精密的組織,在新詩的園地,有一種特殊的風格,雖然他的表現技術,尚未臻完美的境域,《雨聲裏》,《旅程》,《悒鬱》(見《小說月報》二十一卷第四號)曾經得到良好的評論」〔註3〕,倪偉先生也認爲,《現代文學評論》上「邵冠華等人的詩作各有其特點,但除了個別作品外,大多數都是發抒青春的苦悶和憂傷,和民族主義文藝似乎並無太大的聯繫。」〔註4〕那麼,這兩個邵冠華的形象該如何解釋並統一起來呢?這個問題雖然字面上僅僅涉及邵冠華,實則它與我們對現代文學史上的諸多作家的評價皆有關係〔註5〕。再如《濤聲》第2卷第28期(1933年7月22日)發表了署名「顧野」的《慢性的死刑》,對於這種無名之輩的文章,多數人是看也不看地放過,而經過我的細心考證,「顧野」便是李又然,這篇小文章及其所記艾青信之片段帶來了重要信息,使我們不得不重新審視艾青與魯迅、艾青與波蘭女友之間的關係〔註6〕。艾青傳記須重修,而若重修,我的發現與

〔註3〕王哲甫:《中國新文學運動史》,北平傑成印書局,1933年,第214頁。

〔註4〕倪偉:《「民族」想像與國家統制》,上海教育出版社,2003年,第59頁。

〔註5〕我對此的解釋是:「民族主義文藝追隨者的創作投資也並非僅僅是表達其政治利益。看來,邵冠華的創作投資策略是雙重的:一方面跟隨當時統治者的文藝政策、借助於政治資本取得比較客觀的現實利益;另一方面又想努力做個詩人,爭取文學上的聲譽,希望得到朱湘(新詩有影響力的發言者之一)的讚美與肯定。這是處於文學場底層的人比較常見的競爭與博弈的方式。但是,無論如何,在文學遊戲中下政治賭注既不合法又不可靠,極具風險而又往往得不償失。——或許,『朱湘』的出現能恢復他一點文學上的形象與聲譽。」詳見我的《朱湘致友人信四通》一文,載《魯迅研究月刊》2009年第12期。

〔註6〕詳見我的《關於艾青的一篇研究資料》,載《魯迅研究月刊》2008年第11期。在此,我想做一番補充:《慢性的死刑》寫得很清楚,艾青要波蘭姑娘再寄一張相片給他(原來的相片被沒收了),這是艾青愛她的證明。後來艾青本人包括他的傳記都不敢下這個結論。至少從1908年開始,男女贈與或索要相片就意味著心有所屬,意味著兩人定情相愛。據林語堂《京華煙雲》,姚莫愁與孔立夫訂婚是在光緒與慈禧去世那一年,雙方交換禮品,「也算是維新的一件事,就是雙方交換相片」(長江文藝出版社,2014年,第219頁)。張恨水的《啼

闡釋是必須參考的。

　　這樣的事例很多，不便一一枚舉。現代文學文獻史料的搜集整理是現代文學研究的軟肋，前面說過「全集不全」的現象頗為突出，由此發現和命名的快樂不難滿足。從 2008 年發表《關於艾青的一篇研究資料》至今，已在《新文學史料》、《魯迅研究月刊》、《現代中文學刊》發表大大小小的史料研究論文 18 篇，包括若干作家佚信（有胡適 2 封、朱湘 4 封、沈從文 2 封等）、若干作家佚文（如臧克家、廬隱、穆木天各 2 篇），並根據史料考正作家生平史實多處（包括艾青、徐志摩、郭沫若、丁玲、周作人等）。

二

　　論述至此，文學考古和孫玉石先生的看法並無二致，他說：「不可能要求很多人來做『田野調查』式的現代文學的『考古』工作。倘有一部分做，有少數人更沉下心來，傾心去作，就夠了。因大學所在地和學校的圖書條件不一樣，讓各大學的碩士、博士研究生的論文，都這樣去翻閱原始雜誌，也不甚現實。但是，將這種重視現代文學報紙文藝副刊和文學雜誌所提供的原生態資料，重視現代文學文獻資料的新開掘、新發現的研究方法，運用於現代文學研究，應該是所有現代文學研究者努力追求的一種信念，一種境界，一種修行。」〔註7〕孫先生用「信念」、「境界」、「修行」給予了文學考古很高的地位，但其實這樣的說法並沒有道出文學考古的實質。

　　　笑因緣》提供了另一個事例。沈鳳喜和樊家樹兩情相悅，鳳喜將自己「四寸半身相片」包好交給家樹，並說「你丟的東西在這裡」（第二回、第三回）。因何麗娜和沈鳳喜相像，樊家樹的表嫂拿著沈鳳喜的相片以為樊何戀愛，「好到這般田地」（第七回）。後來，樊家樹到天津叔叔家避偶，兩個妹妹拿著鳳喜的照片，說：「現在呢，我們不知道要怎麼樣的稱呼？若說到將來，我們叫她一聲嫂嫂，大概還不至於不承認吧！」（第二十回）。鳳喜亦問家樹要了一張大相片，掛在牆上，關秀姑見了，就知道自己只是個第三者了（第六回）。可見，當時年輕男女贈送或索要相片是表達愛情、建立戀愛關係的非常正式的標誌或者說是一個非常重要的階段（何麗娜、關秀姑都把自己的半身相片送給了樊家樹，她們都愛著他）。《圍城》又提供了另一個證明：方鴻漸榮歸故里，在學校演講鴉片和梅毒，那些本想把女兒嫁給他的人家以為他在外國亂搞，就向方家把女兒的照相、庚帖要了回去，這就意味著婚事從此莫提了（第二章）。由此可以推測，蔣海澄選擇「艾青」作為筆名是取了「愛情」諧音字，與反蔣無關。
〔註 7〕孫玉石：《報紙文藝副刊與現代文學研究關係之隨想》，《河南大學學報》（社會科學版）2005 年第 1 期。

如果認為文學考古的意義就是查閱史料、查遺補缺、搜集邊角餘料（孫先生所說的「現代文學文獻資料的新開掘、新發現」就是這個意思）──即使這樣能給人以發現和命名的快樂，這種快樂也不可久恃，若久恃很可能誤入歧途、反為快樂所累，從而失去了文學考古的本義──那麼，這種認識是對文學考古工作的低估與輕視。我個人認為這種低估與輕視正是現代文學研究還不成熟的表現之一。持續不斷地文學考古終於使我領悟到了它的根本意義，即它是對現代文學研究對象重新進行個人化的對象化與歷史化工作。這就是說，文學考古表面看起來是在一頁頁一本本地翻看報刊雜誌，但其根本意義卻在於：唯有積年累月地浸潤於此手動心隨之過程，我們才能把現代文學的研究對象重新進行個人化的對象化與歷史化，而唯有進行此重新的對象化與歷史化工作，我們才能發現、感受並體驗現代文學研究對象在進入文學史敘述之前的史前狀態或曰原始狀態，這樣我們才能形成自己的認識、判斷與把握而不流入泛泛之論。

對文學考古的本質意義，這裡要再費口舌作進一步的申述。

現代文學的研究對象自然是現代文學。這個首尾重複的句子並非無謂的囉嗦，而是表達著一種深刻的質疑：我們對我們看慣聽慣了的研究對象到底有多大多深的瞭解？現代文學發生時的狀態是怎樣的？很多現在的現代文學研究者恐怕並不熟悉了──想一想黑格爾的告誡：熟知非真知。當然，情況可能正相反，我們會以為已經非常熟悉了，現代文學研究經過幾十年的研究積累，文學史教材出了一部又一部，作家全集或文集也在不斷地更新和擴展，文學史料編選出版工作取得了不少的成果，難怪人們可以反問：如今現代文學研究領域哪個問題還沒有被人涉足過呢？

如此說來現代文學研究似乎達到了一種飽和狀態，但我又認為現代文學研究還不成熟。兩者並不矛盾。因為我認為這種飽和狀態在某種程度上是浮在表面上的、缺少根基的。

我們應該清楚地認識到：現代文學研究經過幾十年的積累固然記住了很多東西，但同時遺忘了更多的東西。遺忘表現為兩種形式或者說有兩種原因：（1）外力逼迫，不得不遺忘（甚至導致歪曲與篡改），如某個時期資產階級文學或曰反動文學不得記載、不得傳授；（2）工具理性的發達使得人們可以心安理得或者比較從容地遺忘。這種遺忘尤其表現在全集出版以及史料編選上。一般認為，那些辛辛苦苦搜集、整理、出版的作家全集與史料是為現代

文學研究提供方便，殊不知，在提供方便的同時它縱容了一種集體的懶惰；一般以為，出版全集以及史料編選工作至少使我們更加接近了歷史，殊不知，從此以後現代文學發生時的真實狀態離我們更遠了。

　　基於對工具理性的自信，我們存在著一個錯誤的認識，以為把作家作品留存下來就是保留了歷史，保留了歷史的全部。所以我們把一篇作品從它所誕生所呼吸的子宮環境中抽取出來，把它的臍帶割斷，然後重新排序；並又反過來，把它所誕生所呼吸的子宮環境簡化、曬乾成為一條注明出處的注釋。我們以為用這種「相片化」工作就保留了歷史、記住了歷史；殊不知，這只是記住了歷史最顯而易見的發生痕跡。許多微妙的、不可言傳的、付諸身體感官的印象、感觸、情緒、剎那間可能激發的思考在此曬乾簡化的過程中也一同風化了。而這些被風化曬乾的東西只能通過手動心隨的浸潤才能去體驗與把握、去感受與擁抱，才能「得」到（所以，即便將來有一天，我們把現代文學史上所有有名字的作家的全集全部出版，也絕不是就留存了那個原始的文學世界）〔註8〕。

　　法國著名學者喬治・杜梅齊爾說：「如果不到各大圖書館去，就不可能將一項研究作得深入。哪怕是用幾個小時把最近幾年的重要雜誌都翻閱一遍。然而，我已經不能長時間地待在外邊了。一些年輕的同事為我作出了犧牲，這使我很感動：他們幫我借書，複印文章……但這不是一回事。」〔註9〕「這不是一回事」，非真正治學者、真正對此有體會者不能出此言。別人幫我借書、複印文章、查閱資料，幫我省去了很多事，但這和我自己去翻去找去讀絕不是一回事；同樣，依靠作家全集、依靠文學史敘述和堅持文學考古的過程也絕然不是一回事。我們不能刪棄了「得」的過程而直奔結果、只取結果。對現代文學研究來說，最不能忽略、最不能偷懶的便是文學考古這個重新對象化與歷史化的工作。「相片化」的工作成果可以充分地但只能是輔助性地利用。這其實關係到了對歷史敘述的認識。我個人認為，歷史不是通過知識的

〔註 8〕如孫先生所言「大學所在地和學校的圖書條件不一樣」，博士畢業之後，只能通過國家圖書館網站查閱民國期刊，但這並沒有持續多長時間。因為民國期刊的電子化就是一種相片化工作，它只能通過被限制了的電腦屏幕得到觀看，這就帶來完全不同於捧書在手的感受。那並非是文學考古，而是逼迫著你去查閱史料而已。

〔註 9〕迪迪耶・埃里邦：《神話與史詩——喬治・杜梅齊爾傳》，北京大學出版社，孟華譯，2002 年，第 60 頁。

形式記住的，而是通過自身感受與體驗形成個人化的判斷敘述。如果歷史能被還原，那麼這只能是通過個人化的重新對象化與歷史化來還原。

休謨說：「當我們考慮任何遠隔的對象時，它們的一切細小區別就消失了，而且我們總是偏重本身是可取的任何東西，而不考慮它的境況和條件……但當我較為接近的時候，我原來所忽略了的那些條件就開始出現了，並且對我的行為和感情有了一種影響。」〔註 10〕這就是文學考古時所發生的一種變化。當我們進行文學考古的時候，那些細小的東西、被忽略了的東西卻滿目皆是，而沒有了文學史敘述時的秩序、清晰、非此即彼的價值表達。

文學考古工作的創造性便從這裡開始。它給我最大的收穫就是，它使我認識到存在著兩個現代文學世界，確切地說，現代文學世界分為兩層：浮現在我們記憶中的、由文學史敘述建構和呈現的文學世界，可稱之為上層文學世界；下層，則是現代文學發生時的原始世界，未經旁觀者窺視、篩選、分類、描述和判斷。上層文學世界，我們可以從現在出版的作家全集或選集、史料選編、各種文學史著述、學術論文中見到；下層文學世界則非經由文學考古不可「得」。我認為，只有在「得」到下層文學世界的過程之中與基礎之上，我們才有可能真正形成屬於自己的認識與判斷，才能更全面、更有效地談論上層文學世界。

希望上層、下層這樣的命名不會讓讀者產生誤解，以為它們是截然分開、黑白分明的，實際上這樣分層是為了論述的方便和闡釋得清楚，所謂的上層文學世界就來源於那個原始世界——那個我稱之為文學遊戲的世界。

至此，我想我可以提出一份文學考古的行動綱領，解決開始提出的「怎麼辦」的問題。以下三點心得可以作為文學考古的行動綱領或基本原則：

文學考古要制度化，這是一項資本原始積累的工作，積累得越多越雄厚則越有利於今後的學術研究（當然最好是文學考古與現代文學研究工作相始終）；

第二、文學考古不能預設作家作品或報刊雜誌重要／不重要的區分，即不要用已有的文學史秩序來限制文學考古工作，使得文學考古變成了對已有秩序的強化和確認，這樣不但失去了發現和命名的快樂，而且根本談不上重新的對象化與歷史化。要對那個未經旁觀者窺視、篩選、分類、描述和判斷的文學世界所發生的一切等量齊觀，統統納入觀察與挖掘的視野，這樣才能

〔註10〕休謨：《人性論》（下冊），關文運譯，商務印書館，2010 年，第 576 頁。

真正觸摸現代文學發生時的原始狀態，並逐漸形成屬於自己的體驗、認識與判斷。

第三個原則與第二個原則密切相關，即文學考古要精細化。對那些不知名的小文章要一樣重視，細膩閱讀；如果文學考古只是針對文學史上的重要作家、重要事件，那麼就失去了它的本質意義。

只有具備制度化與精細化的實質性特徵，查閱資料才能成為真正的文學考古。自然，我絕不認為我的文學考古所得提供了最終的真理性答案。否則，我就違背了文學考古行動個人化的初衷。我的唯一的希望便是越來越多的現代文學研究者從事文學考古工作，由此提供屬於自己的答案，如是則最有利於現代文學研究深入自主地開展。

三

按前所述，文學考古看上去很美，但存在一個現實的問題，就是：現代文學期刊那麼多，多得連《信息總匯》也難稱盡善盡美，那麼一個有限的個體如何去窮盡這無盡的歷史遺存呢？在文學考古之初，這不是個問題，或者說這個問題還沒浮上心頭。我最初讀《新青年》，是因為看到每本教材都要提及它，我好奇它到底是個什麼樣子，於是一頭札了進去。只是到了寫博士論文的時候，我才明白擺在眼前的無情事實：期刊不是越讀越少，而是越讀越多。於是我放棄了對博士論文的最初構思，不再對一個年代（三十年代）進行文學考古〔註11〕，只對一個年份（1933）進行考古研究。

博士論文或學術專著多見對某個時期或某個年代的文學現象、文學思潮、文學流派等的論述（如朱曉進的《政治文化與中國二十世紀三十年代文學》、李永東的《租界文化與30年代文學》、秦豔華的《現代出版與二十世紀三十年代文學》等，恕不一一列舉〔註12〕），而較少見對某一年份的文學進行深入細緻地研究。謝冕先生主持的「百年中國文學總系」可算是後者有代表

〔註11〕　我的碩士學位論文《從趣味到主義——晚清至五四的小說話語研究》以晚清-五四-二十年代的文學考古為基礎，故此博士學位論文我想以三十年代的文學考古為基礎，如此順延下去以形成自己對現代文學史的整體把握。這明顯是受了發現與命名的快樂的引誘而犯下的貪心不足蛇吞象的主觀錯誤。

〔註12〕　那些研究某個時代文學傾向與性質等的單篇論文，是宏觀性的掃描與把握，而少史料之挖掘與細節之品味，與本書志趣頗不相同。本書的前期與基礎工作是文學考古，在此基礎上展開對文學遊戲的研究。因此，這些論文不一一過錄。

性的成果。其研究方法是：「通過一個人物、一個事件、一個時段的透視，來把握一個時代的整體精神，從而區別於傳統的歷史著作。」有三個研究原則：一是「拼盤式」，即通過一個典型年代裏的若干個散點來把握一個時期的文學精神和基本特徵；二是「手風琴」式，即以點帶面，強調重點年代，又不忽視與之相關的前後時期，從而使之涉及的年代能相互照應；三是所謂「大文學」概念，即主要以文學作爲敘述對象，但同時也廣泛涉獵其他藝術形式。我們可以曠新年先生的《1928：革命文學》爲例介紹。這本書就是選取 1928年（三十年代的開局一年）這個點來論述三十年代中國文學這個面。除緒論外，分爲九章：「一、1928 年的文學生產」；「二、中國新文學的裂變」；「三、『革命的浪漫諦克』」；「四、『錢杏邨理論清算』」；「五、『民族魂』──魯迅」；「六、周作人和小品文」；「七、沈從文與『京派』」；「八、現代主義的發生」；「九、長篇小說的高峰」；很好地體現了上述方法與原則。

　　我贊成「大文學」的概念。文學的產品，不僅指作家作品，也不僅與其他藝術形式（如電影）相關聯，還活躍於商業行爲中，比如廣告。那些好的書籍廣告、大手筆捉刀的書籍廣告不啻爲一則精練的評論，含有豐富的信息。但我並不認同所謂「拼盤式」和「手風琴式」的研究原則。眞正以某年爲單位的研究不應該是在拼拌原有的涼菜，而應該是在重新炒熱菜。就是說，「拼盤式」、「手風琴式」的研究，很少能增加我們對某一年中國文學的新的認識。就本書系的現有成果來說，也確實如此。且看《1928：革命文學》，它分門別類，一章歸類、論述一種事物，更像是對已有研究成果作了一次新的排列與整合。以點帶面，既對「點」沒有增加新的感知，又對「面」沒有獲得新的認識〔註 13〕。比如第九章論述的對象是茅盾的《子夜》，可是《子夜》是在 1933 年出版的，同時把葉聖陶發表的《倪煥之》以及其他作家作品都給忽略了。難道是因爲這些作品不如《子夜》重要嗎？或者說《子夜》

〔註 13〕　《百年中國文學總系》包含 11 冊文學史著。本文主要介紹曠新年先生的著作。而朱德發、貫振勇兩先生的《評判與建構：現代中國文學史學》則主要以錢理群先生的《1948 天地玄黃》爲例述評《百年中國文學總系》的治史構想和編寫體例，認爲它「之於中國現當代文學史書寫的意義，在於將『20 世紀中國文學』這一概念現實化、具體化，在於它的文學史體例和敘述形式，在於它對中國現當代文學史寫作形式的探索與實踐。」對錢著的結論是：「《1948天地玄黃》對中國現當代文學史寫作形式的探索意義，要遠遠超出其對文學史本身的判斷與闡釋。」這與我對《1928：革命文學》的評論是一致的。詳細請參閱《評判與建構》一書第 369～374 頁。

在其中最具代表性嗎？如此一來，它提供的就不是一本「年份原漿」，而是新瓶裝舊酒。

「百年中國文學總系」無疑是借鑒了黃仁宇先生《萬曆十五年》的研究思路。但卻有其影而無其體，形似而非神似。我指的是它們未下過黃先生那番查閱資料的工夫。黃先生光讀《明實錄》就費時兩年半。如他在《自序》中所言：「結論從材料中來。多年以來摸索於材料之中，我對明史中的若干方面形成了自己初步的看法，開始擺脫了人云亦云的束縛。這些看法或有所不當，但多少總可以有助於學術界的探索」，而謝冕先生主持的研究並不是建立在紮實的文學考古工作之上的。文學考古本就不是這項研究的志趣所在。

回到我對 1933 年的文學考古上來。首先也許要回答為什麼選中的是 1933年？這個選擇沒有任何預定的傾向與特定目的，不像《1928：革命文學》。或許是因為「1933」聽來悅耳而已，我現在已經記不清當時或有的潛意識動機了。這裡想作如下說明：

由於《信息總匯》在我讀博期間尚未問世，所以《中國現代文學期刊史論》才是我工作的重要參照。該書收入了 1933 年創刊的文學期刊 132 種，但這僅是疆界一角，1933 年的考古版圖還應包括：（1）某些此前創刊的期刊雜誌（如《東方雜誌》、《新月》、《論語》、《中學生》）在 1933 年依然在出版，發表各類文學作品；（2）各類報紙的副刊。除了為人熟知的《申報·自由談》、《中央日報·中央公園》、《大公報·小公園》、《大公報·文學副刊》、《益世報·語林》等，還有那些少為人知且難以見到的報紙副刊，如《香港工商日報·小市場》〔註 14〕；（3）更有一些期刊是非文學類的專業性讀物，也發表關於文學的作品和評論，叫人「防不勝防」。如我在閱讀《新壘》第 3 卷第 2、3 期合刊（1934 年 3 月 15 日）時，發現了《上海郵工》雜誌元旦號的目錄介紹，其中便有署名「唐也」的《一年來之上海文藝界》。這應該是當時為數很少的對 1933 年文學進行回顧與評估的文章之一，但沒能借閱到。此外的問題

〔註 14〕據中山文化教育館編的《期刊索引》，1933 年 10 月 3 日《小市場》發表「可風」的《文人的特性》，11 月 28 日刊登「帆夙」的《三位幽默作家，魯迅，老舍，林語堂》等。我沒能查找到。另據《新壘》第 2 卷第 5 期（1933 年 11月 15 日）署名「水」的《開封文藝界短訊》，知開封當地有日報 6 種，各有副刊。《華年》2 卷 46 期有姚毅成《湘遊心影（上）》，記長沙日報甚多，有《大公報》、《通俗日報》、《長沙日報》、《湖南民報》、《南嶽日報》、《政府報》、《國民日報》等。又據《華年》第 2 卷第 49 期「靜觀」的《近年的香港報業》，知香港有日報 20 家、晚報 7 家。這些報紙副刊皆未能查閱。

還包括：（1）有一些文學雜誌只能聞其名而難見其容了。如 1933 年 11 月 1 日創刊而僅見一期的《百合》雜誌，據《期刊索引》，發表了胡繩《從「文學無用論」說到「第三種人」》（《胡繩全集》未見）和署名「鳩」的《大眾文學在那裡》，想來都值得一閱，然而可惜的是《百合》已無下落；（2）各大圖書館保護民國期刊意識增強，文學考古遭遇制度圍牆。劉增人先生對此深有體會。他在編纂《中國現代文學期刊敍錄》時，本擬對照原刊一一校對，但是「許多原刊已經無法從當年查閱之處再度借閱，雖然目錄依然」〔註 15〕。不少期刊雜誌不是研究者不想讀，而是由於種種限制它們根本到不了研究者手裏。

　　因此，本書的考古範圍並不僅僅是確定 1933 年這個時間段這般簡單。本書論述雖取共時性的方法，但不會機械地割斷文學遊戲的綿延聯繫，如梳理「自由人」、「第三種人」論爭時，我會把筆墨觸探到上年，但不會著墨太多；同樣，有時我也會把目光延展到 1933 年以後。文學遊戲是種積累性的工作，本年出版了許多作家的選集或文集，也就是說 1933 年以前的文學成果在本年又誕生了一次，或者說 1933 年的文學遊戲再現著、延續著、繼承著此前所有的文學成果（包括古典文學）。這是文學遊戲自身複製、積累的體現。為了把本書考察的範圍限定清楚，從而更利於工作的完成，本文主要考察在 1933 年發生的文學遊戲，偶而也考察其他年份的文學遊戲，以補查閱本年期刊雜誌之不足，並見證本書論題之普遍性，並非 1933 年所僅有。

　　可以說，本書顛倒了一般論文的做法。這種做法往往借鑒一個理論框架，充實以中國文學的內容，使理論具體化，在此過程中或對之做某些補充與修訂。本書則是在共時性文學考古基礎上進行新的理論話語建構的嘗試。如此的顛倒，對推動文學研究深入自主的開展定會有所助益。

〔註 15〕　見劉增人先生《中國現代文學期刊史論》，新華出版社，2005 年，第 218 頁。

第二章　文學遊戲的提出與解釋

一

　　雖然我儘量擴展手指所觸及、所翻閱的地域，雖然自認我的文學考古是深入細緻的（共查閱 1933 年及其前後的報刊雜誌 150 餘種），但又必須承認我的目光所及並非全部，可是這種狀況並不妨礙我提出文學遊戲的概念。應該說，文學遊戲是在文學考古工作中不斷積累不斷探索而逐漸明確清晰起來的。

　　文學考古工作會立即帶給我們兩個感官印象：

　　首先，寫作政治學是靠不住的，認爲作家創作只爲某種政治利益或以政治屬性爲作家排隊評判文本的價值是行不通的。例如，倪偉先生的《「民族」想像和國家統制》是一部十分精彩的論述南京國民政府文藝政策及文學運動的論著，卻對趙景深、朱湘等人尤其是郁達夫、周揚等左翼作家爲《現代文學評論》寫稿「感到意外」〔註1〕，因爲這是一份屬於民族主義文藝圈子的刊物，周揚等左翼作家不應該在上面露面。但不應該發生的事情卻原本發生了，並且是大量地存在著。看來，在文學研究中按作者的政治或派別屬性來歸類或排隊是不合法不可靠的，否則我們要陷入不斷「奇怪」的境地。

　　換言之，文學考古會讓我們看到，作家名字的出現是不規則和無序的，並無固定的軌跡，尤其是在政治利益訴求並未整體化的三十年代（一個標誌就是那時的許多刊物都標榜自由和「絕對的公開」）。作家名字出現在某個刊物上並不意味著他們有一致的利益打算，相反，有的只是想多得一點稿費，有的是還朋友「文債」，有的是想加快象徵性資本的流通速度，等等。我們向

〔註1〕見該書第59頁，上海教育出版社，2003年。

來強調把文學創作視爲作家的精神創造活動（這爲與政治利益掛鉤提供了便利），而忽視了文學創作投資利益的多向性與不確定性，常常處於不斷調整、分化與博弈的狀態。

　　一個例子：1933 年 7 月 1 日，《文藝座談》在上海創刊。僅見四期，頁碼少，內容單薄，既無什麼理論建樹，又沒發表有分量的創作作品，可以說在當時的文學界並無任何反響，爲它並未引起任何一點爭論。編輯曾今可又被認爲「是最不通而又最無聊的一個。什麼詞的解放運動，什麼『打打麻雀，國家事，管他娘』的臭詞，鬧了莫大的笑話，被諱爲文壇臭蟲的」〔註 2〕，所招徠的大部分作者未被文學史敘述所接受和認可。但這並不妨礙趙景深、何家槐、廬隱、臧克家等人爲他寫稿。其中，廬隱《忙裏偷閒的創作生活》是一篇佚文，臧克家的《如此生活》亦爲《臧克家全集》（時代文藝出版社，2002年）所未收。

　　後者是現在所見的唯一一篇臧克家在讀青島大學時記述自己生活的研究資料。在後來的回憶中臧克家對此間諸事敘述詳盡（最早的《我的詩生活》寫於 1942 年，去此不過十年時間，不算太長）而唯獨對曾今可隻字不提。難道這是他「進步」的表現與證明嗎？葉公超曾對他說：「『我一看到你《難民》的頭兩個句子，就覺得藝術性很高』，話頭一轉：『我們想在北平辦個刊物（就是後來的《學文》），只印五百份，要高水平，希望你能寫點稿子。』我默默然。葉先生這麼一講，我心裏就明白了。那時我的心嚮往上海的《文學》月刊，不僅因爲銷路廣些，主要覺得它進步。」〔註 3〕實際的情況卻可能是，「進步」根本不在臧克家當時的考慮。要是因爲「進步」而拒絕北平的《學文》，那麼他更應該拒絕上海的《文藝座談》。曾今可向臧克家約稿，臧克家應命而作，這絕不應視爲一個進步文學青年的「失足」。事情其實很好理解，那時的臧克家正處於象徵性資本原始積累的時期（如《如此生活》所言「虛名空自纏」，臧克家正在一步一步贏得並積累「虛名」），除了願意向銷路廣的大雜誌投稿，以作家身份寫寫自己的生活也是樂而爲的事情──畢竟有人承認了你是「作家」！

　　其次，被文學史敘述棄之不顧的瑣屑之物、無名事物大量充斥著。這在第一章描述現代文學編年敘述之不足時已然提及。已有的研究成果本質上是

〔註 2〕紅僧：《一年來的文壇糾紛》，《新壘》第 3 卷第 1 期，1934 年 1 月 15 日。
〔註 3〕《詩與生活》，見《臧克家回憶錄》，中國工人出版社，2004 年，第 126～127 頁。

對已經命名了的文學事物的整理與記載，是對已有文學史秩序和文學話語的強化與確認，它無法讓我們看到那個最原始、更真實的文學世界，也就無法突破現有的研究範式。例如，《莊子》《文選》之爭不僅僅是施蟄存、茅盾、尤其是魯迅之間的爭論，同時出現在《濤聲》《新壘》等雜誌上的那些被遺忘的文章表明它是當時一個公共的文學話題。

以 1933 年為例，本年向被稱為「《子夜》《山雨》年」，更有論者說：「這年，茅盾推出了他的力作《子夜》，巴金的《家》、艾青的《大堰河——我的保姆》、臧克家的《烙印》、戴望舒的《望舒草》等亦聯袂問世，曹禺的《雷雨》也是在這一年裏寫成——這是新文學成熟的季節，收穫的季節，9 月又出版了《山雨》，更染濃了歡慶豐收的氣氛」，「中國新文學史家一向公認」這是中國新文學的十月金秋〔註4〕。可是，文學考古呈現在我們面前的並不只是一片火紅的高粱地，還有各種山花野草、各種不知名的樹木。那是一個未經旁觀者窺視、篩選、分類、描述和判斷的原始的文學世界，它充斥著被文學史敘述棄之不顧的瑣屑之物，如一次文人聚會、小人物創辦一份短命的刊物、作家之間看似無聊的口角等等。如果我們不再預先作重要與否的區分，如果把它們等量齊觀，不預設重要與否，統統納入我們的觀察視野，情況會是怎樣呢？

面對以上兩種描述，就是面對兩個問題，所以我們要思考：既然寫作政治學式靠不住的，那麼用什麼研究範式可以代替它？對此問題的思考與對第二個問題的思考結合了起來，即如何來為那些無名的文學事物命名。換言之，這些散列無序、看起來是偶然出現的事物能否被一致地把握呢？

為此，需要一種「透視法」：我們在考古時目睹的是一篇篇的作品，有的長，有的短，有的是小說，有的是詩歌，有的用大號字體印刷，有的用小號密排，有的是或已經是所謂的名篇，有的則被長久擱置不問。這樣「平視」起來它們似乎各個不同，但其實都有一個共同的生產生長過程，即都要經歷創作、出版或發表、讀者閱讀評論接受的過程；正如人模樣各不相同，但都要經過同樣的生長發育階段一樣。簡單地說，雖然我們現在目睹的是一篇又一篇前有署名的靜止存在，但卻要把它們透視「想像」為一個動態化過程的重要構成。這個形式一致的連續而有機的動態整體，我稱之為「文學遊戲」，作家是通過創作文學作品來參與文學遊戲的。茅盾創作《子夜》，出版發表之，

─────────────

〔註 4〕劉增人：《王統照論》，山東教育出版社，2001 年，第 146 頁。

即使之進入流通領域，得讀者閱讀，從而獲得某種利益，這就是典型而完整的文學遊戲。無論是文學史上有名的大作家，還是被遺忘的無名作家，只要他創作發表作品，他就參與了文學遊戲，就是要用自己掌握的資本來追求某種利益滿足。那些還未被命名的文學作品和已經納入了文學史敘述秩序的作品都是文學遊戲發生的見證。

文人間組織的各種飯局、見面會、座談會、社團、協會、筆會，亦是文學遊戲發生時的重要構成。如果說發表作品是爲了獲得某種利益，那麼這些文學遊戲也同樣是爲了組稿拉稿、交流感情、鞏固友誼、擴大人際資源，同樣是爲了獲取某種利益。1933 年 4 月 22 日晚魯迅「在知味觀招諸友人夜飯」，這是爲介紹姚克與上海文藝界人士見面而舉行的。參加者有茅盾、黎烈文、郁達夫等。這無疑爲小人物姚克提供了進入文學遊戲的捷徑與便利。同日，在北平，左聯刊物《文學雜誌》在東興樓宴請朱自清、魏建功、許地山、顧頡剛、郭紹虞、俞平伯、嚴既澄等作者，則是爲了聯絡作者、擴大自己刊物的影響。

在我看來，文學遊戲是參與者用文學資本以及其他類型的資本進行投資獲益的行爲。這就意味著，文學遊戲這個概念是把文學創作視爲一種創作投資，而投資是爲了獲得某種利益。在通常的意義上，創作被視爲一種抽象的精神化活動，它超越於時間之外；而創作投資則是具體的歷史化的行爲，它不是抽象的也不是靜止的，而是納入了時間的綿延過程之中，投資者既求利益於此過程，利益亦產生於此。薩義德曾經說：「解釋的問題，甚至寫作本身的問題，是與利益的問題連接在一起的。我們在過去和現在均在美學的和歷史的寫作中發現利益所起的作用。」〔註 5〕這大概是他行文時的一句神來之筆，並未作繼續的闡發與論證。本書則把利益視爲文學遊戲的一以貫之的根本問題。

二

文學遊戲把利益問題引進了文學研究，是認識和理論上的重要突破。儘管文學研究是研究文學問題的，但研究者似乎更關心文學研究自身「製造」的理論問題（如現代性），而很少去關心創作投資當事人所關心的是什麼。困擾當事人的是創作投資的效用問題。例如，魯迅的「鐵屋子」意象思考的就

〔註 5〕薩義德：《文化與帝國主義》，李琨譯，三聯書店，2003 年，第 131 頁。

是文學投資有用沒用的問題，或者說他對文學投資無用的疑慮用文學的方式表達了出來：

> 假如一間鐵屋子，是絕無窗戶而萬難破毀的，裏面有許多熟睡的人們，不久都要悶死了，然而是從昏睡入死滅，並不感到就死的悲哀。現在你大嚷起來，驚起了較爲清醒的幾個人，使這不幸的少數者來受無可挽救的臨終的苦楚，你倒以爲對得起他們麼？

> 然而幾個人既然起來，你不能說決沒有毀壞這鐵屋的希望。

魯迅的意思是：參與文學遊戲（辦刊物、寫作品）無助於吶喊啓蒙之工作，反而使參與者倍感痛苦，換言之，文學投資並沒有用。但根本上，有用無用是個不確定的問題（用魯迅的話說，這個問題只能「懸揣」）。魯迅自稱是抱著啓蒙主義的態度來進行文學創作，按照查爾斯・泰勒的看法，「功利主義是啓蒙運動的道德規範。功利主義是這樣一種道德規範，它依照行爲後果來判斷行爲，依照與某個外在目的的關係即行爲的有用性來判斷行爲」〔註 6〕，並且功利主義追求的是最大化的有用性或最大總量的善。當然，魯迅的表意方式使他的意思超越了功利主義的規範，「昏睡／清醒」的晚清話語方式的沿用、「希望／絕望」的兩難辯駁使他的思考提升到了哲學維度〔註 7〕。這種提升能力正是文學遊戲參與者水平的體現。

另一個例子來自 1936 年 10 月「新少年雜誌社」出版的《新少年讀本》。該書《序》由「新少年雜誌社」（社長夏丏尊，編輯者有葉聖陶、顧均正、豐子愷和宋易）撰寫，稱：「我們好久蓄著一個志願，想選錄一些文章，彙集在一起，供給新少年閱讀」，而選錄的標準是：「第一，所選文章必須以少年爲對象。第二，所選文章必須對於少年有直接的效益。」「直接的效益」是什麼、又該如何理解呢？《序》雖然並未明確回答，但有這樣的話提供了回答的線索：《序》認爲讀本中的各位作家都像青少年的親密朋友，「態度是那麼溫和，感情是那麼眞摯。就文章而論，他們的文章是出色的文章。就影響而論，他們的文章對於讀者一點沒有壓迫之感，而自然會浸潤到讀者的靈魂深處。」看來，文章的「直接的效益」就是自然地浸潤到讀者的靈魂深處。這和魯迅改造國民性、喚醒昏睡國民、立人之說處在相同的意義層面上。

〔註 6〕查爾斯・泰勒：《黑格爾》，張國清、朱進東譯，譯林出版社，2012 年，第 250 頁。

〔註 7〕這句話暗示著這樣的意思：魯迅「希望/絕望」的兩難辯駁使「昏睡/清醒」的傳統話語方式增添了更複雜的含義。

　　這就形成了一個有趣的現象：投資的效益（行文多稱利益，或作效用、收益，或作利潤，不似經濟學那般作嚴格區分）才是文學遊戲參與者們所關心的根本問題。投資者們一直身陷此問題，而研究者一直未對之作深入討論。在繼續討論之前，必須清楚：葉聖陶們所說的「效益」實際上是文學研究向來談論的價值，指的是那種無形的、精神性的存在。正如魯迅避開使用「有用沒用」這樣的世俗用語，而出之以鐵屋子意象和「希望／絕望」的兩難辯駁。

　　文學研究向來只談價值而不談利益，以為利益就是指經濟利益，文學怎麼能和利益掛鉤呢？這種片面狹隘的認識廣泛存在。2009 年 12 月 9 日，《報刊文摘》載文《韓少功妙答文學的作用》：

> 　　經常遇到有人提問：文學有什麼用？我理解這些提問者。包括一些猶猶豫豫考入文科的學子。他們的潛臺詞大概是：文學能賺錢嗎？能幫助我買下房子、車子以及名牌手錶嗎？能讓我成為股市大戶、炒樓金主以及豪華會所裏的 VIP 嗎？
>
> 　　我得遺憾地告訴他們：不能。
>
> 　　……把文學與利益聯繫起來，不過是一種可疑的現代制度安排，更是某些現代教育商、傳媒商、學術商等等樂於製造的掘金神話。

　　首先，時代話語發生了翻天覆地的變化：曾幾何時，作家們欣喜的是自己的作品影響了讀者的靈魂；幾十年後，人們念叨的是用文學作品可以賺多少錢。我並不認為這兩種念想有高下貴賤之別。其次，不得不承認寫作可以發財可以致富，君不見當今網絡文學催生了多少文學新貴，作家富豪榜讓多少人豔羨啊！即便時光倒流回到民國，定居上海後的魯迅和發表《啼笑因緣》後的張恨水不都是靠寫作維生，過著中產階級的日子嗎？

　　文學可以和利益聯繫起來，也必須和利益聯繫起來。我們通常大談某部作品的「價值」而不談其利益，覺得一談利益就俗、就染指了阿堵物，價值原本不也是一個政治經濟學術語嗎？看來，問題的關鍵是重新認識利益二字。

　　經濟學家應該最有發言權。「經濟學的核心是經濟利益」，洪遠朋先生在此共識的基礎上，作了進一步的擴展：（1）一切社會活動的中心是利益，「人們產生從事經濟、政治、文化活動的動機無不出於對利益的追求。沒有利益，人們從事社會活動就喪失了目標」；（2）「一切社會關係的核心是利益關係（廣

義利益關係）」；（3）「一切社會科學的核心歸根到底是利益關係問題」。不同的學者對同一社會問題往往有不同的解釋與主張，其原因就在於他們自覺或不自覺地站在特定利益群體的不同的立場上〔註8〕。因此，利益是一切社會活動的中心；有人或把它表述爲「利益是一切社會人類活動的根本目標」〔註9〕。

　　但是，對一個如此重要的概念，經濟學卻沒有一個統一的表述。這或許令人詫異，但在我的考察中確實如此；仔細一想，又可釋懷，那些歷史悠久又普遍使用的術語往往面臨如此的命運，如文學研究對「文學」也沒有達成一致的認識（至少在伊格爾頓的《二十世紀西方文學理論》中是如此）。或許只有如此，人類的存在才充滿差異並變得豐富多彩。

　　一種說法認爲，「利益是人們能滿足自身需要的物質財富和精神財富之和，以及其他需要的滿足」〔註10〕，這種說法包羅萬象，讓我們感覺模糊。如果我們不從定義入手、而是從根據不同的標準對利益進行的不同劃分來認識，可能會更好一些。根據利益主體的區別，可分爲個體利益和群體利益，後者又可細分爲階級利益、民族利益、社會利益、國家利益、人類利益；按照利益的客體分爲經濟利益與非經濟利益〔註11〕，後者表現爲不直接通過經濟活動及其成果來獲得的價值，包括政治利益、精神利益、文化利益等；按照主體利益實現的遠近程度和時間來分，有眼前利益和長遠利益。主體謀求利益的主要動因一般以眼前利益爲目標，長遠利益則與主體有一定的時空距離，以可能性的價值與主體發生關係。〔註12〕總之，利益所指絕非僅僅是我們所認爲的經濟利益，而是一個包容性極強的概念。

　　回到文學投資上來。我們完全有理由認爲（不必爲此臉紅）：同其他社會活動一樣，文學投資也名正言順地追求利益〔註13〕。文學遊戲一樣「追名逐

〔註8〕　《新時期利益關係叢書·總序言》，見於管躍慶的《地方利益論》（復旦大學出版社，2006年，叢書之一）。

〔註9〕　商晨：《利益、權利與轉型的實質》，社會科學文獻出版社，2007年，第45頁。

〔註10〕　是爲洪遠朋先生的定義，轉引自管躍慶《地方利益論》，第7頁。

〔註11〕　利科亦曾有以下說法：「一個特定社會分配各種各樣的利益，包括那些商品性的和非商品性的利益。」見《論公正》，程春明譯，法律出版社，2007年，第149頁。

〔註12〕　這幾種分法參考了張江河的《論利益與政治》，北京大學出版社，2002年，第107～127頁。

〔註13〕　漢娜·阿倫特在《論革命》中說：「利益是一切政治衝突的驅動力，所有這些當然不是馬克思的發明……假如誰想指責某一個作者採用了所謂唯物主義的

利」。把利益問題鄭重引入到文學研究領域其影響將是巨大的。實際上，我們並不是不提及利益──比如有這樣的表述：「一種在本質上代表著群眾呼聲和利益的文學是不可戰勝的」〔註 14〕──而是沒有真正研究這個問題。那麼，文學遊戲所追求、所能得到的利益是什麼呢？

劉大白的說法比較有趣，他認為文學有兩種價值：「（1）時代價值；（2）生命價值。譬如夏天的電扇，冬天的火爐，在當時是價值絕高的；但是電扇到了冬天，火爐到了夏天，時代變遷了，它的價值就減低了。這種價值，就叫做時代價值。不過它底成就，是經過創造者底一番努力的；這努力的成果，就是生命價值，是不因時代底變遷而變遷的」〔註 15〕，看起來，「時代價值」類似於一時一地之眼前利益，能滿足目前之需要，解決眼前之問題；「生命價值」是其長遠利益，但這種利益形式是作品本身所固有的，因為它凝聚了作者的勞動，它就是作者勞動的結晶。這使我想到了馬克思對商品基本屬性的論述：滿足人們需要的使用價值對等於時代價值，凝結在商品中的人類勞動對等於生命價值；有時代價值的作品不一定能成為文學經典，但文學經典卻應該具有時代價值，它的思想與藝術成就會打動一代又一代的讀者。作為編輯的陶晶孫說得更通俗直接：

> 有人因為他的生活費的關係，把他的稿子寄來急待稿費的。書局代替我們銷雜誌，自然不可以給書局蝕本，因此我們所領的稿費和編輯費自然是不多……構成作家創作力的 Factor 除了米飯之外還有社會的反映，而他的作品發表之後，除了米飯之外，還酬著大眾的反響。那麼對於目下我國到處貧窮的狀態，諸君幸勿自餒，將來稿費的增加，大眾對於作者的認識，本刊的發展，都要靠寄稿作者諸位的努力方才能得到的。〔註 16〕

歷史觀點，誰就不得不追溯到亞里士多德，因為他是第一個聲稱利益，他稱作 συμψερον──對個人、團體和人民都有好處，在政治事務中居於並且理當居於至高無上的統治地位的人」（陳周旺譯，譯林出版社，2011 年，第 11 頁）。阿倫特在此未解釋什麼是利益，但看她的用法，我們可以知道她所用的「利益」指的是物質利益或經濟財富。

〔註 14〕 郭志剛、李岫：《中國三十年代文學發展史》，湖南教育出版社，1998 年，第 14 頁。

〔註 15〕 《與胡寄塵先生論文學書》，《文藝茶話》第 2 卷第 9 期，1934 年 4 月 1 日。

〔註 16〕 《編者後記》，《大眾文藝》第 2 卷第 2 期，1929 年 12 月 1 日。該刊第一任編輯是郁達夫，從 2 卷 1 期開始，由陶晶孫接編。

他希望諸位作者勿以稿費低而不爲（將來會好的），因爲創作帶給作者的不只是金錢，「還酬著大眾的反響」，如臧克家所說的「虛名」跟著也就有了。綜合以上思考，文學遊戲所能追求和所能獲得的利益形式包括：

其一自然是經濟利益。發表作品可獲得稿費，出版書籍可得版稅。有人說：「看到自己的文字第一次刊在報紙或雜誌上，或是第一次拿到稿費的時候，那一種心境實在是有難以言說的喜悅吧。第一次得到的稿費記得是六元，從郵政局領了回來，塞在口袋裏，好多時才把它用光。」〔註17〕創作投資帶來的經濟利益給了投資者以巨大的滿足感。

當布爾迪厄把「文化資本」引進他的研究時，他說：「除非人們引進資本的一切形式，而不只是考慮被經濟理論所承認的那一種形式，不然，是不可能解釋社會世界的結構和作用的。」〔註18〕但在文學研究領域，情況正相反。我們幾乎是有意忽略了文學作品的商品屬性與創作投資的經濟動機，認爲這些只能構成認識文學價值的障礙，是對所謂「人類靈魂工程師」的褻瀆。儘管投資者們（如郁達夫）坦承在寫作時懷有強烈的經濟動機〔註19〕，但研究者似乎從來也沒有認眞考慮過寫作的投資獲益問題，也就不可能把資本與利益的概念引入到文學研究中。可是必須認清楚的是，晚清以來，文學與商品的關係無從避諱：「不論作者在執筆時的動機如何，他將構成文學所必需的要素吐瀉到原稿紙上，以至經過排字、印刷、裝訂工人，再由書局而轉到讀者手裏。這過程，和其他充塞在市場上的商品一樣，是一個商品的過程。」〔註20〕於是，晚清以來的文學生產便應該名正言順地視爲一種資本投資的行爲，儘管這是一種特殊的資本投資行爲。誰要寫作誰就要擁有一定的資本，誰的資本愈雄厚愈獨特，誰的投資將愈有利潤回報。這裡，我要拋出「兩個

〔註17〕 胡朔：《我與文學》，《濤聲文刊》復刊號，1946 年 12 月 5 日。

〔註18〕 布爾迪厄：《文化資本與社會煉金術》，包亞明譯，上海人民出版社，1997 年，第 189～190 頁。

〔註19〕 魯迅更有意思，在日記中不寫「錢」而寫「泉」。漢時人們渴望廣聚天下財富，把「錢」改爲「泉」。大師魯迅也希望財源廣進，其來源主要是稿費和版稅；如果活在現在，可爲咸亨酒店代言，收一筆廣告費。

〔註20〕 匡亞明：《市場上所見到的文學》，《文藝新聞》第 24 號，1931 年 8 月 24 日。或曰：「資本社會內，作家的腦力和勞動者的勞力一樣，是爲了金錢而出賣的，那邊講起來是工資，這邊講起來便是稿費。作家的寫作，作品，等於勞動者的生產商品」（見 1934 年 4 月 21 日《新生》第 1 卷第 11 期所載「狄舟」《偷稿子與藝術商品化》）。

凡是」論：凡是在文學史上留名的作者都辦過刊物或參與編輯事務，越是有名的作者其涉及和影響的刊物越多越有名氣；凡是在文學史上留名的作者都拿過稿費，越是有名的作者從創作投資中獲益越多。這「兩個凡是」對與不對，請諸君結合「集聚效應」來思量。

其二是非經濟利益——象徵性利益（行文時或稱最大化的利益、抽象的利益、超利益的利益等），指不可用精確的數目字來衡量和表示的利益（在銀行存款，不管利息多高，電腦總會給出一個精確到小數點後幾位的數字），而是指一種通過作品影響他人、群體或社會的想像性滿足。我們常見如此評論——「這部小說在讀者當中產生了巨大的影響」，「巨大」是多大，無法用數字來標注，但可以想像很多人的精神與思想因為本書而充實或改變。包括名聲（榮譽或名聲會帶給文學遊戲參與者巨大的滿足感，對堅定其投資信心會產生很大的影響；並且，只有佔據了一定的聲譽，才會對聲譽表達鄙視之感）；鞏固與朋友的友誼（朋友來信約稿，不能不回寄以延續友情）；更重要的是政治利益（如人們常說的民族利益〔註 21〕、階級利益等）以及一時難以說清的藝術利益。這些我們將在後面專章論述。當然，對象徵性利益的認識與表述可以有不同的方式，比如詩人林庚在《文學的需要》中就說，文學之用「大約不外四種，一是刺激的享受，二是感情的發洩，三是文字的安慰，四是知識的獲得。」值得一提的是，林庚認為「為藝術而藝術」是要不得的。

否定「為藝術而藝術」，會遭到某些人的否定。這就是說，創作投資的利益訴求是有變化的。換言之，文學創作投資的利益追求和利益獲得表現出多向性與不確定性的特點。它是一個變量而不是恆量。即便對同一個投資者而言，他也會在不同的時期形成不同的風格，在昨天與今天之間就呈現不同的關注對象與表達方式。今天言志，不妨礙明天載道。因此，所謂作家轉向，就是資本在利益追求的動機下不斷調整的結果。人的滿足需要是從屬於心理與感受的，是多變的，不是固定的、從一而終的，所以作家們會在不同的時期形成不同的風格（如延安時期許多作家作風大變）。這個「時期」不一定要多麼長。換言之，寫浪漫主義詩歌的又寫現實主義，這毫不奇怪。這才是作

〔註21〕 我們可以看到下列表述：「為民族利益計，我們又甚盼民族解放的文學或愛國文學在全國各處風起雲湧，以鼓勵民氣」，見《文藝界同人為團結禦侮與言論自由宣言》，包括魯迅、郭沫若、巴金、包天笑等 21 人簽名，見《新認識》第 2 期，1936 年 9 月 20 日。

者自我的充分表現，這才是創作投資的自由。〔註22〕

　　亦因此，投資者名字的出現並不是規則和有序的，並無固定的軌跡，名字出現在同一個刊物上並不意味著他們有一致的利益打算：有的只是想多得一點稿費，有的是還朋友「文債」，有的是想加快象徵性資本的流通速度……通常的情形正如時人所說：「替這一雜誌執筆爲文的人，彼此走著不同的路向；或者說，彼此感覺著不同的趣味。」〔註 23〕如果一再拘泥於政治利益追求或按投資者的政治屬性來歸類排隊，當然要「感到意外」。

　　至此，寫作經濟學便誕生了。我們可以用寫作經濟學代替寫作政治學。我把目前的研究命名爲「文學考古、文學遊戲和寫作經濟學三位一體研究」：所謂三位一體，簡單地說是指三者是一從實踐到理論的有機整體：文學考古的重新對象化歷史化的工作旨在發現、感受和體驗一個不同於文學史敘述的文學遊戲世界，而文學遊戲指涉一種創作投資獲益的過程，創作投資則遵循寫作經濟學的邏輯。

<h2 style="text-align:center">三</h2>

　　事實上，文學遊戲的參與者或投資者對運用資本投資獲益的認識早已有之。丁玲就說：「創作就如同一個工廠生產產品，作家的腦子就是工廠，文章就是產品。但這個產品，是比較複雜的，是一種特殊的產品，是精神食糧。這種產品的品種要多樣，不能重複，不能只是一個模子。它生產的每一件產品都不是一個模子的。只有這樣，這個工廠才能開門，才能開下去。這個工廠必須跟著時代跑，要反映時代的精神。這種食糧要好吃，還要有營養。要有留得下來的產品，要經得起篩選。別的工廠生產一件產品，比如紗布，它有等次，有規格，工廠和社會對它有個起碼的要求。而作家這個工廠的產品，規格就很不好說，這個贊成，那個反對，很不一樣。但是我們還是應該有個

〔註22〕　因此，一個問題值得深思：文學史敘述給作家們貼上了這個流派那個主義的
　　　　標籤，可是作家本人並不認可。比如王統照、冰心他們就否認自己是「問題
　　　　小說」作家。問題小說曇花一現，不是因爲他們的創作有藝術上的缺陷，而
　　　　是因爲他們本不承認自己是問題小說作家，創作的作品可以貼上「問題小說」
　　　　的標籤，他們原本沒有流派意識、沒有小團體意識，因爲他們崇尚投資自由。
　　　　即便被視爲新文學第一個文學社團的文學研究會，在周作人的設想中也不是
　　　　個小圈子社團，更不想促成、主導一種文學思潮。
〔註23〕　楊人梗：《現代青年的苦悶》，《青年界》第 1 卷第 1 期，1931 年 3 月 10 日。

規格，要有一定的水平。這個工廠生產還有另一個困難，它很難保證自己產品的質量始終很好，有時可能會下降，有時可能生產不出來。」〔註 24〕丁玲這段論述有這樣幾點意思：（1）創作如同一個工廠生產產品，即是一種創作投資獲益的認識；（2）創作投資的產品要獨特才能保證特殊的收益；（3）創作投資的產品要經得起時間的淘汰與篩選；（4）對這種產品的評價很難達成一致的價格；（5）創作投資不同於機械的流水線生產。這些認識在本文的論述中將得到進一步的深化。但她把作家的腦子作為工廠，只認識到這個工廠的作用，就是只重視了文學遊戲的一個環節，則是不全面的。

此外，郭沫若已有「文學資本」的說法：「所謂文學才能，我相信也並不是天生成的，事實上仍然是由教養得來的。幼小時的家庭教育和初級的學校教育是有最大的關係。一個文學家的家庭，尤其是他的母親，大抵是有文學上的教養。幼時所接觸的人物或師長也是極大的關係。未成年以前所接近過的人或讀過的書籍，其影響往往足以支配人底一生。這些都是一般所公認的真實。凡是對於文學有嗜好或傾向的人，事實在幼年時是已經有文學底資本積蓄在那兒了，這是起碼的本錢。不過這些資本是應該使它不斷地生產和再生產，而使它不斷的積蓄。多讀名家著作，多活用自己的感官，多攝取近代新穎的智識，多體驗社會上的各種生活，多熟練自己的手筆，多接受有益的批評和意見，是儲蓄文學資本的必要條件。資本雄厚的人，生產底規模必然宏大，這是無須乎再多說明的目前的現實了。」〔註 25〕顯然，這段話可以這樣來理解：郭沫若已經意識到了文學創作是一種資本投資的行為，要寫作便要擁有一定的文學資本，並且資本愈雄厚愈獨特，投資則將愈有利潤回報。

那麼，怎麼來認識資本與文學資本呢？

按照馬克思《資本論》的定義，資本是「用於剝削雇傭工人創造的剩餘價值的價值，體現資產階級剝削無產階級的生產關係」〔註 26〕，把資本看作是資本家剝削工人的工具，一直以來這就是我們對資本的普通認識。但這裡要特別提請注意的是：《資本論》分析的是現代資本，用貨幣來計算的資本；而馬克思的《德意志意識形態》在論述中世紀城市行會時又使用了「等級的

〔註 24〕 丁玲：《文學創作的準備》，《丁玲全集》第 8 卷，河北人民出版社，2002 年，第 172 頁。

〔註 25〕 郭沫若：《今天創作的道路》，見張新《中國文論選・現代卷》（下），江蘇文藝出版社，1996 年，第 205 頁。

〔註 26〕 見成保良等編《〈資本論〉的範疇與原理》，經濟科學出版社，2000 年，第 58 頁。

資本」的說法，他說：「這些城市中的資本是自然形成的資本；它體現爲住房、手工勞動工具和自然形成的世代相襲的主顧；由於交往和流通不發達，資本沒有實現的可能，只好父傳子，子傳孫。這種資本和現代資本不同，它不是貨幣來計算的（用貨幣來計算，資本體現爲哪一種物品都是一樣），而是與所有者的完全固定的勞動直接聯繫在一起的、完全不可分割的，因此它是一種等級的資本。」〔註27〕這就是說，以是否可用貨幣來計算爲劃分標準，馬克思的文本涉及了兩種類型的資本：現代資本與等級資本。整體上看，馬克思重點分析的是前者。

如今，社會學家賦予了資本更廣泛、更具活力的理論內涵。美國的阿爾文·古爾德納說：「任何產品只要是以增加效用和財富爲目的，無論是實物還是技巧，都可以成爲資本」；「新階級所受的教育也是資本的一部分。它之所以是資本不是由於它一定會提高生產率，而只是因爲它能產生效益，而獲取這些收益是行得通的，並且這些收益被認爲是天經地義的。」〔註28〕著名的法國社會學家皮埃爾·布爾迪厄則認爲：「資本是積累的勞動（以物化的形式或『具體化』的、『肉身化』的形式），當這種勞動在私人性，即排他的基礎上被行動者或行動者小團體佔有時，這種勞動就使得他們能夠以具體化的或活的勞動形式佔有社會資源……」〔註29〕明顯地帶著與馬克思等級資本概念的聯繫。在布爾迪厄看來，任何資源，凡是可以作爲一種權力的社會關係來發揮作用，都有可能成爲資本。前引郭沫若對母親的重視可作一例證。投資者們擁有不同的文學資本，一個重要的原因在於他們有不同的母親。不同的母親又是如何形成的呢？這是因爲不同的母親又有不同的母親。如此下去，我們看到這種不同不是臨時性的，而是長期而穩定的，用布爾迪厄的用語來說，是「結構性」的。結構性的不平等意味著不同的母親並不僅僅是母親個人文學才能的差別，而是關聯著是母系家庭（家族）在政治、經濟、教育等諸方面的社會性差別。

對文學遊戲的參與者來說，他需要擁有一定的文學資本，即創作投資的資源與能力，它們便是以肉身化的形式存在著、表現著。例如，「一提起詩人，一般人就有一種異樣的感覺……這一大半是由於那些做了詩人的人有意賣弄

〔註27〕　見《馬克思恩格斯選集》第一卷，人民出版社，1972年，第59頁。

〔註28〕　阿爾文·古爾德納：《新階級與知識分子的未來》，人民文學出版社，2001年，杜維真等譯，第19～20頁。

〔註29〕　布爾迪厄：《文化資本與社會煉金術》，包亞明譯，上海人民出版社，1997，第189～190頁。

野人頭，來抬高他們自己的身價。這和他們做出許多奇怪的行為，如打一條大的黑領結，如穿怪樣的衣服，如把頭髮染成綠色，如想到家裏的瘦驢，忽然從幾百里路以外叫人趕來等，是出於同樣動機。這些驚世駭俗的行為，一經表現出來，一般輕信的人，就覺得詩人與平常人兩樣，而另眼看待，這些詩人，一次兩次賣弄他們的鬼把戲，叫人摸不著底細，一直弄下去，久而久之，也就不自覺地覺得與平常人有些兩樣了。」〔註 30〕雖然話風帶著諷刺，但無論如何，文學遊戲參與者與眾不同的身體神話就誕生了。這種關於身體的神話其實劃定了一個獨特的認知、理解、體驗與表達的空間，確保寫作投資的特權。在某種意義上，創作投資就是把整個身體作為資本「種」下去，等待未來的收穫，像農民種莊稼一樣：「誰不希望自己的血汗沒有白流！要不白流，惟有將自己一滴滴的血汗，貫注到每一篇作品的字裏行間，以血書，以汗寫，然後才能動人，才能感人，才能不朽！」〔註 31〕

文學資本是一複合性的構成，包括：

（一）生活資本。丁玲有篇文章的題目便是《創作要有雄厚的生活資本》〔註 32〕。卞之琳則說：「一般習於寫詩的，一到中年，往往自以為有了點生活資本，羨慕寫小說。」〔註 33〕即通常所謂的人生經驗、教育經歷（在此過程中積累文學修養、培育文學感受能力等）和寫作材料。生活資本可投資形成作品特殊的地域色彩，從而保證特殊的收益（因為你的作品別人無法完成，他們沒有這類生活經驗）〔註 34〕。

（二）語言資本，是文學資本中最重要的構成。使用何種語言形式（如

〔註 30〕 奉倩：《你也可以做一個詩人》，《國民》第 1 卷第 4 期，1937 年 5 月 28 日。
〔註 31〕 培：《一字一滴血汗》，《文藝先鋒》第 5 卷第 5 期，未能見到其出版日期。
〔註 32〕 見《丁玲全集》第 7 卷，河北人民出版社，2002 年，第 400～409 頁。
〔註 33〕 《話舊成獨白：追念師陀》，見《漏室鳴——卞之琳散文隨筆選集》，中央編譯出版社，2005 年，第 261 頁。在該文中，卞之琳聲稱譯書是為糊口。
〔註 34〕 寫實主義或現實主義特別重視生活資本。對生活資本的強調在五四文學鬥爭中曾發揮了重要作用。在新文學作家看來，鴛鴦蝴蝶言情小說只有讓人厭煩的套路而無厚重的生活資本，如茅盾所言：「許多的婚姻描寫創作中又只是一般面目，——就是：甲男乙女，由父母做主自小訂婚，甲男長大後別有戀愛，向父母要求取消婚約……——不也嫌無味麼？」在茅盾看來表現社會生活的文學才是「真文學」，於人類有關係的文學。見郎損《社會背景與創作》，《小說月報》12 卷 7 號，1921 年 7 月 10 日。亦因此，五四時期才產生了鄉土文學。魯迅小說中的「魯鎮」、廢名的「黃梅」以及後來沈從文的「湘西」等都是作者獨特的生活資本的體現。

文言、白話、方言、大眾語等)、語言的積累以及運用語言的能力等都可以決定著投資收益的大小。五四時期的文言白話之爭以及後來大眾語的討論，都是為了確立某一類語言資本的支配權，服務於某些作家或團體的利益追求。三十年代左翼文學出現的群眾常常是以罵人標誌其屬性的，如丁玲《水》便可見「管他娘」，「見他娘的鬼」，「媽的」，「老子 X 你娘」等粗俗字句，但到了《太陽照在桑乾河上》，群眾的髒話卻一字也不見了。張裕民，雖然有過賭博的不良記錄，看起來卻和他的同伴一起成為了有教養的英雄，因為有教養已成為張裕民所在階級利益的一個重要表現。同時，左翼敘事投資常常插入人物的書信或日記(如蔣光慈《咆哮了的土地》出現了李傑和何月素的日記)，但在解放區的小說敘事投資中書信卻普遍消失了，代之以歌曲或快板。一方面後者流傳廣，貼近民眾，更容易獲取利益；另一方面，寫信容易寫文章難，寫信不是趕考，不是辦公事，不帶有強迫性，可以說，書信日記的消失是語言資本和文學遊戲利益追求都發生了重大變化的症候。

當我們理論上把語言視為一種所有投資者可共享的資源時，我們稱之為「語言貨幣」。文學遊戲的創作投資與經濟投資的根本區別便在於它是以語言貨幣來進行投資獲益的行為。經濟學意義上的貨幣是不帶任何色彩的，是中立的，它的面值是固定的，在不斷的流通過程中，十塊錢還是十塊錢。但語言貨幣並不具備明確、固定、統一的面值。在流通過程中，語言貨幣會染上一些不明的痕跡、一些星雲狀的物質；它不僅有橫組合關係，而且有縱聚合的潛在的意義生產能力〔註 35〕。這將是寫作經濟學闡述的一項基本內容。

(三) 傳媒資本。無論所謂的大報小報、重要雜誌或一般刊物都是文學遊戲發生的重要空間，實質皆是文學遊戲參與者的重要資本，但刊物這種資源對參與者來說並不是平均分配的，而是大作家擁有更多的資源或優質資源，而小作家則只能佔用較少的資源或劣質資源，如不入流的「小報」。所謂小報「是指篇幅短小，一般為八開或小於八開的小型報紙，它以消遣性為主

〔註35〕　威廉姆·龐德斯通在《囚徒的困境》中說：「任何兩個人，只要他們點的硬幣數是正確的，那麼算出的零錢數一定是相同的。而效用則因主觀定義的不同而不同。如果博弈的結果不是現金獎勵，而是人世間事物的一些非常複雜的狀態，那麼任何兩個人都可能對一組博弈的結果評定出不同的等級」(吳鶴齡譯，北京理工大學出版社，2005 年，第 196 頁)。類似地，語言貨幣的組合往往會帶來出乎投資者預料的複雜情況，但這對文學評論者來說實在是極其普通的事情。

旨，內容包括新聞、小說、隨筆、遊戲、小品文、新舊體詩詞、掌故、影戲
舞動態、社會知識和生活話題等。一言以蔽之，小報是休閒性的小型報紙。」
於是遭到了左翼、京派沈從文、新月派梁實秋等人的貶斥。對他們來說，「小
報」就是一種劣質的投資資源（藉此實現自身的神聖化），彼此的價值立場與
利益追求差異甚大，簡直無法共生共存〔註36〕。

但是小報卻不這樣看待自身。《永生週刊》第 1 卷第 4 期（1936 年 3 月
28 日）刊登《報報日報》之廣告，稱：小報的使命並非是專載明星談風月，
而是「補助大報之不足，它以輕鬆有趣的筆調，含蓄幽默的文字，傳佈一切
消息和思想，站在時代前面，爲社會爲文化而努力。」特約撰稿人中有曹聚
仁、汪靜之、王魯彥、謝六逸等新派作家。一方面，小報也在努力使自身的
神聖化；另一方面，新文人並非不涉足其間，利益考慮自然多種多樣，但與
主編者相識恐怕是最關鍵的因素。

（四）人際關係資本。文學史的事實表明：編辦刊物要想獲得成功並維持
長久，就需要大量的（優質的）人際關係資本。這就意味著，文學遊戲的投資
者不再被視爲僅僅是一個「作家」、甚至是一個「人類靈魂的工程師」，而是一
個活生生的肉身化有限存在的「人」，那麼可想而知，他的人際關係資本肯定
會對其創作投資產生影響。如果在參與文學遊戲之初或創辦刊物之時得到名作
家的支持與鼓勵，那將是非常重要的。據魯迅《僞自由書·前記》，黎烈文主
編《申報·自由談》之初，人地生疏，郁達夫請魯迅予以稿件上的支持，魯迅
答應了，因爲魯迅請郁達夫寫稿時，郁達夫一定如約寄來；所以魯迅說他之所
以向《自由談》投稿，「一是爲了朋友的交情，一則在給寂寞者以吶喊」。此外，
我們還可以從丁玲致沈從文的一封信中看出人際關係資本的重要性：

> 現在有個新的小書店，請我替他們編一個雜誌，我頗想試試。
> 不過稿費太少，元半千字，但他們答應銷到五千時可以加到二元或
> 二元半，因此起始非得幾個老手撐臺不可。我意思這雜誌仍像《紅
> 黑》一樣，專重創作，而且得幾位女作家合作就更好。冰心，叔華，
> 楊袁昌英，任陳衡哲，淦女士等，都請你轉請，望她們都成爲特約
> 長期撰稿員。〔註37〕

〔註36〕見李楠《晚清、民國時期上海小報研究》，人民文學出版社，2005 年，第 17
～24 頁。
〔註37〕見王增如、李向東《丁玲年譜長編》上卷，天津人民出版社，2006 年，第 70 頁。

　　丁玲要辦的就是《北斗》雜誌。在第一期《編後記》中，丁玲稱使她有勇氣辦這刊物的「是因爲還認識幾個寫文章寫得好的人。我做編者的任務是各方奔走，每天寫信，耐耐煩煩的請他們寫一點好的稿子」，「現在第一期是出版了。使我很高興的，就是各方面拉稿，還不算困難。都願意爲這刊物寫了一些稿來」；並說冰心女士還有大作在下期刊登，「我的朋友沈從文先生」也答應寄稿來。言語之間流露著自豪之感：有這麼一幫老手名家都給我面子。反過來講，擁有了良好的人際關係資本，作品便有更多的出版或發表的機會。三十年代魯迅的雜文創作就同《自由談》建立起了良好的互動局面。

　　（三）（四）兩種類型的文學資本通常共同發生作用。尙鉞本是一無名之輩，與張目寒（魯迅的學生）在編輯《豫報副刊》時有矛盾衝突，在寫給魯迅的信中攻擊張目寒和曹靖華（魯迅新結識的文學青年），但「魯迅並沒有介意，事過之後，對攻擊者和被攻擊者，依然一視同仁，他們來了，熱情接待，他們有了作品，細心閱讀，及時編發。在《莽原》週刊中，尙鉞是發表作品第二多的一位作家，共發表二十四篇，比魯迅多五篇，比高長虹少四篇，可見魯迅對尙鉞的重視」〔註38〕。有了魯迅和《莽原》，無名之輩尙鉞才取得了作家的存在。當魯迅還是個無名的青年時，也得到了《河南》雜誌的支持：「《河南》一方面給魯迅作品提供了一個發表的園地，另一方面又給魯迅帶來了不菲的經濟收入」，「《河南》的做法無疑很值得今天的學術刊物借鑒，刊發學術成果，不一定非名家，今日的無名小輩，未必不是他日的學界泰斗。」〔註39〕魯迅在《墳·題記》中說：《河南》的編輯先生「有一種怪脾氣，文章要長，愈長，稿費便愈多。所以如《摩羅詩力說》那樣，簡直是生湊。倘在這幾年，大概不至於那麼做了」，可見編輯的趣味對創作投資的影響之大〔註40〕。

　　（五）政治資本。在晚清以來的中國社會空間，政治資本在資本類型與結構中佔據著重要地位。文學遊戲一個曾經非常明顯的投資方向就是證明政治資本投資是最重要的投資獲益方式。有許多作品因不能獲得當時政治體制的認可而無法發表，因而也就失去了在此種體製序列內獲得收益的可能。

〔註38〕董大中：《高魯衝突：魯迅與高長虹論爭始末》，中國工人出版社，2007年，第78頁。

〔註39〕陳偉華：《1907：思想家魯迅的成熟》，《魯迅研究月刊》，2008年第11期。

〔註40〕同樣，編輯的壓稿、退稿等行爲都可以引發與作者的衝突，因爲稿件被壓被退意味著不能進入或被排斥出文學遊戲。如高長虹和魯迅之間的矛盾衝突起因於《莽原》壓下了向培良的稿子。個中細節在此不必多說。

在我看來，傳媒資本尤其是政治資本帶有明顯的體制化特徵。所謂體制化，是指這些資本具有外在強制性的力量，非投資者個體所能左右。最常見的情況是，刊物會對來稿作出要求，從字數、題材、體裁、思想傾向等等方面規劃一個（大致的）方向，不合要求者很難中選。當然，不能籠統地說體制化資本是好是壞，還是要看投資者怎麼運用，具體情況做具體分析。

另外需要說明的是，文學資本的各構成類型並不具有同等的投資重要性，一般而言，生活資本與語言資本是文學資本的核心構成；但具體到某個時期或某個個體，就得視情況而作具體分析，某種文學資本構成可能會一時更有助於投資收益的獲得，因而會得到更多的重視。

四

文學資本投資運用的方式呈現出複雜而多樣的變化。

各類型資本可以單獨使用，更多地是綜合運用「協同作戰」，以求最大化的利益。《韓非子·五蠹》云：「『長袖善舞，多錢善賈。』此言多資之易爲工也」。一個「作家」的出現與誕生總是充分利用各類資本的結果。「魯迅」的誕生就是一個典範。他首先謀取佔有傳媒資本，自己辦刊物：「《新生》的出版日期接近了，但最先就隱去了若干擔當文字的人，接著又逃走了資本，結果只剩下不名一錢的三個人。」佔有傳媒資本的失敗使魯迅覺得自己「決不是一個振臂一呼應者雲集的英雄」而感到無聊與寂寞。他鈔古碑沉默十年，錢玄同的造訪改變了這種局面——人際關係資本提供了一個不可多得的機會：

> 「你鈔了這些有什麼用？」有一夜，他翻著我那古碑的鈔本，發了研究的質問了。
>
> 「沒有什麼用。」
>
> 「那麼，你鈔他是什麼意思呢？」
>
> 「沒有什麼意思。」
>
> 「我想，你可以做點文章……」
>
> 我懂得他的意思了，他們正辦《新青年》，然而那時彷彿不特沒有人來贊同，並且也還沒有人來反對，我想，他們許是感到寂寞了……

　　看來，魯迅還是不能忘懷《新生》失敗帶來的寂寞之感，否則他就不會推己及人地體會《新青年》的寂寞，這是英雄的寂寞，是投資未獲滿意回報的寂寞，只有體制化的資本才能造就「振臂一呼應者雲集的英雄」。陳獨秀、胡適及錢玄同等不是曾今可之流，《新青年》也絕非《文藝座談》，就這點來說，魯迅遠比臧克家要幸運。錢玄同所問「有什麼用？」「是什麼意思」，就是刺激魯迅為《新青年》寫稿。這才成就了魯迅與《新青年》的相互輝映〔註41〕。

　　在魯迅加入《新青年》之前，激進地反封建禮教、討伐禮教弊病的文章可謂鋪天蓋地，獨《狂人日記》讓人印象深刻，這是為什麼呢？魯迅說自己這第一篇白話小說意在揭示封建禮教的弊害，而這種揭示在當時根本就不新鮮，但《狂人日記》有著對語言資本的出色運用，使人過目難忘。我們一般說人吃什麼，如「人吃飯」，偶而也說「人吃屎」，但罕見「人吃人」，魯迅卻偏偏用「吃人」一針見血地指出了封建禮教的危害與恐怖，他僅僅用「吃人」兩個字就概況了其他文章連篇累牘所要表達的意思。可見，思想的深刻在某種意義上就是表述的深刻〔註42〕。

　　可以說，《狂人日記》對「吃人」的發現與記錄，既是對《新青年》雜誌反封建反禮教政治資本的形象而深刻的表達，又以其駭人聽聞的表述打破了雜誌「寂寞」的局面，使魯迅一舉成名。隨之而來的是不菲的經濟收益：「我的譯著的印本，最初，印一次是一千，後來加五百，近時是二千至四千，每一增加，我自然是願意的，因為能賺錢，但也伴著哀愁，怕於讀者有害……我自己早知道畢竟不是什麼戰士了，而且也不能算前驅」〔註43〕。這就是說，在穩固地佔有了體制化資本與相當的名聲之後，魯迅不願再做體制化資本塑

〔註41〕　按照魯迅的表述，他似乎不願意寫小說，只是被催逼不過，才寫了篇《狂人日記》塞責，「但是《新青年》的編輯者，卻一回一回的來催，催幾回，我就做一篇，這裡我必得記念陳獨秀先生，他是催促我做小說最著力的一個」（《我怎麼做起小說來》，收入本年天馬書店出版的《創作的經驗》），看來，「魯迅」就是被《新青年》雜誌催逼出來的。

〔註42〕　這使我想到了愛因斯坦，「雖然許多人和愛因斯坦一樣，也對某些事物有著同樣深刻的理解和頓悟，但他們卻沒有能力把它們表達出來。愛因斯坦之所以偉大，就是因為他除了具備理性思維能力，還兼具優秀的綜合思維能力」（見《大自然探索》2014年第4期）。「愛因斯坦奇蹟年」的五篇革命性論文，就是用看似簡單的語言來表達深刻的思想。另外需要說明的是，如今我們對《狂人日記》的解讀可謂五花八門，但當時它能引人注目就在於用「吃人」概括仁義道德之本質。

〔註43〕　魯迅：《寫在〈墳〉後面》，《魯迅雜文全集》，河南人民出版社，1994年，第89頁。

造出來的「戰士」或「前驅」，而是文學遊戲的一個具有獨特文學資本的個體行動者，遵從文學遊戲本有的邏輯和規則。他雖然承認文學之「有用」，但其前提是文學因爲首先是文學才有用，而不是文學因爲是其他才有用。

文學史敘述中的各個流派與社團則可被視爲各類資本的整合與集中，以形成一定的規模效益。換言之，具有相近利益追求的文學遊戲參與者組織起來可以迅速地造成聲勢，可以出版自己陣營的刊物，提高自身在文學遊戲中的地位與影響。在此，我們敢大膽地下一個結論：凡是在文學史上有名有姓的作家都組織成立過、參與過、聯繫過某個社團。越是有名作家，其涉足的社團越多〔註44〕。不少社團及他們出的刊物，我們可能聞所未聞。如王余檟、翟永坤等先後組成荒島社、徒然社，出版《荒島半月刊》、《徒然週刊》（見《大眾文藝》第 3 期載文《通信兩件》和第 6 期載文《最後的一回》之介紹）；王墳（朱雯）、陶亢德、施蟄存、綠漪等在蘇州成立了白華社，出版《白華》（見《眞美善》第 5 卷第 1 期載文《蘇州文藝的曙光》之介紹）；林微音、茅信、朱維基三人組成「綠社」，出版刊物《綠》（見《南風》第 2 卷第 1 期載王汝翁文《懷霜樓隨筆》之記載），賀知遠等組織成立的「中國青年作家協會」（見《多樣文藝》第 1 卷第 6 期載賀知遠文《中國青年作家協會的現在和將來》），胡朔組織「爐火社」，社刊《爐火》（見胡朔《我與文學》，《濤聲文刊》復刊號）等等。重提這些幾乎無名的人與刊，既是對歷史與史料的尊重，更是對文學資本投資衝動的記憶，正是在這種潮水般不斷的投資衝動之中，大作家誕生了，經典之作發表了。

那些重要的社團流派即意味著它們集中了大量的優質資本，如聞名遐邇的京派，它的成員大多受到了良好的教育，有著大學制度提供的生活保障，接受了古今中外優秀的文化遺產，並擁有像《大公報》這樣影響廣泛的傳媒資本。沈從文就不無得意地說：「《大公報》弟編之副刊已印出，此刊物每星期兩次，皆知名人士及大學教授執筆，故將來希望殊大，若能支持一年，此刊物或將大影響北方文學空氣，亦意中事也。」〔註45〕。這對本年創辦《無

〔註44〕 例如，楊洪承《「豆」與「豆萁」——魯迅與現代中國文學社團之關係考辨》一文（《魯迅研究月刊》2009 年第 12 期）就詳細考察了魯迅與南社、《新青年》社、語絲社、莽原社、未名社、奔流社、朝花社、左翼作家聯盟等多個社團的關係。

〔註45〕 見吳世勇編《沈從文年譜》，天津人民出版社，2006 年，第 140 頁引 1933 年 9 月 24 日信。一是《大公報》之影響力在，一是執筆者之身份地位在。

名文藝》的葉紫與陳企霞、對在哈爾濱自費出版小說集的蕭軍和蕭紅來說，是難以想像的。

如果投資者能加入一個重要社團，那麼這能帶來的象徵性收益是巨大的，對一個初入文壇的無名作者來說尤其重要。有人就認爲蕭乾進入了林徽因家的客廳，「在某種意義上是一個標誌，標誌著一個青年文學家進入了當時主流派文學的中心。」〔註46〕蕭乾的入場券是發表在11月1日《大公報》上的小說《蠶》。據蕭乾說，這篇小說是回答「宇宙間有沒有神這麼個玄而又玄的問題」，結論是「即使有個神，它也必是變幻無常，同時，望了人類遭際突然愛莫能動的。蠶的生存不是神的恩澤，而靠的是自身的鬥爭。」〔註47〕林徽因對此非常賞識。據1933年11月中旬致沈從文信，有言：「十一月的日子我最消化不了，聽聽風知道楓葉又凋零得不堪，只想哭」，「蕭先生的文章甚有味兒。我喜歡，能見到當感到暢快。」〔註48〕很明顯，林徽因從蕭乾的《蠶》中讀出味來，跟她的十一月份的心情、跟徐志摩的遽然離世（具體時間是1931年11月19日）有直接關係。《蠶》這篇玄妙的小說觸動了她的心曲、爲她帶來了情感性的滿足。而蕭乾對自己進入太太客廳是這樣回憶的：「更使我吃驚的是，不久沈從文先生來信說，有位絕頂聰明的小姐看了我的那篇東西非常喜歡，要請我去吃茶」；「那天我穿上新漿洗的藍大褂，騎車跟在坐著人力車的沈先生後面去赴茶會了。那天坐在林徽因女士客廳裏的有她的先生梁思成、金岳霖教授，還有她的幾位我現在已記不准的常客了，可能有朱光潛和梁宗岱兩位教授。我端著茶杯坐在屋的一角，聽他們誇著，自己恐怕連眼睛也不大敢抬。」〔註49〕這並非是因爲害怕，而是一時對這份幸運的不敢相信。

這種狀況意味著，圍繞著某個刊物形成了基本固定的作者群，甚至每個欄目也都有基本固定的作者群（即便刊物的稿件是由幾個人寫定，也要署上五花八門的名字，以見刊物之影響力）。因爲絕大多數的刊物都是由編輯人員約稿或拉稿的。比如《大公報・文藝副刊》就爲「京派」的形成提供了重要的投資空間。其精神領袖周作人藉此「實現『中年變法』，創作也再次進入高

〔註46〕　見韓石山《李健吾傳》，山西人民出版社，2006年，第102頁。

〔註47〕　《虛無飄渺的煩惱——釋〈蠶〉》，見文潔若、黃友文選編《蕭乾文萃》，東方出版社，2004年，第11〜12頁。

〔註48〕　《林徽因美文》，四川文藝出版社，2007年，第107頁。

〔註49〕　《虛無飄渺的煩惱——釋〈蠶〉》，見文潔若、黃友文選編《蕭乾文萃》，第12〜13頁。

潮，而且持續相當持久」〔註 50〕，沈從文、朱光潛、林徽因、俞平伯、李健吾、廢名、楊振聲、蕭乾等既是副刊的固定作者，又是林徽因家沙龍的常客。有些雜誌更是明確聲明是「同人雜誌」〔註 51〕，不接受外來投稿；若接受外來稿件，其「社論」部分也往往是社員的專利。

報刊雜誌充斥著看得見的區分。如《申報・自由談》改版後，就不再發表原來作者的稿件了。他們的名字消失了〔註 52〕。《大公報》本年出現了三個文學版面──「小公園」、「文學副刊」和「文藝副刊」──都各有基本固定的作者群。我們還沒有看到「小公園」的作者能到「文藝副刊」上發表作品的。反之亦然〔註 53〕。

亦因此，一個有影響力的刊物的編輯可以通過自己的喜好來培育一種文學風格或一個文學流派。事實上，這也是人們對刊物的期待。沒有一定的主張（利益追求）是不受歡迎的。《文學》創刊號上的《一張菜單》因過於蕪雜而受輕議。《新壘》第 2 卷第 2 期說得明白：「與本刊性質不相符的，當然不登載。我們承認文藝是自由的東西，但我們並不說我們《新壘》是沒有主張的刊物。本刊是反對文藝政治化的，是不贊成風月哥妹化的……許多有政治作用及無聊戀愛的稿，已經不客氣的退回了。」施蟄存主編《現代》雜誌則引發了現代派詩歌創作熱。他在給戴望舒的心中掩飾不住自己的欣喜：「有一個小刊物說你以《現代》為大本營，提倡象徵派，以至目下的新詩都是摹仿你的。我想你不該自棄，徐志摩而後，你是有希望成為中國大詩人的」；「有一個南京的刊物說你以《現代》為大本營，提倡象徵派詩，現在所有的大雜誌，其中的詩大都是你的徒黨，了不得呀！」〔註 54〕

〔註 50〕 止菴：《周作人傳》，山東畫報出版社，2009 年，第 174 頁。

〔註 51〕 何謂「同人雜誌」，我一直未能見到時人對此的一個明確定義。但據《文學》第 3 卷第 4 號所載「惕若」《〈東流〉及其他》，作者視《東流》為同人雜誌。其特徵是：《東流》編輯、出版地均在東京，編輯撰稿者是一群留日學生，所發文章「有她一致的態度」，看來有一致的利益追求乃是同人雜誌的最重要特徵。

〔註 52〕 準確地說，只是在新版《自由談》上消失。1932 年 12 月 1 日，黎烈文接任《自由談》主編，周瘦鵑賦閒。在 1933 年春，經理史量才又在《申報》闢《春秋》副刊給他。「任《春秋》副刊編輯後，周瘦鵑暗下決心，有心和《自由談》較量一番，想盡一切辦法與《自由談》爭奪讀者。」（王智毅《周瘦鵑研究資料》，天津人民出版社，1993 年，第 34 頁）但後來的文學史敘述對此很少關注。

〔註 53〕 關於「小公園」、「文學副刊」及「文藝副刊」的具體而翔實的論述參見劉淑玲《〈大公報〉與中國現代文學》，河北教育出版社，2004 年。

〔註 54〕 分別見孔另鏡《現代作家書簡》，上海書店，1985 年，第 78、79 頁。

　　文人間組織社團、沙龍等可視之爲婚姻式的投資策略，其用意便在於擴大或改變文學資本的構成，以期達到更大的利益。以此觀之，三十年代所爭論的大眾化問題其表面是改變作家的語言習慣、題材選擇、文學形式等問題，實質是破除文學資本分配不均衡、打破文學資本固有分配結構的問題，其極端構想是使每一個人都懂文學，用文學，寫文學，從而重新製造作家群體：「一是要文學大眾化，先得生活大眾化，所謂『自己也成爲大眾的一個』，二是在大眾中培養作家。這是根本辦法」〔註 55〕；延續到四十年代的解放區，文學投資明確要和黨的利益、和工農兵結合，才能促進文學本身的健康並確保獲得最大的政治利益。至此，這種結合的危險與隱憂充分地暴露出來了：這樣的文學投資是不是離文學本身越來越遠了呢？畢竟，在抗戰爆發之前，儘管有人認爲報告文學是「報告書和文學結了婚」，它的「作用在向大眾報告一些什麼」，但也明確地表示「她的本身卻是文學。」〔註 56〕

五

　　以上對文學遊戲、文學資本、利益等核心概念作了比較詳細的說明。文學遊戲作爲一個新概念，人們對它的認知或將有不少疑問，今就所能想到者，再作如下幾點說明與提示：

　　（一）運用文學資本創作投資獲益，是文學遊戲的狹義所指。我們可以認爲文學遊戲是一個帶謂語的句子，創作與發表就是這個句子最重要的謂語詞，即最重要的投資方式。但就廣義而言，文人間組織各種飯局、見面會、座談會、編者作者之間的通信聯絡等等也是進行資本投資的方式。本書對此已有充分之解釋。再次強調這一點，是想告訴讀者注意：當你在報刊雜誌上看到一篇文章的時候，不要以爲它就是作者寫了、投給刊物然後就發表了這麼簡單，實際上它背後還發生了許多的行爲與動作，比如這其實是編輯對作者的約稿，他們在各種飯局與座談會上認識並投緣，那麼該作者文字面世的機會就比無名之輩大大增加了。相反，一部連載長篇的突然中斷並不意味著是作者江郎才盡了，而是對編輯不滿有意中止了，王統照的《熱流》便是如此（請參見附錄《王統照研究資料輯佚與考釋（節錄）》）。文學遊戲不僅擴大了研究視域、帶來了新的研究對象，而且它本身就是一種「看」的新方法。

〔註 55〕　見 1933 年 7 月《文學》第 1 卷第 1 號朱自清在「書報述評」欄發表的對《新詩歌旬刊》的評論文章。

〔註 56〕　聖陶：《夏衍的〈包身工〉》，《新少年》第 2 卷第 2 期，1936 年 7 月 25 日。

（二）不能把文學遊戲等同於文學史料或文獻。文獻和史料是被使用的工具，「絕大多數研究者所進行的文獻收集與整理，都有一個預置的學術目標：或是就對象原有的問題進行質疑引申，或是從新的視角實施別樣的理解，或是依據某種理論模式展開新的探討等等，凡此種種，不一而足。」〔註 57〕如此，文學史料成為一種消極的、固定性的名詞存在，而文學遊戲是一個帶謂語的句子、一種行為過程。例如，《子夜》是一部作品，而茅盾創作《子夜》，出版發表之，即使之進入流通領域，得讀者閱讀，從而獲得某種利益，這才是典型而完整的文學遊戲。同樣，一封信是史料，而向某作家發出一封約稿信（將得到肯定或否定的回應）是文學遊戲。

有論者說：「我們應當堅持視作品、或曰文學行為的產品作為現代中國文學史研究的核心，應當從文學的生產與作用的歷史和審美相關性去理解作品，應當在分析文學與社會的依存關係的同時，重視它作為一種人類獨立精神形式的自主性。」〔註 58〕文學遊戲的提出是想讓這些研究者認識到，只研究文學遊戲的產品，正是文學遊戲神聖化話語建構的結果；把文學遊戲發生時的種種瑣屑之事剔除殆盡，把文學遊戲的終端視為純粹的所謂「人類獨立精神形式」，只關注這個終端，而不關注過程，揭示過程中的權力運作；只關注所謂精神創造的「作家」，而不去關注現實中有各種利益打算的「人」，這是整個文學研究的偏頗。

（三）一提起「遊戲」，每每讓人產生源自五四的見解：新文學貶斥鴛鴦蝴蝶派為遊戲消遣。正如周作人《人的文學》所說：同樣是寫娼妓生活的作品，俄國庫普林的《坑》是人的文學而中國的《九尾龜》是非人的文學，「這區別就只在著作的態度不同，一個嚴肅，一個遊戲。一個希望人的生活，所以對於非人的生活，懷著悲哀或憤怒。一個安於非人的生活，所以對於非人的生活，感著滿足，又多帶著玩弄與挑撥的形跡」。換言之，新舊文學之區別不在於寫了什麼以及怎麼寫的（「材料方法，別無關係」），而在於作者對所寫內容的態度是認真嚴肅還是遊戲消遣。

這裡首先要說明，如同對「文學」和「利益」的解釋紛紜多變一樣，古今中外對「遊戲」一詞也沒有固定一致的看法。如亞里士多德認為「遊

〔註 57〕席揚：《文獻 價值 闡釋——關於中國現代文學研究中文獻問題的理論思考》，《河南大學學報》（社會科學版），2005 年第 1 期。

〔註 58〕朱德發、賈振勇：《評判與建構：現代中國文學史學》，山東大學出版社，2002年，第 176 頁。

戲是勞作後的休息和消遣，本身不帶有任何目的性的一種行爲活動」，希勒則認爲人們在現實世界備受束縛，得不到自由，於是便利用剩餘精力創造一個自由天地，這就是遊戲。後來有人說遊戲並非無目的的活動，而是爲了工作的準備，如女孩抱木偶是練習將來做母親〔註59〕。我在讀巴爾特、拉康等人的著作時，時見「語言遊戲」、「能指遊戲」等說法，心中似有所悟，然又不確知其實指。福柯在解釋「眞理遊戲」時這樣說：

> 「遊戲」這個詞可能會讓人迷惑不解：當我說「遊戲」的時候，我指的是一套規則，眞理據此得以創造。這不是消遣意義上的遊戲：它是導向某種結果的一套程序，我們可能依據它的原則和程序規則，來判斷這種結果是有效還是無效，是成功還是失敗了。〔註60〕

可以確定的是，文學遊戲絕不是把文學視爲遊戲，那種消遣意義上的遊戲。它不僅包含一套關於文學活動的並未絕對固定的規則（如敘事作品要塑造生動的人物形象），更是指向一個文學過程，這個過程包括一系列的、多層次、甚至相互衝突的實踐與表達（算計）。這就是爲什麼要另造「文學遊戲」這個概念而並不直接採用通常的「文學活動」。我認爲，「文學活動」是一個沒有了剩餘意義的稱謂，也就是說，作爲通過文學考古呈現出來的文學世界的能指，它是不稱職的。「文學遊戲」比「文學活動」有全新的指涉，包含了更多的東西，比如因遊戲資源佔有與分配不公平而形成的權力結構。「文學活動」的主體（施爲者）是通常所謂的「作家」，「人類靈魂的工程師」，是一個不食人間煙火的純精神、純藝術的存在；而文學遊戲的參與者是活生生的有著各種利益打算的「人」。這些參與者有些被認可爲「作家」，而有些沒有被承認；「作家」這個符號其實是激烈鬥爭的對象與結果。

其次，我們必須認識到，五四新文學貶斥舊文學爲遊戲消遣之本身正是前者運用否定句式使自身神聖化的一種常用策略。即，把對方貶低爲消遣無

〔註59〕陳文忠：《文學理論》，安徽大學出版社，2002年，第286頁。邱學青在《學前兒童教育》（江蘇教育出版社，2009年）指出：「對遊戲的看法，眞可謂仁者見仁、智者見智。如同霍普斯（Hoppes，1984）指出的，從體育的觀點，遊戲是一種運動，是體育運動的一種；從社會學的觀點，遊戲是社會結構和價值觀的一種表現；從教育的觀點，遊戲和學習及教育有關；從人類學的觀點，遊戲是瞭解人類發展的途徑。霍普斯的論述進一步指出了遊戲是一種複雜的活動，不同的研究者，由於研究角度各異，對遊戲的解釋是不同的。」

〔註60〕《自我關注的倫理學是一種自由實踐》，見汪民安編《福柯讀本》，北京大學出版社，2010年，第363頁。

聊或只知賺錢的垃圾從而神聖化自己所從事的文學遊戲。而在鴛鴦蝴蝶派自身，卻從不提賺錢一事，而是自認為不怨不淫、有益於世道人心。如「卑鄙寄生蟲拿來騙錢的齷齪的雜誌」《禮拜六》就為自己製作了這樣的廣告詞：「歷史悠久，宗旨純正，能言敢說，內容充實，畫報材料，尤富美感」〔註61〕。另如：1932 年 7 月，范煙橋在蘇州創辦《珊瑚》半月刊，其宗旨是「以美的文藝，發揮奮鬥精神，激勵愛國的情緒，以期達到文化救國的目的」〔註62〕。版式、內容等都較同年沈從文主編的《小說月刊》來得活潑；要說愛國與感應時代，一點也不落後，甚至比《小說月刊》更有政治性。它也抓住機會反過來批評新文學，說張資平的《時代與愛的歧路》：「見一個愛一個，愛不著，換一個的性的衝動，目的不過是解決性欲，當然不是正當的戀愛的教訓。在這國難當頭的時代，寫這種頹廢而有誘惑性的作品，也有些不合□□（原文此處空缺——引者注）老實說，現在的人們多數在苦悶中，掙扎著尋出路」〔註63〕，將新文學對鴛鴦蝴蝶派的指責（態度不嚴肅）又還給了新文學。

看來，使用「文學遊戲」的概念就要跳出現有文學話語的邏輯，意味著不再遵從任何一種文學流派或文學思潮話語來進行分析與評判，不管她是占正統地位的新文學、是紅極一時的左翼、還是如今備受看重的京派海派。要摒棄流派門戶之間，不再用此一文學遊戲貶斥彼一文學遊戲，作一個真正超然於各派的觀察者與思考者。

因此，文學遊戲不僅是文學研究對象量的增加，更是質的改變。它為那些無名的、被刪略的文學遊戲命名，而命名的一個直接結果就是要改變已有的文學秩序與文學地貌；它還迫使我們尋求新的解釋方式，因為它並不是按照某種要求或某種理論預設而發生而呈現的。

（四）文學遊戲世界只有通過文學考古的重新對象化和歷史化工作才能呈現出來。前面說過，我僅查閱了 1933 年及其前後的報刊雜誌 100 多種，這對文學遊戲發生的空間來說只是冰山一角。於是，新的問題出現了：既然文學遊戲發生的空間只能作無邊之想，對研究者個人來說無法一一瀏覽計數，那麼如何證明在沒有全部掌握所有文學遊戲的情況下仍然有資格來進行考察和研究呢？

弗洛伊德《夢的解析》給了我回答的啟示。

〔註61〕 見《夜鶯》第 1 卷第 3 期，1936 年 5 月 10 日。

〔註62〕 范煙橋：《不惜珊瑚持與人》，《珊瑚》第 1 卷第 1 號。

〔註63〕 說話人：《說話（十）》，《珊瑚》第 2 卷第 10 期，1933 年 5 月 16 日。

夢是人一生中大量而經常發生的現象。夢中的情景和使用的材料五花八門、雜亂無章，看起來是沒有邏輯、不可解釋、充滿神秘的。因此，人們通常視夢為神諭或預言（中國古代還產生了這種釋夢方式的專業理論）。弗洛伊德的偉大貢獻是用「自由聯想」的方法徹底改變了人們對夢的認識與理解。他說：「我改變了那種鼓勵患者就某一特殊主題進行敘述的方法，而是讓他們進入一種『自由聯想』的過程，就是說，腦子裏出現什麼就說什麼，不給患者的思路以任何有意識的引導」；這樣下來，「作夢者所產生的那些無數的聯想，使我們從中發現了一種不能再被描述為荒謬和混亂的思想結構。」〔註64〕弗洛伊德經過他的實踐與分析得出結論，夢是盡一切辦法為自我本身的理想和利益打算的，幾乎所有的夢都是「願望的達成」，並且「夢的內容多半是常用那較無關大局的經驗，而相反的，一經夢的解析以後，我們才能發現到焦點所集中的事實上是最重要、最合理的核心經驗。」〔註65〕想一想文學考古的忠告，要精細化。如果僅僅關注文學史上的重要作家、重要期刊雜誌，那麼就失去了考古的本質意義；對那些無名的作者、不知名的小文章要一樣地重視，正是它們的不斷衝擊，才逼出了對文學遊戲的發現與認識。

夢中的情景與無邊的文學遊戲世界是多麼相似！文學遊戲世界的原始狀態不是正如夢所給人的第一印象嗎？〔註66〕那麼，它是否也貫穿著一條有待挖掘的核心線索呢？我的答案已經很清楚：所有的文學遊戲都是以創作投資來追求某種利益的滿足。

弗洛伊德儘管分析了大量的夢，畢竟沒有（也不可能）分析世界上每一個人的每一個夢，但這並不妨礙他對夢進行有說服力的解析。我對文學遊戲的提出與解釋也是同樣的情況。

六

確立了文學遊戲及相關概念之後，需要進行一系列的相關研究工作。由於每一項研究都需要大篇幅地詳細闡述，在此且粗陳其概，以便既簡單又準確地整體上把握文學考古、文學遊戲與寫作經濟學三位一體的研究：

〔註64〕 《弗洛伊德自傳》，張霽明、卓如飛譯，遼寧人民出版社，第51～2及56～7頁。
〔註65〕 弗洛伊德：《夢的解析》，賴其萬，符傳孝譯，作家出版社，1986年，第84頁。
〔註66〕 於是，我們發現對兩個文學世界的描述類似於弗洛伊德區分的意識與無意識。浮現在我們記憶中的、由文學史敘述建構和呈現的上層文學世界，對應於意識界；現代文學發生時的那個原始的文學遊戲世界則類似於幽暗無名的無意識界。

首先，要弄清楚文學遊戲這個句子發生的場合與出現的頻率，即確定文學遊戲的存在狀況。或許使人感到意外的是，在國民黨文化統制和書報檢查制度的黑暗之下，文學遊戲卻呈現出了自由發生的特點。表現在：文學遊戲充斥著各種各樣的論爭。參與者會根據自己所佔據的位置、所掌握資本的數量與質量、所追求的利益而進行創作投資，從而使得文學遊戲的聲音複雜而繁多，呈現出自由與無邊的特性。

其次，通過進一步的觀察，我們發現經濟利益雖是文學遊戲獲利形式之一，但卻是文學遊戲的禁忌。文學遊戲聲口上所追求的是象徵性利益，尤其是政治利益和藝術利益。換言之，通過否定經濟利益這種瑣屑之物，文學遊戲完成了自身的神聖化話語建構，表現為通過否定他者而肯定自身的價值，且以「自然」的名義來舉行。每一次神聖化話語建構都自命是在維護文學市場的純潔與健康，解放並提高文學的生產力。在此，我們揭示了看似自由的文學遊戲世界的權力結構：神聖化被構築為文學遊戲的意識之物，而商業化（經濟利益）等瑣屑之物則成為文學投資的潛意識。潛意識之物被屈抑，而意識之物則愈加強化和鞏固自己的形象與地位。但從另一方面來說，文學遊戲的壓抑性結構卻也暗示了被壓抑之物的重要性。那些所謂的瑣屑之物其實正是文學遊戲發生時的重要構成，影響甚至決定著文學遊戲的形態與走向。

接著，我們發現了文學遊戲參與者之間也存在著結構性的不平等。我們通常只關注作家本身文學資本所表現出的差異，而忽視了在佔有與利用刊物資源上的不平等，而這將對文學遊戲秩序產生重要影響。首先，參與者被區分為最基本的兩類：「老作家」與「文學青年」。「老作家」意味著佔有更多的資源、擁有更多的發表機會，作品便能夠出產得更多。魯迅日記中多次提及「文債」便典型地表明了這樣一種不對稱的供需關係。換言之，佔有傳媒資本的多寡優劣是所謂作家創造力的決定性因素之一。人們常常掩蓋這種客觀的失衡狀態，把資源佔有與利用的不平等嫁接成為作家自身的問題（如才能低下，創作欲望不高），把佔有刊物資源的多少轉化成為作家本身文學細胞的多少，以強化投資者對文學遊戲現狀的認同和對遊戲秩序的遵守。因而，文學青年要成名、要被承認就是一個曲折而艱難的過程。得到老作家的鼓勵與提攜、掌握一定的高質量的傳媒資本都是非常重要的。這可以堅定他們對文學遊戲投資的信仰，強化對文學遊戲的認同感、歸屬感和使命感。因

此，「作家」這個稱謂本身就是鬥爭與博弈的對象和結果，「作家」符號並不是憑空賦予的，而是一場可利用資源的爭奪與佔用。

既然文學遊戲是要投資獲利，那麼在創作投資過程中投資者如何進行利益表達（算計），或者說利益表達（算計）是如何凝結於敘事、影響敘事的呢？而敘事投資是否完全貫徹了創作者的表達（算計）意圖，產品的利益量到底由誰來決定呢？

首先我們討論的是投資者通過各類文學理論書籍和總結創作經驗的文章對創作投資所達成的三個基本認識，它們為利益表達（算計）指出了大致的方向與總體的目標。分別是：（1）創作投資為目光所統治，不同的目光顯示出了不同的旨趣與利益訴求；創作投資被目光所統治就意味著（2）描寫成為主要的創作手法，這是一門綜合運用目光的複雜技術；（3）用小的成本獲取大的利益，即創作投資要「經濟」。

接著，我們將探討兩種利益表達（算計）形式，暫且命名為「理性化」和「趣味化」。「革命+戀愛」是最典型的一個理性化表達（算計）的公式，其實質是為困苦重重的現實尋找或設計、指示某種「出路」。但是，眾多有理性化投資傾向的投資者，並不主張直接的利益指示，而是進行有力的藝術暗示。趣味化的利益表達（算計）是相對於理性化而言的，它拒絕對「出路」作僵硬的指示甚至暗示，而是表達更純粹的、不可分析的文學趣味。

作品雖然由作者投資完成，但作品的利益量並不是由作者一人決定的，其價格是由作者、作品、評論者三方討價還價達成的。進一步的分析將破除評論與闡釋的學理化神聖外衣，認為評論同樣是一個利益表達（算計）的過程，而不是像人們通常認為的那樣是公正地按照所謂的學理來評價一部作品。闡釋者在不同的場合、面對不同的對話者會選擇與自己的利益追求相近的部分而做出各不相同的評論。那些優秀的作品總是具有多種的可能性和闡釋空間，可以喚起、經受並容納各種的利益表達（算計）。文學經典就是在各種各樣的不斷的利益表達（算計）中誕生並成長的。

論述至此，我們看到文學遊戲世界所展呈的兩面風景：一方面，這個世界追名逐利，充斥著為自己爭名或正名的衝動，每個投資者都會根據自己所掌握的文學資本進行投資、發出自己的聲音、鞏固或強化自己的獨特形象；這個世界沒有主流、沒有主潮，完全不是文學史敘述所呈現的那種清晰和清楚，它的清晰與清楚只是表現在所有文學投資都圍繞著利益這個根本的問

題；這個世界還充滿了人事的變動、組合與調整（實質是各類型資本的整合），並不是單靠對人的政治身份的定性就可以解釋清楚。另一方面，這個世界充斥著各種各樣結構性不平等的權力，如大事件對小事件、重要問題對細小問題、有名作家對無名作家的壓抑與擯棄；創作投資的特殊性之一在於對瑣屑之事的健忘性，從而完成對自身的神聖化話語建構、對最大化利益的孜孜追求；文學遊戲對利益的表達（算計）根本上是象徵性的而不是現實性的。

對文學遊戲利益表達（算計）的考察與分析，能使我們認識到晚清以來文學創作投資存在著兩個普遍的不足：一是過於理性的表達（算計）導致了主題先行等投資誤區；二是不重積累往往失去了深厚的底蘊和利益增長空間。這是文學遊戲參與者要引以為戒的。

中國現代文學史觀歷經變遷，新時期之前影響較大的有進化論的文學史觀和階級論的文學史觀，新時期以後則觀念更迭頻繁，如現代性的文學史觀、「二十世紀中國文學」、「現代國家文學史觀」、「中華多民族文學史觀」、「風貌文學史觀念」等。可以認為每一次文學史觀念的更新（尤其是新時期以後）都是在盡力擴展文學史研究對象的範圍與數量，將進化論和階級論所排斥的文學史實盡力容納進考察研究的視野，以致無所不包。例如朱德發先生提出的「現代國家文學史觀」 涵括「在現代民族國家發生的所有文學現象、生成的所有文學形態、出現的所有文學運動和文學思潮流派都是屬於國家的、民族的，而不是某個階級、某個社團和某個黨派的……它不分新與舊、左與右、雅與俗、多與少，只要隸屬於現代中國的文學，都應納入國家文化寶庫。」既然如此，文學史所容納的是曾經發生的一切，那麼這種文學史該如何操作實踐呢？單是閱讀全部的作品就已是不可能，並且如何找到這些海量史實的共同點呢？如何使研究對象都處於同一個研究起點上呢？這些成為急待解決的問題。我認為，文學遊戲及相關概念的探索與建立提供了一種可行的答案。與以往的研究對象與敘述觀念相比，文學遊戲帶來了如下的認識上和方法上的突破：

（1）不再僅僅關注作品這一文學遊戲的終端，而是關注文學遊戲發生時的核心問題——利益，把利益問題引入文學研究領域；（2）「作家」不再被視為抽象的同質的存在，不再被視為純粹創造精神價值的形而上主體，而是具體化、肉身化為一個個文學遊戲的參與者，一個個具有各種各樣利益打算的人。文學乃從源頭上真正成為了「人學」（如果我們認為作者是文學遊戲的發

動者，是作品的源頭）；（3）研究文學遊戲，可以把創作投資、作品本身、評論闡釋作爲動態相關的系統過程，揭示其間種種的利益關聯，這樣才能釜底抽薪地揭示文學話語體制中無處不在的排斥與壓抑的權力結構，即神聖化的話語建構；（4）研究文學遊戲可以更正確、更全面地理解文學與政治的關係，用經濟學的思維方式取代政治學的束縛；（5）大膽引入經濟學的某些術語，借鑒經濟學的思維方式，不但契合文學遊戲之本性，更有助於更新和拓展文學理論話語。吸收與借鑒其他學科的研究成果與學術思維從而推動本學科開拓創新在學術研究中並不少見。文學研究本與哲學、語言學、歷史學、心理學、美學、新聞傳播學等人文社會科學建立了良好的互動關係。我想說的是它可以向更遠距離的學科搭橋與溝通。本書就借用了很多經濟學的術語，把似乎不能談論的利益問題引進了文學研究領域。文學與經濟學似乎井水不犯河水，可是「從來沒有哪一門社會科學像經濟學那樣包羅萬象，精緻嚴謹。只因爲經濟學研究的是與人最密切相關的物質生活，這才是經濟學經久不衰的眞諦」，如今「行爲經濟學備受矚目，被認爲是異軍突起，主要在於它對主流經濟學的理論出發點提出挑戰與質疑，其爭論的焦點在於『人』。」〔註67〕文學所最終關注的又何嘗不是「人」的問題！我們研究文學的對「作家」這類人都弄清楚了嗎？一個最簡單的問題，作家爲什麼要創作作品？他們傾注心血付出勞動是爲了什麼呢？完全是像他們在回憶中或在公開場合所說的是爲了民族利益、階級利益，爲了黨，或者是爲了藝術追求嗎？文學是人學，一門與「人」密切有關的科學，不研究利益問題不是很不正常嗎？

　　當然，我並不能保證對文學遊戲的研究便可以解決所有的問題。但無論如何，對這樣一個全新的研究對象，我們不可能草率地決定其命運與價值。對我個人而言，文學考古和文學遊戲的研究將持續下去。

〔註67〕董志勇：《行爲經濟學原理》，北京大學出版社，2006年，第209頁。

第三章 1933 年文學遊戲的自由性

一

　　本章的任務是描述 1933 年文學遊戲的總體狀況，並解釋此狀況存在形成的原因。

　　與 1933 年文學遊戲空間的無邊特性密切相關，1933 年的文學遊戲呈現出了自由發生的狀況。即，對參與者來說參與文學遊戲是自由的，有著很多的機會與可能性，可以幾乎不受限制地表明自己的立場、發表自己的觀點。

　　因此，自由性就首先表現爲 1933 年的文學遊戲充斥著各種各樣的論爭。

　　1933 年 1 月 1 日〔註1〕，《讀書雜志》第 3 卷第 1 期發表楊邨人的《離開政黨生活的戰壕》，他引用了郁達夫的詩：「我並非一名戰士，／我只是一個作家！／還我自由，將我流剩了的熱血，／灌漑在革命的文學之花！」，繼而動情告白：「我是一個小資產階級智識份子，本身階級的根性有如此之根深蒂固，克服不了的，何以能爲無產階級服務？而無產階級政黨裏頭的幹部……又是十足的個人主義，臨難不顧同志的，我的工作又是被他們認爲不重要的……豈不是犧牲之後，於黨於革命無補，白作了冤枉鬼？還有，這次失敗，那些文化工作的同志……被犧牲了，他們這一死於黨於革命有何補益（寫到這裡，那些同志的形影，現在眼前，爲之淚下！）。」因此，他自願脫離共產黨，「願意作個『第三種人』，而揭起小資產階級革命文學之旗，我反對左聯那種閉門主義。」楊邨人的自我表白不免叫人想起瞿秋白《多餘的話》：「我

〔註 1〕此刊物山師圖書館特藏室所存不全。我看到的是 1933 年 2 月 1 日的「再版發行」本，標稱「新年特號」，由此推測初版是在本年元旦。

已經退出了無產階級的革命先鋒的隊伍，已經停止了政治鬥爭，放下了武器……像我這樣脆弱的人物，敷衍、消極、怠惰的分子，尤其重要的是空洞的承認自己錯誤而根本不能夠轉變自己的階級意識和情緒」〔註2〕。

　　兩人都反省到自己終於不能跨越階級的鴻溝，從無產階級陣營裏退出來。然而楊邨人也終於不是瞿秋白，不僅是指他在黨內的地位遠不如瞿秋白，而且就文學成就與聲譽來說亦不及瞿秋白。

　　楊邨人聲稱要做個「第三種人」，看起來是延續了自 1931 年底開始的就「自由人」與「第三種人」展開的論爭。然而他實際上了改變「第三種人」的本義。杜衡用它表明既反對官方的民族主義文藝又反對共產黨領導的左翼文學運動，自己居於其間，不向誰倚靠，誰也不倚靠，表達投資自由的姿態。楊邨人則要另立山頭，再造一個「小資產階級革命文學」，將文學屬性從官方和共產黨那裡轉移到小資產階級身上。為了證明這個旗幟的合理性及其價值，他把論敵指向了無辜的鴛鴦蝴蝶派：「應該扶掖小資產階級革命文學，而轉變戰鬥的對象向鴛鴦蝴蝶派進攻，並且左聯不是共產黨，不應該以政黨的立場為文壇的立場而對於『第三種人』的作家加以攻擊和非難。」參與文學遊戲的人都有造山頭的衝動，有的成功有的失敗，楊邨人未留下任何反響，因為他遠離了時代主題、不合時宜（攻擊鴛鴦蝴蝶派的「小資產階級革命文學」要是放在五四時期或許會形成影響），並且沒有任何作品來支撐。除了韓侍桁在《讀書雜志》第 3 卷第 6 期「文藝時評」欄目發表《揭起小資產階級革命文學之旗》（該文又出現在《現代》第 2 卷第 4 期）和《革命的羅曼諦克？》兩篇文章贊同附和以外——為什麼韓會贊同呢？原來他和楊邨人是朋友，這種情況屢見不鮮至今不絕——鮮有同意者。「編者按」就韓文說道：「就我個人直感看來，小布爾革命文學，總是一句多餘的口號……只有在補助所謂『新寫實主義』之偏枯之意義上，楊邨人先生的口號是對的。」〔註3〕

　　3 月 25 日，蘇汶（杜衡）編選的《文藝自由論辯集》由現代書局出版。《編者序》稱：「一九三二年中國文壇上的論爭，是以文藝創作的自由問題為中心的，雖然牽涉到旁的方面去是很多」，「本書的編成，並非就是由我個人來宣告辯論終結……將來或許還有續編或補編的可能。」

〔註2〕見《瞿秋白自傳》，江蘇文藝出版社，1996 年，第 188 頁。
〔註3〕《讀書雜志》由「神州國光社」出版，第 1 卷特刊號（即第 1 期）由王禮錫和陸晶清署名編輯，此處之「編者按」應該就是由他們執筆。

　　這確實不是這場論爭的結束。至少另一個重要參與者胡秋原在繼續談論
這個話題。1933年5月15日，《讀書與出版》第2、3號合刊發表「一林」的
《與作家談話記》，記在神州國光社與胡秋原的談話。胡說：「我的思想也許
不大徹底，也許階級（小資產階級）限制我的認識，也許錯誤是很多的，不
過過去左翼對我的批評，決不能使我心服。他們有些甚至採取小報主義，裝
腔作勢的羅織，這只有使人太息。我以為，所謂『左翼作家』與『普羅作家』
顧名思義，是不相同的；既然是左翼，範圍應該比較大，純粹的普羅基準，
是不應該常用的。至於攻擊者之中，有幾位恐怕說不上是什麼普羅罷。他們
的意識，不是普羅意識，而是道地的國魂。我不懷疑普羅文學，但對於若干
自命普羅文學家者，是有幾個不大相信的」。其文學見解是：「抱住文學，同
時也想抱住人生的，這是真正的第三種文學」，並認為茅盾與馮雪峰是「左翼
文壇兩個堅實而雄大的存在」，「茅盾先生之近作（指《子夜》──引者注），
無論如何，總是新文學界空前之大作」，承認「無論如何，左翼在文學上是佔
優勢的」。最後談及法西斯主義的問題，胡秋原說：「只要打日本人，無論法
西也好，法東斯蒂也好，我都贊成」，並身體力行，參與了年底的福建事變。
在福建人民政府人民委員會任職，實際負責文化委員會並兼人民社社長，在
《人民日報》發表社論《防止投機政客官僚》、《忠告國民黨同志》、《粉碎蔣
中正的陰謀》、《論最近國際形勢》、《與大公報記者論人民革命》等，抨擊蔣
氏獨裁政府，呼籲人民民主，頗為激揚〔註4〕。

　　同時，南京的王平陵也發表了《「自由人」的討論》：既反對政治干涉主
義，又駁斥「自由人」之「過重技巧」而「疏忽了最關重要的思想和情感」：

〔註4〕我覺得長期以來我們誤解了胡秋原，或者說並沒有真正理解他，單看到「自由人」
　　　的說法就批評他。在1933年2月1日《讀書雜志》上，胡秋原發表《一年來文
　　　藝論爭書後》，說：「我想，只有兩個原則是正確的：一，革命政黨乃至其文學團
　　　體，應在原則上承認文藝創作之自由，以及在某種程度上承認作家之自由；二，
　　　如果是一個進步作家，也應該不閉目於時代之鬥爭，應該獲得馬克思主義概念，
　　　該從時代解放運動中豐富其靈感。」又云：「因我用語之欠妥，或者以為我是與
　　　干涉主義者絕反之放任主義者，其實，我如果真是主張絕對自由貿易的人（亞當
　　　斯密也不是如此），則批評民x文學不會自相矛盾了」。三十年代報刊的一個特色
　　　是時不時會遇到「x」，「民x文學」就是官方的民族主義文學。但有人另有看法，
　　　說：「神州國光社，也在四馬路的棋盤街，王禮錫，胡秋原之輩，出些像煞有介
　　　事的藝術理論，在《讀書月刊》上分析中國社會史，實則也都是語焉不詳，徒然
　　　空擺大架子，而且彌漫了社會民主主義的色彩，談馬克思主義，似是而實非。」
　　　見白英《上海的文化街》，載1933年7月22日之《大公報》。

「在此刻騷擾動盪著的中國，能把帝國主義的兇暴和殘忍，反映到文學方面來，或者寫出冰天雪地中的鬥士們那種實際的艱苦的情況，假定寫出的技巧能達到相當的成熟，我們不能不說他是文藝」。王平陵既是民族主義文藝政策的追隨者（擁有現實的政治資本），又看重文學技巧（作家身份的標誌），這樣的話語方式符合他的利益追求〔註5〕。

半路加入這場論戰的周揚則以「另外一種人」的姿態延伸、改變了這場論戰遊戲的面貌。這「另外一種人」就是「剝去了一切小資產階級的偏見和根性的真正的無產階級作家」〔註6〕，文學乃有了「另外一種」存在面貌。借他人言曰：「社會生活更是建築在社會基礎上面的，社會中間有階級對立著，各階級層有各階級層的不同的生活，有不同的意識形態，因而也有不同的藝術」，文學者「要加入組織，受實際生活的鍛鍊，正能獲得正確的認識。」〔註7〕

本年關於「自由人」「第三種人」的論爭的文章還可見：《現代文化》第1卷第1期（1933年1月1日）的「批評自由人專號」；8月12日《濤聲》第2卷第31期發表猛克《第三種人（？）》；《北洋畫報》第1029期（1933年12

〔註5〕本年，王平陵還出版詩集《獅吼集》。據《大公報》11月20日所載方瑋德的評論，「這冊詩裏一共有五十五首詩，全是關於上海抗日戰爭的寫實」，「作者也幸免了一種民族主義的吶喊。作者更給這次抗日戰爭的意識擴大。《給奴隸們》、《淞滬道上》，《我們與你們》，作者分明指出我們戰爭的對象是無分內外的。抗日給人民對戰爭有更深一層的憧憬。在《獅吼集》裏，作者深深地使讀者感到種壓迫的解放是不僅要抗日，不僅僅在對某一方的戰爭，戰爭在某種意義下開展到極廣的！」一個民族主義文藝的作者寫出了超越了民族主義的詩篇？這是因為詩篇的闡釋者是詩篇作者的朋友，前者不願把後者的投資產品局限於某一主義，而是有更廣闊的利益追求。

〔註6〕周起應：《到底是誰不要真理，不要文藝》，《現代》第1卷第6期。據1933年3月28日《大公報》載文《子曰》（署名「高亞子」）：「現在著作普羅 Proletarian 文章的人，多是『汽車階級』的人；他們根本沒有進過工廠，入過農田，住過小店，當過貧民；他們所描寫的，多是他們坐在電扇之下，或在暖氣爐之旁，猜想出來的。」另據夏衍回憶，當時的周揚是個時髦小夥、跳舞高手，指望他在上海「剝去了一切小資產階級的偏見和根性」似乎不可能。

〔註7〕見《文藝創作講座》第四卷廖一勺的《創作與生活》。另可見周揚《文學的真實性》，載《現代》第3卷第1期。1933年11月《現代》第4卷第1期又載周起應《關於「社會主義的現實主義與革命的浪漫主義」》。對其分析可見林偉民的《中國左翼文學思潮》（華東師範大學出版社，2005年，第192～5頁）。我認為周把這個口號拿到中國來是為文學遊戲施行更嚴肅的神聖化的話語建構，而不必計較於是非對錯。

月 28 日）發表湘如《什麼是第三種人》；10 月《文藝》第 1 卷第 1 期載谷非《關於現實與現象的問題及其他——雜談式地答蘇汶巴金兩先生》。恕不一一分析。這裡提醒注意的是：《現代》第 2 卷第 3 期《社中日記》記載：「上期胡秋原先生的文章寄來了，我曾交去給蘇汶看。洛揚先生在蘇汶處也看見了此文，當時就說也預備寫一篇答辯文。」看來，我們不能全部把這場爭論上升到黨派利益問題。在黨派問題上可以鬧到你死我活，必須分出個是非來，而在文學遊戲問題上則似乎沒有是非，只有勝負無常。爭論不休也並不妨礙私下裏是朋友。

文學遺產的接受與利用也成爲 1933 年論爭的焦點。由三大系列的文學遊戲複合性地構成：

第一個就是著名的《莊子》《文選》之爭。這場論爭起因於施蟄存在《大晚報》「介紹給青年的書」的問詢中填上了《莊子》與《文選》。10 月 6 日，《申報·自由談》發表了豐之餘（魯迅）的《感舊》，就「有些新青年」勸人看《莊子》《文選》表達自己的看法。魯迅的眼光和思維有他的格式，喜歡透過新事物的表面而看到舊的骸骨，予以痛快一擊。施蟄存立即寫了《〈莊子〉與〈文選〉》一文，刊登在 10 月 8 日的《申報·自由談》，解釋自己推薦此書的目的是「總感覺到這些青年人的文章太拙直，字彙太少……以爲從這兩部書中可以參悟一點做文章的方法」；10 月 15 日《申報·自由談》又發表魯迅的《「感舊」之後》，認爲從《莊子》《文選》「這樣的書裏去找活字彙，簡直是糊塗蟲」；10 月 19 日《大晚報·火炬》刊登施蟄存的《推薦者的立場》，魯迅則在《撲空》一文中將施定性爲「洋場惡少」〔註8〕。

細味施蟄存原意，本感於「青年人的文章太拙直，字彙太少」，乃薦讀《莊子》與《文選》，以求「參悟一點做文章的方法」，增進文學青年的文學修養。其所用力者雖在字彙問題，但更重要的其實是指出了文學創作「參悟」與「釀造」的特性，借字彙而談文學修養，這才是他文章的價值所在與利益指向。茅盾雖正確地看到了這一點，卻不同意薦讀《莊子》《文選》：

> 所謂「釀造」，應該與「做文章方法」或「擴大字彙」云云頗有本質上的不同。後者是屬於文學技巧上的問題，範圍比較狹，而前者則屬於廣義的「修養」，所謂吞進了一海的書，消化後變成自

〔註 8〕詳細情形可參考楊迎平的《永遠的現代——施蟄存論》第 4～10 頁的介紹，光明日報出版社，2007 年。

己的東西再吐出來，就是庶幾近乎施先生的所謂「釀造」。這樣的意見，原則上是對的；我們所謂《莊子》與《文選》並非「必不可讀」，也就站在這個理由上頭。不過《莊子》與《文選》中間究竟有多少「原料」合於現代文學青年「釀造」之需（或必需），那就很成問題。〔註9〕

「不過」一句，有人以魯迅作證：魯迅先生「在舊文學上有所獲得，確是事實。但不能說魯迅先生的文章好，即是「『《莊子》與《文選》之功』；魯迅先生正是時代產生的一個典型。魯迅先生沒有他的生活和時代，絕對產生不出他這種文章同這種典型的一個人。」〔註10〕

當然，支持與肯定施蟄存的聲音並非沒有。《新壘》第1卷第5期載文《論新感覺派》，稱：「我反對『非舊辭藻論者』，往往有許多崇拜『白話文』的朋友，無論是創作或者是起來批評別人，都拿這一點來作爲『攻擊』或『排斥』的唯一利器，我不敢說這是一種『斯文喪盡』的壞現象，最起碼我敢說這一般人根本是未曾明白舊辭藻也自有其功用與其不朽的價值。」

郁達夫則在私人場合對《莊子》《文選》之爭表達了完全不同的看法，在1933年11月6日致「杜衡兄」的信中說：「豐之餘和蟄存的這一次筆戰，真是意外的唇舌，大約也是 Journalism 上的一種作用，否則，《自由談》將不能每日熱鬧矣。」言外之意，傳媒資本借著名人論戰而增加知名度、提高銷量，二者互相借力各取所需。我想魯迅看了會搖頭，但郁達夫的冷眼旁觀並非沒有道理。沈從文於12月15日致信「蟄存兄」，勸道：「關於與魯迅先生爭辯事，弟以爲兄可以不必再作文道及，因一再答辯，固無濟於事實得失也。兄意《文選》《莊子》宜讀，人云二書不宜讀，是既持論相左，則任之相左可，何必使主張在無味爭辯中獲勝」，可是在他引起的京派海派之爭中，他對「海派」不也存在著一點不依不饒的意思嗎？

（既然說到了《莊子》《文選》之爭，那就可以偏題談談魯迅與施蟄存的關係。按照通常看法，在1933年4月1日《現代》雜誌第2卷第6期發表魯迅《爲了忘卻的紀念》前，兩人關係是很好的，施蟄存對魯迅敬重有加；自魯迅《感舊》以後，兩人交惡，老死不相往來了。但實際情形並不如此單純。1934年5月10日出版的《中學生文藝月刊》第3號「範作注釋」欄目選用了

〔註9〕《文學青年如何修養》，《文學》第1卷第5期。是「社談」之一，未署名。
〔註10〕洛夫：《〈莊子〉〈文選〉與青年》，《濤聲》第2卷第42期，1933年10月28日。

魯迅的《風波》，作爲範文由陳和注釋，向廣大中學生推介。這是施蟄存編輯的一份刊物，看來他並沒有因此前的爭論而封殺魯迅。魯迅生前大概也不知道他的小說被論敵拿來做範文使用。這再一次表明，文學遊戲的世界遠比我們通常所認識的要豐富複雜得多！)

應該接受文學遺產，但「問題，只在乎接受許多文學遺產裏面的那一部分，又如何一個接受法？」「一個初學文藝的青年，首先應該從外國的文學遺產，現代中國文藝作品以及民間故事歌謠中去學習藝術的技巧」，古代文學遺產的重要性在此之後〔註11〕。於是，人們繼續討論並確立五四文學運動的歷史意義，「中國新文學的誕生，當然應該斷自五四」，成爲範圍頗廣的共識。五四文學成爲中國新文學的源頭，新文學是在五四文學的基礎上發展的。兩個關鍵人物再一次被象徵性地分道揚鑣：胡適已經墮落爲「高等華人」，是帝國主義、資產階級、軍閥買辦的忠僕，而魯迅則在跟隨時代繼續前進〔註12〕。

「我們的朋友」胡適當然沒閒著。1932年底，有感於徐志摩週年紀念日黃秋岳所寫的五言長律《悲志摩》，胡適寫了封信：

> 秋岳兄：
>
> 　《悲志摩》詩已讀過了。此詩敘交情極清楚，末四句尤悲——但我總覺得舊詩束縛太甚，不能達意。凡舊詩所能敘述，皆極浮泛迷離。人所已知，但稍稍隱括成有韻腳之歌訣而已。若人所未知之事與情，舊詩往往不能表現，如大作「御風」四句，在已知此者自然能懂；若本不知此事者，地數句就非注不能懂了。
>
> 　能作新詩者，於此種事情，皆不復敘述，故剪裁爲勝。
>
> 　此意吾兄定能許可。
>
> 　　　　適之

〔註11〕　林矛：《文學遺產》，《大眾生活》第1卷第11期，1936年1月25日。
〔註12〕　《文學》1933年7月第1卷第1期有「五四文學運動之歷史的意義」討論。關於此次討論的論述可見朱曉進《政治文化與中國二十世紀三十年代文學》的論述（人民出版社，2006年，第135～139頁）。關於胡適批判的文章，《濤聲》4月29日第2卷第16期是「胡適批判專號（一）」，5月13日第2卷第18期是「胡適批判專號（二）」。散見的批胡文更是常有。圍繞魯迅論爭的資料見中國社會科學院文學研究所魯迅研究室編，1985年由中國文聯出版公司出版的《1913～1983魯迅研究學術論著資料彙編》第一卷。

　　這封信出現在 1933 年元旦出版的《濤聲》之署名「挺岫」的《新詩與舊詩》一文中。此信的内容表達了胡適一貫的思想，終其一生，胡適都在捍衛他所「創立」的白話新詩，捍衛自己的形象與地位，在他的著作裏，很難找到他對律詩說過一句好話〔註 13〕，此信也不例外。這就再次證明：文學遊戲的參與者們是根據自身的立場、自己所掌握的資本的數量和質量、所追求的利益傾向而言說、而行動的。這裡還要說明的是，「地數句就非注不能懂了」應爲「此數句就非注不能懂了」；著重號（圈點）可能爲本文作者自己所加，爲下文批駁之重點。接下來，作者承認：

　　　　時序遷移，功成者退。舊詩（包括古今體詩詞曲）在中國文學界失去了權威，把文藝的地盤移交給新詩壇，這是必然的趨向。舊詩人不必婉惜，即婉惜亦無濟於事，但胡適謂：「我總覺得舊詩束縛太甚，不能達意。凡舊詩所能敘述，皆極浮泛迷離。人所已知，但稍稍隱括成有韻腳之歌訣而已。若人所未知之事與情，舊詩往往不能表現。」這是極不公平的批判。凡傳達情緒，無論用什麼工具，色音，文字，都不能適如其量，文字尤甚。所以情緒的傳達，總不免有些迷離，舊詩如此，新詩亦如此；胡適所說「要怎麼說，就怎麼說，要說什麼，就說什麼」往古來今，未有其人。至「人所未知之事與情」，根本就不能表現，不能專怪舊詩的。

　　　　胡適謂御風四句，在已知此事者自然能懂；若本不知其事者，此數句就非注不能懂了。這話更說得不對。賞鑒的程度有深淺，人人一目了然，那是必無的事，文字是翻譯意念的符號，符號本身即是一種「障」。用古典達今情，以「懂得古典的領會得深，不懂古典亦能領會一半」爲原則，「御風」一典，即不懂出處，望文生義，亦錯不到那裡去，已無可苛求。……今人所謂「暗示」，即是這個道理。

　　　　詩之本質，在有眞實感。黃秋岳《哀志摩》詩悲感渲染，使人低徊不能自己，胡適的《依舊月明時》，改成舊詩，還是一首好詩，也在那一縷淒婉的情緒。我們不必倡什麼調和之論，舊詩的好處必是新詩的好處，其不同者，只是細微末節而已。

〔註 13〕唐德剛：《寫在書前的譯後感》，《胡適口述自傳》，唐德剛譯注，華東師範大學出版社，1993 年，第 7 頁。

　　平心而論，胡適信中的凡字句不能令人心服，挺岫對此反駁得很有道理。說「賞鑒的程度有深淺」也對，但暗示與用典卻非一事。胡適《文學改良芻議》反對掉文用典是合乎時宜的。所謂「舊詩的好處必是新詩的好處」，意即詩無論新舊皆有一個共同之本質——「有眞實感」，這是在巧妙地爲舊詩與舊詩人的存在作辯護。看來他並沒有眞正讀懂胡適廢文言用白話以及反對用典之眞正用意，在胡適看來，白話是一種活的表意工具，使用白話就是爲了反對爲古所拘的表意方式〔註 14〕。換言之，新詩人舊詩人可以有同樣的「眞實感」，但他們表達「眞實感」的話語方式是不同的，而表意方式的變化一定帶來了所表之意的差異。

　　如果說五四時期舊文學只有被動挨批的份兒，那麼到了三十年代他們學乖了，找著了一條爲自身辯護的好途徑，即新舊文學在本質上、在藝術上是一樣的。范煙橋主編的《珊瑚》雜誌從 1933 年 1 月 1 日出版的第 2 卷第 1 期開始，連載「說話人」的《說話》系列，爲舊小說爭名、正名，認爲短篇小說有「新文學派」和「禮拜六派」之分，各有所長。前者有當得起「新」夠得上「文學」的作品，後者也有極「新」、極「文學」的作品。新與舊只是形式，而文學重在精神或藝術，「以藝術爲中心，不分新舊」：「無論如何，一篇小說，能夠給讀者受到熱烈的同情；或是反感，才配贊他一聲『好』。要是嚕哩嚕蘇，記些新式簿記，或是舊式的流水帳，都不配稱他爲好小說。」且看第 2 卷第 10 期（1933 年 5 月 16 日）登載的文言小說《情錯》。「結網者」在小說之前寫道：「文學之美否，在精神而不在形式，故倩徐哲身先生作此，使讀者知文言的短篇小說，固自有其價值焉。」小說敘拳術家阮頑石愛上風塵女綠君，而綠君癡愛拳術教師張天公。張垂暮，抱獨身主義，「良以外侮頻仍，國難方亟，大丈夫以身許國，應無家累爲便」。後阮張決鬥，阮違例致張傷，入獄。張乃入滬求醫。綠君尋之，結爲伉儷。阮越獄爲乞丐，屢救張綠。因救張而殺人，阮死之。後張亦抗日死，綠君遂殉夫。三人都是男女情種，忠貞不二；且把言情架設在救國禦侮的框架中，這恐怕就是結網者所說的「價

─────────────────

〔註 14〕 管冠生：《「今日之中國，當造今日之文學」——〈文學改良芻議〉之再議》，《太原學院學報》，2016 年第 3 期。該文認爲，《文學改良芻議》的核心議題是「今日之中國，當造今日之文學」，而今日之文學最大的問題是離了古人，少年人沒有自己的話說，有話也說不出來，找不到屬於自己的個性化表意方式，根本上就是不會說話。因此，創造今日之文學要從語言工具的變革入手，而工具的變革帶來的是表意方式的革命。

值」吧。整體上看，《珊瑚》缺乏藝術上的探索活力，但它照顧和傳承了中國文學積累起來的書寫思維與審美習慣，有一定的讀者與市場：「章回體小說所以歷六七百年而不廢，就是因為他的特點，能夠把書中的人物個性，從對話動作等處，描寫得『栩栩如活』。背景完全合於現實生活的情狀，不是在亭子間裏幻想勞動階級，一派哲理話的隔膜。」求得善達而不喜「哲理話的隔膜」，確是晚清以來的以讀者為本位的文學遊戲話語的一個重要特徵〔註 15〕。

《說話》也注意到章回小說風行後，「看小說的，只是消遣，不問藝術是什麼，文學是什麼，只問某甲給某乙打敗了，如何應付？某丙和某丁的婚姻問題，畢竟如何？某戊的計策如何靈驗？所以有十篇章回小說，也『應接得暇』的，但，作者卻『應接不暇』了。這麼粗製濫造的作品，自然也只能在情節上注意其排列。那裡還有工夫注意到作品的文學意味，和藝術價值呢？」而改進之道，則在於提高讀者的鑒賞水平：「在文藝以金錢為代價的現代，不能完全責備作者的不長進，因為出版者總是默察讀者的心理，為了適應讀者的需要，便向作者徵求某種性質的作品，作者為了『生意經』，不能不遷就。所以要使小說進步，全在讀者的鑒別，有『不盲從』『不標榜』的嚴正的批評，使出版者有所取捨，作者亦不至隨波逐流。」〔註 16〕這些思考是值得肯定的。

超越新舊，惟問藝術。證明自身亦有藝術意味，並非純粹賺錢而已，乃是所謂舊文學實現自身神聖化的方式。但我們要承認，新舊文學之藝術利益追求是各有側重而呈現明顯差異的。

本年引人關注的還有的京海之爭。如果說延續到 1933 年上半年的「自由人」論爭遊戲所表達的是脫離政治控制的利益訴求，那麼下半年由沈從文開啓的京派海派之爭，則可以視為是脫離商業化控制的利益訴求，即讓文學遊戲脫離書店老闆或書賈的控制。它們都是在不同的層面上捍衛文學遊戲自由的特性。還有：文人有行無行的討論〔註 17〕；黎烈文與張資平、崔萬秋與曾

〔註 15〕 見管冠生的碩士論文《從趣味到主義——晚清至五四的小說話語研究》。山東師範大學 2007 年。

〔註 16〕 說話人：《說話（九）》，《珊瑚》第 2 卷第 9 期，1933 年 5 月 1 日。

〔註 17〕 張若谷 3 月 9 日在《大晚報》發表《惡癖》，7 月 5 日在《自由談》發表《談「文人無行」》。魯迅則發表《文人無文》、《辯「文人無行」》，邵洵美亦發表《文人無行》，意見頗獨特，稱：文人無行之「行」應做「行當」解，「因為他們是沒有職業才做文人，因此他們的目的仍在職業而不在文人。他們借著文藝宴會的名義極力地拉攏大人物；借文藝雜誌或是副刊的地盤，極力地為自己做廣告；但求聞達，不顧羞恥。」《骨鯁》第 7 期有《從「文人無行」想

今可的口角〔註 18〕；朱自清與「芙影」關於新詩歌問題的討論；就老舍小說《大悲寺外》，鳳吾和韓侍桁在《自由談》上展開爭論；就出版《小學生文庫》，李長之與王雲五在《北平晨報‧北晨學園》上進行了幾個回合的爭論〔註 19〕；關於賽珍珠《大地》的爭論〔註 20〕……1933 年 12 月 29 日，《申報‧自由談》發表了穆木天《談寫實的小說與第一人稱寫法》，又引發了陳君冶和他幾個回合的筆戰〔註 21〕，延續到了下一年。可見，「我們這文壇」的論爭是日常化的，是普遍的，是無休止的。

　　在細述完魯迅與施蟄存的交往與交鋒過程後，楊迎平總結說：

　　　　我們不能因此而貶低誰，也不該將這些問題看得多麼了不得。

　　相反，通過施蟄存與魯迅的交鋒，特別是看到施蟄存斗膽與魯迅交鋒和論爭，使我們看到了 20 世紀 30 年代文壇活躍、自由的氣氛，

起的話》。《文藝月刊》第 3 卷第 11 期刊登《文人有行》，認爲文人「有他的作品，那是他的一切實證」，道德流言不足爲憑。文人有行無行的討論是在給「文人」重新定義，值得仔細研究。

〔註 18〕對此的述評可見紅僧《一年來的文壇糾紛》，《新壘》第 3 卷第 1 期，1934 年 1 月 15 日。此文還評述了「《莊子》《文選》之爭」、「趙余之爭」等。

〔註 19〕王雲五主編出版《小學生文庫》，李長之即與之在《北平晨報‧北晨學園》上進行了幾個回合的爭論。看來是與文學並不怎麼沾邊的一件事，卻與文學遊戲發生了關係。李長之認爲，《文庫》「編輯人物之濫，有最冬烘，最淺薄，最無興趣於兒童教育之人如胡懷琛。而他，竟在五百冊書中，佔了十三冊，凡七種……以鴛鴦蝴蝶派的老將去作那些低級的《禮拜六》，《紅玫瑰》式的無聊劣作，騙騙養尊處優的少爺小姐那是再適合沒有了的。越了這範圍一步便至坑人」；王雲五則針鋒相對地說：批評胡懷琛只是「作快意的人身攻擊。我以爲純粹的批評家，應該專就作品的內容批評」；李長之回答說「狗嘴長不出象牙」，「我深懼中國舊小說渲染給兒童，最大的理由在中國舊小說中女性觀的不正確……」看來，時至今日，對鴛鴦蝴蝶派的界限還是劃得很清楚的。鴛鴦蝴蝶派是一個將錯就錯的概念指涉，因它通俗，市場佔有率高，於是從晚清起就扣上一頂「爲賺錢」的帽子。新文學塑造一個他者並否定他，從而肯定自己的價值。

〔註 20〕賽珍珠的《大地》引發了討論。我所查到者有《現代》第 2 卷第 5 期發表的《東方，西方與小說》，《文藝》第 1 卷第 2 期祝秀俠《布剋夫人的〈大地〉──一本寫給高等白種人的紳士太太們看的傑作》：「《大地》是寫給外國的抽雪茄煙的紳士們，和有慈悲的太太們看到，作品過大地用力地展露中國民眾的醜臉譜，來迎合白種人的驕傲與興趣。」《良友畫報》第 74 期則有趙家璧《〈大地〉的被誤解》爲其辯護。

〔註 21〕這些文章已選入《穆木天文學評論集》，北京師範大學出版社，2003 年。「秋」也發表《與穆木天論小說做法》參與論爭，見《新壘》第 3 卷第 1 期，1934 年 1 月 15 日。敘事中是否用第一人稱與利益問題有關：用不用第一人稱，關乎小說寫得眞實與否，而這又關乎小說的利益表達（算計）。

正因爲如此，20 世紀 30 年代才成爲中國現代文學成就最高的一個
階段。這個階段作家輩出，流派紛呈，各派作家都能創作有個性特
色的作品，並發表自己獨特的見解，眞正做到了百花齊放，百家爭
鳴。所以，論爭也成爲這一時期的獨特風景，並且是亮麗的景觀。

我基本同意楊迎平的判斷。但是，施蟄存與魯迅爭論，不是斗膽不斗膽
的問題。文學遊戲中的論爭與個人膽量無關。楊迎平還在行文中提出這樣一
個問題：「施蟄存既然知道豐之餘是魯迅，爲什麼還要不依不饒地爭論下
去？」這個問題根本沒有必要：難道和魯迅爭論有錯嗎？難道魯迅不能爭論
嗎？楊迎平是站在魯迅的立場來說話的，暗含著這樣的利益表達：魯迅總是
對的，聽他的，不要和他爭論。但當事人根本不信這一套，文學遊戲的實際
情形恰恰相反，正如郭沫若所言「筆戰是愈多愈好」〔註22〕。通過筆戰發出
自己的聲音，尤其是向大人物挑戰更容易短時間內積聚大量的象徵性資本。
幾年前，錢杏邨宣判阿 Q 死刑，採取的不正是這一策略嗎？

其次，論爭自由普發的風景並不是三十年代的獨特風景，而是整個現
代文學遊戲所呈現出來的一個平常屬性。論爭就是爲了反對任何形式的大
一統局面，反對任何形式的壟斷；論爭本身之存在，就是自由之證明。沒
有公開的挑戰與論爭，就意味著欠缺獨立之思維與自由之精神。應該說，
每一個文學遊戲都可以成爲一個鬥爭的對象，都在呼喚著異己種類的利益
表達，都有一系列顯在和潛在的對話者與競爭者。如果我們至今未見對某
文學遊戲的反響、歧異與批判〔註23〕，那麼我們只能說它們躲在某一處等
待著被考古發現。

綜上所述，文學遊戲的參與者都會根據自己所佔據的位置、所掌握的資
本數量與質量、所追求的利益而進行投資，從而使得遊戲的聲音複雜而繁多，
呈現出自由與無邊的特性。

〔註22〕 王子英：《軍中訪問郭沫若先生》，《光明》戰時號外，第 3 號，1937 年 9 月
18 日。

〔註23〕 批判是當時一個非常平常的用語。可是幾十年後已無人理解「批判」：「『文
化大革命』中，一工宣隊隊員指著李長之的鼻子說：『是你寫的《魯迅批判》
麼？魯迅是可以批判的麼？就衝著『批判』，你就罪該萬死！」（于天池、
李書《李長之〈魯迅批判〉再版題記》，《魯迅批判》，北京出版社，2003
年，第 3 頁）

二

文學遊戲與夢似乎有著宿命般的聯繫。

1933 年 1 月 1 日，《東方雜誌》刊登了一百多位知識分子對中國與個人生活夢想的徵文，這大概是有文字記錄以來最大規模的一次做夢記錄〔註 24〕。周縠城的夢只有一句話表達，令人印象深刻：「我夢想中的未來中國首要之件便是：人人能有機會坐在抽水馬桶上大便。」如今抽水馬桶普遍使用了，但有很多是坐式馬桶，令人不快。我想，用精神分析學來解釋一下這個夢，它說的其實是：人人都有獨立自由的表達渠道、鬥爭權利與說話機會。巴金夢得更直接：「自由地說我想說的話，寫我願意寫的文章，作我覺得應該做的事，不受別人的干涉，不做人的奴隸，不受人的利用。」有人評論道：「新年特大號的《東方雜誌》請了一百四十多位大學教授與著作家之類出來大說其夢話。在這個夜長夢多的年頭，還有人出來提倡做夢，鼓勵做夢，以夢話相標榜號召，我們不能不認爲是一椿大可惋惜的事。」〔註 25〕惋惜大可不必。文人職業的題中之義本就是做夢。如果連夢都不能做了、不敢做了，那麼這個文人還算稱職嗎？文人這個職業還有存在的必要嗎？

魯迅並沒有參與這次做夢，他只是《聽說夢》：

> 當我還未得到這本特大號之前，就遇到一位投稿者，他比我先看見印本，自說他的答案已被資本家刪改了，他所說的夢其實並不如此。這可見資本家雖然還沒法禁止人們做夢，而說了出來，倘爲權力所及，卻要干涉的，決不給你自由。

魯迅所說的「自由」是徹底作夢說夢的自由嗎？可是世上根本沒有這種自由。連人晚間做夢，也要經過各種僞裝、置換、壓縮等偷天換日之術，經過嚴厲的審查把含意曲折地表達出來。文學遊戲要經過各種審查又何足爲怪！「即便在今天最自由的民主國家中，各種形式的審查仍限制著印刷機的力量」〔註 26〕。

〔註24〕　總題是「新年的夢想」，分爲「夢想的中國」和「夢想的個人生活」兩個版塊。有趣的是，八十年後，習近平提出了「中國夢」構想，回頭再看這些知識分子的夢五花八門千姿百態，比「中國夢」之下的中國人所說的夢更加生動活潑。1933 年，這樣的集體做夢還有一次，是關於現代化的集中討論。

〔註25〕　見 1933 年 1 月 14 日《華年》第 2 卷第 2 期載文《……說夢》，未見署名。

〔註26〕　米勒：《文學死了嗎》，秦立彥譯，廣西師範大學出版社，2007 年，第 9 頁。

國民政府在此時期就想盡一切辦法實施其文化統制。首先是採取那些常規的辦法：

（一）執法談話。《讀書月刊》第 1 卷第 6 期記載「上海市黨部召集各書店經理談話記」：「……本黨查禁反動刊物，本非得已，孰知社會上少數人士不察，以爲言論出版自由，載諸本黨政綱，今橫加查禁，寧非自相矛盾，須知所謂自由，豈無限制，若自由太過，即係罪惡。然本市各書局，大多係商業性質，出版反動刊物，非有政治背景，或有政治活動，實係競尚新奇。故市宣傳部，於查禁之路，深念書店損失之大，因有今日談話會，互相洽商，以資補救，今日希望於各位，亦即討論之中心問題有二：（一）查禁之書籍，請即燒毀；（二）以後出版書籍，鄭重其事，最好事先送本部審核，以免印就後之意外損失」。

（二）加大檢查與滲透的力度。12 月 8 日，《大公報》「小公園」副刊有署名「夢」的《編餘》，寫道：「投給本園的稿子，常常要被檢查，近來檢查得更厲害，每次都有好多封信貼著檢查委員會的封條。綏包一帶，一天比一天荒涼，事實上可以說無所謂新聞，近來也要成立什麼新聞檢查所了。時局緊張，嚴防反動，這原是應有的點綴，不過，這究竟當不了什麼。」本年，南京政府還加強了對電影的審查力度，借「指導電影事業及獎勵編著電影劇本人材」的名義，設立電影劇本審查委員會。中國教育電影協會轉呈教育部核准公佈的《全國教育電影推廣處推廣簡則》則稱：「本處所有影片均經專家加譯中文字幕，藉使觀眾易於瞭解，並於詞意間宣揚三民主義，培養愛國思想，喚起民族意識，灌輸科學智識」，立意要使掌權者的聲音塞滿每一個可視見、可聽聞的角落。

（三）恩威並施，同時設立文藝創作獎勵條例。要點有：「凡文藝創作合於左列各項標準之一，其內容技巧精良者，得由中常會核准獎勵之。一，描寫壓迫民族之痛苦並暗示奮鬥圖景而其思想正確者；二，描寫民生之凋敝及封建勢力之流毒並暗示改革途徑而思想正確者。獎勵辦法分發給獎勵金代印作品介紹刊載……」極力強調「思想正確」，試圖依靠政治力量製造並形成自己的話語霸權。但細思之，其聲音大而無當，並且一眼就能被人抓住要害：「我們知道一黨專政的蘇俄，有所謂文藝政策，其政策，就是跟著共產黨的主義走，就是文藝不能反共產，我國現在也是一黨專政，所謂文藝創作條例，多少也帶點『政策』的意味。現在專政的黨所奉行的主義是三民主義，自從革

命成功之後，三民主義文學的口號，曾在黨文藝作家的口中高唱過；稍後，則三民主義文學就轉變爲民族主義文學。現在描寫民生之凋敝的作品也可受獎勵了，較之三民主義雖少一民，而較之單提倡民族主義已多了一民，若講中庸之道，似已大可滿足；但在信奉三民主義黨的專政之下，獎勵文藝作品只以民族民生爲標準，總覺得四腳桌子三隻腿似的不平不穩，民權爲什麼漏掉，而提倡二民主義文學呢？」〔註 27〕在我文學考古的過程中也並未見到文藝創作獎勵條例的具體實施（大概是制定條例者也覺得無趣）。

其次就是那些非常規的辦法，包括逮捕、秘密殺害、打砸、恐嚇等暴力手段。我們可以粗略地列一個名單：本年 3 月，艾蕪在上海被捕；5 月 14 日，丁玲、潘梓年被捕，應修人墜樓身忘；6 月 18 日，楊杏佛被殺；7 月 26 日，洪靈菲在北平被捕，旋被殺害；11 月 12 日，上海藝華影片公司被特務搗毀，光華書局、良友圖書印刷公司、神州國光社也被搗毀，各大書店還接到「警告信」，等等。時人對此評論道：「昨今暴力大行，藝華影片公司被打壞，繼之以新光書店被搗毀。這事令人想起中央研究院副主任楊銓，公安局督查馬紹武以及左翼作家丁玲以及別的在當時喪命的人。這種暴烈的恐怖手段，一時固然可以收若干效果，但並非很好的辦法，而反是極拙笨的行動」〔註 28〕。對這些既恐怖又笨拙的文化統制措施，學術界的研究成果已經不少，看上去也比較充分了〔註 29〕。

關注國民黨文化統制和書報檢查制度的黑暗並沒有錯，但我們還應該看到事情的另一面，那就是這種文化統制在實踐操作層面上的無能與失效。如果說南京政府想布置一張無處不在的恢恢天網，那麼事實上這張天網「疏而有漏」、難堪大任。一方面，他們自己人後來「總結教訓」說：「我們文藝發

〔註 27〕　見徒然《二民主義文學》，《生活》第 8 卷第 17 期，1933 年 4 月 29 日。文藝創作獎勵條例亦轉引於此文。

〔註 28〕　可可：《恐怖手段》，《十日談》第 11 期，1933 年 11 月 20 日。

〔註 29〕　如方漢奇主編《中國新聞事業通史》第二卷（中國人民大學出版社，1996 年）第十一章第四節專論「國民黨政府對新聞界的專制統治」。但有些事情需要細細琢磨才是。1933 年 11 月 20 日，福建成立了「中華共和國人民革命政府」，下設一個文化委員會，17 名委員大多是神州國光社成員或與該社關係密切，這樣，1933 年 11 月 30 日神州國光社遭國民黨暴徒襲擊也就可以理解了。馬克思主義認爲，國家是階級統治的暴力工具，該社既然公開參加反政府的軍事行動，遭報復並不奇怪，毫髮無損才奇怪。本人絕非袒護此種行徑，只是想理清事情的來龍去脈與因果關係。

展到這種趨勢，政府方面因不懂得本國社會日趨沒落的背景和國際巧妙精密的陰謀，故只用兩個簡單的辦法去應付：一個是查禁書局、抓人。結果愈禁，人家愈要看。……另一個辦法是自己來創文藝……都是些不痛不癢的東西」〔註30〕；另一方面，我們在敘述並抨擊黑暗專制之餘必定添加一個勝利的結局：「魯迅和其他革命文化工作者的多種形式的活動，衝破國民黨的文化『圍剿』，在國民黨統治區廣泛傳播了民主革命和民族解放的思想」〔註31〕。

　　一方面是意欲強加的壟斷統治，一方面是阻遏不住的自由。但我覺得我們不能形成這樣一種印象，認為這兩方面水火不容，然後自由打敗了獨裁，正像我們添加的那個勝利的結局所暗示的那樣，而是應該這樣認為，與政府意志不同的聲音通過各種罅隙釋放、通過各種機會表達了出來。這關係到了我們應該如何理解自由的問題。

　　首先不存在絕對的自由（自由的夢想之翼帶著肉體的沉重負擔），沒有完全徹底的自由——「因為每個人的自由都會顛覆所有其他人擁有的無限自由」〔註32〕。其次，英國思想家伯林對自由的區分——消極自由與積極自由——會讓我們這樣具有紅色革命傳統的知識分子認識到自由的複雜形態。消極自由回答的問題是：「多少個門向我敞開？」即，攔在我面前有什麼障礙要排除？其他人怎樣妨礙著我？有意的還是無意的，有制度依據的還是間接的？積極自由則回答：「這裡誰負責，誰管理？」即，是誰在管我？如果是別人，他憑什麼權利，有什麼權威？是誰制定了法律，誰執行法律，徵求過我的意見嗎？是多數人在統治嗎？為什麼？這些問題相互交織又相互區別，它們要求不同的回答，乃有了不同的自由形式。伯林本人更重視消極自由，理由是：「積極自由在正常生活中雖然更重要，但與消極自由相比更頻繁地被歪曲和濫用。」〔註33〕我們向來關注反抗國民黨專制統治的積極自由——推翻蔣家王朝，讓人民自己當家作主、在共產黨的帶領下行使管理國家的權利，而忽略了在國民黨統治下知識分子所享用的消極自由。設身處地地為當時的知識分子想一

〔註30〕 轉引自郭志剛、李岫《中國三十年代文學發展史》，湖南教育出版社，1998年，第14～5頁。

〔註31〕 方漢奇主編《中國新聞事業通史》第二卷，第541頁。

〔註32〕 哈耶克：《致命的自負》，馮克利等譯，中國社會科學出版社，2000年，第69頁。

〔註33〕 拉明·賈漢貝格魯：《伯林談話錄》，楊禎欽譯，譯林出版社，2002年，第37～8頁。

想：像魯迅那樣寫雜文諷刺政府、批判社會，同時許多作家寫小說揭露黑暗現實與官場醜態，難道他們的意圖與意志是推翻南京政府嗎？文章可如匕首投槍，可是拿這種武器的文人與毛主席領導的紅軍戰士是一樣的心思嗎？《東方雜誌》上的文人說夢畢竟說的是夢，畢竟還有空間說夢！

阿瑪蒂亞・森把自由理解爲一個人做自己認爲有價值的事的可行能力，而可行能力指的是有可能實現的、各種可能的功能性活動組合；可行能力因此是一種自由，是實現各種可能的功能性活動組合的實質自由，通俗地說，是實現各種不同的生活方式的自由〔註 34〕。我覺得，森的可行能力與柏林的消極自由有相通之處，它們都看重一種選擇性的自由，即當下能提供不同而多樣的窗口讓人們按己所需的進行選擇。對文學遊戲來說，你想辦刊物就可以辦刊物，你想發表文章就有機會可以發表，這就是自由。

另一個值得深思的有趣現象是：「自由……不能夠不與民主或自治邏輯地相關聯。大體上說，與別的制度相比，自治更能爲公民自由的保存提供保證，也因此受到自由主義者的捍衛。但是個人自由與民主統治並無必然的關聯」，例如，「與此前或此後的許多民主制度相比，在腓特烈大帝時代普魯士或約瑟夫二世時代奧地利，富有想像力、原創性與創造天才的人物，以及事實上，還有各種各樣的少數派，更少受到迫害，更少感受到制度與習慣加在他們身上的壓力。這的確是值得討論的現象。」〔註 35〕置諸於南京國民政府的統治情境，並不意味著參與文學遊戲的自由就更少，參與者的投資狀況就更可憐；事實看來正相反，南京政府統治之下的文學遊戲呈現出自由而繁盛的狀態〔註 36〕。

通常認爲腐敗、專制、獨裁的國民政府爲什麼成了文學遊戲的一個黃金時代呢？且讓我們看一看國民黨治下的鐵屋子敞開了多少的門與窗，即文學遊戲的自由性是在哪些因素下產生的。

〔註 34〕　森：《以自由看待發展》，任賾、于眞譯，中國人民大學出版社，2013 年，第63 頁。

〔註 35〕　分別見以賽亞・伯林《自由論》，胡傳勝譯，譯林出版社，2011 年，第 198頁、第 72 頁。

〔註 36〕　如今有句話常常聽到：「文運與國運相牽，文脈同國脈相連」，大而言之這是不錯的，但兩者到底是如何牽連的呢？「文運」和「國運」恐怕並不是正比例互相促進提高的關係。韓少功認識到了此點：「這個時代對於文學來說，不是一個黃金時代。國運是牛市，但文運是熊市。文學不是砸多少錢下去就可以提高的。這點需要得到重視。」見《報刊文摘》2009 年 9 月 25 日「說法」之引韓少功。

（一）本時期的社會政治空間既充滿高壓又充滿罅隙，文學遊戲發生的機會與可能性客觀上並不是被堵死，而是很豐富地存在著、敞開著〔註37〕。

首先，我們得承認國民黨的獨裁不同於德國希特勒的獨裁。當事人魯迅1934 年 11 月 17 日致蕭軍、蕭紅信稱：「日本一切左翼作家，現在沒有轉向的，只剩了兩個（藏原和宮本）。我看你們一定會吃驚，以爲他們眞不如中國左翼的堅硬。不過事情是要比較而論的，他們那邊的壓迫法，眞也有組織，無微不至，他們是德國式的，精密，周到，中國倘一仿用，那就又是一個情形了」。

爲什麼中國不能形成德國式的壓迫法呢？原來，南京政府的政治體制不是自上而下的一體化，而是各省自治的均權制，各地軍政當局政令不一造成了各自爲政的局面。本年，四川軍閥混戰和福建事變令中央政府的權威處於尷尬的境地：「顧今日中央政府之所以無能，不僅因地方之牽制，地方之牽制，實政府無能之果，而非其因；中央之無能，中央內部之不統一使然也」〔註38〕，南京政府的統治權力只是達到了有限的區域。在此種情形下，政府立法幾乎

〔註37〕看完接下來的解釋，我們就會形成一個判斷，從晚清到民國，報刊輿論一直處於一種失控之狀態。蘇全有《清末社會危機與政府應對》（人民出版社，2013年）第三章名「報刊輿論失控與政府應對」，認爲清末輿論失控體現在五個方面：（1）報刊的數量激增；（2）辦報的民間化趨向；（3）報刊的異化（激進傾向）；（4）閱書報社中革命勢力的存在（清末設置的閱書報社中，訂有革命派的報刊，也混藏有革命分子）；（5）報刊界職業規範不健全（如假新聞氾濫）。總而言之，清末輿論向背離政府的方向發展。此種狀況首先與清政府的政策舉措失當有直接的關聯：（1）政府控制趨鬆，「有學者評價道：實事求是地說，清政府改革專制政治剛剛起步，就爲國人辦報創造了較爲寬鬆的社會政治環境。其明顯突出的表現有二：一爲註冊登記手續極其簡單，二爲言論相當自由」；（2）官報不力；（3）報律無效，表現在：「第一，執法的混亂」，最爲集中地體現在實施的人爲性和隨意性方面；「第二，報界的反對與抵制」，如在報律制定過程中對政府批評對抗，在具體辦報過程中也多方抵制報律；不辦理登記手續就公開出版，託庇於外人和租界，抵制事前借閱，遭受處罰時另辦新報等；「第三，報律本身的問題很多」，條文籠統、不規範，欠清晰準確，致使執法機構無法適從，要麼妄加罪名，要麼放任自流，而報界則可以我行我素，漠視報律，藉口限制太寬，漏洞太多，拒絕遵守。非政府因素也造成或加劇了輿論失控：（1）外國庇護，指租界形成的獨立王國與「縫隙效應」；（2）報刊界的組織化傾向，清末報業從業人員已經形成有別於其他行業的職業認同感和責任感，認識到他們從屬於一個相對特殊的利益群體，開始結成職業共同體，表達報人群體自身獨特的職業訴求和社會訴求，反映了其時民間社會勢力的膨脹。我們會發現，與晚清相比，南京政府統治下的狀況不但未有任何改觀，反而可能越來越嚴重了。

〔註38〕見張文伯《五院分職元首集權》，載《文化》第 1 卷第 11 期。

形同虛設：「這幾年來，有很多的新聞記者，遭各地軍事當局逮捕殺戮，並不依法律辦理。政府覺得面子太過不去，所以通令『各省市政府各軍隊軍事機關，切實保護新聞人員。』但是這命令會有什麼效力沒有呢？」〔註39〕1933年9月9日《華年》第2卷第36期載文「保護新聞事業人員令」》亦評論道：「煌煌明令並不一定造成預期的效果。立法是比較容易的事，所難者是在如何去使上下一體守法」。

立意禁錮思想的書報審查制度也遭遇了同樣的命運。早已有人指出了書報檢查有兩點失敗：一是不徹底，不敢檢查外國書報；二是不集中，各地各自為政，權限不清：「檢查標準，殊難確定，往往有一新聞甲以為可載者，乙則反之，甲地以為可載者，乙地反之，於此肯否之間，殊難使全國之新聞，發表一致」〔註40〕。《新壘》雜誌就遭遇過這樣的問題：「新壘文藝月刊為現在純文藝刊物之一，曾在上海市黨部及市政府登記，並由市黨部及市政府轉請中央黨部及內政部登記在案，該社昨忽接上海郵政管理局通知，謂該社寄至天津之新壘月刊，業被當地郵政檢查員檢出扣留，聞該社已去函黨政當局交涉云」〔註41〕。幾年之後，有人感於「最近中常會和行政院通令全國各地，要『保障正當輿論，扶植民眾運動』」，期望：「在過去各地當局對於中央命令的執行，並不一致，比如經中央核准出版或為被禁的雜誌，在甲地可以通行，而在乙地卻完全禁止。這在政令統一的國家是絕對不允許有的。此種奇怪的現象，以後最好能完全絕跡。」〔註42〕看來，這種現象至少在抗戰爆發之前未能得到有效解決；實際上南京政府也解決不了，因為要解決這個問題，首先要解決南京政府本身。

執政的國民黨內部派系林立，不僅書報審查實行起來並無統一口徑，就是在創辦刊物的問題上也是各行其是。如汪系《中華日報》邀請左翼作家聶紺弩來主編副刊《動向》，魯迅、田間、艾青、歐陽山等成為重要作者，一時

〔註39〕　胡愈之：《保護新聞記者》，《生活》週刊第8卷第36期。李公樸也說：六中全會通過了各項決議，保障言論出版集會結社之完全自由的提案，已不少見，惟缺「切實施行」。見「公樸」《新聞檢查制度》，《讀書生活》第3卷第1期，1935年11月10日。

〔註40〕　見馬星野《中國報業前途之障礙》，載《中國新書月報》第1卷第5期。魯迅1934年11月12日致兩蕭信中說：「壓迫的，因為他們自己並不統一，所以辦法各處不同，上海較寬，有些地方，有誰寄給我信一被查出，發信人就會危險。」

〔註41〕　見《新壘》雜誌第1卷第4期。

〔註42〕　任：《保障輿論》，《國民》第1卷第3期，1937年5月21日。

間竟成了左翼的營盤。這並不意味著汪系同情左翼或欲脫離國民黨，而是汪系成員出了問題。汪精衛跟前的大紅人林柏生與聶紺弩是同學，這才請聶紺弩來編《中華日報》副刊，「聶紺弩思索了好久，最後說：『副刊現在恐怕很難編得好，照上海現在的風氣來看，編得太一般了沒有人會看，編得太尖銳了報紙又要被查封』。林柏生安慰他說，汪精衛做了行政院長，稍微左一點是沒有關係的。文學旬刊《十日文學》就編得不右了，也沒有遇到什麼麻煩，副刊可以以《十日文學》作為參照的標準」〔註43〕。

　　政策、體制、制度等問題最終在實踐操作中變成了個人之間的感情與關係問題——人情大於法、人情偏離法是歷代中國政府都沒有解決的問題，因為要解決它就得需要中國人換腦筋、換文化基因。但我們看到的事實是，歷代統治者皆提倡尊孔、提倡國學（連在中國土地上的日本侵略者都不例外）。——本年，田漢在藝華影業有限公司開闢了左翼電影運動的新陣地。這個公司是由田漢的朋友、青紅幫頭目嚴春唐出資興辦的：「嚴春唐隸屬於反動營壘，為黑社會中的頭面人物……但由於三十年代上海錯綜複雜的階級關係，由於左翼文藝界貫徹了瞿秋白統治的正確領導方針，廣交朋友，擴大統一戰線，觸角竟然深入到嚴春唐的身邊……按照馬克思主義的觀點認真分析，田漢、夏衍等人的這個行動，從當時全國抗日救國的主要矛盾出發，擴大了革命的陣地，加強了團結的力量，無論從哪個方面來審視，也是完全符合革命利益的」〔註44〕，其實，符合革命利益的事情並不必完全「按照馬克思主義的觀點認真分析」。馬克思主義似乎不管個人的感情與關係問題，而這些事情卻為事業的開展與壯大提供了實實在在的機會與可能。兩年前，袁殊創辦《文藝新聞》週刊，自稱「以絕對的新聞的立場，與新聞之本身的功用，致力於文化之報告與批判」，逐漸呈現左傾色彩，但因與當時國民黨上海社會局局長吳醒亞有同鄉關係，很長時間不受審查〔註45〕。雖然這種人情關係並不是一勞永逸的或長期可靠的，但它卻是實際有效的，有人就坦言：「國民黨內爭不已，離合無常……在他們的幾反幾覆中間，我們不知道吃了多少苦頭。總算佔了交際廣闊的光，又因事實上沒有背景，雖然在南北各地經過好幾次扣報和禁止發賣的處分，始終沒有把事業弄得消滅。」〔註46〕

〔註43〕 劉保昌：《聶紺弩傳》，崇文書局，2008 年，第 112～114 頁。
〔註44〕 會林、紹武《夏衍傳》，中國戲劇出版社，1985 年，第 82～3 頁。
〔註45〕 夏衍：《懶尋舊夢錄》，三聯書店，2005 年，第 135 頁。
〔註46〕 政之：《中國為什麼沒有輿論》，《國聞週報》第 11 卷第 2 期，1934 年 1 月 1 日。

　　其次，國民政府缺乏進行文化統制的專業人才──不是沒有專業人才，而是招攬不到專業人才，或是因為官方的文藝政策缺乏吸引力，或是因為他們不屑於跟政府合作來對付圈裏人。比如，開展社就承認官方的民族主義文藝缺少作家與批評家，承認《開展月刊》的「內容太空虛」，所以當彭家煌和陸魯一給他們投稿時，他們的歡喜溢於言表：「開展社的力量，本來是小得可憐，現承彭陸兩先生義務的加以援助……希望兩君參加到民族主義文藝的陣線裏來。」〔註47〕陸魯一在該刊第 5 期發表小說《小賊》，如果它不是某位著名作家的筆名，那麼陸魯一隻能算是文壇快閃而逝的一顆流星；彭家煌則已建立起了一定的文學聲譽，他在第 5 期發表了小說《國貨》〔註48〕，《開展月刊》的「希望」言猶在耳，七個月後他就被國民黨當局逮捕入獄了。一個審問細節值得記錄：當審問者知道彭家煌是湖南人，又姓彭，並且是彭德懷的彭、彭述之的彭，便罵彭家煌「該死」〔註49〕。

　　從事書報檢查人員的素質和能力與之相映成趣：《馬氏文通》之「馬」因和馬克思之「馬」是同一個「馬」而遭禁。袁牧之的劇本《一個女人和一條狗》中，巡警見女子是軟化革命同盟會的主席，以為破獲了一個重要的反動

〔註47〕劍萍：《編輯後記》，《開展月刊》第 5 期，1930 年 12 月 25 日。

〔註48〕《國貨》並未選入嚴家炎編的《彭家煌代表作》（華夏出版社，2011 年）。該書之「彭家煌小傳」稱：「彭家煌約（注意這個「約」字──引者注）於 1931 年初由潘漢年介紹加入中國左翼作家聯盟」，而刊登《國貨》的《開展月刊》是 1930 年 12 月 25 日出版的。這就意味著，在 1930 年底、1931 年初這段時間，彭家煌既加入了左翼，又在民族主義文藝腔調的刊物上發表作品。但這毫不奇怪，正如不必為趙景深、朱湘、郁達夫、周揚等人為《現代文學評論》寫稿而感到意外一樣。彭家煌去世之後，潘子農在《祭壇之前》（載《矛盾》第 2 卷第 3 期）披露說，彭家煌將《國貨》交給他，是急需一點稿費用，但小說發表之後並未見到稿費，彭家煌為此寫信質問，兩人遂停止了通訊。

〔註49〕何揆：《「活不下去」》，《矛盾》第 2 卷第 3 期，1933 年 11 月 1 日。「彭家煌小傳」說：「1931 年 7 月被國民黨當局逮捕，投入龍華淞滬警備司令部監獄，在獄中受到嚴酷的刑訊。兩個半月後經營救出獄。從此疾病纏身。1933 年 9 月 4 日因胃穿孔，歿於上海紅十字會醫院。年僅 35 歲」。這個敘述容易讓人產生這樣的因果聯想：入獄受折磨導致疾病纏身，彭家煌之死要由當局負責。但事實遠比這種因果聯想要複雜。彭之死與他的生活習慣有關：愛吃零食，吃味精，吃口香糖，「病在飲食」（汪雪湄《痛苦的回憶》，《矛盾》第 2 卷第 3 期）；與醫生醫術不精亦有很大關係。他的妻子孫珊鑫承認兩人性情不合，婚後經常衝突，鬧到要分家，她把丈夫之死歸咎於貧困，「我相信假如我們不是這麼窮困，他的病一定是有希望的」（孫珊鑫《家煌之死》，《矛盾》第 2 卷第 3 期）。

組織，因為「有革命兩個字，也就好不到哪兒去了！」《新壘》第四期則有如下報導：「在中國文壇是雖然並無多少地位，而且對人生對社會也未必有什麼貢獻與主張的《紅葉週刊》，居然在最近以『謗謗政府，宣傳赤化』之罪名被封了。惟該社主持人對此頗表示不滿，擬於最近組織『青鳥社』，以繼續以前『紅葉社』之生命云。」這應該是因為名字有「紅」才被封的。這並不是無端猜測。《論語》第 38 期「半月要聞」記載：「復旦大學學生張文烈。被市公安局眼線某指係共黨，欲加逮捕，因衝突被巡捕帶入捕房。捕頭詢眼線何以知張屬共黨？答因張手有紅色，此乃共黨特徵。張則說手有紅色，由於生凍瘃所致」；顧頡剛主編的《大眾知識》，因為頭幾期封面很紅，就「有人說本刊是有色彩的人辦的。」〔註 50〕

　　看來，書報檢查員低能得可憐又可笑，根本不能有效地完成職責。他們感興趣、實際所檢查的似乎不是現政府很敏感的激進思想或革命組織，而僅僅是個人的名字或某種顏色——魯迅在本年 11 月 12 日致杜衡信中就說：「現在之遭忌與否，其實是大抵為了作者，和內容倒無甚關係的」；那麼，對付他們的辦法就簡單易行，那就是變換名字——「紅葉社」改為「青鳥社」就是一例〔註 51〕。同時，作家時常更換新的筆名。茅盾說過：「要瞞過那些低能的審查老爺的眼睛還是有辦法的」，辦法包括：「化名寫文章；紛紛出版新刊物」〔註 52〕。魯迅是這方面的行家裏手，時時更換筆名以躲過文網。他的那些被刪改的雜文在後來出書時照樣能全文按原貌面世。本年，巴金的小說《萌芽》

〔註 50〕　《報刊致詞》，《大眾知識》第 1 卷第 12 期。前面還有這樣的話：「報刊的直接原因是經濟的困難。從第六期起本刊的基礎便有動搖的形勢，為的是我們不願曲阿少數人之所好來犧牲比較是大眾的權利」；「我們也不注押邊遠的希望……『希望』是我們不願開的支票」；「我們的態度是客觀的，思想是自由的，意見是獨立的，我們的目標是單純的求國家民族的生存」，如果不能維持這些原則，寧願停刊。本刊由顧頡剛主編，1936 年 10 月 20 日創刊，現在暫不清楚「曲阿少數人之所好」指什麼事情，但它說得明白，停刊的直接原因是資金問題，而非國民黨反動派的打壓；從字裏行間推測，官方想靠輸入資金的方式把本刊納入自己的陣營，哪料到它講自由獨立，寧願停刊亦不從命。

〔註 51〕　《文學青年》第 1 卷第 1 期有「補白消息」說：「本埠最近被查禁刊物達十九種之多，聞其中數種將改名出版，惟《讀者生活》《婦女生活》《生活知識》三種經交涉仍用原名發行。」

〔註 52〕　唐金海、劉長鼎：《茅盾年譜》（上冊），山西高校聯合出版社，1996 年，第368 頁。又可參考茅盾《一九三四年的文化「圍剿」和反「圍剿」》，《新文學史料》1982 年第 4 期；在該文中，茅盾以勝利者的姿態嘲笑國民黨「檢查老爺」們的粗心與無知。

和《電》在發表或出版時遭禁，後來「改頭換面」即公開面世。此外，還有更多的辦法：「20 世紀 20 年代初，巴金在成都參加編輯《半月》等刊物時，就曾有過與文化專制作鬥爭的『小小的經驗』：刊內的文章被命令抽去，就在文章上面蓋一行朱紅色的大字『本文奉 x 命令抽去』，原刊仍舊發賣；文章中有被檢查員砍頭刖足的地方，就注明此處被刪去若干行的字樣；文章被檢查員改得文理不通、錯誤百出，便另印『勘誤表』送給訂戶；刊物遭禁，便秘密出版停刊號，詳細記載被禁經過，並另起爐灶，重組新刊。總之，『各種花樣都用過』。想不到十年以後，面對更嚴酷的文化專制，巴金又重新運用少年時代的『經驗』，只不過鬥爭的『花樣』也更加巧妙和多樣了。」〔註53〕

　　可見，國民黨書報審查制度的成效與實效實在微渺。除了檢查人員的素質低下外，立法不完善、檢查依據模糊不清也是重要的原因。如《反革命治罪法》第六條規定，如果有「宣傳與三民主義不相容之主義及不利於國民革命之主張者，處二等至四等有期徒刑」。可是「與三民主義不相容之主義」到底是什麼、有哪些，卻從未見明示。看似說得清楚的法律條文經不起細究，實際操作起來難免亂亂糟糟。可以說，到處都有法律；可以說，處處都沒有法律，造成了一種事實上「奇形怪狀」的自由性。「奇形怪狀」該怎麼理解呢？有這樣的表述：「上海畸形而繁榮的文化生態在某種程度上有利於左翼文學的發展，因為各種文學思潮之間的風雲激蕩可以推動左翼文學在挑戰中前進」〔註54〕——既是「畸形」，何來「繁榮」呢？「各種文學思潮之間的風雲激蕩」畸形嗎？不，這正是文學遊戲自由性之表現；當局的書報審查制度畸形嗎？也不，因為這是世界各國皆有的常規性制度。我想，該表述用「畸形而繁榮」的字眼，一方面是例行性地（準確地說是無意識地）表達反對國民黨反對派的一點意思（學術界的前見或成見之一），另一方面又不得不承認那個時期的文學遊戲狀況讓人心動。那就不如用「奇形怪狀」這個中性詞來表述：原來國民黨統治之下文學遊戲的發生有出人意料的自由性。

　　再次，組織社團、出版刊物的門檻相對較低。只要有了編輯人和發行人，有了運作資本，就可以出版刊物。甚至沒有多少錢也可以出版刊物。施蟄存等創辦《文飯小品》就「既無本錢，亦不想賺錢，更沒有什麼背景。原來我們這個刊物之出版，並沒有雄厚的資本來維持的。印刷是欠帳的，紙是賒來

〔註53〕李存光：《巴金評傳》，中國社會出版社，2006 年，第 69～70 頁。
〔註54〕劉保昌：《聶紺弩傳》，崇文書局，2008 年，第 113 頁。

的，稿費是要等書賣出了才會送的，第一期就已如此，倘若沒有讀者踴躍惠顧，說不定出了幾期便會廢刊的。但是廢刊儘管廢刊，已出的幾期總是舒舒服服的任意出了」〔註55〕。出版刊物的極大快感——「舒舒服服的任意出了」——可以建立在本錢不足甚至沒有本錢的基礎上。

參與文學遊戲的快感在當時是容易滿足的。幾個朋友一聚，一個刊物就誕生了：「刊行《濤聲》的動機是非常簡單的：一個初秋的晚上，心境非常寂寞，覺得非喊幾聲不可」；「自由地說自己的話是必需的，對於社員的言論，不想有什麼限制，也沒有一致的主張」〔註56〕，抱持「烏鴉主義」的《濤聲》就這樣在一個初秋的晚上誕生了。黎烈文後來辦《中流》亦是如此：「有一天，幾個朋友聚在一塊談天，大家偶然高興辦一個側重隨筆雜文的刊物，因為我曾做過兩年副刊記者，有一點點編排經驗，於是編輯責任便落在我身上」〔註57〕。

國民黨當局曾先後制定了《出版條例原則》、《出版法》、《出版法實施細則》對禁止登載事項、事前登記送檢的程序等做了規定，但並沒有得到切實之執行〔註58〕。例如，重要雜誌《文學》的出版是由魯迅、郁達夫、鄭振鐸、茅盾、葉聖陶、陳望道、傅東華、洪深、夏衍、黃源等人在本年 4 月 6 日會賓樓晚宴上討論並決定的，事先並未報請批准，其受檢也拖到了第 2 卷第 1 期。並且，有意思的現象是：它越禁止的事情反而名氣越大、越流行，有人就說：「左翼主辦的刊物，銷路是最好的」〔註59〕。三十年代許多書店都大量地出版左翼作家和那些雖非左翼但同樣反映現實、揭露黑暗的作家作品，從中獲利頗豐〔註60〕。

〔註55〕 見《文飯小品》創刊號之《發行人言》。

〔註56〕 曹聚仁：《〈濤聲〉的昨今明》，《濤聲》第 2 卷第 31 期，1933 年 8 月 19 日。

〔註57〕 烈文：《編後記》，《中流》第 1 卷第 1 期，1936 年 9 月 5 日。曹聚仁和黎烈文的表述可能增加了詩意的成分，但無論如何這種興之所至辦刊物的狀態是令人嚮往的。

〔註58〕 新出版法於 1936 年 11 月 27 日在立法院通過。「楚士」在 1935 年 8 月 10 日《讀書生活》第 2 卷第 7 期撰文《新出版法與雜誌年》表示反對：「發行雜誌，盡可一面先行出版，慢慢呈請登記。依新法則須先填具登記申請書，呈由發行所在地之地方主管官署（在省為縣市政府，在行政院直轄市為社會局）於十五日內核定准許後方許發行」，且手續也更嚴格。但接下來的抗戰阻礙了它的貫徹實施。

〔註59〕 白英：《上海的文化街》，《大公報》「小公園」副刊，1933 年 7 月 22 日。

〔註60〕 參閱朱曉進《政治文化與中國二十世紀三十年代文學》，人民出版社，2006 年，第 221～231 頁。

　　正是因為辦刊物是如此簡單，所以當局查禁了某份刊物對編輯與作者沒什麼大影響，將來找機會再出即可；所以當局想著用輸入資金的方式的來影響辦刊方針與編輯原則也常以失敗而告終（其實當局對知識分子還是客氣的，它不逼迫知識分子信什麼，它引誘知識分子信什麼，可是它提供的選項沒意思，而且撤去它的引誘，知識分子照樣可以做自己的事，那又何必聽它的話呢？）

　　還要提到的一點，是租界和治外法權的存在。李永東先生的《租界文化與 30 年代文學》把租界作為一個特異性的文化空間來處理——從前時興把文學創作與研究同民族解放、階級鬥爭聯繫起來，後來回歸文學，喜歡與文化思潮、文化研究扯上關係，似乎還是霧裏看花有點隔——但租界首先其實是一個特異性的生存空間：中國法律所禁止的各種事情與各色人等在那裡生存了下來。有人曾預言一九三四年中國政治經濟社會將崩潰，一部分文人將作反抗運動；另一部分則將到上海，「託庇於帝國主義之下，而過其苟延殘喘的生活。」〔註61〕

　　租界不但占去了上海最繁華的區域，而且沒有中國軍隊駐紮，是中國法律的盲區。「外人利用上海租界擅自妄為，開設賭場，庇護盜匪，擴張區域，攫取權利，是故上海市政府之施政方針，在在受其牽制」，如「我國工廠法頒佈以來，租界當局多方阻擾，企圖奪取工廠檢察權。上海市政府，據理力爭，嚴詞交涉，迄今仍無結果，而上海工廠之檢查，因以擱置」〔註62〕。租界的最高權力機關是工部局，是中國巡捕不能擅自染指的地方。這固然是中華民族和中國政治的恥辱，但它的存在也為文人和政客的秘密活動提供了廣泛的罅隙。很多刊物的出版、很多的政治活動在租界舉行：

> 　　由於租界「國中之國」的地位，許多中國知識分子也聚居租界，以便稍稍減輕中國專制政府的壓迫。這也以上海租界區最為典型……這些人在上海辦了各種報紙，經營出版機構。著名的蘇報案就發生在租界區。在福州路、河南路、漢口路一帶，集中了大批出版、文化機構……租界也是中國革命者從事革命活動的重要場所……中共中央曾統一安排中央機關設在蘇州河以南的租界區，以便在公共租界遭追捕時迅速轉移到法租界，在法租界遭追捕就躲進

〔註61〕　蔣徑三：《文人末運》，《申報月刊》第 3 卷第 1 期。
〔註62〕　高紫星：《上海租界對上海市政之影響》，《文化》第 1 卷第 5 期。

公共租界。租界政出多門，在相當長的時間裏，租界巡捕也不主動搜捕共產人，除非有人報案，一般偵查共產黨人活動的主要是國民黨特務及共產黨的叛徒。但要逮捕革命者必須請租界巡捕房承擔。〔註63〕

1933 年的一件大事是 5 月 14 日丁玲被捕。一時盛傳她被秘密處決，魯迅為此還寫了一首悼詩。其實丁玲沒事，原因便是她是在租界內被捕的，所以當局既不敢殺也不敢大肆宣傳——據丁玲說，她聽國民黨特務徐恩曾這樣說過：「我們不怕有人說我們野蠻、殘暴、綁票等等，什麼蔡元培，宋慶齡，什麼民權保障同盟，什麼作家們，我們也都不在乎。我們只怕引起外國人的抗議。我們是在租界上抓你的。你住的地方是租界，這事已經引起租界捕房的抗議，說我們侵犯了他們的『治外法權』。我們不願引起更多的麻煩，只得咬定不承認。」〔註64〕

關於這件事，我們要藉此機會平心靜氣地、深入地談一談。

對立的兩種敘述：幾十年後，丁玲把她那長達三年的被拘押生活描繪得暗無天日、悲慘不堪，同時她對黨愈加地日思夜念、忠貞不渝。比如，她這樣描寫苜蓿園：「像荒村裏的一座草庵，我奄奄一息地蟄居在這裡，似乎應該打掃塵心，安心等待末日的到來，然而我心裏整日翻騰，夜不能寐……三五年的一個冬天完全是母親一個人撐持著熬過來的」〔註65〕；而「當年的中統人士孟眞說，要講丁玲在南京『吃了很多苦』，『實在太無良心』，她在『南京三年多的生活實況，既沒有坐牢，更不曾受苦。她所受的優待，使許多中統同仁羨慕之餘，還有怨言」，徐恩曾也說當時丁玲過著舒適的生活，「除了不能離開南京外，行動已完全自由」〔註66〕。

眞實情況是什麼呢？需要一個第三方觀察。登載在《婦女生活》第 2 卷第 1 期上的《丁玲訪問記》（署名「先」）恰好提供了一個樣本〔註67〕。

〔註63〕 徐衛國：《租界和租借地史話》，社會科學文學出版社，2000 年，第 139～140 頁。

〔註64〕 王增如、李向東《丁玲年譜長編》，天津人民出版社，2006 年，第 95 頁。徐恩曾是否就是這樣說的，我們不得而知，因爲現在只有丁玲的說辭。兩種可能：徐恩曾眞的這樣說過，或者這是丁玲走出南京後爲自己「開脫」而編造的一個無法反駁的解釋。若是前者，租界是一個事實；若是後者，租界是一個理由。

〔註65〕 丁玲：《魍魎世界——南京囚居回憶》，《丁玲全集》第 10 卷，第 71～3 頁。

〔註66〕 轉引自周良沛《丁玲傳》（北京十月文藝出版社，1993 年）第 282、295 頁。

〔註67〕 查看全文可參考我的論文《丁玲在苜蓿園》，載《魯迅研究月刊》2012 年第 2 期。

從中我們看到，莒蓿園乾淨整潔，有傭人照顧丁玲一家的生活，養著一隻兇惡的看門狗。丁玲可以出去會友和接待客人——據此，我們可以推測，丁玲在囚居時的人情來往要廣泛得多，而這些在「魍魎世界」的回憶中被刪除了——可以讀魯迅剛出版的譯書《死魂靈》，可以整日烤著火盆，可以剝風乾栗子，可以享天倫之樂。生活情形並不像丁玲所回憶的那麼糟糕（「奄奄一息地蟄居在這裡」）。莒蓿園絕不是一潭死水。事情恰如魯迅所說：「丁玲還活著，政府在養她。」享受著一些眼前的安逸，生發出一些人情的牽掛，丁玲明年要養雞，還要把孩子送到京市托兒所，而非時時刻刻都作投入黨的懷抱狀。

　　如果說這是孤證，那麼再看1938年楊朔對丁玲的採訪：

　　　　我冒昧地提出一個問題：

　　　　「你在上海失蹤後，大家都以為你死了，後來忽然跑到陝北，這其間的生活能不能公開一下。」

　　　　「一點不值得秘密」，一笑，她作了一次極其賅括的述說。

　　　　在上海失掉自由後，她被送到南京，在看守所住過短短的時日，其餘的時間全是被人很友誼地看待著，旁人不曾追逼她的罪狀，她也不曾改變自己的意志。後來她的母親被人從湖南接來，她們住在一起，雖然不十分愉快，但可以減除無聊的孤寂。

　　　　日期很久了，生活在這種環境裏，她不知道自己是不是一個自由的人。一天早晨，她故意提著竹藍到市上買菜，沒有人阻攔，路上遇見張天翼，外間知道她還活著。〔註68〕

　　請注意丁玲這裡的用語是「被人很友誼地看待著」。其時正是國共化敵為友共同抗戰的初期，丁玲帶著戰地服務團住在山西萬安鎮，離延安和重慶皆遠，她對楊朔說的話可信度極高。在寫於1980年1月的《我的自傳》中，丁玲說自己「在這期間沒有自首叛變，沒有在國民黨刊物上寫過文章，沒有給敵人做過一點事。」〔註69〕這應該是真的，因為迄今確實沒有發現這方面的材料，但不能因此而歪曲當時的狀況，把囚禁生活寫得昏天暗地。綜合以上新發現的材料來看，丁玲沒有叛變自首，首先應歸因於對方並未逼迫她改宗

〔註68〕楊朔：《西戰場上》，載1938年4月1日《自由中國》創刊號。
〔註69〕見《丁玲散文》上集，中國廣播電視出版社，1997年，第40頁。

信什麼，這恰恰說明了囚禁時期的生活並不是她回憶中的那麼糟糕。很明顯，她的記憶受到了建國後政治氛圍的強烈影響。這並非個案〔註70〕。

後來改邪歸正的沈醉對丁玲說：「我堅持是由於您相當有名（不是您說的『是一個小有名氣的作家』），除了許多人出面援救外，更重要的一個原因，是由於您是一個女青年作家，這樣就很多人同情您，反動派比之『四人幫』雖同樣兇狠殘暴，但還有一點點不同，就是對您和一些知名人士不敢隨便殺害，是有八個字的原則，即怕：『社會輿論，國際影響』。」〔註71〕對比前面丁玲聽徐恩曾說的話「什麼作家們，我們也都不在乎」，會發現兩者小有差別。一個是大作家不敢殺，一個是作家都敢殺，考慮到魯迅、茅盾等大作家當時都安然無恙，前者的可信性更強。

這表明，大作家、知名人士比小作家、無名之人享用著更多的權益，擁有更多的可能與自由。我們前面對自由的論述忽略了鮑曼，這裡需要補上。在他的小書（「小」，指的是篇幅短）《自由》中，鮑曼上來就開宗明義：

　　　　從誕生之日起，自由就作為一種特權而存在，直至今日依然如此。自由產生分化，同時也帶來分離，從而使最出色的部分從其他部分中脫穎而出。自由的魅力來自於差異：自由的存在與否，往往反映且標誌著尊與卑、善與惡、美與醜之間的巨大反差，同時也是對其間的差別進行辨識的基礎。〔註72〕

看來，自由是一種社會關係，在人類社會中自由永遠是某一部人的特權，而不會成為全體都享用的成果。「想要獲得並享受自由，就意味著從一個相對低等的社會狀態升遷至另一個較為優越的狀態」，在文學遊戲中，這種升遷就表現為從未名無名到「虛名空自纏」的變化，像張愛玲所說的，這種變化越早越有利。王小波經常引用羅素的一句話：「須知參差多態，乃是幸福的本

〔註70〕有興趣的朋友可以再看看我的下列論文：《魯迅、丁玲、田漢、張若谷四人談》（載《魯迅研究月刊》2014年第5期）、《郁達夫的三篇研究資料》（載《魯迅研究月刊》2012年第7期）、《郭沫若的一件軼事與一首詩》（載《魯迅研究月刊》2011年第7期）。

〔註71〕見王增如《無奈的涅槃──丁玲最後的日子》，上海世紀出版集團，2003年，第142頁錄沈醉致丁玲的信。沈醉的「堅持」並非其創見，1933年5月23日，文化界知名人士在《營救丁玲、潘梓年電》中就說：「丁、潘二人在著作界素著聲望，於我國文化事業，不無微勞」，懇請政府或釋放或從寬處理。

〔註72〕澤格蒙特·鮑曼：《自由》，楊光、蔣煥新譯，吉林人民出版社，2005年，第1頁。

源」，這裡須知參差多態乃是自由的風景，不過其中活躍著各種各樣的權力關係。

　　二、更重要的是，文學遊戲的自由性根植於知識分子並未被馴化的肉體之中。

　　自由的肉體形成於晚清與五四時期。晚清時中國在日留學生剪辮可被視爲身體自由性的一個起源性與標誌性的事件。《新小說》第一號發表《東京新感情》（署名「學生某」），記「最得意二十一條」，有「割辮最得意」、「改西裝，身輕如燕最得意」、「日日洗身最得意」、「海水浴最得意」；記「難過十七條」，有云：「穿大袖馬褂、帶辮髮，往來街上自覺形穢，難過」、「與日人同習體操，自愧不如，難過」；記「最可憐八條」，其一：「有辮者不欲脫帽，最可憐」；記「差強人意七條」，有云：「不能割辮卷之於頭，差強人意」。剪辮或割辮之後，穿西裝、按時洗浴、跑步或做體操，使身體顯得輕盈、衛生、健康。剪辮原不是一個政治事件（反滿抗清）——魯迅小說《頭髮的故事》中 N 先生就說：「我出去留學，便剪掉了辮子，這並沒有別的奧妙，只爲他太不便當罷了」——而是爲了解放被束縛的肉體，爲了肉身的衛生與美觀，獲得切膚之快感與自由。

　　在上海，剪辮亦成爲一種時尚。李伯元《文明小史》記王濟川到上海民權學社聽演講，「只見那些學生一色的西裝，沒一個有辮子的」，「看看他們，再看看自己，覺著背後拖了一條辮子，像豬尾巴似的，身上穿的那不伶不俐的長衫，正合著古人一句話『自慚形穢』！」吳蒙《學究新談》寫夏仰西來到了上海：「一路有些機器廠等類，局面比之杭州更是恢張……很有些三層高的洋房，街上的外國人，來來往往不絕，馬車東洋車更是熱鬧……更奇的是那中國人改洋裝的更多了，覺得自己在杭州的時候很厭惡這種人，叫他是漢奸，如今看他們這種模樣，倒覺得入目，並不是什麼漢奸，頗像有些讀書人的秀氣」〔註 73〕。上海不愧是近代以來最具魔力的城市，能把別處的漢奸變身爲秀氣的讀書人。

　　陳獨秀說：「近代歷史完全是解放底歷史」〔註 74〕，可以認爲，追逐美感、快感與自由的身體是這部歷史最鮮活的部分。我們向來看重的思想解放其實以肉體的解放爲根基與緣起，思想解放的程度與限度以肉體解放的程度與限

〔註 73〕見《繡像小說》第 49 期。
〔註 74〕見《新青年》第 7 卷第 2 號之《隨感錄・解放》。

度表現出來。當然，應該注意到的是，剪辮帶來的自由快感不是全民性的，而是發生在學生群體，先由學生享用且享用得最充分。剪辮烙印在身體上的自由經過五四的發揚普遍地深入於知識群體中——魯迅就說：「我並沒有忘記我是學生出身，所以並不管什麼規矩不規矩」〔註 75〕。晚清以來的青年學生群體應該被視為一個新的人種。

自由的肉體塑造了民國時期的一大景觀：各種運動、集會、宣言、啟事、協會、學潮等接連不斷。本年 4 月 13 日，魯迅、郁達夫、杜衡、丁玲等聯名發表為日本左翼作家小林多喜二的遺族募捐啟事；5 月 23 日，39 人致電行政院長和司法行政部長，請釋放丁玲和潘梓年，同時成立「丁潘保障委員會」，為其募捐，成立「文化界丁潘營救會」，發表營救宣言……作家的名字不斷地出現於、應用於各種場合，這不應該被僅僅視為一次次的簽名，而是充分表現了知識分子身體的自由流動性。它們是沒有被完全格式化的存在，而沒有被格式化的身體才是自由最初與最終的存儲地。故此，魯迅所說的「任意而談，無所顧忌」（顧忌還是有的）的自由性並非只是語絲派的特色與專利，而是這個時代的知識分子的身體姿勢與筆墨習性〔註 76〕。

身體的自由性或叫「任性」：《現代》停刊後，施蟄存賦閒無事。一日在上海雜誌公司碰見康嗣群，「我問他：『怎麼樣？還想辦雜誌嗎？』他說：『要辦便自己出版，可以任性』」。恰巧公司老闆張靜廬在場，說：「很好，你們自己辦雜誌，可以不受拘束，我來代理發行事務，可以免掉許多事務上的麻煩。」這個雜誌便是前面提到的《文飯小品》。當時知識分子的「任性」是南京政府

<hr>

〔註 75〕 魯迅 1934 年 11 月 12 日致蕭軍、蕭紅信。知識分子身體的自由性需要制度的支持與保證，或者說這種自由性本身就構成了制度，現代的大學制度。朱自清在《清華的民主制度》（見《朱自清散文全集》（下），江蘇教育出版社，1998年，第 411 頁）中說：「在清華服務的同仁，感覺著一種自由的氛圍氣；每個人都有權利有機會對學校的事情說話」，但情況更可能是他們塑造了清華的自由的氛圍氣。

〔註 76〕 2009 年，任繼愈、季羨林兩先生去世後，徐中玉指出：「學術的問題是整個發言環境的問題，『獨立之精神、自由之思想』這一五四新文化運動的精髓已經非常淡化了，要重建這種文化精神不是一時能夠做到的。現在的學術發言環境比過去好多了，可知識分子中存在一種奇怪的犬儒主義，不敢把自己的思想講出來，唯恐得罪什麼人。」（《徐中玉談大師的獨立精神》，《報刊文摘》2009 年 7 月 17 日第 3 版）這種奇怪的犬儒主義是何時並如何附身的呢？本文暫不討論這個問題，但很明顯的是，徐文所說的五四新文化運動的精髓實從晚清留學生開始，至民國知識分子群體依然流行。

很難約束的，或者說想約束而成效甚微。1932 年七月，鄒韜奮主編的《生活週刊》被最高軍事當局和中央黨部密令禁止郵遞，但編輯發行機關並未因此立即關門，而是照常出版，「用半公開或秘密的方法送達國內外的無數讀者」，銷數在十餘萬份，一直持續到 1933 年底。鄒韜奮在《與讀者諸君告別》中說：「記者所始終認為絕對不容侵犯的是本刊在言論上的獨立精神，也就是所謂報格」〔註 77〕。曹聚仁說得更坦率：政府若積極抵抗，則站在最右翼；政府若依舊妥協苟且，則站在最左翼，永遠「和政府處對敵的地位」〔註 78〕。

1933 年 11 月 20 日，福建成立了反蔣抗日的「中華共和國人民革命政府」（通稱「福建人民政府」）。12 月 20 日機關報《人民日報》「副刊」創刊，發表「代發刊詞」《論言論自由》：

> 言論自由是一種相對的說法。我們可以說：無論在革命的社會，抑在反革命的社會，都沒有絕對的自由，都不會讓一切人說他想說的話。
>
> 以自由相標榜的美國，禁止進化論一類書籍。以自由為口號的蘇俄，禁止神造論一類書籍。可見她們的自由，都只限於一個方面。
>
> 而且，政府即令對於任何方面不加偏袒言論在實際亦不會得到絕對的自由。神怪反動之說風行，有革命性的議論即無由吐瀉；在革命言論風靡一時的所在，反動傳奇一類詭說，亦將斂迹銷聲。
>
> 蔣家統治下談馬克斯主義，固然危險萬分，人民政府治下談法西主義，亦不怎樣安泰。
>
> 同是不自由，但問題在辨別那種自由，應為我們所爭取。

〔註 77〕 這篇《與讀者諸君告別》寫於 1932 年十月間，而面世於 1933 年 12 月 16 日的《生活》週刊第 8 卷第 50 期。同期又有《最後的幾句話》，稱這一次的告別「只是文字上的告別，而不是精神上意識上的告別」，「此時的分別，自然只有增加本刊讀者的勇氣決心與希望，而不會給予悲觀與沮喪」。國民黨不敢立即取締《生活》週刊，大概亦因民意難違，十萬的讀者不是個小數目。

〔註 78〕 《我們的態度》，載《濤聲》第 2 卷第 10 期，1933 年 3 月 18 日。在第 2 卷第 12 期的《敬告〈社會新聞〉》一文中，針對《社會新聞》誣陷自己是什麼「文總」中人，曹聚仁反駁稱自己決不做「走狗」「奴才」：「為自己的人格可以犧牲自己的生命。我也有自己的刊物，可以彼此對罵。請你們先摸摸自己的屁股：我自己能做訴訟狀，可以背出三五百條法律，打三五年官司不要緊。我還能瞄準放槍，可以和你們決鬥！」

謳歌封建者，禮讚專制魔王者，恭頌帝國主義者，哄騙生產大眾者，盡可以到南京上海一帶去沐浴主子們所欽賜御批的言論自由。

一切站在時代前面的人們，富於革命熱情的志士，代生產勞動大眾表達其苦悶，抒發其苦悶，指示其光明前途的思想家，文藝家，都可集中到這革命的首都來，自由自在的發表他們所要發表的言論。

我們這裡所刊行的副刊，無非是要為這些革命的志士們，提供一個自由發揮的園地。

胡秋原在元旦發表的夢想中說：「我是一個社會主義者，我的『夢想』，當然是無須多說的」，他和他的神州國光社同仁追隨十九路軍來到異鄉，要用行動來實現年初的夢，尋求最大限度的自由。儘管這個自由的天堂曇花一現，人民政府又墮落為利益算盤，但據參與者回憶，「『人民』政府來賓招待所的住客，似乎有點寥寥了；那些革命的上賓們，大約已經悄悄溜走了，房屋空洞黑漆的很多，夜裏只有老鼠吱吱叫著的聲音，伴著幾個做文化工作的人們，在淡黃的燈光底下，總算還留著一點活氣。」〔註79〕莫以成敗論英雄，這實在是一群令人敬佩的知識分子〔註80〕。

當然，付諸革命行動來實踐自由既只是少數人的成就，又實非知識分子之本業。1933 年的另一件大事是陳獨秀受審，章士釗為其辯護，首辯「言論自由」：「所謂自由，大部指公的方面而言……一黨在朝執政，凡所施設，一任天下之公開評騭，而國會，而新聞紙，而集會，而著書，而私居聚議，無論批評之酷，達於何度，只需動因為公界域，得以政治二字標之，俱享有充分發表之權」〔註81〕，很明顯，章士釗所說的言論自由與《人民日報》所說的言論自由並不相同（類似於前面所說的消極自由與積極自由之區別），前者

〔註79〕陳雲從曾是十九路軍戰士，徐訏、孫成主編的《天地人》雜誌從創刊號（1936年 3 月 1 日）開始發表他的關於十九路軍的系列回憶文章。本處引文見第 8 期（1936 年 6 月 16 日）刊登的《十九路軍的總潰敗》。該文諷刺軍事領袖「茅包得很」，在蔣介石大軍的圍困與空襲中舉措失當，各打自己的如意算盤，弄得人心渙散，導致了最終的失敗。

〔註80〕魯迅對閩變的態度十分冷漠，在 1933 年 12 月 5 日致姚克的信中稱：「閩變而粵似變非變，恐背後各有強國在，其實即以土酋為傀儡之瓜分」。他不喜歡表面的熱鬧及口號標語的華麗，往往考慮到背後的利益表達（算計）。這種冷眼旁觀與背後透視往往能見別人所未見、發別人所未發，但也不易體會臺上人做事的熱情。

〔註81〕記者：《陳獨秀案開審記》，《國聞週報》第 10 卷第 17 期，1933 年 5 月 1 日。在記者看來，對陳獨秀的審問變成了章士釗為法官們上課。

是在承認現政府的情況下，縱橫議論，無所顧忌，政府不僅不可行壓制之權，而且有保護之義務。

可以說文學遊戲更普通、更普遍、更深刻地體現了晚清以來知識分子的自由性。季羨林先生曾爲《大公報》鳴不平：「專業的和非專業的批判家們說，《大公報》對國民黨是『小罵大幫忙』，可惡之至云云。我的政治覺悟既低且遲。我認爲，對國民黨敢於『小罵』，已極不易。《大公報》雖不是像《新華日報》那樣的黨報，能做到這一步，就表明它傾向進步」〔註82〕，此種「傾向進步」的「敢於『小罵』」實則是文學遊戲投資的常態。《十日談》由邵洵美等於本年8月10日創辦。無論是從編輯人員的政治立場還是實際編發的文章來看，不但不會有人說它是一份左翼雜誌，一般印象它還不如《大公報》。《十日談》的部分文字是休閒與消遣，如發表偵探小說、貼發明星照片、談論時髦的娛樂方式（如跳舞、看電影）；但它同時也夾雜了不少批評時政的文章，如《統一宣傳》（第2期，就中宣部和軍事當局都要統一宣傳口徑，諷之曰「萬事分工合作，爲世界各國所不及」）、《檢查郵信的反合理化》（第3期）、《從丁玲說起》（第9期，同情丁玲的遭遇）、《恐怖手段》（第11期，認爲11月12日的暴力行徑是「極笨拙的行動」）、《有閒者言》（第11期，就「蔣委員長電請中央，重申普羅文學禁令」內政部在滬組織審查委員會事發表評論，認爲該會「最好以『文盲』充任，才爲萬全」）以及《蔣委員長太忙了》（第14期，諷刺味十足）。

情形正如當時一個新聞記者所說：「假如說，我們做新聞記者的，把報紙弄得現在這樣糟的情形，都推給當局的統制，驟聆之下，似乎振振有詞。然而：所謂言論自由，決不能盼望天上掉下的，爲什麼你們不在平時努力爭取？不在平時作一點一滴的抗爭？而且有許多新聞，當局未必會檢查掉，記者們倒有意或無意的輕輕忽略了過去，有的是當局未必願意這樣的講，而那些替主子們鞠躬盡瘁的記者們，卻要張大其詞的廣播毒素。退一萬步，即使是在新聞統制底下，其間不是沒有一段短短的距離，可以叫良心未死的記者們多跑幾十步路啊！」〔註83〕

〔註82〕 《我和大公報》，《季羨林散文全編》第四輯，中國廣播電視出版社，2007年，第134頁。

〔註83〕 陸詒：《一個新聞記者的自述》，《新學識》第1卷第2期，1937年2月20日。《上海新聞記者爲爭取言論自由宣言》則稱：「檢查制度不立刻撤銷，一個自己認爲還算是輿論機關的報紙，絕對不受檢查！」見《讀書生活》第3卷第5期，1936年1月10日。

　　至此，我想論述的是，自由的身體意志和種種客觀的罅隙與機會共同培育了 1933 年乃至晚清以來文學遊戲的無邊性與自由性。

三

　　有學者指出，「我們應摒棄在某些歷史學者那裡常常出現的『後來之見』，不可因清政府最終走向覆亡而否認其曾作出的種種努力（或者評價太低），多一點『同情式理解』是必要的……我們應盡可能地站在一個中間立場上，對政治和法律發展中的種種現象作出敘述、分析和解釋，不要輕易爲任何偏見或立場所左右。」〔註 84〕現代文學研究亦應提倡無成見地求實求是的態度。共產黨政權是靠武力推翻國民黨統治而獲得的，它的勝利體現在歷史敘述中就是強調敵我的政治對立與鬥爭，文學史敘述亦不例外，然而這卻不符合文學遊戲發生時的眞實感受。

　　巴金靳以在《文季月刊·復刊詞》中說：「『文化的招牌如今還高高地掛在商店的門榜上，而我們這文壇也被操縱在商人的手裏，在商店的周圍再聚集著一群無文的文人，讀者的需要是從來被忽視了的……在這種情形下面我們只得悲痛地和朋友們告了別。』這是四個月前在《告別的話》裏一段，解說了我們所處的環境。」文學遊戲參與者感同身受的首先是書局與書賈的剝削（巴金所說的「環境」指的就是文學生產的商品化），是各類資本佔有上的結構性不平等，而不是國民政府的壓迫。他們打交道最多的是刊物、編輯、書局，而不是政府。例證一：針對《拓荒者》第 3 期載錢杏邨文所說「《大眾文藝》編者因目前有種種困難，他把向勞動大眾發展的事看作次要的了」，陶晶孫答覆說：「在目前，假如把勞動大眾發展爲主要，那麼先要找尋和製作大眾化作品，和書局商量出版條件，減書價等等」〔註 85〕。例證二：胡風說：「寫文章一開始就碰到了國民黨的審查制度，說法不能不彎彎曲曲地繞圈子」，「但到了實際著手的時候，強烈地壓迫著我的，卻是在所謂文化生活裏面彌漫著的那一種精神狀態」。他舉的例子是給《文學》投稿，因編輯傅東華官架足，不可接近，後與助編黃源接頭，才得以很自由地投稿。即便《張天翼論》被官方禁止了，後來又投給北平的《文學季刊》發表了〔註 86〕。

〔註 84〕　轉引自蘇全有：《清末社會危機與政府應對》，人民出版社，2013 年，第 83 頁。
〔註 85〕　《卷末雜記（一）》，《大眾文藝》第 2 卷第 4 號，1930 年 5 月 1 日。
〔註 86〕　胡風：《胡風回憶錄》，人民文學出版社，2005 年，第 35～36 頁。

　　例證三：前面說過，巴金《萌芽》被禁，他是否義憤填膺要和反動派同歸於盡呢？據沈從文 1933 年 12 月 15 日致施蟄存信所說：「關於《萌芽》被禁事，巴金兄並無如何不快處」，因爲比當局力量更強大的是市場與讀者需求；當局可以採取暴力消滅不聽話的肉體，卻摧毀不了強大的市場機制：「可哀的是，事實給他們的教訓也來得特別神速：那就是他們自己要出刊物，現在的書店已大抵不肯承印，商人的腦筋最銳敏，要他們折本是不來的；並且想義務爲日報編一個週刊也得碰釘子，辦報的也是生意經，誰願意因出一個週刊而關門呢？幸喜銀行裏還有款子，就走最後一條路，自己來辦吧，但是，即使多出幾種，勒令要書店承賣，在封面上並寫些漂亮的名字，多畫幾條肉麻的大腿，不仍然是一期兩期的堆砌在書櫃子上，原封未動、積塵盈寸麼！」〔註 87〕推銷官方意識形態的東西少有書店歡喜承印，印了出來少有讀者光顧，聯繫到三十年代書店大量出版左翼作家作品而獲利頗豐的事實，作爲旁觀者的我們真的要爲當局的文化統治力與思想凝聚力感到悲哀了。

　　因此，文學遊戲的自由性應該從經濟學意義而非政治學意義上來理解。經濟學意義上的自由是一種消極自由，一種做夢的自由，非暴力的自由，市場競爭的自由。每個文學遊戲的參與者都可以進行資本投資以追獲某種利益滿足。「妓女」或許是這種自由性的最佳形象代言。在「自由人」論爭中，蘇汶就把文學比喻成「賣淫婦」：

　　　　最初，在根本還沒有什麼階級文學的觀念打到作者腦筋裏去的
　　時候，作者還在夢想文學是個純潔的處女。但不久，有人告訴他說，
　　她不但不是一個處女，甚至是一個人盡可夫的賣淫婦，她可以今天
　　賣給資產階級，明天又賣給無產階級〔註88〕。

　　文學到底有沒有一個純潔的處女的狀態，這暫且不論，蘇汶這段話的本意是表達對文學「賣淫」狀態的不滿，文學不是某個階級佔有使用的工具。但我要說的是：妓女的品性就是自由，因爲她從不固定在一個男性身上。理論上，人人都可以佔用她的身體，但人人都不能擁有她的身體。她不是家庭主婦，不是男性政治可以控制和掌握的世界。她讓人深陷其中又迷惑不安的地方是和她不能談感情關係而只有買賣關係。這不正是 1933 年的文學遊戲世

〔註 87〕刻：《後記》，《文學新地》第 1 期，1934 年 9 月 25 日。
〔註 88〕蘇汶：《關於〈文新〉與胡秋原的文藝論辯》，《現代》第 1 卷第 3 期，1932 年 7 月。

界所顯現的面貌嗎？這個世界尚沒有一個占統治地位的「男性形象」，文學遊戲也就沒有家庭主婦的責任承擔。

1933 年 1 月 1 日，茅盾發表《我們這文壇》：

> 我們這文壇是一百戲雜陳的「大世界」。有「洪水猛獸」，也有「鴛鴦蝴蝶」；新時代的「前衛」唱粗獷的調子，舊骸骨的「迷戀者」低吟著平平仄仄；唯美主義者高舉藝術至上的大旗，人道主義者效貓哭老鼠的悲歡，感傷派噴出輕煙似的微哀，公子哥兒沉醉於妹妹風月。

> 我們的文壇又是一個旗幟森嚴各顯身手的「擂臺」。三山五嶽的好漢們各引著同宗同派，擺開了陣勢，拼一個你死我活。今天失手了，在看客的哄笑聲裏溜走了，明天換一個花樣再來。反正健忘的看客也記不清那麼多臉。

我們這文壇顯現為亂亂哄哄的「大世界」形象，又是一個各派較量與搏殺、追求象徵性利益衝動永不停歇的「擂臺」。茅盾流露出對這兩種形象的明顯諷刺與不滿，但這恰恰是文學遊戲發生時的真實情景。因此，最近於實情的是把這「百戲雜陳」的原始狀態理解為市場經濟條件下的競爭。我們論述的文學遊戲是在晚清以來的政治框架下發生與完成的。國民政府統治的罅隙使得文學遊戲可以相對自由的投資與下注，當時的文學市場上沒有話語霸權，只有話語競爭。競爭，按照《現代漢語辭典》的解釋是：為了自己方面的利益而跟人爭勝。

（建國之後，文學遊戲的生態發生了很大變化，甚至可以說不復有文學遊戲存在了。為了對付國民黨的圖書審查，可以自己刪改自己的文章，胡風喻為「犯人要自己打自己的屁股，自己把自己弄殘廢，這實在不容易」〔註89〕，於是「犯人」們發明了其他的鬥爭方式，如向當局提出交涉、和當局討價還價，刊物可以交涉恢復，叢書可以交涉辦理，由此陷入了複雜紛繁的關係之中，胡風喻為「在泥塘裏打滾」〔註90〕。

建國之後，打滾的可能性與機會沒有了，取代國民政府圖書審查的，是對作家肉體與思想的重塑與改造（作家又從晚清以來的知識分子變為另一個

〔註89〕 1944 年 3 月 21 日致舒蕪，《胡風全集》第 9 卷，湖北人民出版社，1999 年，第 477 頁。

〔註90〕 1942 年 4 月 15 日致路翎，《胡風全集》第 9 卷，第 196～7 頁。

新的人種）：「現在是，作家們都在求救於思想檢查，求救於馬列」〔註91〕，而掌權的人「常常會像『神經質』的患者似的……咳一聲都有人來錄音檢查的」〔註92〕。通過思想檢查的人才能有創作機會與創作欲望，兩者從源頭（作家肉體）上得到了控制與調治。此時沒有了同官方（黨代表工農利益，因而就不是「官方」）的鬥爭，而是產生了「習慣」和「規矩」：「劇本，改好了請他看，請他『提意見』，這是一種好『習慣』了的做法。以後得多找他，以後的工作得在他的瞭解和同意之下做去，這就合於一般規矩……尊重首長是好習慣」〔註93〕。如是，對自己作品的解釋權最終被剝奪了；之前還能「自己打自己的屁股，自己把自己弄殘廢」，如今這樣的事也在首長的指導下進行了。

　　曾經，國民政府的圖書審查是告訴作家不能寫什麼，同時引誘、勸導作家寫什麼；建國後則要求作家首先必須是什麼。田漢的認識就是要消除專業作家，作家必須是勞動人民〔註94〕，由此他徹底認識到了自身的「落後」，感謝「黨在多麼仁至義盡地幫助我，挽救我！」。歸國的穆旦亦在自省自查、重塑自我，他要作黨的「馴順工具」。這是否是不自由？不是的，穆旦說：「你只要以黨的方向為自己的方向，即感到自由」〔註95〕。如此發自肺腑的真誠話語在我對民國文學考古中從未見到過，這體現了統治術的進步——進步到受統治的人心甘情願地接受改宗與重塑，同時也意味著文學遊戲競爭性與自由性的退化以至消失。如果競爭性與自由性不存在了，那就意味著文學遊戲本身也就不存在了。）

〔註91〕1951年10月27致牛漢，《胡風全集》第9卷，第444頁。

〔註92〕1950年1月12致路翎，《胡風全集》第9卷，第272～3頁。

〔註93〕1949年9月4致路翎，《胡風全集》第9卷，第261～2頁。

〔註94〕《一九六五年日記》，《田漢全集》20卷，花山文藝出版社，2000年，第308頁。

〔註95〕《日記手稿（1）》，《穆旦詩文集》第2卷，人民文學出版社，2007年，第257～8頁。

第四章　神聖化的文學遊戲

一

　　文學遊戲追求的利益形式包括經濟利益和各種象徵性利益。但若稍加考察，我們就會發現幾乎所有的參與者都公開聲稱他們參與文學遊戲既不爲名又不爲利。在前面所引丁玲致沈從文的信中，她說她要爲某書店編個雜誌，「不過稿費太少，元半千字，但他們答應銷到五千時可以加到二元或二元半」，可見作者編者都在意稿費問題；但在公開的演講中，丁玲又說：「我著作並不是爲了幾個稿費」〔註1〕。這並不意味著丁玲自相矛盾，而是表明經濟利益是文學遊戲聲口上的禁忌。《文化列車》第 3 期（1933 年 12 月 10 日）有「編者」的《車列尾巴》，稱：本刊一二期出版後，得到許多讀者的非難，不應把女明星的照片刊在封面上，有損其形象與價值；因而，「自這一期起，我們是絕對再不登上女明星的照片了。」文學遊戲要「絕對」地與女明星所代表的商業氣息隔離開來。《水星》第 1 卷第 3 期則聲稱「本刊不用廣告補白」，用犧牲物質利益的姿態而收穫對文學忠誠的象徵性利益。

　　只要參與文學遊戲投資，就不會聲稱以它爲賺錢或生活的工具，而是爲了更廣大的象徵性利益。對此，我們會遇到各種各樣的表述，僅舉三例：（1）葉聖陶稱之爲「最大的效果」：「寫到文章，當然期望她能收最大的效果。什麼叫最大的效果呢？就是能使讀者看了之後，明白到十分，感動到十分的意

〔註 1〕丁玲：《我的自白》，見《丁玲散文》上集，中國廣播電視出版社，1997 年，第 47 頁。

思」﹝註2﹞；（2）沈從文則有「奢侈的欲望」：「文學的意義，不只是替人刮頭挖耳，自己得錢吃飯了事，他許可有一個奢侈的欲望，比一般人所得友誼與敬愛還多。他還許可在他那工作上，希望工作成為一種翻騰社會搖動信仰的力」﹝註3﹞；（3）韓少功則喻之為「新生之門」：「只要人類還存續，只要人類還需要精神的星空和地平線，文學就肯定廣有作為和大有作為——因為每個人都不會滿足於動物性的吃喝拉撒，哪怕是惡棍和混蛋也常有心中柔軟的一角，忍不住會在金錢之外尋找點什麼。在這個時候，人類的文學寶庫中所蘊藏的感動與美妙，就會成為出現在眼前的新生之門」﹝註4﹞。

這些聽上去「玄而又玄」的表述實質上是對創作投資利益最大化的信仰，它很容易激起兩方面的「反動」：

（1）文學投資無用論。1933 年初一個擾亂文心的問題是「新文學究竟值幾錢一斤？」2 月 11 日，天津《益世報》「文學週刊」發表梁實秋的書評《歌德之認識》，該文不無感慨地說，在東三省淪亡時紀念歌德、在物質困苦中未忘精神價值的只是一小部分「我國人」，大部分根本無視文學之價值，吳稚暉的話可作代表：「如文學之類，應早束之高閣，苟敵人炸彈下投，文學之造就，無論如何高深，寧非仍舊束手待斃？試問新文學究竟值幾錢一斤也？」半月後，「文學週刊」刊錄一讀者來信《新文學究值幾錢一斤耶？》，稱文學之道雖可陶冶性情，但國難當前似非當務之急，梁實秋以編者身份作答：文學誠不足以救國，但以健康尊嚴之態度，亦無礙於救國事業；苟敵人炸彈下投，文學確實無用，然擁兵數十萬者對敵一日潰敗數千里，不是更無用嗎？以更無用駁本無用，梁實秋可謂用心良苦，不知那位讀者能理解否？

其實，文學投資無用論並非新鮮論調，不過一時代有一時代之表達方式。晚清以來人們習慣於把它和槍彈對比：幾年前，魯迅在面對一群軍官演講時，也把詩和槍炮的威力作了比較：「一首詩嚇不走孫傳芳，一炮就把孫傳芳轟走了」；而本年寫成的《小品文的危機》則把生存的小品文比喻為「匕首」與「投槍」，能和讀者一同殺出一條生存的血路——這兩個喻體透露出魯迅個人主義獨戰的性情與勇氣，魯迅心儀的《這樣的戰士》也是拿著「脫手一擲的投槍」。

﹝註2﹞ 聖陶：《胡愈之的〈青年的憧憬〉》，《新少年》第 2 卷第 11 期，1936 年 12 月 10 日。

﹝註3﹞ 沈從文：《〈秋之淪落〉序》，《沈從文文集》第 11 卷，花城出版社，1984 年，第 11 頁。

﹝註4﹞ 見 2009 年 12 月 9 日《報刊文摘》載文《韓少功妙答文學的作用》。

上年，淞滬抗戰爆發之後，葉聖陶認爲文人應該愧殺沒落：「凡有實在技能的人都間接參加這一回戰役，惟執筆的人沒有用。你說作宣傳文字麼，士兵本身的行爲的宣傳力量比文字強千萬倍呢。你說製作什麼文藝品，表現抗爭精神麼，中國卻是一種書賣到一萬本就算銷數很了不得的國家。在這一點上，我以爲執筆的人應該沒落」〔註5〕。本年，臧克家在《如此生活》中宣稱：「我寫詩也是想爲他們呼喊，把他們的生活撮在有力的筆尖上，叫起讀者對這群人的同情心。不過，有時連寫詩也感到空虛，因爲一篇好詩在這時代還不及一粒槍彈的實力大」。

　　文學投資沒用，因爲它不如槍炮；文學投資有用，因爲它可以是投槍。這種文學無用論或文學武器論所隱含著的還是對文學遊戲最大化利益的預期與希望。苟無此種期望，他就不會追問文學多少錢一斤——吳稚暉對「新文學」有成見，炸彈可不管文學之新舊，也不會把文學與槍炮本來不必也不能比較的兩種事物聯繫起來。

　　（2）對文學創作投資動機的揣測完全世俗化。1934 年 6 月，《矛盾》雜誌第 3 卷第 3 期登載署名「鄒洛文」的《皇帝的像讚》，詩前長序模倣評書演義，敷衍魯迅生平，充斥著嘲弄的口氣，詩曰：

　　　　既不能脫下橡皮鞋而走向大眾，

　　　　又捨不得放棄那頂普羅皇冠。

　　　　啊，你這一輩子只有「彷徨」！

　　　　只有「吶喊」！

　　　　你是具有普羅和布爾的「二心」

　　　　他媽的！

　　　　你的生活始終是「三閒」。

　　　　東洋兵打到上海，

　　　　你卻躲進了四川路的內山書店。

　　　　你還配說什麼「反帝」？

　　　　簡直是把大眾欺騙。

　　　　你的日常生活是：——

　　　　紹興老酒，

〔註 5〕葉聖陶：《戰時瑣記》，《文學月報》第 2 號，1932 年 7 月 10 日。

紅錫包香煙，

有時還要泡一盅濃得要命的雨前。

你這活見鬼的普羅皇帝是如此有閒，

如此有錢！

有閒加上有錢，

一本硬譯得狗屁不通的《潰滅》，

便從三閒書屋裏出版。

最近你是無聊得更利害了，

公然把和女學生弔膀子的情書來騙錢。

奶奶的胸！

打碎你這紙糊偶像，

遲早總有一天。

第一節顯示出作者的一點小機智，然而他完全曲解了魯迅作品集命名的用意，最終把魯迅生活歸結為「三閒」。第二節諷刺魯迅怕死，此調亦不新鮮，魯迅在 6 月 12 日寫成的《經驗》一文中已有回答（「一切經驗，是只有活人才能有的，我的決不上別人譏刺我怕死，就去自殺或拚命的當，而必須寫出這一點來，就為此」）。第三節則建立了這樣的因果關係：譯作《毀滅》毫無價值，只是因為魯迅有錢，便堂而皇之地出版了；同時，他出版《兩地書》就是為了騙錢。這篇《皇帝的像讚》並未收入《1913～1983 魯迅研究學術論著資料彙編》。如果收入，亦應屬《說明》中所指的「反動材料」，並無什麼研究價值。然而，這首無價值的詩的價值就在於：它以自己的違反證明了文學遊戲不談經濟利益的禁忌。雖然魯迅從《兩地書》的出版銷售中會獲得不菲的稿費與版稅，我們也只能私下裏談論這個，像它這樣公開宣稱魯迅是為了騙錢，不僅是對《兩地書》的歪曲，更是對文學遊戲的褻瀆，是「小報記者」或「文壇敗類」所為。歷史已經證明，魯迅不是紙糊的偶像，打碎它的希望看來十分渺茫，像我們要查出「鄒洛文」到底是誰一樣。

在創作投資最大化的利益面前，經濟利益以及其他一切事關個人利益之物都成為了瑣屑之物。不單是微不足道的，而且是令人感到羞恥的。開口閉口談錢的投資者要麼未能在文學遊戲中站穩腳跟、未被文學秩序所認可與接納，要麼就是別有用心。我們前面說過，歷來的研究「幾乎是有意忽略了文學作品的商品屬性與創作投資的經濟動機」，那麼這種忽略是如何發生的呢？

原來，我們可以把文學作品視爲一種商品，但必須認識到這是一種特殊的商品。文學投資的收益回報不像市場上現買現賣、討價還價那樣面對面地直接進行，它是通過銷售冊數、再版次數和人數眾多但面孔模糊的購買者爲投資者帶來收益的。換言之，它獲得收益必須經過一段時間的間隔與培養。這段奇妙的時間間隔不但不是浪費反而必不可少，它醞釀並強化了投資者對最大化利益的想像與思考：自己的作品被許多人購買、閱讀，藉此自己的思想經由文字表述傳達給了不同的人，影響或改變了他們的生活與觀念；比起這種成功的滿足與喜悅，一定數額的金錢又算得了什麼呢？這並不意味著作品施加的影響、發生的作用都是作者憑空想像出來的。事實上，他們對此信以爲眞；越是有成就的投資者，越是認眞。

文學遊戲投資預期的最大化利益主要是政治利益與藝術利益。

現代經濟學所理解的政治利益是「爲了獲得經濟利益和其他利益而爭取的政治性利益，也是滿足主體政治需要的利益。或者說，政治利益是主體在政治領域中，或者政治市場中追求的權力、權利、地位、榮譽、聲望等等」〔註6〕。文學遊戲預期的政治利益則是指資本投資能積極地作用於現實問題，回應中國現代社會接連不斷的政治危機。最大莫過於梁啓超所說的新國新民：「欲新一國之民，不可不先新一國之小說。故欲新道德，必新小說；欲新宗教，必新小說；欲新政治，必新小說；欲新風俗，必新小說；欲新學藝，必新小說；乃至欲新人心，欲新人格，必新小說」〔註7〕，筆鋒常帶感情，梁啓超的話語缺乏堅實的理據與邏輯力量，他顯然在小說的功用問題上「感情用事」了，只關注與強調小說乃至文學投資的政治利益。這種思維方式影響了此後很長一段時期人們對創作投資收益的認識。例如，五四時期，傅斯年說過：「文學者，群類精神上之出產品，而表以文字者也」〔註8〕，強調文學「群」的精神屬性而忽視個性表達；朱希祖則認爲文學之作用，「以能感動人之多少爲文學良否之標準。蓋文學者，以能感動人之情操，使之向上爲責任者也。感動多者，其文學必良；感動少者，其文學必竄」〔註9〕。明乎此，我們才能理解爲什麼周作人《人的文學》所說的「人」包括張三李四、彼得約

〔註6〕　曹曉飛、戎生靈：《政治利益研究引論》，《復旦學報》（社會科學版），2009 年第 2 期。

〔註7〕　梁啓超：《論小說與群治之關係》，《新小說》第 1 期。

〔註8〕　傅斯年：《文學革新申義》，《新青年》第 4 卷第 1 號，1918 年 1 月 15 日。

〔註9〕　朱希祖：《文學論》，《北京大學月刊》第 1 卷第 1 號，1919 年。

翰等等姓名不同、國籍不同但同具感覺性情的「世界的人類」。逐漸地，人們認識到人不是同質抽象的而是現實地分成了一個又一個群體；實現創作投資政治利益的可能性最終落實在人民大眾與無產階級身上，他們人數最多、最有發展前途，能擔負起階級解放（階級利益）、民族解放（民族利益）甚至全人類解放的使命與任務。

政治利益回報的週期是「時代」。晚清以來，中國人時空觀最重要的變化就是以「時代」代替了「朝代」。與對「朝代」的認識與想像不同，皇帝權威和古老的文化典籍已無從幫助人們把握（不斷變化的）時代的精神。創作投資要取得成功必須要學會聆聽「時代之聲」，只有它會告訴投資者「這時代的最大多數的人們在要求什麼」〔註10〕，而最大多數人的要求就是文學投資政治利益的根本保障。「有一位作家告訴過我，他每回在一篇創作完成之後，必須用時間的尺度把她衡量一下。他自問：『這內容是否合於我所表現的那時代的標準？她有沒有不夠或超越時代界限之處？』」〔註11〕一個刊物號召：「寫完一篇詩歌以後，最好能夠注意到：找個機會朗讀出來，看別人能否聽懂。基於此點，將來可以擴大成為新詩歌的朗讀運動。有價值的詩歌，應該拿到大眾裏頭朗讀起來。朗讀一方面可以助長新詩歌的發展，一方面也可以加速完成新詩歌的任務」〔註12〕。「時代」與「大眾」成為政治利益投資預期的起點、支點與落點。

通俗文學的受眾是市民讀者，三十年代的「大眾」則是可以積極作為的政治群體，帶來了對神聖化的象徵性利益的想像與追求。它全面地侵佔了人的情感與精神領域：陳白塵的歷史劇《虞姬》（載 1933 年 9 月《文學》第 1 卷第 3 期）在結尾處這樣寫兵士羅平向虞姬表達愛意：「我愛你！……但是，我更愛大眾」；「……」之前的話很普通，之後的話卻有些不可思議，然而「大眾」的力量就在於此——它的出現沒有理由，或者說超越了任何理由。

〔註10〕 侍桁：《時代的束縛》，《現代》第 5 卷第 2 期，1934 年 6 月。

〔註11〕 見 1933 年 10 月《現代》第 3 卷第 6 期「書評」欄發表的凌冰對《戰線》的評論。

〔註12〕 同人：《關於寫作新詩歌的一點意見》，1933 年 2 月 11 日《新詩歌》創刊號。該刊由「中國詩歌會」編輯出版。第 2 卷第 1 期刊登署名「編輯委員會」的《我們底話》：「我們底詩歌，希求成為大多數人的讀物。我們便大膽地撕去它的神秘的、超現實的屍衣，亟使醒目易懂。即使成為街頭巷尾傳揚之調，而竟為把有舊的傳統的形式和內在的詩人們哈叱與鄙夷，我們也能忍受，而且快意去做的」。顯然，這和本年朱光潛搞的「讀詩會」截然不同。後者體現了一小部分文人的藝術趣味，目的是探索建立現代新詩聲韻節奏理論。

政治利益的投資預期需要一種「趣味」的創作投資策略。換言之，要使投資產品實現政治利益預期、發揮變革社會人心之功效，就必須使之有趣味，讓讀者既讀得懂又喜歡讀。但這與晚清小說形成的趣味敘事並不完全相同。晚清小說的趣味敘事是指小說敘事既要有趣，又要有味；既要情節上引人入勝，又能提供某些東西讓人去思考品味——儘管這些東西現在看來都是些很淺顯、很迂腐的常識〔註13〕。三十年代，錢歌川在定義「大眾文學」時顯然還未擺脫其窠臼：「以情節及趣味為中心的，不受時代的限制而永為大多數人所愛讀的通俗作品，便是所謂大眾文學」，並且認為「不想到讀者而作小說的人實不夠大眾文學作家的資格」〔註14〕，有人立即看出了這種認識與表述的漏洞和危險：「『大眾文學』，在目前，我們的提出，必然是有其特殊的時代意義的，我們的『大眾』不是『各階級的人』，而是站在時代前線的勞苦的工農大眾。我們的『大眾文學』，不僅是受時代的限制，而是完全在新社會建立的過程上產生的全新的東西，不僅不是迎合低級趣味，和非藝術性的，而是含有積極性的，使藝術提高到一個新階段的東西」〔註15〕。下面這個表述作出了補充與強化：「什麼是好作品呢？好作品必須讀者多，影響廣，能解答社會問題，給讀者以教育和提高作用」，因此，「今天我們的創作方針必須是『曲高和眾』。『高』要高在內容，高在思想，高在品質，而不是『高』在奧妙難解。我們寫作品，總是希望讀者懂的。懂，才能對他發生作用，將我們自己的思想認識傳達給他」〔註16〕。「創作方針」這個詞洩露了很多的信息，它似乎只是在四十年代中後期的理論文獻中才開始頻頻出現。我的印象是，大眾文學並未怎麼改變大眾，卻實實在在改變了文學生態，並培育了作家是人類靈魂工程師的一個普遍幻象。

〔註13〕 管冠生：《「小說」的誕生——論晚清以來的小說知識話語》，《山東師範大學學報》，2008 年第 6 期。或參考我的碩士學位論文《從趣味到主義——晚清至五四的小說話語研究》。

〔註14〕 錢歌川：《大眾文學》，《新中華》第 2 卷第 7 期，1934 年 4 月 10 日。

〔註15〕 黎夫：《不要污蔑了「大眾文學」》，《春光》第 1 卷第 3 期，1934 年 5 月。引文中「不僅是受時代的限制，而是……」這句話有些令人難解。民國不少期刊校對不嚴，不少話讀起來不合現在的習慣，但只要看起來讀者還能把握住它說的主要意思，本書在引用時就不作任何改動。

〔註16〕 以群：《新民主運動中的文藝工作》，《文聯》第 1 卷第 3 期，1946 年 2 月 5 日。

接下來，我們重點考察一個有趣的投資現象，即同樣熱衷於對政治利益的追求，在民族主義文藝與左翼文學之間存在著顯著的差異。在文本結尾的處理上，民族主義小說常以消極的「死」（換一種看法，也可以說死得悲壯）來結束，而左翼常以走向光明、投身群眾或走上街頭等壯觀的「生」（即脫胎換骨的新生或重生）為結束，例如丁玲的《水》，群眾在「裸身的漢子」的鼓動下拋棄了原先的生活軌跡與命運結局：

> 這嘶著的沉痛的聲音帶著雄厚的力從近處傳到遠處，把一些餓著的心都鼓動起來了。而且他的每一句話語，都喚醒了他們，都是他們意識到而還沒有找到恰當的字眼說出來的話語。他們在這個時候，甘心的聽著他的指揮，他們是一條心，把這條命交給大家，充滿在他們心上的，是無限大的光明。

> 於是天將朦朦亮的時候，這隊人，這隊飢餓的奴隸，男人走在前面，女人也跟著跑，吼著生命的奔放，比水還兇猛的，朝鎮上撲過去。

民族主義文藝缺乏這股「水」的力量與氣勢，他們喜歡把主人公弄死，或者說他們的主人公喜歡來一場獨異個人式的死，以死來喚醒或激發讀者的民族意識。《前鋒月刊》創刊號刊載三篇小說，其中一篇的題目就是《勝利的死》（署名「易康」），另一篇《野玫瑰》（署名「心因」）的主人公阿榮也在「打倒軍閥」的喊聲中死去。閔玉如的《虞姬的死》與陳白塵的《虞姬》形成了有趣的對照：沒有士兵暗戀虞姬，而是項羽為虞姬所羈絆，虞姬乃以身死勸其努力殺敵：

> 一個頂天立地的英雄，為了他的女人而喪失了他的勇氣，埋葬了他的志向，整日地迷戀於胭脂紅粉中，實在是頂差慚的一件事。像大王，幾乎被我這無用的女人所誘惑，而不再有心於抵敵了，這是我的罪愆啊！現在，我要贖我的罪，填補我以前的錯過，我是唯有死的一途了！……努力殺敵吧！…… 〔註17〕

1933 年，林語堂在《自由談》發文《讓娘兒們幹一下吧！》，主張讓女人執政治國，魯迅當即反駁他《娘兒們也不行》。可是，虞姬這個娘兒們真行，男人項羽不行，她卻要為之買單贖罪！民族主義文藝幹的似乎就是娘兒們的事，儘管可以喊著很大很大的口號。

〔註17〕閔玉如：《虞姬的死》，《民族文藝》第 1 卷第 4 期，1934 年 7 月 1 日。「頂差慚」應為「頂羞慚」。

　　民族主義文藝力推的作家是黃震遐，他最有名的作品是長篇小說《大上海的毀滅》。主要人物草靈亦單槍匹馬地狙擊敵人，在「滾回去，這是中國的領土，不許你進來！」的吼聲中殺敵也被殺。小說最後寫到：

> 「三粒六五子彈穿過他的胸口，很快地，他跌倒在地上，鮮血像自來水似地湧出來，不久，四肢就開始僵冷，在他那模糊的腦筋裏還有些很快的，閃動著的回憶，包含著那妖麗的女人和種種美妙的情感，然而，黑色的煙幕很快的侵襲鍋爐，他的頭向前傾去，浸在自己的血液裏，就此靜止了。」

　　用形象的動態的語言來描述一個抽象的名詞——死，使它可見可感可觸摸，這是文學投資的本領，也體現了這部小說的藝術力量。陳國恩先生認為國民黨「只有文藝政策，沒有文學成就」〔註18〕，欠妥。至少《大上海的毀滅》並不比當時左翼熱捧的作家作品（如丁玲的《水》）遜色，甚至還要超過後者。

　　錢杏邨曾這樣評論《大上海的毀滅》：「這一戰爭的小說，必然是反帝國主義的，表現民眾反帝國主義的力量的；能做到這一點，才是有真實性的小說」，而「讀者不能從這部『大著』裏把握到真實的一二八事變期間的戰鬥的前後方，所有的只是性的陶醉，都會的享樂，和一個定型的羅曼斯」，甚至「找不到一個『打倒帝國主義』或『日本帝國主義』的字句，這樣，大上海怎樣不毀滅呢，《大上海的毀滅》怎能不是一部歪曲現實的作品呢？——『民族主義文藝』的真髓，也許就在這些地方吧！」在錢杏邨看來，黃震遐根本「不認識士兵，也一樣的不認識廣大的民眾」，只是「欺騙民眾，麻醉民眾」〔註19〕。確實，《大上海的毀滅》沒寫民眾的力量，但它在寫都會繁華、肉體享樂的同時安置了一個「軍人」的形象，一雙軍人的眼睛。可以說這雙眼睛在其中游歷，卻並沒有沉溺，而是從中掙脫了出來。十九路軍的湯營長來到上海為下屬未婚妻的父親祝壽，對奢華安逸的上海感到深深的失望，只有在軍營才能看到「誠實，友愛，患難的生活」。與湯營長不同，草靈先參加了便衣隊，死裏逃生來到上海和露露過了一段醉生夢死的生活，被拋棄後又

〔註18〕陳國恩：《中國現代文學的歷史與文化透視》，武漢大學出版社，2005年，第262頁。

〔註19〕見《文學月報》第3號「批評」欄目登載的文章，標題是《大上海的毀滅》，署名「方英」。該刊第2號出版日期是1932年7月10日，第四號是1932年10月，第3號出版日期當在兩者中間。

毅然投奔十九路軍。他是「讀書人」與「軍人」的雙重結合，最終後者戰勝了前者，他的死保證了「軍人」的純粹性〔註 20〕。其實，死的徵兆早就流露出來了：草靈遇見了五個工人，他們不相信讀書先生能當便衣隊，「我覺得我不必辯白，也沒有資格辯白，在這群以勞力換取食糧，用鮮血爭奪自由的人前，我依舊是一個陌生的，代表著其他團體的外人，一個專會說話寫字的騙子，一個沒用的廢物。」（這種感覺在普羅文學那裡也很常見，不過這裡並未裝配上階級的目光，而一旦配上階級的目光，讀書人的自卑感會轉瞬消失，轉而以某種領導者、先進者的姿態出現，並贏得光明的未來）

可以說，面對大上海的繁華，人們想像了它的三種毀滅方式：一種是左翼的，像錢杏邨所堅持的，人民大眾和無產階級終將推翻腐朽的現行制度而成為這個城市的主人；一種是草靈的，他的感受是資本與欲望成為了大上海的主宰，一切都是買賣、一切都可以買賣（露露和盧耀明的結合就是「買賣式的搭著檔，他摟抱著我，我水般地用著他的錢，能夠維持一天就維持一天，到了不能維持的時候，自然要解散」），於是他所代表的那些古舊而高尚的道德，如忠誠、義勇和責任心，雖然可貴，對大上海來說卻是毫無價值的廢物；第三種是張愛玲的，無關於階級，無關於道德，只是一種惘惘的威脅的感覺。

本年 2 月 28 日魯迅在《自由談》發表《對於戰爭的祈禱》，諷刺《大上海的毀滅》表現的是「民族英雄」「預定著打敗仗」的奴隸心態。又於 3 月 25 日為葛琴《總退卻》作序，稱讚「這一本集子就是這一時代的出產品，顯示著分明的蛻變，人物並非英雄，風光也不旖旎，然而將中國的眼睛點出來了。」《總退卻》也是一篇寫十九路軍抗日的小說。主要人物是壽長年，是個粗壯的下級軍人。小說正面描寫了上海失業工人組成的義勇軍，寫了對東洋鬼的仇恨和打東洋鬼的痛快。在他們乘勝追擊時卻接到了要求退卻的命令，於是矛盾轉到了軍隊內部。軍隊內部等級嚴重，當官的可以在傷兵醫院住洋樓，有護士照顧，聽留聲機；而普通士兵則擠在三等病房裏，死了也沒人管，但士兵們弟兄情深。這些都是《大上海的毀滅》所未涉及的，但這並不奇怪更不能成為是非，因為利益追求的不同而把目光停留在了不同的地方，展現了不

〔註 20〕民族主義文藝不僅對抗左翼，而且「反對風花雪月的頹廢文章」。民族主義文藝刊物《民族文藝》在《創刊宣言》（署名「劉百川」）中就說：「這小小的刊物，既不能用盧布收買作家出賣民族，也不願以風花雪月的頹廢文章來消沉民族意識」。就這點來說，左翼和民族文藝是一致的——只是苦了鴛鴦蝴蝶派這一個人見人欺的倒楣蛋。

同的文學景觀。《大上海的毀滅》暴露了普通市民在外敵入侵面前醉生夢死的生活，錢杏邨說在其中「找不到一個『打倒帝國主義』或『日本帝國主義』的字句」，這樣的字句在《總退卻》中也找不到（即便找到了又怎麼樣呢？難道對作品的理解只抓住一句口號或某個詞就行了嗎？）。魯迅《對於戰爭的祈禱》一文引了《大上海的毀滅》兩段文字，它罵人的話並不比《總退卻》難聽，並且所引的那一段「警句」實在是斷章取義。總之，以我之見，在反映戰爭和生活的廣度與深度上，在藝術成就上，《總退卻》沒有超過《大上海的毀滅》。

與政治利益「曲高和眾」的投資形式不同，藝術利益的資本投資以「稀有」為原則，所謂曲高和寡，物以稀為貴。文學遊戲並非向大眾敞開，而是少數人或所謂天才的投資活動。以文學資本下賭注的人好似於深夜探索太空的天文學家，過著幾乎與世隔絕的生活；所追求者，乃是一種長遠利益，是超越時空的藝術利益。換言之，他投資回報的時間是「將來」，亦即他的投入將永不過時、歷久彌芳：

> 意義又有深與淺。一個是精神的，遠大的，可感而不可觸，一個是功利的，現時的，一目可以望盡。而藝術家，往往不願，甚至於犧牲了後者，來完成他的理想——一個遙遠而渺茫的金色的夢。

這樣，「做一個藝術家多不容易，而且是怎樣孤寂，在舉世滔滔的今日！」〔註21〕因為「真正能鑒賞文學，也是一種很稀有的幸福」，孤寂的藝術家不求（甚至是放棄）獲得今世今日大眾的理解，而是寄希望於遙遠（沈從文曾明確說過，他的作品是為二三十年後的人寫的），這就與「舉世滔滔」求回報於現實現時劃分了開來、對立了起來，這就確保了藝術家的稀少性與珍貴性。文學遊戲的投資產品要經得起時間流逝的消耗，在久遠的時間間隔之後還能被承認與接受，在時間的推移與變化中不但不會貶值反而會保值增值。因為藝術家表現的（1）或者是梁實秋所說的無時空界限的普遍人性（2）或者是穆時英在《〈公墓〉自序》中所說的「隨便什麼社會都需要的」東西：

> 我不願像現在許多人那麼地把自己的真面目用保護色裝飾起來，過著虛偽的日子，喊著虛偽的口號，一方面卻利用著群眾心理，政治策略，自我宣傳那類東西來維持過去的地位，或是抬高自己的身價。我以為這是卑鄙齷齪的事，我不願意做。說我落伍，說我騎牆，說我紅蘿蔔剝了皮，說我什麼都可以，至少我可以站在世界的

〔註21〕　李健吾：《藝術家》，《水星》第 1 卷第 1 期，1934 年 10 月 10 日。

頂上，大聲地喊：「我是忠實於自己的人，也忠實於人家的人！」忠實是隨便什麼社會都需要的！

憤懣的情緒溢於言表，這讓我們認識到，「忠實」如同梁實秋的普遍人性一樣都不是一種客觀存在，而是一種有意為之的神聖化話語建構：你們只配生存於一時一地，我們則將生命永恆。魯迅也存有這個意思，當然是用了他自己的表達方式：

> 無論中外古今，文壇上是總歸有些混亂，使文雅書生看得要「悲觀」的。但也總歸有許多所謂文人和文章也者一定滅亡，只有配存在者終於存在，以證明文壇也總歸還是乾淨的處所。增加混亂的倒是有些悲觀論者，不施考察，不加批判，但用「彼亦一是非，此亦一是非」的論調，將一切作者，詆為「一丘之貉」，這樣子，擾亂是永遠不會收場的。然而世間卻並不都這樣，一定會有明明白白的是非之別，我們試想一想，林琴南攻擊文學革命的小說，為時並不久，現在那裡去了？〔註22〕

「只有配存在者終於存在」只是一個大原則，關鍵是誰是「配存在者」？梁實秋會說表現普遍人性的作品才配存在，穆時英會說是「忠實」的作品，左翼會說是無產階級文學，等等——但這卻不是「彼亦一是非，此亦一是非」的論調，因為從根本上說來，文學遊戲及其投資產品並沒有是非對錯之分，只有好壞優劣之別。可是，文學遊戲參與者會爭是非對錯，往往鬧得不可開交，這並不奇怪，因為他們有要對自身進行神聖化話語建構的需要。這些話語往往經不起仔細推敲。比如穆時英的「忠實」。在《〈公墓〉自序》中，在上面那段引文之前，穆時英自稱具有「二重人格」，如是又將如何「忠實於自己」呢？即便能「忠實於自己」，又如何能「忠實於人家」呢？由「自己」到「人家」的過渡，只需要一個「也」字嗎？站在世界的頂上大喊忠實於「人家」，並不是因為你站得高就意味著你說得對，並且能辦得到。在《〈公墓〉自序》中，在上面那段引文之後，穆時英舉例：

> 記得有一位批評家說我這裡的幾個短篇全是與生活，與活生生的社會隔絕的東西，世界不是這麼的，世界是充滿了工農大眾，重利盤剝，天明，奮鬥……之類的。可是，我卻就是在我的小說裏的社會中生活著的人，裏邊差不多全部是我親眼目睹的事。

〔註22〕見魯迅寫於本年 8 月 10 日的雜文《「中國文壇的悲觀」》，收入《準風月談》。

可見，穆時英所忠實的「人家」不包括工農大眾——但這完全沒有錯，只要他把自己在其中生活的生活、認以爲眞的生活描寫得好、表現得好，像《公墓》裏的《上海的狐步舞》以及《夜總會的五個人》，那就是好，他就是「配存在者」。當然，按那位批評家所說，寫工農大眾寫得好，也會是「配存在者」。（那麼，好的作品、優秀的作品是什麼樣的呢？爲什麼有些作品被認爲好並流傳下來了呢？我將在第六章回答這個問題。）按魯迅的意思，是「世間」「一定會有明明白白的是非之別」，文學遊戲本是個例外。林琴南攻擊文學革命的小說，魯迅他們不讀了，但我們這些研究者卻是要閱讀參考的。有不同的作者，就會有混亂與是非；有不同的讀者群體，就會有不同的好的文學作品。本年 4 月 1 日《珊瑚》第 2 卷第 7 號載文《怎樣鑒別小說的優劣？》，稱一部要小說要「情文並茂，用筆幽雋，情節曲折而近人情，伏筆呼應，多於不知不覺之中。一回讀竟非看下回不可，全部讀竟，深印腦海」，偵探武俠或者張恨水的小說最符合這套判斷標準。它遵循的還是我在碩士論文《從趣味到主義——晚清至五四的小說話語研究》中所界定的「事學話語」。與在論爭中表現出各種各樣的利益訴求一樣，文學遊戲並沒有達成固定、統一、永恆不變、對所有人都適應的審美標準。按照今天的藝術標準或現代主義的藝術利益追求來說，十八世紀奧斯汀寫的小說就毫無美學價值了嗎？薩義德並不認同：「奧斯汀屬於擁有奴隸的社會，但是難道我們就因此而把她的小說當成毫無美學價值的瑣屑的嘮叨而拋棄嗎？我要說，絕對不能。如果我們認眞發揮我們智力上和解釋上的專長，把事物聯繫起來看待，盡可能多地掌握材料，去發現她的小說包含了什麼，缺乏什麼，特別是，把事物看作互相補充、互相依賴、而不是互相排斥或禁止人類歷史融合的互相隔絕、神聖化和理想化了的經驗——如果這樣做了，我們就不會認爲奧斯汀的小說毫無美學價值」〔註23〕。

似乎存在一種偏見，認爲政治利益與藝術利益水火不容、魚與熊掌不可兼得。其實不然，對政治利益的迫切追求並不意味著必然會敗壞文學遊戲。那些優秀的文學遊戲的參與者，他的努力是使他的創作投資產品更像是文

〔註23〕 見薩義德《文化與帝國主義》，李琨譯，三聯書店，2003 年，第 133 頁。傅東華也認識到對「文藝性」存在不同的看法：「一部分人以爲非要扭扭捏捏或是曖曖昧昧才算具有文藝性，其他的又以爲文藝性便是刻毒，便是辛辣，而文從字順這一個標準倒可以完全不顧。」見《我所見到的實際問題》，載《中華公論》創刊號，1937 年 7 月 20 日。

學，而不是其他，雖然他可能有著明確的功利性表達（算計）。茅盾的《子夜》被認為存在著「觀念論的遊戲」：「農村暴動的結果，只是在告訴我們他在家鄉企業的損失；工場罷工的失敗，只是證實了這個鐵腕的用人的手腕；帝國主義的金融的操縱，只是為了打倒這個英雄的巨人」——批評者這樣挑剔的前提是承認《子夜》是偉大的藝術作品〔註 24〕。不管文學遊戲參與者的政治資本如何雄厚、追求政治利益的心情是如何急切，大多人都認同與接受了創作投資的基本規則，例如注重「形象化」，反對抽象的說理與空洞的吶喊。

二

　　文學遊戲聲口上所追求的是象徵性利益，尤其是政治利益和藝術利益。換言之，通過否定經濟利益這種瑣屑之物，文學遊戲完成了自身的神聖化話語建構。它的背後是晚清以來盛行的二元對立的思維方式。

　　這很容易使我們想起魯迅鐵屋子的喻象就是劃分了「昏睡／清醒」的對立二元。魯迅如此「懸揣人間」，實是接續了晚清以來一種想像中國的方法：一邊總是昏睡的大多數，一邊總是「較為清醒的幾個人」。例如，梁啟超《新中國未來記》記黃克強與李去病舌戰，感慨「一國的人，多半還在睡夢裏頭」，但既已有二人擔負起救國之責任，「只要盡自己的力量去做，做得一分是一分，安見中國的前途就一定不能挽救呢？」（金心異也這樣勸說魯迅：「幾個人既起來，你不能說沒有毀壞這鐵屋的希望。」）

　　何以喜歡用「昏睡／清醒」二項對立來感受與想像中國呢？因為「昏睡／清醒」就標劃出了晚清以來國人時空觀念的大分裂與大變局。昏睡中的時間是失去了現實的時間，是混沌的時間，是今天和明天沒有差別的時間，是倏忽之間幾世幾劫皆無痕無跡的時間；而清醒了的時間則有了今天與明天的分別——「進步是由野蠻而之文明，進化是由今天到了明天」，有了時間的不斷的發展——「世界進化原是沒有止境的，進了一級就見得再上一級的苦處，譬如上梯子一般」。連吳趼人這樣力主恢復舊道德、舊秩序的人也懂得「風會轉移，與時俱進」。「與時俱進」幾成 21 世紀初之口頭禪，初以為是今人獨創，乃知早出自 20 世紀初。這並非偶然。與此同時伴隨著空間意識的劇烈變化。那些覺醒了的知識分子，他們的居室裏往往掛著兩幅地圖，如《中國興亡夢》

〔註24〕韓侍桁：《〈子夜〉的藝術，思想及人物》，《現代》第 4 卷第 1 期，1933 年 11 月 1 日。

愛克斯之居室「左壁懸世界地圖，右懸中國現勢圖」；或者書桌上放著地球儀，如《黃繡球》黃通理的書齋。毫無疑問，地圖和地球儀是新的時空觀建立的標誌，也是以「昏睡／清醒」的方式想像中國的物質基礎和心理基礎。

我以為，「昏睡／清醒」的二元對立是晚清以來一切二元敘事的源頭與原型，包括文學敘事中常見的「獨異個人／庸眾」（魯迅予人的印象最深刻，卻絕非唯一）。它塑造了中國人的思維方式，表現在文學遊戲中，就是不斷地產生劃分界限的衝動與行動，通過否定他者而肯定自身的價值；換言之，劃分往往伴隨著神聖化的儀式，不斷地把自我標榜為（唯一的）清醒者、塑造自身與眾不同的高貴身份。《新生》的失敗使魯迅認識到自己「決不是一個振臂一呼應者雲集的英雄」，反言之，魯迅內心深處的英雄情結是他要辦《新生》雜誌的重要動機。但它失敗了，魯迅感到難以言表的「無聊」與「寂寞」，懷疑《新青年》與文學啟蒙的效用，他的《吶喊·自序》把自己塑造成一個獨特的鐵屋子裏的清醒者。

沈從文也把自己塑造成一個獨特的形象。本年 10 月 18 日，《大公報》發表沈從文的《文學者的態度》，闡述他心目中「文學家最足模範的態度」：

> 他應明白得極多，故不拘束自己，卻敢到各種生活裏去認識生活，這是一件事。他應覺得他事業的尊嚴，故能從工作本身上得到快樂，不因一般毀譽得失而限定他自己的左右與進退，這又是一件事。他做人表面上處處依然還像一個平常人，極其誠實，不造謠說謊，知道羞恥，很能自重，且明白文學不是賭博，不適宜隨便下注投機取巧；也明白文學不是補藥，不適宜單靠宣傳從事漁利，這又是一件事。

五四時期最重要的理論文獻——周作人的《人的文學》就認為「人的文學與非人的文學的區別，便在著作的態度」，嚴肅的是人的文學，遊戲的是非人的文學。十幾年後，沈從文重拾態度問題，認為文學家最足模範的態度是：（1）敢於認識各種生活；（2）從創作本身得到樂趣；（3）文學不是投機取巧的賭博；（4）文學不是以之宣傳獲利的工具。這個「他」正是沈從文的自我形象，這四點關注的核心問題是如何認識文學創作投資的效益。

應該說，沈從文是現代作家中創作投資的時間意識最強的一個。「文學不是賭博」，其實文學投資是一種賭博，不過是一種特殊的賭博、一種特殊的創作投資。眾所周知，沈從文小時候賭術高明，經常贏錢，這種普通人認為的

敗家嗜好在他那裡升格為一種人生觀念，深刻地影響了他的人生選擇與走向，從湘西的小丘八變身為北京城掛名的大學生，就是他要用脆弱的生命來賭一回。這裡說「文學不是賭博」說的是，文學投資不是小時候的金錢遊戲，它不應該下商業成功的注，也不應該下政治的賭注。文學投資最可靠的賭注是「時間」，它要在市場上取得收益需要很長的週期，甚至要等到下一輩子，等到來世。沈從文就是把「一切皆付之『時間』，久而久之，則一切是非俱已明白，前之為仇者，莫不皆以為友矣，前之貶其文為不值一文者，乃自知其所下按語之過速矣。弟以為從事文學者，此種風度實不可缺少，因欲此一時代所有成績較佳，固必需作者間有此堅韌性才克濟事……」〔註 25〕把賭注押在時間與生命上，才能正確認識文學投資的效益問題，就不會急功近利、患得患失。

沈從文所說的「堅韌性」表達的是對「時間」宗教般的信仰，它塑造了沈從文與眾不同的投資態度與自我形象。若用一個字來表達，可以是「蹲」。與張兆和訂婚後，他在給胡適的信中說：「只希望簡簡單單過一陣日子，好好的來讀一些書。書讀得好一點，再教書也像樣一點……我們希望的是北京不會打仗，能夠蹲得住。」 蹲，是一種鄉下人的身體姿勢，也標誌了沈從文為人為文的獨特態度。「蹲」的姿態，表面老實不張揚，內心實則充滿了「冒險」的抒情。無論是對張兆和的追求，還是對自己習作的信心，沈從文都表現出了「蹲」守的堅韌性，並最終都獲得了成功。現在的文學家讓沈從文覺得太古怪了，他們不能從工作本身上得到「工作興味的熱誠」，卻「在玩票白相精神下打發日子」。一句話，這些人既不能沉穩地蹲下去，更不能堅韌地蹲得住。

這樣，在語法結構上，神聖化的話語建構就經常採用否定句式。有人向編輯抱怨說「現在的文藝沒落了！」一個純文藝刊物既很難辦成又很難成功地辦下去；編輯回答道：新文藝自始就沒有繁榮過，也就無所謂沒落，「最根本沒有好作家，或雖有而對藝術沒有忠誠」〔註 26〕。編輯的論調與前面魯迅所說的「悲觀論者」不同，後者悲觀的是中國文壇彷彿軍閥割據般混亂，這裡則整體上否定了新文學，沒有好作家，沒有對藝術的忠誠。這個小例子表

〔註 25〕 1933 年 12 月 15 日致施蟄存信，見《沈從文全集》第 17 卷，北嶽文藝出版社，2002 年，第 416～7 頁。

〔註 26〕 申德：《關於文藝》，《星期三週報》第 1 卷第 14 期，1933 年 4 月 5 日。此文在「信箱」欄目中。

明，否定性思維佔據了文學遊戲的角角落落，包括一個無名的讀者和一個不知名的編輯的頭腦。

　　事實上，那些能在文學史敘述中佔據位置的神聖化話語建構都自命是在反對病態與不正常，維護文學遊戲的純潔與健康，解放和提高文學遊戲的生產力。梁啓超反對黑幕小說、五四新文學拒絕商業化以寫作爲事業而非職業、《新月》之提倡健康與尊嚴、左翼之反對資產階級文學（意味著虛僞與金錢）、自由人之「勿侵略文藝」、沈從文之反白相諷海派、梁實秋之「與抗戰無關」、延安確立工農兵文學的地位……都是在反對他們所稱的「病態」狀況。四處不討好的民族主義文學在其《民族主義文藝運動宣言》中上來就宣稱：「中國的文藝界近來深深地陷入了畸形的病態的發展過程中」，唯有民族主義文學才能灌輸入強壯的血液，以民族意識爲「文藝底中心意識」才能剔除文學的種種病態。有了他人的昏睡，才有了（並凸顯了）自己的清醒；有了他人的病態與不正常，才有了（並凸顯了）自己的純潔與健康。現代文學遊戲充斥著「我們」和「他們」之分，「這邊」與「那邊」之分。魯迅在本年 2 月 9 日給曹靖華的信說：「我們這方面，亦頗有新作家出現；茅盾作一小說曰《子夜》（此書將來當寄上），計三十餘萬字，是他們所不能及的」，明確地把「我們」和「他們」用《子夜》劃分了開來：「他們」寫不出「我們」這樣的大作來。在三年之後的《三月的租界》裏，魯迅說：「如果在還有『我們』和『他們』的文壇上，一味自責以顯其『正確』或公平，那其實是在向『他們』獻媚或替『他們』繳械。」

　　事過之後，塵埃落定。在今天看來，否定思維與否定句式的濫用造成了大量的曲解與誤識。但，與其說這表現了誤識者的思想幼稚簡單，不如說這是爲獲取利益而被「我們」和「他們」都共用的策略。革命文學論戰時期創造社拿魯迅開刀，就是運用否定策略的典型事件。在那篇名文《死去了的阿 Q 時代》裏，錢杏邨否定了全部的「老作家」及其「幽默」、「趣味」與「個人主義思潮」，肯定了革命文學的道路。魯迅是被集中攻擊的一個，作者顯得有理有據：

　　　　總之：我們對於魯迅的懷疑，完全是事實分析的結果。十年來，
　　魯迅在中國實在具有無上的尊嚴，從不曾看見有誰懷疑過他來，這
　　一篇文或許要引起許多的討論和研究，然而這是應該的，只希望是
　　據理的批駁。

　　所謂「事實分析」只是一點：魯迅的作品不曾「追隨時代」，沒有「抓住時代」，更不會「超越時代」。根據這種「時代文學」的話語，魯迅第一次得到了「實事求是」地懷疑與否定，他所集中起來的象徵性資本——「無上的尊嚴」就被革命文學自然地繼承了過來：「時代是一去不返的，老人家究竟沒有多少年代了……魯迅先生，你就不爲自己設想，我們也希望你爲後進青年們留一條生路！」實質上和鄒洛文一樣，「打碎你這紙糊偶像」，把王冠謀奪過來戴在自己頭上（從而更容易使自己的著作成爲暢銷書，獲得更多的讀者與利益）。

　　現在，我們不會承認這「完全是事實分析」，然而當事人以爲那「完全是事實分析」，並希望得到「據理的批駁」。言外之意，他對魯迅的懷疑與否定不是無知無畏的胡說八道，不是出於青年人的弒父衝動，不是爲了自身利益的考慮，而是有理有據理所當然，純粹是爲了文學事業的健康發展。也就是說，阿 Q 之死、魯迅之死是「應該的」，是「自然的」。每一次的神聖化話語建構都會使自身顯現爲自然而然的樣子。有人在論述小報的話語類型時說道：

　　　　五四之後的知識分子從西方移植的理論實踐，將一切話語類型都放在這一敘事結構裏加以裁決：如果既沒有提供關於民族解放、個人自由的正確途徑，也沒有內蘊形而上眞理的深度模式，就勢必被排斥在以現代化爲主題的敘事之外。小報作爲一種大眾文化的話語類型，理所當然地被認爲是無聊的，空虛的。與知識分子所擅長的宏大敘事截然不同，小報不關心與個人利益無關的形而上的「主義」，也不將超越性的價值作爲普遍的、必然的東西加以考慮；相反的，它更注重市民個人的物質或情感領域的具體問題。〔註27〕

　　野百合也有春天，小報也有合理合法的存在。爲了自身的利益而貶斥、否定他人的投資獲益行爲，這本是件很不自然的事情。直白地說，從自身立場排斥、否定他者，以之爲該死，這怎麼會是「理所當然」呢？理所當然的「理」並非是普遍眞理。文學遊戲的神聖化是一種人爲的話語建構。但，它卻要披上「自然」的外衣，以「自然」的名義與力量來進行，使得自身的神聖化過程看起來是自然而然發生的，而不是有意爲之或人爲強迫的。例如，民族主義文藝論者如是爲民族主義文學投資作辯護：

〔註27〕 李楠：《晚清、民國時期上海小報研究》，人民文學出版社，2005 年，第 26頁。

　　　　民族主義文學決不是由少數人憑空創造出來的炫耀的名詞，她
　　是有著歷史與理論的基礎的。我們翻各國的文藝史吧：沒有一國底
　　原始的文學藝術不是通過民族意識而產生的。古希臘的神話，埃及
　　的金字塔，荷馬的 Iliad 和 Odessey，英國的皮革爾夫 Beowuef，日
　　耳曼的尼貝龍歌，法蘭西的羅蘭歌以及中國的詩經，都莫不是該民
　　族精神的反映與歌頌，莫不是有著光榮不朽的價值的……〔註28〕

　　和錢杏邨否定魯迅的話語策略一樣，「民族主義文學」這個概念也「完全」
是根據事實分析出來的——下面就羅列了世界各國的例子，以證明它是普遍
的、自然的事實與存在，而不是官方為了對抗普羅文學與左翼文學、先入為
主地建構出來的。即便後來個人主義文學興起，文學也沒有和民族主義分野，
而「總是隨著民族主義的發展而推進的」。因此，該文的結論是：「我們相信
文藝必被民族環境所限制，一個真正偉大敏感的文藝家應當而且必然是民族
的最有力的代言者！吼嘯者！——尤其是在我們那樣的民族。」這就是說，
在目前的中國，只有民族主義的文學投資與利益追求才是應運而生、自然發
生、無可辯駁的。但在無產階級的文學投資者看來，民族主義文學正為封建
與資產階級官僚政府所豢養，他們的沒落才是歷史之自然的趨勢；只有新興
無產階級之上升並佔據將來的統治地位才是最自然的，因此無產階級的文學
投資之產生與興盛才是最自然的。在政治學與歷史學的層面上為文學遊戲找
到「自然」存在的依據才算成功、才能理直氣壯。

　　前面的引文曾說「五四之後的知識分子從西方移植的理論實踐，將一切
話語類型都放在這一敘事結構裏加以裁決」，那麼他們這樣裁決的底氣何在，

〔註28〕　應義律：《民族主義的文學論》，《持志》第 4 期，1933 年 11 月 16 日。此外，
　　　　有人以數量上的大多數來證明民族主義文學遊戲發生的「自然性」：帝國主
　　　　義與資本家壓迫著占人類大多數的弱小民族，應以後者的喜怒哀樂為全人類
　　　　的喜怒哀樂才「比較切實」，並且「整個民族在近世紀帝國主義壓迫裏面所感
　　　　覺著的痛苦，絕不僅無產者所受而已，並且那樣的單純，民族底反抗意識，
　　　　無疑的超越了階級底反抗意識，這是事實的反映與理勢所必然」（見 1930 年 9
　　　　月 9 日《開展月刊》第 2 期載文《略論普羅作家所揭之理論及其伎倆》）。有
　　　　人則「講得深刻些，作家固然有他的個性，而同時他所體驗的人生，也就是
　　　　某民族某時代某環境的人生，則他的文藝作品，除去包含個性而外，自然尚
　　　　有某民族某時代某環境為她的背景」；「所以，文藝原來是民族的，我們來提
　　　　倡民族主義文藝運動，也許是比任何的來得妥當些？」（見 1930 年 12 月 25
　　　　日《開展月刊》第 5 期載文《搖大旗，放冷箭》）。民族主義文學話語自身神
　　　　聖化建構的套詞基本上如此，就是反覆強調與論證自身的「自然性」。

這樣裁決的勇氣何來？因爲那是西方的話語和理論嗎？外國的月亮比中國圓？不是。是他們的月亮是「自然」圓的，儘管這個月亮（可能）與外國有關。換言之，從根本上說，他們不是用西方否定中國，而是用「自然」否定非自然與反自然。例如，胡適的白話新詩建構的就是一種自然的詩學話語。主要包括以下內容：

（1）以歷史進化的眼光認識中國詩歌的變遷，以「自然」的話語方式爲白話新詩的存在與發展提供最大、最有力的辯護。胡適把《三百篇》到騷賦文學看作第一次解放，從騷賦體到五七言古詩看作第二次，從詩到詞曲是第三次，從詞曲到白話新詩乃是第四次詩體大解放。這就意味著詩體解放的需求是內在於中國詩歌發展本身的，五四白話新詩是它的一個自然發展的趨勢，無須借助於外邦的詩歌資源；（2）白話新詩本身是最「自然」的，因爲它破除了各種形式上與表達上的束縛，就和說話一樣：有什麼話，說什麼話；話怎麼說，就怎麼說。它的音節也是自然的：「一是語氣的自然節奏，二是每句內部所用字的自然和諧」，「句裏的節奏，也是依著意義的自然區分與文法的自然區分來分析的」，新詩的聲調有兩個條件：「一是平仄要自然，二是用韻要自然」〔註29〕；（3）「詩須要用具體的做法，不可用抽象的說法。凡是好詩，都是具體的；越偏向具體的，越有詩意詩味。凡是好詩，都能使我們腦子裏發生一種——或許多種——明顯逼人的影像。這便是詩的具體性」，只有白話新詩才能做到這一點，才能成爲好詩。可以說，在胡適看來，「自然」是白話新詩的本性與生命，而舊詩則違反了自然，就失去了生命力。1933 年上海中央書店印行范煙橋的《作詩門徑》，在談及新詩時，稱：「新體詩，是二十年來的一種產物，是因著原有的詩體太拘束，而求解放的成功」，並認爲新詩有三個條件：不拘格律；不拘平仄，不拘長短。用這三個否定性的「不拘」來談論白話新詩其實很淺薄，但卻很眞確地表現了它的自然性。

但，三個「不拘」的喜悅不會持續長久，因爲這種自然性是價格最低廉的一種。如果詩眞是簡單到「隨口說出，隨筆寫下來」的地步，那麼「野貓叫春應該算是最好的詩了」〔註30〕。果眞如此，詩也就不必存在了。必須設置一定難度的技術門檻，才能保證其價值與利益。在胡適正式提倡白話新詩之後不久，聞一多就借對俞平伯新詩集《冬夜》的評論說道：

〔註29〕 胡適：《談新詩》，《胡適文存》（卷一），黃山書社，1996 年，第 129～132 頁。
〔註30〕 杜衡：《望舒草序》，《現代》第 3 卷第 4 期，1933 年 8 月。

　　詩本來是個抬高的東西，俞君反拼命底把他往下拉，拉到打鐵的抬轎的一般程度。我並不看輕打鐵抬轎的底人格，但我確乎相信他們不是作好詩懂好詩的人。不獨他們，便是科學家哲學家也同他們一樣。詩是詩人作的，猶之乎鐵是打鐵的打的，轎是抬轎的抬的。〔註31〕

　　後來那篇《詩的格律》以正式提出新詩的「三美」理論出名，實質上它整篇是對「詩是詩人作的」這個看上去很普通又令人覺得多餘的斷言進行更充分地解釋：

　　遊戲的趣味是要在一種規定的格律之內出奇制勝。做詩的趣味也是一樣的。假如詩可以不要格律，做詩豈不比下棋、打球、打麻將還容易些嗎？難怪這年頭兒的新詩「比雨後的春筍還多些」。

　　恐怕越有魄力的作家，越是要戴著腳鐐跳舞才能跳得痛快，跳得好。只有不會跳舞的才怪腳鐐礙事，只有不會做詩的才感覺得格律的縛束。對於不會作詩的，格律是表現的障礙物；對於一個作家，格律便成了表現的利器。

　　聞一多否定了自然性嗎？不，他要的是更高的自然性。不戴腳鐐跳舞的自然性是胡鬧，戴著腳鐐跳舞而顯得機械僵硬，那是醜陋的人工，只有戴著腳鐐跳舞而跳得自然而然，好像沒有腳鐐存在、也感覺不到腳鐐礙事一樣，才是令人欣賞的藝術。有格律地作詩亦是如此，它區分出了偉大的作家與平庸的作家。前者把創作投資做得那麼自然而然，看上去漫不經心實則匠心獨運並富含藝術意味——這具和平常人一樣平常的軀體到底發生了什麼樣的化學反應、進行了什麼樣的神奇活動而留下了令人歎爲觀止的傑作呢？偉大作家的肉體是文學神聖化話語建構的最終的場所：作爲旁觀者，我們無法理解，只好名之曰「天才」。

〔註31〕　聞一多：《〈冬夜〉評論》，見《精讀聞一多》，中國國際廣播出版社，1998年，第315頁。梁實秋回憶說，這篇評論寄給了孫伏園主編的《晨報副刊》，既無消息又不見發表，後自費出版。可以合理推測：（1）編輯孫伏園有較之清華學生更優質的作者群體與稿件資源，如周氏兄弟；（2）《〈冬夜〉評論》幾乎將《冬夜》徹底貶低否定了，除引文外，它還說：「《冬夜》裏所含的情感的質素，什之八九是第二流的情感」，最後則勸告「所以俞君！不作詩則已，要作詩決不能還死死地貼在平凡瑣俗的境域裏！」孫伏園與俞平伯早有交情，哪能發這樣議論朋友的文章呢？

　　（這意味著，人一生下來，就被以自然的身體的名義作出了高低貴賤的區分。這些看似最自然不過的東西往往是最不自然的，是對一種壓抑性結構與結構性壓抑的修飾、掩蓋與挪移，是對遊戲資源佔有上的不平等、對文學遊戲現行秩序的鞏固與強化，這使得那些無名小輩「心甘情願」地接受自身處於文學遊戲邊緣的命運——詳見第五章）。

三

　　可以說，神聖化是文學遊戲的一種「宿命」。這個詞意味著：雖然經過我們的分析，神聖化顯示出了諸種的不自然、誤識與僞邏輯，但文學遊戲必須被神聖化，它必須聲稱和堅持對最大化利益的追求。這也就是說，即使沈從文不挑起所謂的京海之爭，也會有其他的投資者以自己關心的方式發動一場討論來完成同樣的神聖化話語建構。只有神聖之物（最大化的利益）與神聖化本身被構築爲文學遊戲投資的意識之物，而商業利益等瑣屑之物則成爲文學投資的潛意識。潛意識之物被壓抑，而意識之物則愈加強化並鞏固自己的形象與地位。看來，文學遊戲帶著永遠不能抹除的壓抑性結構與結構性壓抑。如果有人在談文學遊戲的經濟利潤，那多半是在談一個關於藝術損失的教訓。下面這個例子就足以說明問題。茅盾寫《幻滅》是「第一次寫小說，沒有經驗，信筆所之，寫完就算。那時正等著換錢來度日，連第二遍也沒有看就送出去了」，《追求》也是「現寫現賣，以此來解決每日的麵包問題……直到二十多年後寫《霜葉紅似二月花》，也是預支了錢，限期屆滿，非交稿不可，匆匆趕出來，沒有再看一遍就送出去了」。這是誇自己下筆如有神嗎？非也，茅盾說：「我今天來回述這些瑣屑的事情，並不想藉此來辯解自己的小說沒有寫好乃不是自己之過。」〔註32〕有關此「過」的委婉表述暗含著麵包等「瑣屑的事情」對藝術價值有損有礙的教訓。

　　但，這種教訓是事後才明確強調的。在文學遊戲發生時，投資者不得不深受潛意識之物的困擾。

　　本年 1 月 1 日，《讀書雜志》登載傅東華的《此路不通》，5 月 1 日韓侍桁作出回應，在《文藝月刊》發表同名文章。它首先這樣概括傅文的意思：「賣

〔註32〕　《寫在〈蝕〉的新版的後面》，《茅盾全集》第一卷，人民文學出版社，1984
　　　　　年，第 425〜6 頁。

文字生活實在不是一條生活的路，一個懷著某種理想的青年，往往作了這個浪漫的冒險，再後悔也就來不及了」，接著寫到魯迅對他的勸告：

> 最初把文字生活之不靠告訴我的，還是魯迅先生。他在每次寫給我的信中，都是好意地勸告我，文學最好是拿它作爲副業的，如果指著它吃飯，自己受苦還是小節，最可怕的是那些書賈的面孔。當時我雖然是一個毫無經驗的青年學生，但這種世故，是極容易地可以使我理解。

1928～1929 年間，在日本留學的韓侍桁與魯迅通信甚勤，但一封也未能留下來，上述引文只能使我們窺其一斑。早在 1921 年，《文學研究會宣言》就明確地宣佈：「我們相信文學是一種工作，而且又是於人生很切要的一種工作；治文學的人也當以這事爲他終身的事業，正如同勞農一樣」；幾年下來，文學由「終身的事業」淪落爲「副業」。魯迅不是瞧不起文學遊戲，他勸韓侍桁把文學作爲副業的用意是要保證文學遊戲的純潔性，不要因爲現實的生活問題而把文學創作交給商品邏輯來控制，讓那些「書賈的面孔」冷了心。魯迅後期雜文（如《登龍術拾遺》、《「商定」文豪》、《商賈的批評》、《辯「文人無行」》等）的主題之一就是抵制文學遊戲裏的商人意識（《商賈的批評》稱爲「商人見識」）和商品邏輯。

韓侍桁認爲：「在如今這個時代這樣的社會裏，還癡心著文學的人根本就沒有，如果眞有的話，他便是抱有絕大犧牲的決心與勇氣的，你勸也無益，只不過是更減少他的勇氣與奮鬥的意志而已。」我覺得應該改正一下：如果有人癡心於文學、抱著「絕大犧牲的決心與勇氣」，那麼無論別人如何勸他，也不會「更減少他的勇氣與奮鬥的意志」。換言之，他對自己投身的這個「浪漫的冒險」不會後悔。要全身心地進入文學遊戲就必須付出「絕大犧牲」，交出一筆昂貴的入行費。這筆費用收得越高，越是表明文學遊戲的眞價與珍貴。這對那些癡心於文學投資的人來說是不應該計較的。本年自殺的朱湘提供了一個最佳的詮釋。

12 月 4 日晚，詩人朱湘帶著絕望的心情登上從上海到南京的輪船。爲了謀生，此前他已經輾轉各地，求朋告友，卻一直未能如願。幾乎沒有人願意眞正理解他、幫助他。自稱向內發展的聞一多對南京的陳夢家說：朱湘「言語與態度的失常，已經夠明顯的了」，不必借錢給他〔註33〕。朱湘應該很清楚，

〔註33〕見《聞一多全集》12 卷，湖北人民出版社，第 267 頁。他曾說：「總括的講，

即使到了南京，自己也將一無著落。於是，次日凌晨六時許他投江自殺。這一躍應該無人可知，但這並不妨礙下面敘述的存在：

> 作者理想的生活要求並不高……然而社會卻不能容許他；連這一點點生活都不讓他享受。他帶著一瓶酒，一本德國詩選淒涼的上了旅途，還有他那新愛的改訂過的《草莽集》，也許在朗誦著海涅諸家的詩句，喝著醇醪，就此往江心一跌；他的心裏或許有最後的一閃，想到他所寫的詩句：「屈原，挾著枯荷葉的衣衫，湧身投入汨羅江的波瀾；李白，身披錦袍，跨在鯨背，乘風破浪，漂去了那三山。」
>
> 他是這樣的去了，留下給我們的是美麗的詩篇。我將用他自己在《陰差陽錯》裏所說的話對他說：「這些是你的生命，這些是你的病苦，瘋狂……到將來，總有一日，……人家會瞭解你的真價。」
>
> 〔註34〕

看起來，朱湘之死是因為生活走投無路，實際上他早就做好了準備，他清楚而堅定地認識到了詩人之死意味著什麼。在《寄思潛》詩中，朱湘寫道：

> 濟慈的詩不死，身子早死了有何輕重？
>
> 百年來知道煙滅了多少富壽的凡庸！
>
> 雖說高壽的才子也有七月識知無的樂天，
>
> 但香山所以不朽，不是因壽高而是因詩工。

高思潛是朱湘的朋友，因肺癆而早卒，詩心詩才未能盡情得逞，朱湘喻之為「一條困於淺沼的雛龍」，「將來有一天雷雨喧呼著下來迎你／你將奮身跨上紫電的長橋而騰空」，雛龍之死是其永生不朽之開始！ 高思潛詩名未著，但朱湘的另一個好友劉夢葦卻在新詩發展史上佔有一席之地，也不幸在貧病交加中先去。朱湘作文《夢葦的死》以為紀念：

我近來最痛苦的是發現了自己的缺陷，一種最根本的缺憾——不能適應環境。因為這樣，向外發展的路既走不通，我就不能不轉向內走。在這向內走的路上，我卻著著一個大安慰，因為我實證了自己在這向內的路上，很有發展的希望。」這證明了知識分子改變生活習性之難，因為聞一多本就適合「向內走」，他的底色是個書生、是個「書癡」。據季鎮淮《聞一多先生年譜》記載：聞一多十五歲時，夏日傍晚立露井觀書，蜈蚣緣足而上，家人驚呼，並代而驅之，聞一多反覺擾了自己讀書的清靜。二十三歲時，聞一多發表自傳《聞多》，稱：「每暑假返家，恒閉戶讀書，忘寢饋。每聞賓客至，輒跼踏隅匿，頓足言曰：『胡又來擾人也！』」

〔註34〕 趙景深：《朱湘的〈石門集〉》，《人間世》第 15 期，1934 年 11 月 5 日。

　　　　我不知道你在臨終的時候，可反悔作詩不？你幽靈般自長沙飄
　　來北京，又去上海，又去寧波，又去南京，又來北京；來無聲息，
　　去無聲息，孤鴻般的在寥廓的天空內，任了北風擺佈，只是對著在
　　你身邊飄過的白雲哀啼數聲，或是白荷般的自污濁的人間逃出，躲
　　入詩歌的池沼，一聲不響的低頭自顧幽影，或是仰望高天，對著月
　　亮，悄然落晶瑩的眼淚，看天河邊墜下了一顆流星，你的靈魂已經
　　滑入了那乳白色的樂土與李賀濟慈同住了。

　　如果由我擬想，朱湘投水之前不是在朗誦海涅，而是在默念著這段文字。
與其說它是為劉夢葦而寫，不如說是朱湘自感自況！他把高思潛並列於濟慈
與白居易，把劉夢葦並列於李賀濟慈，趙景深則把他同價於屈原李白，這些
詩人形象其實是作為文學投資的神話塑造出來的：肉身有限，而文學投資可
以使人不朽；並且，肉身的過早消逝會強化文學投資永生的信念。

　　但朱湘與高思潛、劉夢葦有根本不同，他是主動自殺的，是晚清以來第
一個自殺的有名的新詩人。文學遊戲內在地需要這樣「一個純粹的詩人」來
證明自身神聖化的運作邏輯。從這個意義上說，朱湘死得其時。陳子善先生
說：「朱湘已死，開了中國現代新詩人自殺的先河，引起當時文壇的深切悼念
和一場大討論」〔註35〕。這場討論的結果就是把朱湘塑造成了一個純粹的文
學神話、一個專為文學遊戲而生的詩人。面對晚清以來日益洶湧的商品化浪
潮，文學遊戲需要這樣一個神話對來抗商業化的邏輯。它表明，文學遊戲唯
一合法可靠卻又非常殘酷的賭注是「時間」，是「將來」，按朱湘所說，是「五
十年後的事業」〔註36〕。這個賭注不押在現實與現時的利益上，它要經受現
代社會商業邏輯的誘惑與侵蝕。但話又說回來，朱湘並非不關心、不考慮那
些「瑣屑的事情」，只是他用自己的方式來關心與解決。例如，他希望羅皚嵐
譯書賺取生活費用，用文學投資的方式來解決經濟問題，這恰恰是傅東華所
說的「此路不通」的地方，卻也正是文學邏輯日益相形見絀而愈發珍貴的所
在。——但不要別忘了，支持朱湘和沈從文下「時間」賭注的，是他們雄厚
的文學資本，是對自己文學成就的自信與肯定，是相信自己能在文學遊戲中
最後勝出，即「到將來，總有一日，……人家會瞭解你的真價」：

〔註35〕　見陳子善先生為《孤高的真情：朱湘書信集》（世紀出版集團，2007年）寫的
　　　　　《序》）。
〔註36〕　見 1929 年 3 月 7 日朱湘致羅念生信。

我與光明一同到人間，

光明去了時我也閉眼：

光明常照在我的身邊。

「朱湘」成爲一個高高聳立的神話符號。其基本功能是驅逐與區分：「朱湘的死，給了想進身於文藝的人，（尤其是詩）一個打擊。留學生、詩人、教授的朱湘，尚且爲了生活而不免於死，在做著桃色的『詩人之夢』的青年，怎能不被揚子江的怒濤，澎湃得粉碎麼？」〔註 37〕這段話的字面意思是，朱湘之死把那些文學青年給嚇跑了，因爲文學投資養不活人；但我們更應該這樣來理解：那些「做著桃色的『詩人之夢』的青年」動機不純，他們是爲了過上好生活而進行文學創作投資，那就不如另尋門路。

有不少敘事從字面上看來是寫這些小文人艱辛而凄苦的生存狀況，實質上則是「朱湘」對他們形成了壓力、與他們構成了衝突。1933 年 10 月 1 日，《青年界》發表了劉大杰的小說《心》，記敘小文人鐵如的文字生活：「文學眞是一條死路！在現在的中國，想靠了文學來解決一家的生活，那不是做夢嗎？除非你變節，除非你迎合出版家和一般下流讀者的心理，去寫那種你所不願意寫的東西。否則你只有餓死。對於文學的信心愈是純眞，你的生活的希望，就愈是微眇的。文學眞是一個有梅毒的美貌的妓女！」有人則撰文記述自己的切身經歷：初中畢業後在家寫稿子，投給上海的報紙副刊，僥倖登了一兩篇。有朋友便勸自己到上海住亭子間寫作，靠寫作走上一條輝煌之路。但亭子間狹小如豬籠，且聲音吵雜，幾乎無法寫作；依賴稿費生活又不濟事，飽不了肚皮，只得退歸鄉下，退出了文學遊戲。「朱湘」讓他們知難而退，排斥了他們，淨化了文學遊戲生態，他們也終於只是個曾經的小文人而已。「朱湘」呼喚並感召那些全身心投入文學遊戲，對文學投資抱有信仰的人，遴選出那些不懼「梅毒」而癡心於文學投資的人。

四

對朱湘自殺一事所追加的神話學闡釋很好地證明了文學遊戲的神聖化邏輯，但話又說回來，朱湘自殺卻也表明那些瑣屑之物一直在影響著文學遊戲的進程。實際情況是，神聖化與商業化在晚清以來的文學遊戲中一直處於一種難分難解的角力狀態：

〔註37〕 練白：《悼朱湘》，《青年界》第 5 卷第 2 期，1934 年 2 月。

　　梁啓超借政治來抬高小說地位本意是把小說神聖化,可消解神聖化最力的也正是梁啓超寄予厚望的現代報刊制度。每天都在刷新的報刊和不時匯來的稿費使寫作變成了一種職業,作品變成了一種商品,「朝脫稿而夕印行,一刹那間即已無人顧問。蓋操觚之始,視為利藪,苟成一書,售諸書賈,可博數十金,於願已足,雖明知疵累百出,亦無暇修飾」;「著書與市稿者,大抵實行拜金主義。」白猿請人續寫《鏡花緣》,或曰「我是無論大說小說,撰述翻譯都可以來的。只要你潤資出得多,並可以限日子交卷。」吳趼人創作小說意在改良社會,立旨高遠,卻又自嘲「無奈為了這個」(指吃飯)。正如研究者所指出的,「近代小說的……作者必須充分意識到:要把充滿快樂與痛苦的創作過程商品化,並以此來維持生活。」「必須」一語,包含了多少非人為的因素,不可抗拒的因素,那些解構了梁啓超小說神聖化的因素。

　　五四對「遊戲和消遣」、拜金主義大加討伐,胡適稱「幾塊錢一千字」的稿費制度為「惡俗」;成仿吾則破口大罵,稱《禮拜六》為「卑鄙寄生蟲拿來騙錢的齷齪的雜誌」,是無恥文妖排泄的豬糞……人學話語接續文學神聖化的努力,不是政治上的,而是思想上的;不是直接功利的,而是形而上的。文學是一種「事業」,是對於全人類都有益的精神創造。靠文學來吃飯是對文學的極大褻瀆,是「決不會有什麼好作品的」……在葉聖陶眼裏,文學家就是耕耘心田給人類帶來美的收穫的驕傲的農人;張聞天「崇拜一般想把人生的各方面赤裸裸描寫出來的青年!這是最神聖的事業」;成仿吾也說:「藝術是手與頭與心協作的事業」,「名利不能動他的心,更不足引他去追逐」;而郭沫若則為自己「做些稿子來賣錢」的想法而「完全懺悔了」。〔註38〕

　　可是,懺悔完之後,還是要「做些稿子來賣錢」。本年,郭沫若與葉靈鳳書信往來頗多,談論錢的問題是其中心內容:「特望稿費能先付——最好先寄千元來——才能安心做去」;「你說每月十號必匯二百元來,但是三月份還成了廢話……我將特別提醒你,請你於四月十號務必將二百元寄出」;《離滬之

〔註38〕　見我的碩士學位論文《從趣味到主義——晚清至五四的小說話語研究》,山東師範大學 2007 年,第 48〜9 頁。

前》「原稿已寄往內山⋯⋯請你叫書局送三百元去和原稿兌換吧」。但，在這一片要錢聲中，郭沫若也夾雜著時間上的賭注：「在時間上沒有長久性，在價值上無可無不可的東西，我是沒興趣做的」〔註39〕。

　　沈從文反對文學遊戲的商業趣味，但他本人似乎就落入了這種趣味與節奏之中。比如他的投資創作的產量很多，結集出版的速度也很快（有些還是重複結集出版），《社會新聞》載文說：「目前國內作家的作品，在數量上要算沈從文最多了」〔註40〕，這個「多」可不是褒義詞。該刊編輯自稱「沒有黨派和背景，也不是政客學者」，擺出一副中立客觀的姿態，其實是自我神聖化的表現與方式。但它大量刊登文人文壇的小道消息，明顯屬小報之流。但又須承認，它也代表了一種意見。如該文接著說道：「一般人看見了他寫的東西，總是不大歡迎」，這種說法並非個案。比《社會新聞》聲譽要好得多的另一個刊物《文藝新聞》曾做過一次徵文調查，兩個問題「一、哪一個作家給我的印象最好？二、哪一個作家給我的印象最壞？」選出四份答案，三個都說對郭沫若的印象最好，給出的理由第一條皆是說郭人格高尚、有反抗精神；一個說沈從文印象最壞，因為他「人格一無高尚的表白，只曉得『錢錢錢』（如其索稿費）；作品──文筆輕鬆無力，把最低級的趣味作為描寫中心，沒有一句無虛泛無著之感。思想──空虛漂浮，學智──毫無實學。從其作品上看來，腦子裏除所謂男女獸事外，別無所有，聽其講課，則尤感其缺少學問上的根底」〔註41〕。說沈從文只曉得錢錢錢，顯係誇張，然非全然是空穴來風。但我們必須看到，正如郭沫若索稿費甚急又不忘作品「長久性」一樣，只曉得錢錢錢的沈從文也未忘在創作投資時下遙遠的賭注。

　　本年 7 月 24 日，《國聞週報》第 10 卷第 29 期開始連載「小說」《記丁玲女士》，至第 10 卷第 50 期（12 月 18 日）結束。本卷第 32 期（8 月 14 日）則有沈從文致編者的信，稱：「對於貴刊久載此文，是否能引起讀者興味，思之頗為疑惑⋯⋯」沒想到，反對海上習氣的沈從文也會考慮「讀者興味」的

〔註39〕　分別見黃淳浩編《郭沫若書信集》（中國社會科學出版社，1992 年）第 386、387、390、387 頁。

〔註40〕　中平：《沈從文走麥城》，《社會新聞》合訂本第一卷上冊，未能見到該刊各冊出版日期。

〔註41〕　現在看，這段話中對沈從文作品思想的評論簡直是胡說八道。但說這話的人並非無名之輩，他叫張宗植，參加過左聯的文藝活動，時有作品見報，後在實業領域發展，頗有成就。

問題。看來，商業化已經緊緊抓住了文學遊戲，而文學遊戲的神聖化正是在這種被商業化抓緊的狀態中掙脫著才強力地凸顯了出來。

文學遊戲的神聖之物與瑣屑之物是如此地糾纏在一起。下面，我將再以戴望舒出版《蘇俄詩壇逸話》為例系統地闡明神聖化對商業化的壓抑性結構與結構性壓抑的問題。

1941 年，戴望舒譯作全稿《蘇聯文學史話》出版，「譯者附記」介紹了它的問世苦旅：「把譯稿寄到中國以後，卻到處都碰壁，周遊了上海的各書店，而仍舊回到那時經管我的文稿的蟄存兄的書城中蟄伏著。我們總還記得，那時候上海的出版界是在怎樣的一種環境中苟延殘喘著吧。單是這部小書的題名，已夠使那些危在旦夕的出版家嚇退了。只在一九三六年當我回來的時候，才有機會把這本小書的第一部出版；但為了適應環境，不得不用了《蘇聯詩壇逸話》那個『輕鬆』的題名。至於第二部呢，那出版家以為還是暫不出版的好，為的怕惹出事來。」有研究者認為，這是以「控訴的語調，憤怒地交代了本書在出版上的命運」〔註42〕。

可是，「適應環境」是什麼樣的環境呢？戴望舒「憤怒」的對象是誰呢？按照「那時候上海的出版界是在怎樣的一種環境中苟延殘喘著」以及「怕惹出事」的提示，應該是政治環境的壓迫。本書已經闡明自己的觀點，三十年代的文學遊戲處於一種奇形怪狀的自由狀態中，「蘇聯」並未構成出版禁忌，相反，它還是出版商與讀者感興趣的題目之一——有力的證據就來自下面將要提到的「戴望舒記」：「近幾年來，關於蘇俄文學研究的書籍……已陸續出版了許多了」。

「戴望舒記」來自《文飯小品》第 2 期（施蟄存主編，1935 年 3 月 5 日），因為從這期開始，它連載《蘇俄詩壇逸話》。正文之前有「戴望舒記」和「施蟄存記」。前者並未收入《戴望舒全集》（王文彬、金石主編，中國青年出版社，1999 年），故抄錄如下：

> 近幾年來，關於蘇俄文學研究的書籍，從概論的記載，到專門
> 的理論，已陸續出版了許多了。前者大多數是取材於日本人的著作，
> 簡略膚淺，是一個通病；後者則大都是蘇俄某一文學派別的論著，
> 主張之偏歆不公是一件免不了的事。而這兩者所共同的缺點，便是
> 他們大都是比較陳舊一些的著作，而對於那突進不已的蘇俄的文學

〔註42〕 北塔：《雨巷詩人——戴望舒傳》，浙江人民出版社，2003 年，第 91 頁。

研究書籍，特別是專門研究蘇俄詩歌的作品，至今還沒有一本。爲了這個緣故，譯者才把今年三月出版的高力里（Benjamin Goriely）用法文寫的《俄國革命中的詩人》一書迻譯譯來。

　　用著公允的眼光與簡明的敘述，根據於個人的回憶和珍罕的文獻，高力里寫成了這部同時抒情而客觀的研究。在本書第一部中，作者指示出資產階級文學如何地潰滅，宣傳文學如何地產生，意象派和未來派如何地演進並試想和革命聯結。在那裡，我們看到了那些個人主義者們的混亂，和他們轉變的不可能性。在第二部中，他敘述著無產階級文學的原始及其演進之程序，直到「五年計劃」爲止，而使我們看到了辨證唯物論和小資產階級的理論的鬥爭，及俄羅斯新文學的最近的形勢。

　　作者高力里生於一八九八年。父親是商人，母親是農民。在革命爆發出來的時候，他剛在莫斯科中學畢了業。他加入了革命。後來他到比京和巴黎完成了他的高等教育。同時，他在比利時和法國創辦了許多前衛雜誌。蘇俄青年詩人們的第一個法譯詩選和瑪牙可夫斯基的《穿褲子的雲》，便都是他翻譯的。

　　　　　　　　　　　　　　　　　一九三四年四月，戴望舒記。

　　第一段通過對比與否定，突出與肯定了自己譯作的價值：這是國內第一本翻譯過來的蘇俄詩歌研究專著。第二段則強調本書立論客觀而公允，敘述詳細而最新，亦爲此前出版的同類書籍所不及。「戴望舒記」裏的戴望舒恐怕會竊竊自喜，這麼有價值的書不知會受到讀者怎樣的歡迎（於是稿費、版稅……）。身在法國的他中了浪漫的毒。

　　同時刊登的「施蟄存記」記敘了另一番眞實的情景：去年五月，戴望舒從巴黎寄給他《俄國革命中的詩人》全譯稿，他對「記述革命期許多激動人心的詩人們的遺聞逸話的第一部分」尤感興味，拿出兩章先在《文藝風景》和《現代》雜誌上刊發了，但卻一直沒有找到一個願意出版它的出版商，原因是：「這是翻譯書，比不得《茅盾小說集》那些書好銷，此其一；又是關於詩的，有幾個人歡喜詩呢？此其二；望舒又很自重其譯稿，不願以太低的稿費賣了她，所以益發沒有書店肯印行了，此其三」。

　　施蟄存說得很清楚也最可靠，戴望舒的譯稿之所以沒人願出版，是在於經濟利益預期微弱，而戴望舒當時經濟拮据，處處捉襟見肘，極希望預

支一筆可觀的版稅補貼留學費用。施蟄存也用了一切可以用的辦法來幫助戴望舒。既然譯稿無人願意出版，那就還是先在自己掌管的刊物上發表，於是創辦《文飯小品》時，便又「檢出第一部譯稿來，給另換了一個題名，交給嗣群兄編用，大約五期可以刊了……至於第二部關於理論方面的研究，因爲比較的枯燥一些，不預備在《文飯小品》上刊載了。」這就是說，是施蟄存把書名《俄國革命中的詩人》改爲了《蘇俄詩壇逸話》這樣一個「輕鬆」的名字，用名人的遺聞逸話來吸引讀者與書店的注意。這才是「適應環境」的眞相——「環境」就是書賈可憎的面孔以及經濟資本越來越強的控制力量。

　　1934 年 7 月 2 日，施蟄存在給戴望舒的信中說：「現在一切書局都不收單行本，連預支百元的創作集也沒有出路，這是如何不景氣的一個出版界啊！」後來的記憶與敘述則把經濟上的不景氣、不如意置換爲政治上的壓迫與獨裁。這種悄然「置換」是如何發生的呢？這是時間的魔術。時過境遷，文學遊戲的瑣屑痕跡慢慢被時間與記憶所纂改。經濟的邏輯被政治的邏輯所取代或掩蓋：文學遊戲最初的、發生時的經濟困難或手頭拮据變身爲政治上的黑暗統治，在政治的邏輯上爲曾經的失敗或成功尋找原因。這是普遍而有效的壓抑與置換。因爲它不但能更容易地博取人們的同情，而且是文學神聖化話語建構的內在要求。

　　然而，這還不是結束。我們看到從 1934 年的《俄國革命中的詩人》，到 1935 年的《蘇俄詩壇逸話》，到 1941 年的《蘇聯文學史話》，最終，抹去了「革命」，去掉了「逸話」，只留下了「文學」。我以爲這是一個奇妙的象徵：戴望舒的記憶與敘述是一個否定又否定的神聖化過程——政治邏輯否定了經濟邏輯，然後，文學本身的邏輯又否定了政治邏輯。

　　戴望舒的故事還沒結束。回國後的他躍躍欲試，要創辦一個詩歌雜誌。《文飯小品》第 3 期（1935 年 4 月 5 日）有施蟄存撰寫的「戴望舒先生主編詩雜誌出版預告」：

> 望舒想要辦一個關於詩的雜誌，已是好幾年的事情了。一向沒有機會能實現他的願望。最近他從西班牙漫遊回來，看見我正在辦《文飯小品》，便也躍躍欲試，他問我：「《文飯小品》生意如何？」我說：「本錢太少，有點周轉不靈，但總得撐持下去。」他說：「詩雜誌銷路有無把握？」我說：「送人則準有三千本可送，賣錢則連一

千本也不敢擔保。」但是他終決定要替詩壇熱鬧一下，編刊一個關
於詩的兩月刊，定名《現代詩風》。由脈望社出版部出版。

《現代詩風》的內容大概分作詩，譯詩，詩論，詩書志諸欄。
版本字型均與《文飯小品》相同，惟每期文字只七十二頁，定價則
仍為大洋二角，因為詩雜誌的銷路似乎不會得很好，所以不得不賣
得貴一些。每期擬印一千五百本，創刊號定於五月十日出版。預定
全年連郵費只收一元，不必先付款，只須來函聲明預約，俟創刊號
出版後本社當先奉寄雜誌，然後再請付給預約書款。倘看了創刊號
不能滿意，便寄來大洋二角取消預約亦可。

這種免費試看刊物的預約辦法似乎收到了一定的成效，據說，一月後預定
者達三百人之多。本擬定於 5 月 10 日創刊出版，但卻一再延期。《文飯小品》
第 4 期（1935 年 5 月 30 日）「預告」說是在六月中旬或七月初出版，第 5 期（1935
年 6 月 25 日）又說定於 7 月 15 日，因為還沒有將稿編起，戴望舒認為「創刊
號萬萬不能草率，寧可展期問世，決不隨便雜湊成書」。最終是在 10 月出版。
創刊號集結了路易士、徐遲、徐霞村、南星、林庚等作者，被認為是「中國現
代新詩史上現代派詩人的第一次集體亮相」〔註 43〕，意義非同尋常。

可是，出手如此不凡的刊物卻為什麼僅出一期呢？學界普遍接受了紀弦
（路易士）的解釋，認為「望舒有了新的構想、新的計劃，他將要和『北方
詩派』攜手合作，出《新詩》月刊了」〔註 44〕，這種看法其實很難成立。因
為紀弦主要是以詩人的眼光看待此事，而當事人戴望舒卻要以編輯人的立場
來考慮問題。上面的引文清楚地表明了戴望舒編輯《現代詩風》時的困難，
有經濟上的，有集稿上的。或許因為《現代詩風》的作者隊伍是「清一色的
『現代派詩人群』」，構成了它突出的特色也是它致命的局限，詩人的構成、
詩體風格都太狹隘，稿源不足。如果稿件充足，更重要的是加上訂戶活躍而
眾多，戴望舒沒有理由不把《現代詩風》辦下去，而去想直到 1936 年 10 月
10 日才創刊的《新詩》雜誌的事情。——出版《俄國革命中的詩人》吃了不
能「適應環境」的虧，辦這個雜誌還是吃了這個虧。

〔註 43〕 劉保昌：《戴望舒傳》，崇文書局，2007 年，第 142 頁。
〔註 44〕 紀弦：《戴望舒二三事》，轉引自北塔《雨巷詩人——戴望舒傳》，浙江人民出
版社，2003 年，第 141 頁。紀弦此文乃是研究戴望舒的一篇重要文獻，但某
些觀點經不起仔細推敲。

　　不要像紀弦那樣在《現代詩風》停刊和《新詩》創刊兩個文學遊戲之間建立此消彼長的線性因果關係。這是一種刪除了一切瑣屑之物的文學敘述與記憶，而只留下文學本身的價值在自我繁殖與生長。文學遊戲發生時的狀況不是這樣的。正是因爲記憶與敘述的這種健忘性與神聖化，我們才要進行考古式的挖掘與分析。那些被文學記憶所忽略、遺忘或刪除的種種瑣屑之物（或曰世俗之物、被壓抑之物，正如弗洛伊德命名的潛意識一樣）都是文學遊戲發生時的重要構成，影響甚至決定了文學遊戲的形態與走向。某些時間的突然中斷，如朱湘自殺，或者某個刊物的停辦，多半是因某些瑣屑的事情，造成了不規則、無規律出現的一點又一點的空白。

　　再舉一個例子也不會嫌多。1933 年 9 月 15 日，袁牧之主編的《戲》創刊，自稱「現中國僅有的純戲劇刊物」，網羅了不少名角爲其作稿，包括田漢（《戲》）、鄭伯奇（《大眾所要求的戲劇》）、顧仲彝（《戲劇運動的新途徑》、《戲劇協社的過去》）、穆時英（《小說與劇本》）、洪深（《表演電影與表演話劇》、《三個 S——對於初上舞臺者的話》）、陶晶孫（《木人戲的貴族性》）、杜衡（《戲劇中的娛樂的成份》），等等。作者陣營頗壯觀豪華，一如戴望舒的《現代詩風》。但它比後者僅強了一點，多出了一期，就戛然而止了。原因亦在銷路與經費問題。辦刊之初，袁牧之對此就有了認識與打算：「由個人來獨幹能比附在書局或團體的刊物更長命是難以相信的事實，暫且以編者過去對於戲劇不曾苟且的一點微薄信仰先作一年的試驗吧。這一年中將用『賣拳頭銷膏藥』的方法，向全國可以作戲劇運動的各地作公演，用游擊的推銷方法來謀本刊的生存」〔註45〕。第二期即有「爲本刊主催公演特輯」，介紹在各地公演的情況。可惜，這種銷方法並未取得預期的成效。

　　羅素在解釋性道德的時候說過，「幾乎所有文明人」都有禁欲主義的情感，「它最微弱的形式是不願設想一個受人尊敬的人——尤其是擁有宗教上的神聖性的人——會忙著談戀愛，認爲談情說愛和最高程度的尊嚴幾乎是格格不入的。想讓精神擺脫肉體的桎梏的願望，產生過這世界上許多偉大的宗教；甚至在現代知識分子中間，這種願望仍然很強烈」〔註46〕，在「肉體／精神」的對立對比中，前者是低下的，後者是高貴的。這種看法在周作人《人的文學》對人的解釋中也可以看得出來：

〔註45〕編者：《爲戲劇運動前途打算》，《戲》第 1 期。
〔註46〕羅素：《我們的性道德》，見《爲什麼我不是基督徒》，徐奕春等譯，商務印書館，2012 年，第 129 頁。

　　我們所說的人，不是世間所謂「天地之性最貴」，或「圓顱方趾」
的人。乃是說，「從動物進化的人類」。其中有兩個要點，（一）「從
動物」進化的，（二）從動物「進化」的。

　　在接下來的解釋中，這「兩個要點」首先被視為兩種生活：（1）是本能
的生活，人與動物並無不同，「人的一切生活本能，都是美的善的，應得完全
滿足」；（2）是「內面生活」，比其他動物更為複雜高深，「而且逐漸向上，有
能夠改造生活的力量」，它使人最終超越了動物的層次，達到了「高尚和平」
的境地。（1）是人生存的動物性狀態，（2）使人超越這種動物性，達到了精
神存在的層次。由此看來，這「兩個要點」是人存在的兩個端點、兩種狀態，
人要從低級的端點（或狀態）升入到高級的端點（或狀態），儘管周作人也肯
定人的基本欲望。

　　讓我們再回頭檢視魯迅鐵屋子的意象，那些「從昏睡入死滅」的人們就
如同鐵屋子的肉體部分，「清醒的幾個人」則是鐵屋子的精神部分，「昏睡／
清醒」的圖景就包含著精神對肉體鄙棄的意味。

　　羅素相信嫉妒是性道德起源的一個最強有力的因素，嫉妒激起憤怒，而
憤怒被文飾，就變成了道德上的非難；周作人把人的「兩種生活」以及內面
生活對本能生活的超越視為自然而然的現象；魯迅「昏睡／清醒」的圖景則
明顯是一種自我神聖化的話語建構。在文學遊戲中，神聖之物對瑣屑之物、
象徵性利益對經濟利益的壓抑與漠視則是一種信仰，仔細思考，這個信仰裏
頭竟然包含著上述三個意思。

第五章 「作家」：文學遊戲參與者的權力之爭

一

　　1933 年 4 月，上海廣益書局出版了趙景深的《文藝論集》。在《一九二八年的中國文壇》一文中，趙景深考察了「新書店的勃興」和「雜誌的風起雲湧」兩點——這兩點也完全適用於 1933 年的中國文學。該文列出了 48 家書店，但這個統計肯定是不夠的，因爲這只是上海一市的數字，南京、北平、瀋陽、廣州等等全國各地到底有多少家書店恐怕沒有人會說得清。這裡只提一個並不怎麼有名的書店，名字叫天馬書店，1932 年由樓適夷等人在上海成立。1933 年 6 月，書店出版了樓適夷編輯的《創作的經驗》〔註1〕。樓適夷的初衷是讓作家們現身說法，談一談自己的創作經驗，對年輕後生提供幫助。一個問題擺在了眼前：何謂作家？誰才是作家？作家有無可靠的標準來衡量？凡是寫過作品的都是作家嗎？在該書的《編輯後記》中，樓適夷解釋說：

> 　　我們想徵求的作家，並不想規定某一種界限，更不拘泥於編輯者的私好。本來，在中國，似乎寫過一點東西的就可以稱爲作家，也有些，雖寫過點東西，但因私好的關係，有人稱他作家，有人卻不承認。於是我們只得訂一個標準：

〔註 1〕此外，本年天馬書店還出版發行了眾多作家的自選集，如《魯迅自選集》、《知堂文集》、《周作人書信》、《沫若書信集》、《資平自選集》、《茅盾自選集》、郁達夫《懺餘集》。新文學作家自選集集中而大量地出版，本身即有獨立的價值與意義，又可視爲 1935 年出版問世的《新文學大系》的前奏與準備。

　　　凡是寫過一點作品，而且這些作品曾經獲得一般的注意的，就
爲作家。

　　據此，作家要滿足兩個條件：（1）寫有作品；（2）作品獲得了「一般的
注意」。看來，不是寫過作品的人都可稱爲作家，稱爲作家的人要建立起相當
的象徵性資本〔註2〕。《創作的經驗》收錄了魯迅、郁達夫、丁玲、張天翼、
葉聖陶、茅盾、田漢、施蟄存、鄭伯奇、魯彥、樓適夷、杜衡、洪深、華漢、
沈起予、柳亞子等十六人的創作談，他們無疑皆滿足那兩個條件。

　　且慢，何謂「一般的注意」呢？樓適夷用這個表達是對立於「個別的注
意」，如他所說的因爲私交不錯而稱自己的朋友爲作家。他用「一般的注意」
是要賦予他的選擇以權威性，賦予被他選擇的十六位作家以公認的色彩。再
看這份名單，我們不免懷疑它還是帶著樓適夷本人的成見與喜好。就作品「獲
得一般的注意」而言，張恨水遠在其中數位作家之上，爲什麼不請張恨水談
談自己的創作經驗呢？這是因爲（1）樓適夷不認識他，與他沒有交集聯繫；
（2）樓適夷是左翼作家，與他的通俗小說道不同不相爲謀。

　　說這麼多，是爲了達成一個共識：在文學遊戲的世界中，沒有一個「一
般」的作家，沒有一個作家是「一般」的。

　　如果認眞考察五四時期的小說話語，我們會不時碰到這樣的表述：「小
說作家是最重要的了。沒有小說作家那裡來的小說；正如有了顏色紙張若沒
有畫家怎樣會有圖畫呢？」「作者之於作品，猶舵工之與行舟；作者之於讀
者，猶舵工之於旅客」。這些表述使「作者」佔據了文學活動的中心，「作者」
的主體性和重要性至高無上，換言之，在五四小說話語中「作者」是大寫的
〔註3〕。無疑，這個「作者」是抽象化、一般化的，體現的是一種話語原則。
在傳統的表述中，例如作家是人類靈魂的工程師，或者「作家是人們當中的

〔註2〕1933 年 5 月 1 日，《益世報・語林》載文《創辦文人註冊部議》（署名「黃
　　　宋」）：「『文人』的定義難以有確定的界說，不像軍人、學生。若說凡能執
　　　筆爲文的，便是文人，這當然不可以，若說凡能寫作詩歌小說散文戲劇的
　　　便是文人，也似乎有點不盡然，因爲『文人』的頭銜，是要經過別人的認
　　　可而賜予的，而這認可的方式，又是抽象得很，並沒有選舉評定之類的東
　　　西」，所以作者建議辦一個註冊部，固定文人身份，編輯也就可以按名冊選
　　　稿。這個建議當然行不通，但我們的關注不在此，而是「文人」需要獲得
　　　認可，與樓適夷的界定是一致的。
〔註3〕管冠生：《從趣味到主義——晚清至五四的小說話語研究》，山東師範大學碩士
　　　學位論文，2007 年。

敏感者和善於駕馭語言者，是社會生活的生動而形象的代言人」〔註4〕，「作家」也被一視同仁、被視爲一個同質的、無差別的實體。

文學遊戲反對這種抽象化與一般化，因爲它們的實質是只關注作家自身所謂的創造力，而忽略了報刊雜誌、人際關係這些似乎是存在於作家之外的資本的重要性。如果只關注作家所謂的創造力或天才，那麼這只是關注文學遊戲的一個環節。創作出了作品只有有機會發表，才能被人讀到，作者的名字才能被人注意，才有機會被認可。如果你被承認爲「作家」，或者說有人把「作家」這個稱號授予了你，那麼這就意味著你擁有了一定質和量的發表作品的空間資源（傳媒資本）與較爲優質的人際關係資本。還可以這樣說，「作家」就是在爭奪與佔用這些可利用的現實資源的鬥爭中佔據了主動權與支配權。

（1999年版《辭海》這樣定義「作者」與「作家」：前者是「通過自己的直接創作活動產生文學、藝術和科學作品的公民」，是一個法律意義上的主體，其著作權受到保護；後者「古指文學上有卓越成就的人」，樓適夷訂立的標準可以說這個定義的一次具體化應用——作家的「卓越成就」通過獲得「一般的注意」而表現出來。而在文學遊戲中，我們通常的稱謂是「參與者」、「投資者」或「遊戲者」；但爲了行文方便和照顧使用習慣，不排斥「作者」「作家」的稱謂，不過使用它們所表達的內涵與《辭海》的定義無涉。）

在現實而原始的文學遊戲中，傳媒資本與人際關係資本並不是平均分配、無差別使用的，因爲參與者是分等級、是被分類的。不同的參與者擁有的文學資本不同，在文學遊戲中的位置即不同：有的佔據了文學遊戲的中心位置（或者說有利位置、支配位置），有的則處在文學遊戲的邊緣位置（或者說不利位置、被支配的位置）。因此，不同的參與者領受著不同的待遇，行使著不同的話語權力，在將來的文學史敘述中也將被分配長短不一的敘述篇幅。這在已故作家的悼念儀式和紀念活動上就很顯眼地表現了出來。

本書第三章曾用一定的篇幅談論彭家煌之死，細心的讀者會發現所引用的文章皆出自《矛盾》雜誌第2卷第3期。原來，本期雜誌有「追悼彭家煌氏特輯」。潘子農抱怨說，兩年前胡也頻、李偉森被當局殺害，「曾被人藉此向某種國際去領津貼，而北平青年作家梁遇春之夭卒，就很少有人加予注意。因戀愛衝突而失蹤的丁玲是發動了全國名流作家之多方營救，無辜遭累的潘

〔註4〕郭志剛、李岫：《中國三十年代文學發展史》，湖南教育出版社，1998年，第21頁。

梓年卻彷彿應該殞滅似的沒有一個人提及過一下」〔註5〕，爲了不讓彭家煌成爲潘梓年第二，他們出特輯著文紀念他。

本年還是徐志摩逝世二週年，胡適他們舉行了隆重的紀念活動：

> 徐志摩逝世二週年，徐之友人胡適，蔣夢麟，陶孟和等在歐美同學會舉行紀念會（陸小曼女士未到），除舉行紀念儀式外，曾由胡適氏當場發起「志摩文學獎金」作爲徐氏之永久紀念，當場通過，並推定蔣夢麟，陶孟和，楊今甫，卓君庸，胡適，張奚若，王文伯，張慰慈，陳西瀅等九人爲基金募集委員，現開始向各方募集基金中，聞辦法將與「諾貝爾文學獎金」大略相同，惟此僅限於中國者，並聞僅限於中國之青年詩人云。〔註6〕

紀念彭家煌的潘子農、孫珊鑫、何揆、汪雪湄等人顯然與紀念徐志摩的胡適、蔣夢麟諸人不可同日而語。就創作成就與文學史地位而言，彭家煌與徐志摩亦不可同日而語（但這絕不意味著有沒有彭家煌無關緊要，絕不是說彭家煌可以被忽略取消；沒有不同與差異，就沒有文學遊戲的世界）。說得直白些，只有徐志摩配受這樣隆重的紀念，只有徐志摩配得上以他的名字來命名文學獎金〔註7〕。按照林徽因的說法，設置獎金是用來「繼續你鼓勵人家努力持久的素志，勉強象徵你那種對於文藝創造擁護的熱心，使不及認得你的青年人永遠對你保存著親熱」〔註8〕，徐志摩進入了永恆者之列。

本年還有一次孤軍奮戰式的紀念行爲，那就是 2 月 8 日夜魯迅完成的《爲了忘卻的紀念》，紀念兩年前被當局殺害的五位左翼文學青年。爲什麼魯迅不撰文紀念徐志摩或追悼彭家煌呢？因爲政治立場不同嗎？——彭家煌也是左翼文學青年；因爲文學成就不如那五位嗎？這更難成爲理由了。《爲了忘卻的紀念》既未介紹他們的政治活動，又未評論他們的文學成就。對李偉森、胡也頻一筆帶過，魯迅印象最深、寫得最多的只是柔石，因爲兩人不但私交最好最相得：

〔註5〕 出自潘子農的《祭壇之前》，他的陳述並不完全準確，如丁玲並不是因爲戀愛衝突而失蹤的，我懷疑他是故意這樣說以避開麻煩。

〔註6〕 見施蟄存、朱雯編輯的《中學生文藝月刊》創刊號（1934 年 3 月）「文化‧出版‧文壇‧作者」欄目所載文壇消息。

〔註7〕 今日以作家命名的文學獎項包括魯迅文學獎、茅盾文學獎、曹禺戲劇文學獎、郁達夫小說獎等，這些名字皆已是高懸在我們頭頂上的不朽的星辰。

〔註8〕 顧永棟：《徐志摩傳奇》，學林出版社，2004 年，第 262 頁。「志摩文學獎金」後來未見實施，應與民國不安穩的政局有很大關係。

　　由於歷來的經驗，我知道青年們，尤其是文學青年們，十之九是感覺很敏，自尊心也很旺盛的，一不小心，極容易得到誤解，所以倒是故意迴避的時候多。見面尚且怕，更不必說敢有託付了。但那時我在上海，也有一個惟一的不但敢於隨便談笑，而且還敢於託他辦點私事的人，那就是送書去給白莽的柔石。

　　而且魯迅還向他學習，自省到「我其實也並不比我所怕見的神經過敏而自尊的文學青年高明」——魯迅最可貴的品格之一就是這種自覺的自省意識，所以他活得比普通人痛苦，比普通人真實，比普通人更有遠見——所以，魯迅深切地感受到「我失掉了很好的朋友」，然而下一句是「中國失掉了很好的青年」，這兩句差別很大的話（一句是自己的感受，一句是對中國的判斷）怎麼能並列接續在一起而沒有疑義呢？因為表達者是魯迅。

　　我想說的是，文學遊戲世界是劃分了一個又一個小圈子的，認識與否、相得與否是劃分的主要「依據」——如果能用「依據」這個詞的話。這種人際關係資本的變數比是否同屬某個組織或團體的作用更直接更有效。在文學遊戲世界，沒有一個一般的作家，只有一些一些人認可的作家。

　　例如，張諤畫了四幅《現代中國作家群》像，包括「雲裏霧裏的第三種作家」、「跳舞場裏的前進作家」、「效忠黨國的民族作家」、「亭子間裏的無名作家」〔註 9〕。「雲裏霧裏的第三種作家」大概是指那些打著為藝術而藝術的旗號、自命跳出黨派偏見的「第三種人」；「跳舞場裏的前進作家」應該是指普羅作家或左翼作家，他們並非都是正面的、積極的形象，相反他們是被嘲諷的對象，季羨林在評論丁玲《夜會》時寫到：「我承認我們的革命家聞到了革命氣息，有的也真的去革命了，但是大部分聞到這氣息的時候卻往往在跳舞廳裏，喝過了香檳酒『醉眼朦朧』的那一霎那間」〔註 10〕，但不管怎樣，

〔註 9〕 張諤：《現代中國作家群》，《文藝畫報》第 1 卷第 2 期，1934 年 11 月。該刊由葉靈鳳編輯，在創刊號的《編輯隨筆》中，他說：「到底為什麼要出這個雜誌呢？我們的回答是：（為了建設中國文藝，為了教育大眾，為了涵養性靈，為了提拔無名作家……我幾乎要這樣寫了。）實在什麼都不寫。只為幾個人想發刊一個小雜誌，恰巧有書店肯出版，同時也預料著或者有兩三個同道的讀者，於是這《文藝畫報》便誕生了」，這種表達的字裏行間充滿了「任性」的氣息。

〔註10〕 漢：《丁玲短篇小說集〈夜會〉》，《大公報》，1934 年 1 月 1 日。洪深在《我的經驗》一文中記自己為寫燈紅酒綠的頹廢生活而進跳舞場體驗，沉溺其中，差點把正事給忘了。

思想「前進」就是一種可利用、可收益的資本;「效忠黨國的民族作家」是搞民族主義文學的那幫人,他們擁有現實的政治資本。

最無資本可言的是「亭子間裏的無名作家」〔註11〕。首先他們生活條件艱苦,一日三餐都成問題且不說,沒有一個舒適而安靜的環境讓他們安心寫作。彭家煌在 1933 年 7 月 1 日《申報・自由談》發表速寫《隔壁人家》:隔壁亭子間的男人借不到錢,深夜歸來遭受女人惡罵。「我」的處境也同樣惘然無助,只得聚精會神聽隔壁吵鬧,「這是處治我的絕妙方法,我想到隔壁亭子間裏的朋友一定和我一樣,因為我始終就沒有聽到他一點聲音。」而像魯迅、周作人等久已成名的老作家都有自己的住室,有一個穩定的安身立命之所,創作才成了他們安然而持久的日常工作。本年春,豐子愷耗資六千建成「緣緣堂」,五年間蝸居其中,創作了大量的散文小品及論著漫畫,是其文學藝術創作成就最高的時期〔註12〕。

但從另一方面看,亭子間生活的窮困窘迫並沒有壓制住精神的冒險,相反它刺激了文學投資的蓬勃欲望。艾蕪和任白戈在上海合住一亭子間:「是上海最便宜的住宅了,像鴿子籠,悶氣得很。不過也有好處,前樓後樓住的是當街叫賣的小販,誰也不注意亭子間的兩個年輕人成天關在屋裏寫什麼」;「艾蕪和白戈,白天埋頭各寫各的文章。合夥用煤油打氣爐子煮飯燒菜……在生活上,他們無心,也無經濟能力講究,填飽肚子了事。他們把一腔心血,都傾注到文學事業上。」〔註13〕如何理解這最後一句話呢?難道他們想的就是為中華民族增添屬於自己的文學經典、擔負完成這樣偉大的使命嗎?亭子間裏的無名作家的夢想到底是什麼呢?

> 亭子間裏常有
> 夢想的展覽會,
> 每當孤寂的時候,
> 或是失眠的夜晚:
> 便有些繪著五彩花紋的,
> 耀目的請柬來邀。

〔註11〕 對亭子間生活的描述,可參看李歐梵的《上海摩登——一種新都市文化在中國 1930～1945》(毛尖譯,北京大學出版社,2001 年),有專節論「『亭子間』生活」。

〔註12〕 盛興軍:《豐子愷年譜》,青島出版社,2005 年,第 226 頁。

〔註13〕 廉正祥:《艾蕪傳》,北嶽文藝出版社,1992 年,第 132～133 頁。

還譽我爲老前輩，

要我前去指教。〔註14〕

通過文學創作建立自己的文學聲譽（象徵性資本），由無名作家變身爲老作家，改變目前的生活處境就有望了。亭子間裏進行的正是一代新人換舊人這樣翻天覆地的象徵性革命。

在 1933 年前後，那些生活在亭子間裏、處於文學遊戲邊緣的無名作家被賦予了拯救文學的重任。施蟄存、朱雯爲什麼要編輯《中學生文藝月刊》這樣一個「爲中學生而刊行的文藝雜誌」？因爲他們希望通過它來發現新人、提拔新人，從而重振文藝。作家被分成了兩類：「既成作家」和「新進作家」。振興文藝「那最大的責任，還應該放在新進作家的身上。那些既成的作家，有的已經老了；有的縱然沒有上年紀，但是生活既已乾枯，題材似已涸竭；惟有我們新進的作者，正很年青，正很勇敢的在生活，正可以負起這個當前的巨任」，如果在中學時代就有了深厚的文學修養，就更容易完成這項偉大的工作。

年輕的投資者總是能帶來新的生活經驗、新的語言風格、新的人物形象——有人說：「亭子間的『作家』們從來在書本裏不曾學習過新的言語，在大眾的鬥爭生活中滋生，在鬥爭的大眾生活中創造」〔註15〕；「他們的新銳的處女作往往一鳴驚人，比老作家的作品更出色，於是立刻成了名家」〔註16〕。有人這樣評價幾篇青年創作：這些作者都不是「家」，技巧上不免生疏笨拙，反而現出一種「清新質樸的氣象」；他們生活在社會的底層，在他們的筆下「看不見有閒者的戀愛羅曼斯，看不見吟風弄月的個人筆調」〔註17〕。本年 9 月，

〔註14〕 路易士：《亭子間》，《文藝大路》創刊號，1935 年 5 月 10 日。該刊由汪迪民主編，在第 2 期的《編者·作者·讀者》中寫道：「《文藝大路》的誕生，是我們興趣的產物，沒星兒派別，沒星兒宗旨。」

〔註15〕 保羅：《「文藝大眾化」問題之我見》，《文藝新聞》第 54 號，1932 年 5 月 9 日。

〔註16〕 林矛：《偶然做做或拼命去做》，《大眾生活》第 1 卷第 4 期，1935 年 12 月 7 日。接著寫道：成名之後卻寫不出好作品來了，「原先的生活經驗較密，修養較深的作家們，一到所熟悉的題材已經寫完，而生活並不供給新的資料時，他們也只好擱筆或亂湊了」。

〔註17〕 於固：《本刊第一二兩期青年創作》，《讀書生活》第 2 卷第 3 期，1935 年 6 月 10 日。該刊主編是李公樸。創刊號的《創刊辭》寫道：「稿子要從各社會層的角落裏飛來，撰稿人都是不見經傳的生活奮鬥的大眾」，「爲鼓勵大眾寫作，特設青年文藝指導」。

周文的《雪地》發表在《文學》第 1 卷第 3 號,「引人注目的是以往的新文學未嘗問津的大雪山中的軍旅生活」﹝註 18﹞,並且它把士兵從忍受到反抗的轉變過程充分而詳細地描寫了出來,沒有突兀轉變的毛病,「希望青年作家何君的繼續努力」﹝註 19﹞;羅淑的處女作《生人妻》也是以「新鮮的題材,圓熟的技巧」得到了讀者的讚美與刊物的承認﹝註 20﹞。新作家的誕生總是會帶來文學地圖的微妙調整,一條河有了源頭,一坐山有了最初的幾塊石頭…… 看起來似乎風平浪靜的文學遊戲世界時時刻刻都在進行著秩序與利益的微妙調整。一篇新作品的誕生、一個新刊物的創辦、一個陌生名字的出現都會對文學遊戲生態產生或近或遠的影響。

說到底,對文學遊戲參與者最自然、最簡單的分類就是老作家(或稱「既成作家」、成名作家)與文學青年(或稱「新進作家」、無名作家)。這個分類既出乎意料又在情理之中。說它出乎意料,是因為它與文學史的敘述方式截然不同,後者不管年齡大小,只看留下來的作品的價值與意義大小;說它又在情理之中,是因為以時間來區分人等是最自然不過的事,難道還有比時間的流逝更自然的事情嗎?這種區分帶來了兩個常見的現象:

(一)文學青年的弒父衝動說不定什麼時候就會爆發出來,這是在文學考古過程中不時會遇到的一個個小炸藥包,有的劍拔弩張:「本刊純係公開性質,絕不為少數人所包辦,澈底的要和海內無名作家聯合起來……尤其刻不容緩的先打到支配社會思想的學術界的偶像」﹝註 21﹞;有的略帶幽默:「名作家是新作家轉變成的,假使要把刊物化成名作家——有時或許化些新作家名字——的地盤,那麼,不如超度新作家為是」﹝註 22﹞。對此,老作家們的心情與態度可以從茅盾 1934 年 9 月 22 日致「家璧先生」信中略窺一二,茅盾不無挖苦地說道:「我近來意興闌珊,什麼文章都不大願意寫,(真正被逼迫不過的,勉強寫一點,其痛苦比什麼都厲害)這原因是一班仗義家天天大喊文壇被老作家把持,所以我想休息一下,等候恭讀青年作家的佳篇。」

﹝註 18﹞ 楊義:《中國現代小說史(中)》,人民出版社,1998 年,第 514 頁。

﹝註 19﹞ 程雲萍:《〈雪地〉給我們的印象》,《出版消息》第 24 期,1933 年 11 月 16 日。周文筆名何谷天。

﹝註 20﹞ 編者:《編後記》,《中流》第 1 卷第 2 期,1936 年 9 月 20 日。

﹝註 21﹞ 《編輯部啓事》,《泰東月刊》創刊號,1927 年 9 月 1 日。

﹝註 22﹞ 《編者·作者·讀者》,《文藝大路》第 1 卷第 2 期,1935 年 6 月 10 日。

　　（二）老作家／無名青年這種看似自然的文學秩序其實掩蓋了當前文學遊戲資源分配的不平等、不均衡狀況，無名青年跨越「／」是一個艱難煎熬的過程——有人稱此為文壇的「排外的性質」：「譬如一個新的作家，若不是和文壇中的某一角有些關係，要插身進來是很費力的，倘使他更不管文壇傳統的形式，而開始他簇新的風格，便要受排斥了」〔註23〕；最終能跨越「／」還是一種幸運或運氣。

　　在第四章，我們曾揭開了文學遊戲的權力結構，那就是神聖化對商業化、神聖之物對瑣屑之物、有名事物對無名事物的壓抑與遺棄。同樣，對文學遊戲的參與者來說，他們也會時時處處感受到人與人之間資本結構上的不平等。一個讓人印象深刻的事實是，在某些時期，如果參與者無法進入某種特定政治資本控制下的刊物資源，即其投資產品無法進入流通領域，即使他的文學才能再高，也將（暫時地）消失或死亡。

二

　　我們前面已經論述了文學遊戲的創作投資所追求的是最大化的象徵性利益，而不屑於經濟效益，有人甚至說：「判斷哪一部分報刊是否是新文學報刊，哪一位作家是否是新文學作家，無須看作品內容，只要看這份報刊給不給稿費，這個作家要不要稿費便一目了然了」〔註 24〕。經濟利益雖是文學遊戲中的普遍的聲口上的禁忌，但以給不給稿費、要不要稿費來定義刊物及作家之新舊，乃是一種自欺欺人的辦法。並且，文學遊戲不區分刊物及作家之新舊（因為所謂的新舊文學皆是文學遊戲），而揭示了老作家／無名青年之結構性區分。我們會發現，並不是沒有人聲稱自己寫作是為了錢，但他們往往都是那些掌握了一定資本的老作家。這非但沒有破壞神聖的文學遊戲，而是強化了文學遊戲的神聖性。一方面使得老作家顯得可親、坦率而灑脫，所謂「流露真性情」是也；另一方面這並不是為其他人樹立了懷疑文學遊戲的榜樣。如果有人仿做，那就表明他們是些不入流的小人物，如前面提到的鄒洛文，

〔註23〕 豈凡：《文壇》，《金屋月刊》第 1 卷第 12 期，1930 年 9 月。

〔註24〕 李勇：《本真的自由——林語堂評傳》，南京師範大學出版社，2005 年，第 104 頁。李勇接著評論道：「這個判斷方法雖然過於簡單，但至少可以說明那些不計稿酬而又在認真辦刊物的人，並非是閒得無聊，而是有某種理想要借辦刊實現的。」「某種理想」說再次表明了在文學話語中我們已習慣於被神聖化所支配。

他的言論只會成爲順口溜或笑柄。窗戶紙是不能擅自戳破的；能戳破窗戶紙的是在屋子裏的人，而不是被排斥在屋子之外的人。有人慕名拜訪朱湘，先談藝術至上主義與功利主義之分別，後說他寫詩「本想騙幾文稿費，但在這倒楣的中國詩賣不起錢。現在我的目的是出些小風頭，尋個愛人而已！」朱湘有資格這麼說，這麼說表現了他雖然「行爲方拙，但是很可親近」〔註25〕。這可不是文學青年們隨便可以學舌模倣的（想一想亭子間裏無名作者的「夢想的展覽會」，或者「把一腔心血，都傾注到文學事業上」的話語）。

　　這就是說，老作家具有或表現出了更多的特權與例外，他們的一言一行格外受到關注。1932 年底、1933 年初，一個名叫狄慈根的德國皮匠不大不小的「風光」了一陣。起因於羅家倫在《圖書評論》創刊號（劉英士主編，1932年 9 月 1 日創刊於南京）發表的《讀標準的書籍寫負責的文字》，該文提到：

> 　　胡適之先生前年告訴我，他在新書店發現一本書籍，原文是四十年前美國一個皮匠做的一本小冊子。不是說皮匠就不能寫好書，不過這位皮匠寫的只是宣傳社會主義的膚淺小冊子；外國講社會主義的也自有權威，輪不到這位皮匠。但是這位皮匠在中國卻遇著了知己，他這本四十年前的小冊子居然現在譯出來了。不過譯的文字如此之深，胡先生竟然無法看懂！

　　「胡適之先生」成爲了強有力的例證：你的翻譯連胡適之先生都看不懂，你是怎麼翻譯的！如果用一個文學青年的名字替代「胡適之先生」，還能有這樣的話語效果與論證力量嗎？——用「魯迅先生」可以，但「魯迅先生」不在羅家倫的選擇之內。胡適寫信告訴他：「前讀你在《圖書評論》裏的文章，很感痛快。你引我的話中的德國鞋匠，即是狄慈根（Dietzgen）」，羅家倫則「很感謝適之先生將原名考據出來告訴我。我將他的國籍誤作美國，合亟更正」〔註26〕。

　　按說事情到此就可以結束了，可是，這個德國鞋匠與考據他的「胡適之先生」又發生了想像性的對立，即被置換成學者與平民、嚴肅與通俗的話語

〔註25〕　柯庚：《朱湘印象記》，《中國文學》第 1 卷第 2 號，1934 年 3 月 1 日。郁達夫的嘴更是沒把門的，他說：「同人之中，我的慣於喊窮喊苦，是大家每用來取笑我的話柄」（見 1933 年 7 月 23 日郁達夫在《申報·自由談》發表的《有目的的日記》）。這裡的「取笑」只是開玩笑，人們絕不會把他與鄒洛文之流相提並論，反而覺得郁達夫坦率可親。

〔註26〕　《羅志希先生來函》，《圖書評論》第 1 卷第 3 期。

對立。有人就質問，難道「胡先生無法看懂就是深的文字嗎？」難道皮匠就不能講社會主義，寫的書籍就膚淺嗎？事實上，「就目前中國的情形而論，一般平民的知識非常幼稚，高深淵博的書籍固然要緊，但是通俗膚淺的著作也是不可少的」，它們「容易引起一般平民愛讀而且易解，不像那些高深淵博的書籍，只限於少數學者所讀的。」〔註27〕恐怕羅家倫不會想到，他爲證明自己觀點「讀標準的書籍寫負責的文字」而帶來的一個德國皮匠最終竟然以三十年代普遍話題的面目結束。這完全是因爲在皮匠身旁出現了「胡適之先生」！

老作家們的一言一行、一舉一動都積聚了強大的資本能量，放射著無法掩飾的光彩，甚至一個人就可以代表一個時代〔註28〕。這種「代表性」、「傳奇性」難免惹起小人物的羨慕：「我曾經做過這樣一個迷夢，想像魯迅一樣地，先把自己的名譽造起來，然後再開始轉變，於是可以轟動一時，給與思想界一個有力的刺激」〔註29〕；李長之也說，魯迅「有他的地位，話說出是容易有人看的，而在不樂意的人們，偏不能怎麼著他。又由他文章的老練、厲害和巧妙，縱然攻擊得透徹，那不樂意的人們也仍抓不住罪過」〔註30〕。

看來，你是作家，我也是作家，你是文學遊戲的參與者，我也是文學遊戲的參與者，但是在同樣的稱謂之下掩蓋著實質上的不平等。這種不平等突出表現爲文學遊戲中刊物資源的供需關係是不對稱、不均衡的。比如，很多刊物都會開列一個很長的「特約撰稿者」名單，位列其中的署名作品有優先發表權。這就是說，那些掌握著大量資本的投資者擁有更多的機會來發表自己的作品、擁有更好的空間資源來發表自己的作品，於是他們的作品能夠出產得更多，並且能夠得到更多的關注。冰心結婚後，作品日少，人謂之才盡，丁玲辯護道：「文學作品之成，賴天才者百分之二十五，賴學力者百分之二十五，其五十乃在於逼也」〔註31〕，這種「逼」就是刊物的逼迫、需求的逼迫。

〔註27〕 見《圖書評論》第 1 卷第 6 期《姜伯韓先生來函》。此前，杜紀堂也介入了爭論，見《圖書評論》第 1 卷第 3 期《杜紀堂先生來函》。

〔註28〕 《濤聲》第 2 卷第 11 期（1933 年 3 月 25 日）有《胡適批判專號徵文啓示》，稱：「胡適，他的言論和行動，可以說是中國士大夫階級的奴才典型。」五十年代大陸胡批的批胡大潮在三十年代就上演過。

〔註29〕 零：《動盪者的素描》，《大公報》，1933 年 6 月 24 日。

〔註30〕 見 1933 年 11 月 8 日《大公報‧文藝副刊》所載李長之評論魯迅《偽自由書》的文章。

〔註31〕 島原：《丁玲與冰心》，《益世報》「語林」副刊，1933 年 3 月 6 日。

沈從文的《邊城》就是被逼出來的：「沈從文先生在寫畢長十餘萬言的《記丁玲女士》後，又應編者之請寫一個中篇，本期開始登載的《邊城》，便是以編者的友誼逼出來的。」〔註32〕

「文債」典型地表現了這樣一種不對稱的供需關係、不平等的結構性權力。成名的老作家經常接到編輯的約稿信，而那些無名作家卻在自我掙扎、少人問津。且粗略一查本年魯迅的信件，就多次提及「文債」、「筆債」。如 5 月 1 日致施蟄存：「近因搬屋及大家生病，久不執筆，《現代》第三卷第二期上，恐怕不及寄稿了」；7 月 11 日致曹聚仁：「近來只寫點雜感，亦不過所謂陳言，但均早被書店約去，此外之欠債尚多，以致無可想法，只能俟之異日耳」；7 月 18 日致施蟄存：「筆債又積欠不少，因此本月內恐不能投稿，下月稍涼，當呈教也」；7 月 22 日致黎烈文：「舊欠筆債，大被催逼」，不久黎烈文又求魯迅寫長篇小說，以代張資平之連載，但被魯迅拒絕了。又如茅盾：「手頭有一張『訂貨單』，是大眾生活社的；今天再延挨不下去了，不得不從速交貨，可是還沒有材料。翻開《大眾生活》的創刊號，讀完了聖陶兄的《一個小浪花》，我忽然想到：何不也用這材料謅上幾句話呢？何不借車夫阿二來做主角，搪塞這一回的『訂貨』？於是連題目也有了，很現成的三個字——擬『浪花』」〔註33〕。

這些成名作家被稱爲「文學大地主」，他們像茅盾那樣能接到更多的「訂貨單」，雖然茅盾表達態度的用語是「搪塞」，但實際上他的創作欲望被「訂貨單」充分地調動起來了，於是在他的全集中又多了一篇小說。林徽因說得非常直爽：

> 我們可否直爽的承認一椿事？創作的鼓動時常要靠著刊物把它的成績布散出去吹風，曬太陽，和時代的讀者把晤的。被風吹冷了，太陽曬萎了，固常有的事。被讀者所歡迎，所冷淡，或誤會，或同情，歸根應該都是激動創造力的藥劑！至於，一來就高舉趾，二來就氣餒的作者，每個時代都免不了有他們起落蹤跡。這個與創作界主體的展動只成枝節問題。哪一個創作興旺的時代缺得了介紹散佈作品的暗巫，同那或能同情，或不瞭解的讀眾？

〔註32〕《編者後記》，《國聞週報》第 11 卷第 1 期，1934 年 1 月 1 日。
〔註33〕茅盾：《擬「浪花」》，《大眾生活》第 1 卷第 5 期，1935 年 12 月 14 日。

　　　　　創作的主力固在心底，但逼迫著這只有時間性的情緒語言而留
它在空間裏的，卻常是刊物這一類的鼓勵和努力所促成。〔註34〕

　　我們得感謝這個中國最有名的文化沙龍女主人的敏銳與直爽，傳媒資本
在作家的創作生命中發揮著不可或缺的重要作用。但她沒有更直爽地再進一
步承認傳媒資本並不是平均分配的。佔有此種資本愈多，則其創造欲望愈強，
創造力愈顯得旺盛，創作面世的作品愈多，在時間流逝中留下的痕跡愈大，
也就更容易出現在文學史敘述中。我們看到，凡是在現代中國文學史上留下
名字的作家都有自己辦（或與朋友合辦）的雜誌。名氣越大的，辦的刊物會
越多，涉足的刊物越多。這是不爭的事實。本年，何其芳在讀大學二年級，
他的好友卞之琳畢業後在雜誌社作編輯，「經常向何其芳約稿。有時候，卞之
琳也拉何其芳和李廣田一起去幫忙看稿。一段時間，何其芳經常來往於北京
大學和《水星》所在的北海三座門之間。對何其芳來說，這種與文學密切接
觸的生活無疑是相當愜意的。他的創作熱情也迅速高漲，接連在《水星》上
發表作品。而且，通過卞之琳，何其芳也對北京文學界開始熟悉起來，結識
了許多文學前輩」〔註35〕。查查《水星》雜誌自創刊號至第2卷第3期終刊，
何其芳每期都有作品發表，他的「創作熱情」是建立在豐富的投資機會之上的。

　　創作投資的機會越多，收益就會愈大；收益越大，則必將帶來更多的機
會。這樣一種累積性的良性循環互動一直以來幾乎不受研究者的關注。相反，
我們常常掩蓋這種資源分配的失衡而只承認作家的「創作熱情」，把客觀上的
結構不平等轉化成爲作家的自身問題，如才能低下、水平有限、創作欲望不
高，等等。換言之，把可利用資源的多少與優劣轉化成爲作家自身文學細胞
的多少與優劣。茅盾便對文學青年說：「無所謂天才不天才，只要你努力淬礪，
便有進步」〔註36〕。茅盾固然否定了「天才」——這讓文學青年看到了一絲
亮光，卻也絲毫不提刊物資源佔有分佈上的不平等問題，而只是毫無新意地
鼓勵文學青年繼續努力。佔有豐富優質資源的茅盾也許並沒有意識到：投資
者的創造能力也是由刊物資源的多寡來刺激與決定的。茅盾的說法其實是在
強化文學青年對文學遊戲現狀的認同和對文學遊戲秩序的遵守。對文學遊戲

〔註34〕徽因：《惟其是脆嫩》，《大公報》，1933年9月3日。
〔註35〕賀仲明：《喑啞的夜鶯——何其芳評傳》，南京師範大學出版社，2004年，第
　　　　83頁。
〔註36〕《一個文學青年的夢》，《文學》第1卷第3號，1933年9月1日。

參與者的考察與分析將有助於去除投資主體的神秘化（如果我們對文學「天才」進行解構跟蹤，就必然會追蹤及此，此種解構不是像大眾化那樣通過資本分配的絕對平均化來消解創作主體的神秘性）。還是魯迅私下裏說得實在，1934 年 12 月 6 日致蕭軍、蕭紅信中寫道：「來信上說到用我這裡拿去的錢時，覺得刺痛，這是不必要的。我固然不收一個俄國的盧布，日本的金圓，但因出版界上的資格關係，稿費總比青年作家來得容易，裏面並沒有青年作家的稿費那樣的汗水的──用用毫不要緊。」這決不僅僅是魯迅的謙虛或幽默，「因出版界上的資格關係」，他的文章更容易發表，並且得到的稿費也比青年作家要多〔註37〕，這是文學遊戲發生時的眞實狀況。

但這並不意味著青年作家永無出頭之日，等待他們的是一個悲觀的結局，因爲文學遊戲內部的供需矛盾會「自然地」產生一種人爲的調節──對那些「文學大地主」而言，需求太多、失衡的按需應制反而限制了他們創作投資的水平。茅盾就遇到了這樣的問題：

> 我把《雷雨前》,《黃昏》,《沙灘上的腳跡》,獻給年輕的朋友們。
> 這裡是三篇散文，這都是一九三四年夏天寫的。
>
> 本來我想得了三種題材可以寫三個短篇小說；但那時一則人家來索稿時指明要不滿一千字的短文，二則我也忙，所以就把那些題材壓緊了，又濾清了，又抽去血肉骨骼，單把「靈魂」披上一件輕飄飄的紗衣。
>
> 如果要寫爲小說時，中心的思想還是一樣，不過面目可要大不相同。

言語中透著一種惋惜，三個好題材就這樣被「浪費」了；如果無人索稿並指定字數，它們本可以被慢慢醞釀成三篇更好的小說。因需求太多導致了產量過高，其代價是作品質量的下降與事後的不滿意。本年 8 月 28 日，老舍在致趙家璧信中說：「我向來不大寫短篇小說，可是今春各雜誌徵稿，無法均以長篇爲報，也試寫了幾篇短的」，但他後來對這些短篇小說皆不大滿意，以之爲「信手寫成」。刊物約稿固然可以激發作家的寫作熱情甚至是報恩心理，

〔註37〕 有一則《出版界底黑幕》（《出版月刊》第 6 號，1930 年 6 月 10 日）稱：成名作家用千字一至二元的價格收買無名作家的作品，換上自己的名字，以千字五至十元的價格售之於書局。此種黑幕報導的事實可能不實，但它透露了文學遊戲的某些眞實狀況。

但不免心浮氣躁或者爲交差而寫作，從而出現藝術質量方面的欠缺。有人就說：「Ａ雜誌請他作文，Ｂ月刊徵求他的稿件，他爲應付急需，且不管心境情緒如何，也要捉筆爲文了，這就是說爲其他目的而創作，他的結果那會得好呢？」〔註38〕因此，前面所說的魯迅回拒黎烈文寫長篇之請求是明智之舉。拒絕約稿、並非有約必應就是內在於文學遊戲的一種自然而人爲的調節之道。說它是「人爲的」，因爲老作家佔據了主動性；說它是「自然的」，因爲這是不可避免的選擇。

針對老作家爲名所累而文學青年求名不得的失衡狀況，有人提出了文學遊戲參與者皆匿名發表文章的建議〔註39〕，這當然只是一個幻想。刊物資源方面的「貧富差距」在文學遊戲中將繼續存在著、並將繼續被掩蓋著。

三

儘管成名有成名的煩惱，可是文學青年們還是要把亭子間裏的夢想轉化爲現實，使自己也成爲讓人羨慕的「老前輩」。這個從文學遊戲的邊緣向中心移動的過程是曲折而艱難的。一個新名字得到接納與承認是一件非常美妙的事，但往往並不是很容易。本年12月14日《申報·自由談》登載了署名「小卒」的《青年作家》，以一個朋友出書、發表文章的投資經歷，說明「青年的無名作家，要想擠上文壇，實在不是容易的事」。他們的工作往往被有意無意地忽視。據汪雪湄說，彭家煌是在商務印書館編譯室創作完成了第一篇小說《Dismeryer先生》，起先交給《小說月報》的編輯鄭振鐸，被退還，再投給《晨報》的徐志摩，被登載了出來。後來鄭振鐸慚愧地說：「老彭，很對不起！你這篇東西做得很好。當時你送來，我實在沒有看」〔註40〕。其

〔註38〕 禾仲：《文學的討論》，《眞美善》第5卷第6期，1930年4月16日。

〔註39〕 見禾仲的《文學的討論》。盧葆華亦說：「爲藝術計，作家還是不出名，或遲些出名，最好是死後出名」（見《隨筆》，載《社會月報》第1卷第2期，1934年7月15日）。匿名自然不現實，或許可以多換筆名。就魯迅多換筆名一事，周作人認爲這「並不如別人所說，因爲言論激烈所以匿名，實在只如上文所說不求聞達，但求自由的想或寫，不要學者文人的名，自然也更不爲利」（見知堂《關於魯迅》，《宇宙風》第29期，1936年11月16日）。周作人的這個解釋頗別致，有借他人酒杯澆自己塊壘、借魯迅而夫子自道之感。

〔註40〕 汪雪湄：《痛苦的回憶》，《矛盾》第2卷第3期。據嚴家炎「彭家煌小傳」，彭的工作單位是「商務印書館編譯所」；確切地說，徐志摩編輯的是《晨報副鐫》。

實鄭振鐸還是一個很老實、很可愛的編輯，能坦白自己根本就沒看這篇投稿。「老彭」這個親切的稱呼表明了他對彭家煌的高度認可——彭家煌的生理年齡當時不過二十七八，遠未老；「老彭」的「老」是資格老。傅東華的遭遇說不上是好一些還是壞一些。他曾自述在商務印書館當編譯員的一段經歷：一個留學生從 Short Story Magazine 上選了九篇小說，傅東華把它們翻譯了出來，「翻好了當然還是原料，須經過另一文藝製造家去製成商品。這才從《中華小說界》上去銷行。我很感激那位文藝製造家，因爲他不僅掛他製造家的招牌，並還掛我原料廠的牌號」〔註41〕。說他好一些，因爲他的勞動成果能署上自己的名字；說他壞一些，因爲他的勞動成果實際上被別人侵佔了，對此很不痛快。刊物不願登載無名作者的稿子，書店也不願承印文學青年的著作。本年，臧克家出版了他的第一部詩集《烙印》，出版人是王劍三，茅盾頗有感慨：「王劍三就是王統照，他並不是什麼書店的老闆，《烙印》不得不由他個人出資刊印，很可以想起這部詩集曾經遭受了書店老闆的白眼，在這年頭兒，一位青年詩人的第一本詩集要找個書店承印，委實不容易呵！」〔註42〕文學青年的生存狀況已經由魯迅點明了：「這兩三年來，無名作家何嘗沒有勝於較有名的作者的作品，只是誰也不去理會他，一任他自生自滅。」〔註43〕換言之，因爲沒有老作家的注意、提攜與鼓勵，許多文學青年默默無聞直至退出了文學遊戲。

因此，成名作家的「理會」是重要的，提攜與愛護是無價的〔註44〕。文學青年的成長、文壇的振興與發展離不開老作家。前面解釋過施蟄存、朱雯爲什麼要編輯《中學生文藝月刊》，因爲振興文藝的最大的責任應該放

〔註41〕傅東華：《此路不通》，《讀書雜志》第 3 卷第 1 期，1933 年 1 月 1 日。

〔註42〕見茅盾《一個青年詩人的〈烙印〉》，《文學》第 1 卷第 5 期。

〔註43〕魯迅：《並非閒話》。

〔註44〕相反，稿件遭棄、被壓、不能發表則是一個沉重的打擊。「山東文登鄉師亞丁」因爲自己的稿件不能發表，「一時真昏了，倒在床上，猛睡了一頓，夢裏我到了上海，到了新少年社，看見了葉聖陶先生，我幾次想開口問他，我的稿子如何處理的，結果膽怯戰勝了勇氣，到（應爲「倒」——引者注）沒敢著聲……」後來稿子見用了，出現了戲劇性的轉變，「我自己默默的想：『我也是著作家？』」（《我也是著作家》，《新少年》第 3 卷第 8 期，1937 年 4 月 25 日）。可見稿件被用所帶來的象徵性收益是多麼地巨大！另，《大眾文藝》第 2 卷第 4 期同名組稿《我希望於大眾文藝的》，其中從讀者「甘永柏」的來信中摘錄了部分文字，稱：「外來的投稿，一直壓在編輯室的桌子上不動，這真是使青年人氣悶的一件事。」

在新進作家的身上，「但我們並不丟下那些既成的作家，他們有的是寫作的經驗，有的是刻苦的生活過來的經驗，正可以指導我們去寫作，去生活；他們在某一個時代，本也是振興——甚至是創作新文藝的功臣哪。在一九三四年的新春，我們這樣定下了一個意義頗大的計劃，而有待於整個的作家之群去完成的」，於是它既設置了「中學生園地」欄目，專門刊發各地中學生的小說詩歌散文作品，又設置「名著節略」（前兩號是「羅洪女士」譯介《復活》，第 3 號是何任之譯介《吉訶德先生》）、「每月名作選注」（第 1 號選老舍的《鐵牛與病鴨》，第 2 號選魯彥的《惠澤公公》，皆是新出小說）、「範作注釋」（第 3 號選擇了兩篇作品，一是魯迅的《風波》，陳和注釋；一是朱自清的《匆匆》，謝遠君注釋）等欄目，用名家名作指導文藝青年提高創作水平。青年作家是最大的希望，但需要老作家的指導，這似乎成了文學遊戲參與者的一個共識。在另一個場合，有人說道：「青年創作可以表現出新文學發展的趨勢」，「青年作者是比任何人都更敢於逼視現實，勇於採取社會上有意義的題材」，但可惜的是往往不能作出正確地分析解剖、不足以顯示出人物與事件的深刻性與普遍性，因此「我們已成名的作家」要擔負起指導的責任〔註 45〕。

　　文學青年或許並不希望老作家對自己的作品指指點點、說三道四——前引《為了忘卻的紀念》中，魯迅說得實在：「文學青年們，十之九是感覺很敏，自尊心也很旺盛的，一不小心，極容易得到誤解」。但他們渴望得到老作家的青睞、提攜與鼓勵猶如大旱之望雲霓。杜衡回憶說，1927 年他回到鄉下，窮極無聊之時，戴望舒把他的三篇舊作私自寄給了葉聖陶，「不久，聖陶先生來信致望舒，說這三篇稿子中，一篇可在《小說月報》上刊載，一篇已替我介紹給《東方》，另一篇擬不用……我一時高興得了不得……我於是有了繼續寫作的勇氣。」〔註 46〕即使作品不被採用，哪怕編輯（成名作家）能給予一星半點的鼓勵話語，也能在文學青年身上引起新生的感覺：

　　　　像許多初學寫作者一樣，他遭遇了一次次的退稿。但幸運的是，1933 年 5 月的一天，他在收到的退稿上，意外地看到了這樣短短的一行文字：「不要失望，再寄。蟄存 5 月 4 日」。這一行雅謔和親切的附言，是《現代》的主編施蟄存寫來的。這幾個字對蟄居在江南

〔註 45〕 東陵：《第五期的創作》，《讀書生活》第 2 卷第 8 期，1935 年 8 月 25 日。
〔註 46〕 杜衡：《在理智與感情底衝突中的十年間》，《創作的經驗》，第 78 頁。

小鎮上的青年徐遲來說，就像是一根劃燃的火柴，給他送來了莫大
的溫暖和希望。〔註47〕

值得注意的是，越是有名的作家越是能慧眼識才、越是表現得樂於且敢
於提攜後進。本年夏，曹禺完成了《雷雨》劇本，並把它交給了《文學季刊》
的編輯兼好友靳以，但只有等到巴金看到劇本之後，才決定把《雷雨》登載
出來。一方面是曹禺的說法：「靳以也許覺得我和他太接近了，爲了避嫌，把
我的這個劇本暫時放在抽屜裏」〔註48〕，作者這個「也許」的推測後來被普
遍接受，但很可能不符合事實，因爲當時的文學遊戲情形正是熟人朋友之間
相互約稿與拉稿，沒有人會爲此「避嫌」〔註49〕；曹禺權威研究專家田本相
的定論是：「巴金發現《雷雨》，發現曹禺這個天才，在中國現代文學史上傳
爲佳話。蕭乾曾這樣說：『30 年代，像茅盾、鄭振鐸、葉聖陶、巴金等知名作
家，並不是整天埋頭搞自己的創作，他們拿出不少時間和精力幫助後來人。
尊敬和愛護很自然就形成一種師徒關係」〔註50〕；但另一方面，是靳以後人
對此種敘述的不滿，靳以並沒有忽視或壓下《雷雨》，而是交給了李健吾看，
未獲認可，就把稿子放在抽屜裏，一直等到巴金的到來與發現〔註51〕。不管
怎樣，靳以並沒有表現得像巴金那樣賞識《雷雨》，這是爲什麼呢？看看《文
學季刊》創刊號（1934 年 1 月 1 日出版），我們才知道編輯人有八位，最後兩
位鄭振鐸與章靳以實際負責編輯，而特約撰稿人則有 108 位（這無端叫人想
起 108 位梁山好漢），幾乎涵蓋了當時文壇方方面面的人物〔註52〕，人數之多、
陣營之強、氣象之大可謂前所未有，這就意味著《文學季刊》根本不缺稿，
名家的稿子都安排不過來，像曹禺這種無名之輩的稿子儘管寫得好，也得另
等機會、另擠出空間讓它面世。靳以體會最多的恐怕是做編輯平衡各方面關
係與訴求之難，他樂於刊登好朋友的稿子，但卻不能像巴金那樣敢於讓一個

〔註47〕 徐魯：《徐遲：猜想與幻滅》，大象出版社，2006 年，第 13 頁。
〔註48〕 《〈雷雨〉與巴金》，《曹禺自述》，京華出版社，2005 年，第 54 頁。
〔註49〕 劉楊朱《投稿術》稱：「一般的報章雜誌，稿件的來源約有兩方面：（一）是
　　　　 編輯人的友朋及有關係人所包辦，（二）是特約的名人或名作家所把持。」
〔註50〕 田本相：《曹禺傳》，北京十月文藝出版社，1988 年，第 158～9 頁。
〔註51〕 南南：《〈雷雨〉是被靳以耽誤的嗎》，《中華讀書報》，2001 年 4 月 27 日。巴
　　　　 金本人也極力反對任何抹殺靳以形象與作用的表述。
〔註52〕 既包括卞之琳、沈從文、朱光潛，又有施蟄存、穆時英、戴望舒，還有葉聖
　　　　 陶、俞平伯、豐子愷，也包括王任叔、田漢、王統照，新秀臧克家亦赫然在
　　　　 列。

無名之輩的作品面世。我們可能會關心這是否跟二人的性格有關係，但我想說的是，樂於／敢於的差別其實也是二人文學成就與文學史地位高下有別的一個細微象徵（儘管靳以堪稱一個優秀作家，但文學史敘述從來不會把他與巴金等量齊觀）。看來，這段現代文學史上的佳話細究起來其實被複雜而微妙的利益關係所佔據與纏繞。

如果既得利益者能像巴金這樣提攜後進，則不但在文學地圖的調整中不會受損，反而能增加自己的象徵性資本與收益、更能鞏固加強自己的聲譽與地位，雙方共贏、相得益彰。曹禺就在各種場合向巴金表達知遇之恩與感激之情：「那時，我僅僅是一個不知天高地厚的無名大學生，是你在那裡讀了《雷雨》的稿件，放在抽屜裏近一年的稿子，是你看見這個青年還有可為，促使發表這個劇本。你把我介紹進了文藝界，以後每部稿子，都由你看稿、發表，這件事我說了多少遍，然而我說不完，還要說。」本年 6 月，徐遲也是帶著「朝聖」的心情來到上海拜訪施蟄存：「徐遲這次見到施蟄存，對他個人後來的文學歷程來說，是極其重要的一個時刻。徐遲後來回憶說，『和施蟄存的談話，大大擴展了我的視野』，「施成了這個來自南潯小鎮的文學青年的當然的『庇護人』」〔註 53〕。「師徒關係」和「庇護人」的用語表明了存在於文學遊戲中的獨特的利益與關係網絡。另一個值得注意的現象是，文學青年的文學成就能有多大跟他的庇護人或導師的文學成就似乎成正比例關係，即庇護人或導師的聲譽與成就越高，那麼他所發現、提攜的文學青年的水平就越高，如魯迅與蕭紅、巴金與曹禺、施蟄存與徐遲、徐志摩與沈從文、沈從文與汪曾祺，等等。

當然，這並不是說老作家所看重的新人都會有出息（而是說一個有出息的新人往往會遇上一個有成就、有影響的老師）。這就意味著，老作家發現與提攜的作用至關重要，卻並非就是最終決定性的。因為要真正在文學遊戲內立足，確立自己的位置、建立自己的聲譽，最終需要自己拿出合格的、經得起檢驗的投資產品。鄭振鐸的無視只是延遲了彭家煌小說的問世，因為它本身寫得確實不錯，終於在徐志摩手裏變成了印刷的鉛字；靳以的猶豫使得《雷雨》未能第一時間面世，但它寫得太好了，大大激動了巴金的心，破天荒地把它一次性登完。

除了得到老作家的有力幫助，文學青年為了確立自己的位置、發出自己的聲音，最好的辦法是組織社團，自己編辦刊物。如胡風所說：「照例是，誰

〔註 53〕 徐魯：《徐遲：猜想與幻滅》，大象出版社，2006 年，第 22～3 頁。

弄到了一點錢，也不過一兩百元的數目，想出刊物，發表他們自己的，不能或不願在大刊物上發表的作品」〔註 54〕。文學遊戲的自由性、文學遊戲的空間邊界一時難以說清、期刊信息總匯總是不全，一個重要因素就在於我們很難一個個點數那些成名辦刊的欲望衝動，我們很難確定它們會在什麼時候、在哪裏冒出來。韋叢蕪他們成立未名社就是「預備獨立印行一點自己的東西」，兩年來，「除開支持了兩年的期刊以外，就僅只出了自己的八種書」〔註 55〕，這已經是不錯的成績了。本年 2 月 5 日，葉紫主編的《無名文藝》旬刊在上海創刊，葉紫發表了《從這龐雜的文壇說到我們這刊物》：

> 十餘年來政治狀態的混亂，反映到文壇步法的龐雜，已經成了不可否認的事實。就在這龐雜的一團裏面，有的已經跑到了時代十萬八千里路的前面，而抓不到時代的核心。有的還在十六世紀的社會裏呻吟，而不肯放棄舊的骸骨。守在象牙之塔裏的作家，高唱著唯美主義，民族主義的英雄，狂呼著熱血頭顱。頹廢者只寫貧病交加；才子佳人只沉醉於風花雪月。

> 這樣雜雜亂亂的一群，通通在這混亂的文壇上佔了一大部分或一小部分的勢力，如同軍閥們瓜分著地盤一樣。各盡所能的用著千變萬化的花樣來吸取廣大的讀者去擁護他們。暗中在自己割有的一塊地盤裏，築起堅固的防壘，以避免外來勢力的侵入。招兵買馬，積草囤糧，都準備來一個更龐雜的混戰。誰勝了誰就握得這個文壇的霸權。

> 投稿到雜誌或報紙的副刊上去吧，多如石沉大海，連個水泡都沒有，稿子就被編輯先生摔進了字紙簍。書店的老闆，看見你是無名人就要頭痛三日，更不敢審查你的作品的內容。要求引入門牆吧，請你先三跪九叩首的叫幾聲「老頭子」稱幾聲「門生」，才許你當一個小嘍羅。有名作家的假面具，貓兒哭老鼠的慈悲；處處都刺痛了無名青年們的心坎！

> 因此去年十二月裏，我們這幾個百分之百的無名小卒，為著思想上性情上都沒有大不了的分歧，又同是一樣的沒有出路，便偶然

〔註 54〕 胡風：《胡風回憶錄》，人民文學出版社，2005 年，第 51 頁。事實上不必要有那麼多錢才可辦刊物。

〔註 55〕 韋叢蕪：《西北隨筆》，《未名》第 1 期，1928 年 1 月 10 日。

的組成了這麼一個「社」。大家都窮，暫時只好借著這麼一本小冊子，來經常的發表我們的鬱積。

　　我們這幾個無名小卒們，不敢有絲毫的妄想。只要求能夠老老實實地攀住時代的輪子向前進。在時代的核心中把握到一點偉大的題材，來作我們創作的資料。我們不夢想趁著這個龐雜的大混戰，來佔據這文壇的一個角角兒；我們只求多認識幾個無名的朋友，共同來開拓一條新的出路！

　　第一段對文壇的描寫與口吻使我們想到了茅盾的《我們這文壇》，對文壇的印象與觀感同樣是消極的、否定的（文壇現狀亂亂糟糟，極不健康）——這就為下文不同的「我們」的新生（「我們只求多認識幾個無名的朋友，共同來開拓一條新的出路！」）埋下了伏筆、創造了土壤。儘管說得十分謙虛（「我們這幾個無名小卒們，不敢有絲毫的妄想」），但無疑還是走在自我神聖化建構的大道上。

　　茅盾把文壇比喻為一個旗幟森嚴各顯身手的擂臺，葉紫則視同為軍閥割據，為爭奪話語霸權而持續努力著。儘管說「我們不夢想趁著這個龐雜的大混戰，來佔據這文壇的一個角角兒」，但你們走出了一條新路，難道不就是對現有文壇秩序的象徵性顛覆嗎？如果你們成功了，那不就意味著要對文學資本結構與數量進行重新分配、對文學利益進行重新界定與劃分嗎？難道這不就是在改變既成的文學遊戲秩序，制定屬於自己的文學規範，擁有屬於自己的文學話語權嗎？

　　第三段寫無名青年令人痛苦的投稿經歷與求名感受，他們在文學遊戲資源結構中處於劣勢與被支配地位，不得不忍受種種屈辱。於是，為了改善現狀、改變命運，「幾個百分之百的無名小卒」聯合起來出版刊物，就可以「經常的發表我們的鬱積」了。《無名文藝》的出版與存在就表明他們已經佔據了「文壇的一個角角兒」。換言之，文壇不是一個摸不著、看不見的虛幻空間，實實在在、定時出版的刊物就體現了你的落腳地與發言權。刊物的有無、多寡及優劣直接關係到切身利益問題。丁玲就說：

　　我們講一點關於雜誌上的事；彷彿是在雜誌上作文章也很為難！後臺沒有人，是不容易出版！沒有雜誌，對我們的損失很大！有人佔據我們的文壇，去蒙蔽讀者！這實在不是好現象！〔註56〕

〔註56〕 丁玲：《死人的意志難道不在大家身上嗎？》，《文藝新聞》第 13 期，1931 年 6 月 8 日。這是丁玲在中國公學的講演。

　　丁玲所說的「有人」指向的是宣傳官方文藝思想的跳樑小丑，他們「佔據我們的文壇」意即他們佔據了大量的刊物資源，到處是他們的聲音，而左翼文學的利益訴求卻遭到壓制，沒有機會表達出來。葉紫關注的是文學青年的可憐處境，並無丁玲話語中的政治意味。

　　在隨後的《無名文藝月刊》創刊號上，葉紫第一次用「葉紫」的筆名發表小說《豐收》，引起文壇矚目，它是作家葉紫誕生的標誌。換言之，自此以後，一個無名小卒一躍而成爲成名作家。一個跡象是他可以和名家作品相提並論了。祝秀俠就是這樣宣傳評論的：《無名文藝》出版一個月了，未能引起讀者注意，而新出的《文學》，三五天便是再版。有名作家「能夠努力前進，再接再厲的，又是很少（茅盾先生算是最努力的一個。）好像眞的表現出衰老的民族精神似的，不多幾時，也就疲乏地，乾枯地落伍了。這原因自然是由於時代的淘汰，與作家生活方式的決定」；話風一轉：「事實上證明，無名作家中有不少優秀的作品出現，他的活潑果敢的勇氣與努力的精神，是使人激勵的」，例如葉紫的《豐收》就比「茅盾先生在《申報月刊》上用差不多的題材所寫的一篇《秋收》，實在並不遜色」〔註 57〕，老作家是衡量比較的標準，把葉紫與茅盾相提並論，這是多麼大的認可！不久之後，茅盾本人也來湊趣，親承《豐收》是一篇佳作：「『豐災』是近來文壇上屢見的題材，但是我們要在這裡鄭重推薦《豐收》，因爲此篇的描寫點最爲廣闊；在二萬數千言中，它展開了農事的全場面，老農的落後意識和青年農民的前進意識，『穀賤傷農』以及地主的剝削，奇捐雜稅的壓迫。這是一篇精心結構的佳作」〔註 58〕。有人在回顧總結過去一年的文壇創作時，更是全力稱讚葉紫：

　　　　新的作家中，能夠保持著充實的内容和審慎的技巧的，只有一
　　　位葉紫。他在《無名文藝》和《文藝》的創刊號發表他的兩篇連續
　　　的短篇小說：《豐收》與《火》；因爲他獨能夠避開觀念主義或公式
　　　主義的束縛，忠實的自然的表現農村的崩潰和農民的反抗的新形
　　　象，而不流於卑俗的演繹主義者之所謂武器文學，所以能夠獲得相
　　　當的成功；其後在《現代》十二月號發表的《嚮導》，也是一篇很能
　　　感動人的藝術作品。〔註 59〕

〔註 57〕　秀俠：《介紹〈無名文藝〉中的兩篇創作》，《申報·自由談》，1933 年 7 月 18 日。
〔註 58〕　茅盾：《幾種純文藝的刊物》，《文學》第 1 卷第 3 期，1933 年 9 月。
〔註 59〕　玲玲：《一年來的中國文壇》，《新壘》第 3 卷第 1 期，1934 年 1 月 15 日。《新
　　　　　壘》由李燄生主編，聲稱「在這烏煙瘴氣荒蕪頹廢的現代中國文壇上，我們

　　成名之後的葉紫面對的是一個較之從前廣闊的天地，那就不再是「文壇的一個角角兒」了：《嚮導》出現在了《現代》雜誌上——毫無疑問，施蟄存主編的《現代》是比《無名文藝旬刊》更優質的資源。轉過年來的七月，《我怎樣與文學發生關係》一文又登載在《文學》一週年紀念特刊上。在文章結束時，葉紫說道：「現在呢，我一方面還是要儘量地學習，儘量地讀，儘量地聽信我的朋友和前輩作家們的指導與批評。」從「只求多認識幾個無名的朋友」到這裡對「前輩作家們」的感謝，表明了葉紫對文學秩序與文學遊戲規則的認同與接受，因為他已經從一個牢騷滿腹的無名小卒變成一個成名作家了！

　　葉紫魚躍龍門式的成功首先得益於他有自己的刊物，別人對他的發現與承認也是從刊物開始的——請注意祝秀俠評論的題目是《介紹〈無名文藝〉中的兩篇創作》，茅盾評論的題目是《幾種純文藝的刊物》——而文學史敘述則幾乎不再關注刊物，只評述作家作品、藝術特色以及思潮流派等，這種細微的變化正表現了對文學遊戲過程的壓抑與掩蓋，文學考古正是要把這個過程再揭示出來。

　　有了自己的刊物讓人激動興奮——這種激動興奮我們在文學史敘述中根本無從體會，然而它在文學遊戲發生時是多麼地重要：「我們的小刊物已經出上七期了。因為有了發表文章的機會，所以自己簡直可以感到自己迅速的進步，我們高興，雖然人家並不注意我們，而我們可把希望交給未來！」〔註60〕因為有了自己控制的空間資源，就感到了自己「迅速的進步」，並帶來了對「未來」的希望。換言之，刊物這種資本一方面能實現實實在在的收益、一種無與倫比的象徵性利益的滿足；另一方面，它堅定了無名青年對文學遊戲時間

不能不盡一些掃除和創造的責任」，既不滿官方所謂的民族主義文學，又反對普羅文藝，四處和人論戰。「玲玲」估計是某人化名，我們自然不會完全贊同他的評論，我們只是從中看到了葉紫被文壇所承認。成名作家被認可的似乎只有杜衡，巴金在《新生》之後「很想改變他那安那其主義者的本質，但改變過後，他特長的羅曼主義之精神便消失，而作品的內容也跟著平凡化和枯燥化了」；郭沫若的《離滬之前》只有點史料價值；魯迅「如果沒有繼續發表些隨感小文，也幾乎在文壇消失」；丁玲的《母親》「不能說算是一部健全的成功的作品」，只因她失蹤而轟動一時；茅盾《殘冬》結束的地方「來一幕多多頭從天外飛來似地在夜半回來繳保衛團槍械的積極性的喜劇，是一件值得惋惜的事」。按該文的意思，這些成名作家的作品寫得不如葉紫。

〔註60〕 青萍：《賣文者日記抄》，《星火》第 1 卷第 2 期。

邏輯的信仰，鞏固和強化了他們對文學遊戲的認同感、歸屬感和使命感。這些是和天才、才能等我們平常看重卻又難以說清的屬性同樣重要的東西。我們不能說，所謂「天才」是虛假的，只有可利用的資本才是眞實的。但事實是，資本愈雄厚，自己掌握的資源愈豐富，對文學遊戲本身的信仰才越牢固，才能越來越接近於眞正成爲一名有聲譽的作家。

當然，有人會說寫作不是爲了發表、不必求發表。一個叫「槁謨」的作者就持這樣的看法。據他自述，他從 1925 年開始創作，寫些童話小說，1929年春通過親戚徐志摩認識了胡適等「先進」，1934 年 10 月出版《往返集》。他勸告文學青年把寫作與發表區分開來：「文學青年最大的顧忌，便是發表障礙問題。其實，寫作自寫作，發表自發表，混淆爲一，熱情頓減」；「中國文壇上集團基構，至今依舊存在。某種雜誌，確有排斥外人投稿之舉，甚且積壓經年亦未批閱的來稿，對於嬰兒的殺戮，爲無可否認之事。而習作者應勿氣餒。堅持寫作爲生活記錄和知識發展的過程，不必有寫成後即欲刊印的惡習慣」〔註 61〕。爲了排除發表障礙，那就不要發表或求發表，這種因果表述看上去很有道理，實際上對文學青年來說是極大的不公平。它意味著把刊物資源拱手讓給了成名作家，文學遊戲將失去了鬥爭的一個重要動機，文壇雖然將不再是一個茅盾所諷刺的「大世界」或「擂臺」，但同時也會失去生機與活力。殺戮一個嬰兒很簡單，就是讓他無處表達、無處施展；扶持一個嬰兒也很簡單，就是給他空間，給他機會。

當然，從發表作品到眞正成爲一名作家，其間有漫長而艱辛的路要走，有諸種可知未知的因素綜合發生作用。「山東文登鄉師亞丁」顯然太過興奮，發了一篇文章並不就是「著作家」，至少我們現在已經見不到這個名字及其作品。《中學生文藝月刊》與《讀書生活》刊登了不少青年習作，但他們幾乎全軍覆沒、湮沒無聞。這與個體天賦、才學、性情等因素有關，亦與一個人不能確知的壽命有關——可以設想，如果彭家煌和葉紫不是英年早逝，那麼他們的文學成就與文學聲譽會更加遠大，又與作者是否堅持到底、百折不撓有很大關係。但這些因素難以描述說明與分析把握，而刊物這種顯性資源不僅自身能得到客觀界定與分析，它還是各種隱性變量的表徵之地。結合本書之前那些以「越是」開頭的判斷句，我想讀者諸君會同意此處的表述。

〔註 61〕 槁謨：《我的寫作經驗》，《文友》第 4 卷第 9 期，1945 年 3 月 15 日。暫未能查證「槁謨」是何人，亦未能見到《往返集》。

第六章　創作投資的利益表達（算計）

一

1933 年前後，創作投資爲許多青年人所熱衷：「近年來，中國底青年對於文學的狂熱，爲從來未有的現象；我們可以說，凡中等學校以上的學生，差不多沒有一個不看過小說的，也差不多沒有一個不想寫作的」〔註 1〕。有一組調查數據爲證。1930 年 12 月，《大夏期刊》第一期〔註 2〕發表了張大炘的《青年心理傾向之研究——實際調查報告》。該調查設計了 15 個問題，在大夏附中和正風中學展開。參與人數達 221 人，來自初中一年級至高中一年級。一個問題是「你所最喜歡的學科有那種？」回答「英語」者最多，有 73 人，接下來依次是：「國文」59 人，「數學」31 人，「文學」30 人，「地理」24 人，「藝術」15 人。也就是說，喜歡文學藝術的有 104 人，實際上最多。在對「你所最羨慕事業是那種？」的回答中，以工商業最多，合計有 57 人，「教育」16人，「讀書」15 人，「農業」12 人，「軍界」11 人，「藝術家」2 人，「文學家」2 人，「著作家」1 人，後三者合計 5 人，僅次於回答「軍界」者。這項調查並不是設計好答案以供被調查者選擇畫勾，而是由被調查者自由回答，所以答案與表達五花八門，卻也能最大限度地反映出被調查者的眞實想法。這裡

〔註 1〕見《文藝創作講座》第一卷之《編輯後記》，光華書局編輯部 ，1936 年 5 月第 3 版。其初版當在 1933 年初。因爲第四卷是 1933 年 11 月出版的。

〔註 2〕大夏大學學生會編輯部編輯，文藝欄編輯包括余定義、陳鯉庭、胡可文，顧問則有張資平與徐志摩。這個調查報告尚問及「最敬仰」的人，其中蔣介石得 6票，胡適得 2 票，但在「最憎恨」的人中，蔣介石也得了 6 票。當時的學生說話既有情懷又敢說話。

的「讀書」算不上是一種事業，這樣回答的人想的可能也是做個文學家或與之相關的工作。如是，有從事文學藝術工作意向的學生就接近 20 人，僅次於工商業。另一個問題「你以爲什麼是世間最快樂而光榮的？」答「不知道」者 41 人，「讀書」29 人，「學問廣博」12 人，「有錢」9 人，「爲國爲民」及「爲革命而犧牲」各 7 人，「名譽」、「結婚」、「創偉大事業」各 6 人，「自由」5 人，「事業成功」、「一律平等」、「發明」與「戀愛」各 4 人，「著作家」3 人，「清高」3 人，「文學家」1 人，「詩人」1 人，後四者合計 8 人，僅次於回答「有錢」的人數。通過上述數據綜合看來，文學遊戲對當時的青年學生具有相當大的吸引力！它甚至影響了男女兩性的結合。在蹇先艾小說《遷居》中，鶴群同他的夫人薇青的相識「是由於他們在北平一個中學曾經一度同學，後來又時常在一個文學團體裏見面，很談得來，這樣便發生了愛情……互相鞭策著在文學方面創造一點事業，這就是他們合作的原因」。有人還記敘自己畢業後在家閒居，百無聊賴之時就是看書、塗鴉寫東西〔註3〕。以文學家爲光榮、喜歡讀書以及寫東西並不意味著將來會成爲文學家，但它卻爲文學遊戲儲備了大量的潛在的作者與讀者。正如有人觀察到的：「近來文壇似乎有一個很好的現象，就是一般『文藝青年』從事於創作小說者比以前已經普遍得多，提起筆來，十幾頁的原稿紙，很可一揮而就」〔註4〕，造就了這個文學創作投資的黃金時代，這個文學夢流行的時代。然而問題也隨之出現了：「『後備軍』的量雖然增加，而質的方面，卻不見得有和量一樣地進步」。茅盾寫道：

> 他是「志在文學」的，他不肯「自暴自棄」，於是他毅然丟掉了他的職業，租一個亭子間，埋頭疾書，想完成他「理想中」的傑作。十天，八天，一個月，兩個月，他脫稿了。拿出去給人家看。臉上浮著謙遜的微笑，準備聽取讚揚。他也聽到讚揚了：那是贊他努力，贊他刻苦。可是作品怎樣呢？人家皺了眉頭，苦笑著說：「漏洞還是很多；人物象是剪紙似的，故事先後不接筍，並且，並且，你的觀察還是沒有深入。毛病是膚淺粗糙！」於是我們的文學青年紅漲了臉，心裏非常難過，他挾著他的作品回去，躺在床上嗒然若喪，他開始懷疑那批評家沒有眼光，他憤恨不平。〔註5〕

〔註3〕大同：《閒居》，《巨輪》新 6 號，1935 年 7 月 6 日。

〔註4〕陽冬：《怎樣寫小說》，《新壘》第 2 卷第 4 期，1933 年 10 月 15 日。

〔註5〕茅盾：《一個文學青年的夢》，《文學》第 1 卷第 3 號，1933 年 9 月 1 日。

　　文學青年埋怨批評家沒有眼光，而批評家也說文學青年沒有眼光——「觀察還是沒有深入。毛病是膚淺粗糙」。可以說，晚清以來，中國人的五官之中最重要的器官是眼睛。文學遊戲的創作投資受到了眼光與目視法的統治。

　　人都有眼睛，可不一定是「觀察的眼睛」。上章提到過，本年樓適夷編輯出版了《創作的經驗》一書，郁達夫應約寫了《再來談一次創作經驗》，首要一個意思就是「人須具有觀察的眼睛，須如實地把觀察所得的再寫下來」，「善於觀察的人，雖不是神仙，雖不是預言者，但他卻能夠從現在觀察到將來，從歧路上觀察到正路上去的。」郁達夫大概沒察覺到他的話語矛盾：既是「如實地」把觀察所得寫下來，又如何能寫還未到來、還未出現的將來呢？

　　前面還提到過，穆時英在《〈公墓〉自序》中為自己辯護：「我是忠實於自己的人」，「我卻就是在我的小說裏的社會中生活著的人，裏邊差不多全部是我親眼目睹的事」，他也是「如實地」把自己的觀察所得寫了下來，可為什麼遭到那麼多人的誤解與排斥呢？

　　郁達夫並不認為他的話有矛盾。要正確理解《再來談一次創作經驗》的意思，就要以之前的另一篇文章《五六年來創作生活的回顧》為基礎。後者說得清楚：「我覺得『文學作品，都是作家的自敘傳』這一句話，是千真萬確的。客觀的態度，客觀的描寫，無論你客觀到怎麼樣的一個地步，若真的純客觀的態度，純客觀的描寫是可能的話，那藝術家的才氣可以不要，藝術家存在的理由，也就消滅了」。換言之，不僅要有「觀察的眼睛」，最重要的是藝術家要**運用**這雙「觀察的眼睛」！認識到此，就會明白文學研究會與創造社、寫實主義與自敘傳小說並無實質差別，只不過各自抓住和強調的重點不同而已：一個強調眼睛的觀察，一個強調運用觀察的眼睛。穆時英也就不必感到委屈，因為各人的目視法不同。這一點，晚清時期的吳趼人早已看到：「各人之眼光不同，即各人之見地不同；各人之見地不同，即各人所期望於所見者不同；各人所期望於所見者不同，即各人之思所以達其期望之法不同。」〔註6〕

　　很簡單的一個詞「如實」，會引起糾纏不清的麻煩。知名人士馬未都說：「實際上我們是沒有能力還原歷史真相的。我所知道的歷史就是從書上看來的，我把書背下來給你講一遍，但不一定就是真相……所以，我也強調：歷史沒有真相，只殘存了一個道理」〔註7〕。看來，馬未都的見識比常識強

〔註6〕吳趼人：《〈上海遊驂錄〉識語》，《二十世紀中國小說理論資料》（一），第280頁。
〔註7〕馬未都：《歷史沒有真相》，《課外閱讀》，2017年5月上刊。

一些，常識信書，書上說什麼就信什麼，怎麼說就怎麼信；馬未都則認為歷史沒有真相，又用道理抗拒歷史虛無主義。但在我看來，那不過是反常識的常識，我們應該聽聽保羅・利科的思考：「我們從歷史那裡期待某種客觀性，適合歷史的客觀性……這並不意味著這種客觀性是物理學或生物學的客觀性：有許多不同等級的客觀性，正如有許多理性的行為」，「歷史的目標不是再現一系列過去的事實，而是重組和重建，即組成和構成一系列過去的事實。歷史的客觀性正是在於這種對符合和再現的拒絕，在於這種在歷史理解的層次上建立一系列事實的目標」〔註8〕。歷史不是沒有客觀性，不是沒有真相，不過它不追求原樣還原過去了的事實（這和歷史虛無主義是兩碼事）。

「如實」面臨的第一個紛爭就是如什麼樣的實、如哪些實。穆時英如的是夜總會與狐步舞的實，茅盾《春蠶》三部曲如了農村農民的實，郁達夫《沉淪》如了青年性欲勃發的實……有人會說，如果明瞭有不同等級和各種各樣的實，那也就沒有什麼可爭論的了：你如你的實，我如我的實，互不妨礙，共生共存。這樣說有些天真，爭論還會有，因為還要區分哪些實更重要、更值得去描寫與表現。有個叫史子芬的人寫信給《小說月報》，自稱先前愛做「某生體」的小說，如今幡然醒悟這與「人生無有絲毫之相關」，乃求教如何做新小說。沈雁冰告訴他，條件只要一個，「就是的確已經從現實人生中看見了一些含有重大意義的事」〔註9〕，你最熟悉的材料若沒有什麼意義（對社會沒什麼影響），就不值得、不應該去寫。他的《子夜》就是一個傑出的例證：「茅盾之所以被人重視，最大原故是在他能抓住巨大的題目來反映當時的時代和社會……有人拿《子夜》來比好萊塢新出的有聲名片《大飯店》，說這兩部作品同暴露現代都市中畸形的人生的，其實這比擬有點不倫不類，《大飯店》是沒有靈魂的……沒有用一個新興社會科學者的嚴密正確的態度告訴我們資本主義的社會是如何沒落著的；更沒有用那種積極振起的精神宣示下層階級的暴興」〔註10〕。

〔註8〕 利科：《歷史的客觀性與主觀性》，見其文集《歷史與真理》，姜志輝譯，上海譯文出版社，2004年，第3～6頁。
〔註9〕 見《小說月報》第13卷第5號之「自然主義的論戰」欄目。
〔註10〕 吳組緗：《評茅盾〈子夜〉》，《文藝月報》創刊號，1933年6月1日。

　　但，「含有重大意義的事」並不必然指向國家大事或時政要聞，事完全可以是身邊小事或瑣事，但你要從中「看」出重大的意義來。或曰「深知」〔註11〕。例如：

> 在報紙上發現一個治花柳病的廣告，如果你留一留意，有人要治花柳病時，你就可以指點他的地方。若你把思想再深入一點，你就可以從花柳病的來源想到妓女的苦痛，而想到社會應當設法去救濟，你若再把思想沉到更深一點，你就會想到，這「使她們成為妓女」和「為什麼需要妓女」的是什麼社會，然後想到在這整個的社會結構中，小小的救濟有沒有功用，要怎樣才能根本解決。這樣一個小小的廣告就給你看穿了整個社會了〔註12〕。

　　一個小廣告被幾次「深入」地透視下去，最終「看」穿了整個社會。常見的小廣告原來能含有如此重大的意義。關鍵就在怎麼看。正如我們感官所見的水只是流動的液體，但它的真實性卻是「輕二氧一化合成的」〔註13〕。因此，「不想明白道理卻永遠為現象所傾心」的沈從文後來得到了「應有」的批判：他的作品「因為終究缺少思想的修養，也就缺少從五花八門的事物中看出它基本的東西——所謂『真實』的眼力，所以依舊不是我們所需要的中國氣派和中國作風。」可是，這種「深知」存在致命危險，就是：它和小說寫得好不好、耐讀與否有必然之聯繫或保持著正比例地增長關係嗎？考慮一下魯迅的《一件小事》。小說開始就寫得清楚：「耳聞目睹的所謂國家大事，算起來也很不少；但在我心裏，都不留什麼痕跡，倘要我尋出這些事的影響來說，便只是增長了我的壞脾氣」，「但有一件小事，卻於我有意義，將我從壞脾氣裏拖開」：一個無名的人力車夫不懂「多事」，勇於承擔自己的責任，「教我慚愧，催我自新，並且增長我的勇氣和希望」。這件小事既未「殘存一個道理」，又未「含有重大意義」，只是「於我有意義」，然而卻叫讀者感到真實動人〔註14〕。客觀性有許多不同等級，主觀性亦然，幾經深入得到的「深知」

〔註11〕　林矛：《「身邊文學」和「世界文學」》，《大眾生活》第 1 卷第 14 期，1936 年 2 月 15 日。

〔註12〕　禮錫：《從青年的煩悶談到苦學與深思》，《讀書雜志》第 1 卷第 1 期。

〔註13〕　張希之：《文學概論》，北平文化學社，1933 年 1 月。

〔註14〕　方璧在《魯迅論》中說：《一件小事》「沒有頌揚勞工神聖的老調子，也沒有呼喊無產階級最革命的口號，但是我們卻看見……一顆質樸的心。」（見《小說月報》第 18 卷第 11 號）

看似是好的主觀性在起作用，實際上整個過程過濾掉了所有的主觀性，只剩下了思維定式與大而無趣、平庸無奇的議論。作者不必等到在結構主義中死去，在這種所謂「深知」裏早就暈死過去了。

如什麼樣的實、寫什麼樣的題材成了一個鬥爭的對象與產生焦慮的源泉。五四初期，胡適曾認爲寫作材料之不同就代表了新舊文學之不同：近人的小說材料無非是官場妓院與齷齪社會，新文學家們必須擴大文學材料的來源，「即如今日的貧民社會，如工廠之男女工人，人力車夫，內地農家，各處小負販及小店鋪，一切痛苦情形，都不曾在文學上占一位置。並且今日新舊文明相接觸，一切家庭慘變，婚姻苦痛，女子之位置，教育之不適宜，……種種問題，都可供文學的材料」〔註15〕。爲新文學創作提供寫作材料的「問題」，指的是底層社會問題以及現時代文明衝突造成的問題。這就需要新的眼光、新的目視法，雖然不必像茅盾那樣成爲一個「新興社會科學者」，但要擴大目光逡巡的區域，不再拘泥於亭子間和內心狹小的領域，向下向外擴展，睹視更廣泛更遼闊的社會生活，把那些與新的目光同時誕生的現實經驗化爲身體的血肉與創作的題材。本年 3 月，上海南強書局出版了李君實編選的《模範語體文評選》（第六冊），其中選入了盧耐夫斯基的《學生》，編者在文末評論說：「這個故事裏所展開的事實，是非常現實的，尤其是在今日的中國。所以，當編者初讀時，簡直感到這是一件眼前的事……放在眼前的，眞是有寫不盡的題材，和我們生活分不開的題材，爲什麼我們作家的眼光，竟不向這一方面呢？」

沙汀、艾蕪則起了自我的懷疑：他們小說的題材一是「熟悉的小資產階級的青年」、一是「熟悉的下層人物」，「不知這樣內容的作品，究竟對現時代，有沒有配說得上有貢獻的意義？」魯迅回答說：「現在能寫什麼，就寫什麼，不必趨時，自然更不必硬造一個突變式的革命英雄」，最根本的則是自己成爲一個「戰鬥者」：

> 如果是戰鬥的無產者，只要所寫的是可以成爲藝術品的東西，那就無論他所描寫的是什麼事情，所使用的是什麼材料，對於現代以及將來一定是有貢獻的意義的。爲什麼呢？因爲作者本身便是一個戰鬥者。〔註16〕

〔註15〕 胡適：《建設的文學革命論》，《胡適散文》（一），中國廣播電視出版社，1992年，第 204 頁。
〔註16〕 《關於小說題材的通信》，《十字街頭》第 3 期，1932 年 1 月 5 日。

　　為什麼成為戰鬥者是如此重要？因為成為戰鬥者就意味著配備了戰鬥的眼光，發現了他者未能發現的「有貢獻的意義」。但魯迅並未忘記他們所談論的是文學創作投資，於是他設置了一個不能忽略的前提：所寫的東西首先是藝術品。魯迅大概沒有想到，這個前提可以否定「戰鬥者」的存在。本年，卞之琳出版詩集《三秋草》，其中一首《路過居》博得好評。有人說它最可愛，「用輕新的筆法，描寫小茶館中許多喝茶時候紊亂和潦倒的情形……為中國新詩壇別開一方面，就是指示著在我國當代詩人好用『沉重』的作風，來描寫自己個人的抑鬱，牢騷之下，若用日常瑣小的事件為題材而描寫，也是能得到很豐富的藝術的收穫的」〔註17〕；朱自清先生也讚賞有加：「作者最活潑最貼切的描寫是《路過居》，車夫聚會的一家小茶館。這種卻以盡致勝。作者觀察世態頗仔細，有時極小的角落裏，他也會追尋進去；《工作的笑》裏有精微的道理，他用的是現代人尖銳的眼」〔註18〕。卞之琳以現代詩眼把一些向來未能入詩的民間風物、世俗人情帶入新詩中，僅此一點就體現了他的獨特價值，然而他不是魯迅所說的「戰鬥者」。魯迅的意思沒錯，戰鬥者寫的藝術品一定有意義；然而，我們不能忘記還有一層關係，即戰鬥者寫的不一定就是藝術品，非戰鬥者寫的不一定不是藝術品。最根本的，是作者寫的是不是藝術品。

　　這就涉及了材料組織與描寫表達的問題，也是「如實」面臨的第二個紛爭，怎麼樣去如實，怎樣使作品成為一件藝術品（雖然這兩個問題分開論述，但實際上它們是纏繞在一起的）。

　　如果按字面意思要求「如實地把觀察所得的再寫下來」，那麼晚清新小說及後來的通俗小說似乎做得最好。因為它追求「窮形盡相」。陶曾祐《說小說之勢力及其影響》認為小說導人以「興味津津」，其源泉「不外窮形盡相，引人入勝而已」。且不說一些新小說的回目就有「窮形盡相」的用語，單看它們的眉批和回批，「形容盡致」、「已是寫到盡頭」、「善於形容」、「寫盡」、「活畫」等等屢見不鮮。尤可注意的是新小說對人物心理繁複曲折、不厭其煩的描寫。吳趼人和劉鶚做出了令人矚目的成就。如《二十年目睹之怪現狀》寫「我」探察會黨時進退兩難的內心活動，《恨海》寫張棣華在八百戶小店一燈相對時

〔註17〕　般乃：《卞之琳的「三秋草」》，《清華週刊》第 39 卷第 11、12 期合刊，1933年 6 月 14 日。

〔註18〕　見《朱自清散文全集》（下集），第 308 頁，原載 1933 年 5 月 22 日《大公報》，題《三秋草》。

的思念，《九命奇冤》寫凌貴興盼望發榜的焦急心情，《電術奇談》寫鳳美等待仲達的焦急以及臨死前對父母養育之恩的感念，《老殘遊記》寫老殘月夜在黃河岸邊的家國之憂，幾乎都是一大段三四百字篇幅的綿綿欲念。這在中國小說發展史上不可不謂頭一回。

通俗小說接續了這個傳統。張恨水是個中高手。從本年 1 月號開始至下年 12 月號結束，《旅遊雜誌》連載張恨水的小說《秘密谷》。寫康百川等四人離開南京到安徽深山探尋秘密谷之事。第二回寫一老者燒茶：

「老人這才放大了膽，四處找出了幾條板凳給他們坐。在門外捧了一大捆乾茅草，送到旁邊一個灶裏去，掀開灶上的鍋蓋，用一個大葫蘆瓢，在水缸裏舀了幾瓢水，接著就蓋了鍋，向灶裏點著一把火。不多會，水沸了。他在灶頭上取下一個竹筒子，由裏面抓了一撮灰也似的東西，灑到鍋裏，於是提了一把大瓦壺來，將瓢在水裏擺蕩幾下，就舀水向壺裏灌。接著，他便帶了三隻飯碗和那壺一齊送到桌上，原來這是敬客的茶呢。徐彬如看了，真覺這種生活別有風趣，只是笑。因為他們都如此鑒賞那些小動作，所以事事有味，就也忘了辛苦，當天就在這裡歇了。」

把燒茶過程的每一個動作都寫了下來，如攝影錄像一般，並讓人物產生了「別有風趣」、「事事有味」之觀感，實則是引導讀者亦作如是觀。以「風趣」的眼光窮形盡相地再現此等民情風物，左翼不屑為之，都市小說無法顧及，既無五四鄉土文學之怒其不幸與哀其不爭，又無老舍文化批判的匠心。但它確實「有味」。這也表徵了《啼笑因緣》與其續篇的差別。前者第一回寫關壽峰天橋賣藝：

最後走出來一個五十上下的老者，身上穿了一件紫花布汗衫，橫腰繫了一根大板帶，板帶上掛了煙荷包小裕褳，下面是青布褲，裏腿布繫靠了膝蓋，遠遠的就一摸胳膊，精神抖擻。走近來，見他長長的臉，一個高鼻子，嘴上只微微留幾根鬚。他一走到院子裏，將袖子一陣卷，先站穩了腳步，一手提著一隻石鎖，顛了幾顛，然後向空中一舉，舉起來之後，望下一落，一落之後，又望上一舉。看那石鎖，大概有七八十斤一隻，兩隻就一百幾十斤。這向上一舉，還不怎樣出奇，只見他雙手向下一落，右手又向上一起，那石鎖飛了出去，直衝過屋脊。家樹看見，先自一驚，不料那石鎖剛過屋脊，

　　照著那老人的頭頂，直落下來，老人腳步動也不曾一動，只把頭微

微向左一偏，那石鎖齊齊穩穩落在他右肩上。同時，他把左手的石

鎖拋出，也把左肩來承住。家樹看了，不由暗地稱奇。

　　把關壽峰由遠而近、由上而下寫了個清楚仔細，把他拋接石鎖的過程寫
得如前面老者燒茶一樣涓滴不遺。鑒於《啼笑因緣》的他人續作充斥市場，
1933 年張恨水出版《續啼笑因緣》，來個「自我了斷」。它的敘事場景不是別
墅就是旅館，不是客廳就是飯廳，雖有沈國英等為國拋頭顱灑熱血，但筆下
不見了山川市井風物，再無關壽峰天橋賣藝那般摹狀再現，直是狗尾續貂、
甚是無味，不堪讀也。

　　且對比老舍《斷魂槍》。寫王三勝練刀：

　　　一跺腳，刀橫起，大紅纓子在肩前擺動。削砍劈撥，蹲越閃轉，

手起風生，忽忽直響。忽然刀在右手心上旋轉，身彎下去，四圍鴉

雀無聲，只有纓鈴輕叫。刀順過來，猛的一個「跺泥」，身子直挺，

比眾人高著一頭，黑塔似的。

寫孫老者打查拳：

　　　腿快，手飄灑，一個飛腳起去，小辮兒飄在空中，像從天上落

下來一個風箏；快之中，每個架子都擺得穩、準，利落；來回六趟，

把院子滿都打到，走得圓，接得緊，身子在一處，而精神貫串到四

面八方。抱拳收勢，身兒縮緊，好似滿院亂飛的燕子忽然歸了巢。

寫沙子龍練槍：

　　　夜靜人稀，沙子龍關好了小門，一氣把六十四槍刺下來；而後，

拄著槍，望著天上的群星，想起當年在野店荒林的威風。

　　與關壽峰天橋賣藝的描寫有什麼差別呢？差別在於，看了張恨水的描
寫，讀者可以照著關壽峰的動作一步步地練習拋接石鎖，當然，是否能達到
人家的水平另當別論；老舍則似乎有意壓抑這種欲望的滿足，看了《斷魂槍》
的描寫，我們不知道王三勝的刀怎麼練，孫老者的拳怎麼打，更別提沙子龍
的六十四槍怎麼刺（想想金庸筆下的「降龍十八掌」，至少每招都有個名字
呢）。差別還在於，《秘密谷》寫老者燒茶讓書中人物徐彬如感到「別有風趣」，
《啼笑因緣》寫關壽峰賣藝讓書中人物樊家樹「暗地稱奇」，似乎在誘導讀者
對剛才描寫的事與物亦作如是觀感；而孫老者對王三勝的評價只是「有工
夫！」，沙子龍對孫老者的評價只是「好！」，那六十四槍更是無人得見的傳

說。張恨水通過窮形盡相地摹狀再現讓人感到他描寫的事與物之「趣」與「奇」，而老舍的描寫則是叫人感到他描寫得「好」，他的描寫表現王三勝「有工夫」和孫老者打得「好」十分準確到位。當然，這不是說張恨水的文字功底差或他描寫得不好，不過兩者的興趣所在與注意焦點之差異還是很明顯的。

我們現在把老者燒茶與關壽峰賣藝視為動作描寫，但在當時看來，那不是描寫，只是「記敘」或「記述」，遠不如描寫。五四時期，茅盾抨擊舊小說的缺陷之一就是它只知記述沒有描寫：「須知文學作品重在描寫，並非記述，尤不取『記帳式』的記述」〔註19〕。本年 5 月 1 日，葉聖陶、夏丏尊在《中學生》雜誌發表《印象》一文，繼續指導學生如何寫作：「像你所說的，把走過哪裏，到達哪裏，看見什麼，聽見什麼，平平板板地記下來，這是一法。依了自己的感覺，把接觸到的景物從筆端表現出來，猶如用畫筆作一幅畫一般，這又是一法。前一法是通常的『記敘』，後一法便叫做『印象的描寫』」，「人家看了你的風景畫，就會感到你所感到的；不勞你解釋，不用你說明，一切都從畫面上直接感到。所以，『描寫』比較『記敘』具有遠勝的感染力。」看來，記述／描寫的區別在於有沒有作者的感覺（茅盾會說要有作者的「分析」，這是五四人學話語的表現〔註20〕）。

魯迅對張恨水的描寫也不會滿意。至少他會覺得寫關壽峰「長長的臉，一個高鼻子，嘴上只微微留幾根鬚」沒有意義。他佩服的是陀思妥夫斯基那樣的作者，能「顯示靈魂的深」，「寫人物，幾乎無須描寫外貌，只要以語氣，聲音，就不獨將他們的思想和感情，便是面目和身體也表示著」〔註21〕。即使要寫外貌，也不要面面俱到、鉅細無遺，本年完成的《我怎麼做起小說來》就寫道：

> 要極省儉的畫出一個人的特點，最好是畫他的眼睛。我以為這話是極對的，倘若畫了全副的頭髮，即使細得逼真，也毫無意思。

〔註22〕

〔註19〕沈雁冰：《自然主義與中國現代小說》，《小說月報》第 13 卷第 7 號，1922 年 7 月 10 日。

〔註20〕可參看我的碩士學位論文《從趣味到主義——晚清至五四的小說話語研究》的相關論述。

〔註21〕魯迅：《〈窮人〉小引》，《語絲》第 83 期，1926 年 6 月 14 日。

〔註22〕老舍也是這個意思：「要描寫一個必須知道此人的一切，但不要作相面式的全寫在一處」，「相貌自然是要描寫的，這需要充分的觀察，且須精妙的道出……拖泥帶水的形容一大片，而所以形容的可以應用到許多人身上去，則費力不討好」（見老舍《人物的描寫》，《宇宙風》第 28 期）

寫關壽峰留幾根鬍鬚有意思嗎？描寫不再追求窮形盡相，不再堆積與羅列，而是有所選擇。有人說：「敘述就其本質而言就是有所不述的，在史學中和在其他地方一樣，知道將什麼排除在外，以及能斷定什麼是比其他更重要的乃是一個人具有處理其主題的能力的標誌」〔註23〕，描寫亦是如此。窮形盡相還是畫眼睛，不僅是描寫方法的不同，也表徵了對「實」的不同認識。

　　本年底，穆木天《談寫實的小說與第一人稱寫法》引發了與陳君冶的兩個半回合的爭論。在「最後答辯」中，穆木天說他和陳君冶並無原則上的大差別，都要求「如實」，都反對「寫實就是羅列堆積」。但從一開始，穆木天就亮明自己的觀點：寫工人寫農民不宜用第一人稱自白的寫法，「有些青年作家，在本心上是要現實主義描寫社會的，但因為他們用第一人稱的寫法，便減少了那些小說作品的真實味」。例證之一是草明的《傾跌》，「女主人公是一個小老媽，而作者卻把她寫成為一個詩人了：……『蘇七起了像沙漠上的，孤島底寂寞而貧乏的悲哀』等等很多的話語，恐怕不但一個女工說不出，想像不出，就是文科大學生也不一定人人能說出這一類有聲有色的話語」。陳君冶則認為，《傾跌》不真實並非第一人稱寫法之錯，而是「作者對於作品中的自白者的身份的認識上的缺憾」，「作品的真實性，是要歸於作者對於現實的認識和表現的手段所達到的程度的高下的問題」。我們可以簡單地重建他們的思考過程：因為文藝青年（作者）與老媽子（人物形象）不屬同一個階級（階層），總是有些隔，所以前者讓後者來個獨白抒情明顯是虛假做作；於是，穆木天就認為第一人稱寫法要不得，而在陳君冶看來，這恰恰說明了文藝青年提高認識水平與表達能力的重要性——只要作者的問題解決了，寫法就不是問題。他們比比劃劃，其實拳頭並未打在同一個地方（十之八九的論爭皆是如此，越熱鬧的往往越是如此）。穆木天有自己的閱讀感受作支撐，陳君冶則有「社會主義的現實主義」理論作後盾，二人的眼光與興趣從一開始就悄悄地分離錯位了。

　　每天早晨醒來，睜開雙眼，你看到了世界——不，你看到的不是世界，它只是你所看到的世界。別忘了還有別人看到的世界。當然，接受新的理論思想，裝配新的目光，會發現新的風景與深度（想一想庫恩在《科學革命的結構》中所表達的看法：不同的理論範式對同樣的物理現象有著截然不同的

〔註23〕　阿瑟・丹圖：《敘述與認識》，周建漳譯，上海譯文出版社，2007 年，第 165頁。

解釋）。但像陳君冶那樣似乎要用一種新的主義來統一人們的思想與目光，就有些討厭了（穆木天說：「陳君望風捕影空談高調地越談越遠。最好是結束啦」〔註 24〕）。柏林說：「存在著種種視角和視角的視角，就像看阿爾卑斯山遠近高低各有不同，如果要問那種看法是真、哪種看法是假，就很無聊了」〔註 25〕——在文學投資領域，這種相對主義是合理的。

二

不管怎樣，眼光與目視法牽制著創作投資的一舉一動。於是，「描寫」就佔據了創作手法的中心位置。《青年創作辭典》的廣告說：青年若走向文學創作這條路：（1）你必須經常研究創作；（2）你必須經常訓練觀察；（3）你必須經常學習描寫〔註 26〕。有人就專門編成《文學描寫手冊》，分為三編：「第一編：描寫總論」、「第二編：描寫文範」、「第三編：描寫特輯」。第一編開宗明義寫道：「扼住印象是描寫的根本要義。恰當地扼得住，具體地說得出，描寫的能事已盡了」〔註 27〕。

其實未盡。正確地說，描寫是一門綜合運用目光的複雜技術：「預備寫作，大概要訓練一副明澈的眼光。種種的事物在我們周圍排列著、發生著，對她們怎樣看法，要眼光，怎樣把她們支配運用，要眼光」〔註 28〕。

首先，眼光要集中，不能散亂無章，要看清楚哪部分題材是主要的，哪部分是次要的，哪個人物是主要的，哪個人物是附屬的，結構到何處是焦點，等等；這樣，文章才能留下一個整體統一又層次分明的印象。有人稱之為「新技巧的描寫」：「什麼是新技巧的描寫呢？我們要用畫家採取景物的眼光去描小說中的景物。先把方向取定，把自己所站的地點選定，然後用眼去觀察景物。經過一番意匠的工夫，認定主要的材料與附屬的材料，然後著筆：主要的自然應該注重，附屬的可以簡略。像這樣的景物的描寫豈不是一幅很好的

〔註 24〕 本次論爭的五篇文章可參看《二十世紀中國小說理論資料》（三），北京大學出版社，1997 年。

〔註 25〕 柏林：《現實感》，見其同名論文集，潘榮榮、林茂譯，譯林出版社，2011 年，第 28 頁。

〔註 26〕 此辭典由錢謙吾編輯，光明書局刊行，我未見到。它的廣告附於《小品文講話》書末。

〔註 27〕 該手冊由戴叔清編寫，文藝書局印行，我所見者是 1932 年 11 月 25 日的第三版。

〔註 28〕 聖陶：《寫作漫談》，《自修大學》第 7 期，1937 年 4 月 17 日。

圖畫嗎？讀者怎麼不歡喜呢？」〔註29〕眼光集中但不要呆板，要有起伏與變化才好，「該直該曲，該濃該淡，一點都不潦草，這樣才說得上藝術手段」〔註30〕；丁玲《母親》缺點之一便是「曼貞的心理描寫得比較少，比較太平直沒有波折」〔註31〕。

　　眼光還要多角度立體呈現，描寫亦有外面和內面之分，綜合運用才不致把人物乾巴巴地寫得「像是剪紙似的」──茅盾曾經抨擊舊小說只會「詳詳細細敘述一件事的每個動作」，不會「分析一個動作而描寫之」，使得眼前的人物「是個木人，不是活人，是一個無思想的木人，不是個有頭腦能思想的活人；如果是個活人，他做這些動作的時候，全身總該有表情，由這些表情，我們乃間接的窺見他內心的活動」〔註32〕，內面描寫與表現內面似乎更重要（這與周作人《人的文學》不無關係，它把人的生活分成了「動物的生活」與「內面生活」；改革開放前很長一段時期強調人的「內面生活」，以致於發展為人的全部生活就只是內面生活）。

　　還要注意背景的存在與功用：「近代的作家，對於背景的描寫，非常著力。按實際上講，環境是決定著小說中人物事件的一切，就是人們的肉體的及精神的個性，全是由『環境』造出來的」，「我們只作人物的『表面的形容』和『心理的分析』，總還不能十分真切的表現出來，我們勢必把他所處的環境，具體的描繪出來，才可以達到目的」（一般認為，小說三要素包括人物形象、故事情節與環境描寫。強調環境的存在與作用亦是出於五四時期對舊文學無根存在的否定與反動，舊文學無根表現在從裏到外一切皆程序化與庸俗化，如人物不是「活人」，故事老套，景物則僅憑「一點膚淺的想像力」向壁虛造，遂有鄉土文學之提倡與湧現；將文學之根縶入厚實的鄉土，這是五四文學重要的成就與理念）。

　　困難的是，還必須學會隱藏自己的眼光，不要讓自己的眼光照亮所有的地方，而是要留出一些適當的空白，讓讀者參與並思考其真實含義，這就是

〔註29〕　賀玉波：《小說的研究》，光華書局，1933 年 11 月版。本書有三篇論文組成，分別是《小說的分類》、《小說新技巧論》和《小說的圖解》。引文出自第二篇。

〔註30〕　聖陶：《徐志摩的〈我所知道的康橋〉》，《新少年》第 1 卷第 7 期，1936 年 4 月 10 日。

〔註31〕　楊剛：《關於〈母親〉》，《文藝》第 1 卷第 1 期，1933 年 10 月。

〔註32〕　沈雁冰：《自然主義與中國現代小說》，《小說月報》第 13 卷第 7 號，1922 年 7 月 10 日。

「暗示」；與之相關的才能叫「象徵」：「這象徵二字的原意，是要從日常所見的卑近事物而暗示出眼目不能見的高深的東西」〔註 33〕。這當然不是象徵的原意。「象徵」一詞源自希臘語，原指把一塊木板或石塊分成兩半，用以作為友愛的信物。後來演變為泛指所有能表達觀念或事物的標識物或符號。它被用於廣泛的領域，共同的取義部分就是「某一事物代表、表示別的事物。」在文學理論中，象徵首先被視為一種表達技巧，它表達思想和感情不是直接描繪它們，也不是通過與具體意象明顯的比較來解釋它們，而是暗示這些思想和情感，通過運用那些未加解釋的象徵在讀者心中重新創造它們。這和中國傳統文化中的象徵（如松柏象徵高潔）不同，後者是因襲的、固定的，而真正的象徵則是詩人臨時在意象中附加複雜的精神意義而形成的，要理解它的內涵，必須像個密碼員破譯一種陌生的密碼一樣〔註 34〕。本書的目的不是要校正《文學入門》對象徵的不深刻或不正確的認識，而是要讓我們認識到當時的文學話語對目視法的重視，甚至可以說目光統治了文學投資的一切。它似乎忽略了，在文學創作投資中，「看」與「寫」不可分離，既要會看、能看，又要會寫、能寫——或許在它看來，「看」與「寫」之密不可分、看見了就能表達出來是個不言自明的事實（所以它強調「看」）。但它確實忽略了，讀者的眼光與作者的眼光並不完全重疊甚至會背道而馳：作者看到的東西讀者未必能看到，作者看不到的讀者反而能抓住（魯迅是個例外，他在《看書瑣記》中說：「作者用對話表現人物的時候，恐怕在他自己的心目中，是存在著這人物的模樣的，於是傳給讀者，使讀者的心目中也形成了這人物的模樣。但讀者所推見的人物，卻並不一定和作者所設想的相同」）。

「描寫的第一原則，在於發見特別的東西」；但是，「特別的東西」如果使用普通的表達法就會失去特別的韻味。可以說，「特別的東西」加特別的表達正是新感覺派小說對文壇造成的特別的衝擊。有人認為新感覺派的描寫方式的兩個目標是「裝置感覺」和「表現情態」。對前者解釋說：「如何將這一種特別的感覺選擇最切適的字句將它精密的組織起來，表現自己的另一種非常識的感覺，那便是所謂感覺的裝置」，例如「『有人走下汽車』，可以寫作『汽車腹中吐出人來』；『電梯升降』可以寫作『電梯繼續著它的吐瀉』。顯然地，前者與後者的寫法截然不同，通常的寫法是前者，而後者的寫法便非感覺特

〔註 33〕 見章克標、方光燾合編《文學入門》，開明書店，1933 年 7 月第三版，第 62
〜3 頁。

〔註 34〕 以上觀點參考了柳揚的《花非花・譯者前言》，旅遊教育出版社，1991 年。

別靈敏所能辦得到的」，它的秘訣之一就是「能夠捉住當時的感覺而加以新鮮的描寫」﹝註35﹞。問題便是，是「新鮮的描寫」喚起了「特別的東西」，還是看到了「特別的東西」就彷彿會自動產生「新鮮的描寫」？爲什麼我們經常看到有人走下汽車，而沒有想到「汽車腹中吐出人來」的表達？難道是我們看得不深刻、不獨特、不立體？

　　應該反思與檢討晚清以來盛行的語言工具觀。筆被視爲手的延伸，筆書寫完成的話語被視爲作者思想與情感的反映。在作者大寫的投資神話中，他對語言文字可以進行絕對地控制與使用，「好像一個老技師把他的機器弄得十分精熟」一樣﹝註36﹞：像建築工人用磚瓦蓋房子，作者用語言文字寫作品，他的意圖與思想貫穿始終並得到毫釐不差地實現。正因爲如此，胡適才敢主張「作詩如說話」。有什麼話，說什麼話；話怎麼說，就怎麼說。但問題是，說話如何能明明白白、不模糊、沒有歧義呢？誰能保證說的話（寫的文章）到了別人那裡就不走樣呢？胡適在回答「中國同音異義之字太多」這個問題時，提到了「上下文」這樣一種自然的解決方式：

　　　　語言文字不是一個一個的獨立分子，乃是無時無地不帶著一個
　　上下文的。無論怎樣容易混亂的字，連著上下文便不混亂了。譬如
　　一個姓程的南方人，有人問他貴姓，他說姓程是不夠的；人家要問
　　他是禾旁程，還是耳東陳。但是我們說話是，『開一張路程單』的程
　　字，決不會混作『陳年大土膏』的陳字。即如有人問現實的貴姓，
　　先生一定須說『藍顏色』的藍，或是『青出於藍』的藍。但是我們
　　若說『一個大姑娘穿著藍布衫子，戴著一朵紅花』，聽的人一定不會
　　誤解了。語言文字全是上下文的。﹝註37﹞

　　胡適的「上下文」其實就是索緒爾所說的話語在空間上的組合性。依靠上下文的看似自然的組合，語言文字似乎就完全落在作者的掌控之中，成爲一個得心應手的實現作者意圖的工具。但胡適忽略了一點，那就是索緒爾所說的話語潛在的聚合性，它使得組合起來的話語生命完全脫離了作者的控

﹝註35﹞　天狼：《論新感覺派》，《新壘》第 1 卷第 5 期，1933 年 5 月 15 日。此文認爲目
　　　　　下文學題材上的成功雖多，而技巧上的成功卻不多見，因而高度評價新感覺
　　　　　派。對「表現情態」作了這樣的解釋：「新感覺派表現情態和電影中的表演初
　　　　　無二致」，例如「發怒」二字只是皮相的描寫，若寫成「拳頭捏得緊了」或「恨
　　　　　不得一腳將壁柱踢倒」就顯得特別而新鮮了。
﹝註36﹞　黎錦熙：《「句本位」的文法和圖解法》，《晨報副鐫》，1924 年 2 月 2 日。
﹝註37﹞　胡適：《答藍志先書》，見《胡適文存》（卷一），黃山書社，1996 年，第 78 頁。

制。在此，可以把李金髮與胡適作一對比。朱自清對李金髮的以下議論經常被引用：「他的詩沒有尋常的章法，一部分一部分可以懂，合起來卻沒有意思。他要表現的不是意思而是感覺或情感，彷彿大大小小紅紅綠綠一串珠子，他卻藏起那串兒，你得自己穿著瞧」〔註 38〕。胡適以爲靠著上下文而使語言表達明白如話，李金髮的詩卻因爲上下文而讓人看不懂了，這是爲什麼呢？因爲上下文或語境的存在固然可以使詞語的某些方面或者某些表達的意義確定下來，更多的時候卻是讓詞語的意義漂移流動起來、自我繁衍起來，這種情況是作者根本無能爲力來掌握與控制的。

換言之，胡適的「明白如話」實質上是心理學的：作者的思想情感由語言文字得到了明白而準確的表達，而讀者由這些語言文字也即時理解了作者意圖。這樣，寫作如面對面的說話一樣，使主體間達成了相互理解的和諧境界（其實是讀者對作者的單向理解、作者對讀者的單向啓蒙）。李金髮的反常之處就在於他的詩歌創作不是爲了這種即時性的理解，既不是爲了讀者、也不是爲了作者而存在，因其存在本身是自足自爲的。李金髮的意義就是讓我們認識到寫作不是說話，二者是根本不同的話語系統，寫作不是爲了即時的理解與交流，而是在創造一個獨立自足的世界——文本。文本是由書寫而確定了的話語，按照法國哲學家保羅・利科的論述，當文本取代了言談（說話）時，至少發生了三場大變動：首先，對話直接把一個人的說話與另一個人的接聽溝通了起來，說者與聽者通過對話關係而明確下來；但作者與讀者之間並不存在這種交流，它不是對話關係，相反，文本導致了讀者和作者的雙重消失：讀者遠離了書寫行爲，作者遠離了閱讀行爲。由此，文本面對的是任何一個可以閱讀的人，因而具有某種被無限閱讀的可能性；其次，言談（說話）情境的共享現實性直接而明確地決定了言說話語的指稱，但在書寫的情況下，這一共享的現實性不存在了，文本從明確指稱的限定中解放了出來，它擁有一個不同指稱維度，需要在解釋的過程中展開；再次，在口頭話語中，說話主體的意向與所說內容的意義之間常常重疊；然而在書寫的情況下，文本的意指與作者的意思再也不會重合，文本意義和心理意義擁有不同的命運〔註 39〕。

〔註 38〕 朱自清：《中國新文學大系詩集導言》，見《朱自清全集》（四），江蘇教育出版社，1990 年，第 235 頁。

〔註 39〕 保羅・利科：《什麼是文本？說明與理解》，見《詮釋學與人文科學——語言、行爲、解釋文集》，孔明安等譯，中國人民大學出版社，2012 年，第 107～111 頁。利科對文本的論述擺脫了索緒爾思想中的心理學色彩。

　　但在本書所論範圍內，這種話語自治的觀點幾乎無人接受（會有那麼一兩句零星的表達與它發生關係，但絕不會像描寫那樣形成一種主流話語體系）。塑造形象是作家的根本任務，描寫則是創作投資的根本方式。形象化地表達或形象性是作家投資能力與水平的最重要的體現：「現在用文字來描寫事物，意思就是要使一篇文章具有有聲活動電影的功用，至少也得像一幅畫，讓人家看了宛如親自接觸了那些事物」〔註40〕。「詩中有畫」本是古典詩歌的境界，要獲得並享受這個境界，需要「味」——「味摩詰之詩，詩中有畫；觀摩詰之畫，畫中有詩」——一種綜合性的欣賞鑒悟能力；如今則大大地不同，要由表及裏、由外到內，看到並看透人物形象的思想精神以及時代氛圍，而這需要強大的分析能力。在明星公司拍攝《春蠶》的現場，有人看到：

　　　　表演時的情節是老通寶向富翁借錢已經寫好了借據，導演程步高君在鄭重地申述下一個鏡頭的情形：

　　「Mr.蕭注意！開始是樂觀的神情，滿眼是希望的光，聽到少爺告訴你月前養蠶恐怕不大有出路的話，你突然失望，頭慢慢低下去，低下去，眼睛無可奈何的眨著，再緩緩的抬起頭來，看見小姐身上的綢衣服，又重複高興起來，口裏叫著說：『啊你看，少爺小姐們穿的不都是綢衣服嗎？用的著絲的地方多著呢！』請注意，你的悲與喜要經過三個不同階級的轉變……」〔註41〕

　　導演對Mr.蕭的申述其實就是對老通寶一步一步的分析，通過面目表情的變化體現出內心思想感情的變化。藉此，我們也對葉聖陶所說的「『描寫』比較『記敘』具有遠勝的感染力」有了更直觀的理解。但不要一味沉浸在這種感染力中自得其樂（像「味摩詰之詩」一樣），還要運用大腦進行理性地分析（要看到、看出更多的東西）。

　　文學遊戲的創作投資就這樣在目光與描寫中展開，從裏到外，從表面到內心。對作品的評論在很大程度上是對在作品中置入的目光的深度、廣度、角度進行探究與衡量。我們已經習慣了用這樣的詞語來評價一部作品：「反映」、「剪影」、「圖畫」或者是「深刻地描寫」、「生動地描繪」、「栩栩如生」，

<hr>

〔註40〕　聖陶：《蕭乾的〈鄧山東〉》，《新少年》第2卷第7期，1936年10月10日。
〔註41〕　楊愁：《〈春蠶〉絲未盡》，《明星》第1卷第3期，1933年7月1日。

等等〔註42〕。觀察正確與否成爲一個重要的評判標準,「觀察不正確」是作品的「罪名」之一,因爲這樣的眼光無法發現事情的「眞相」。本年 4 月 18 日《申報・自由談》發表曹聚仁的《論大澤鄉》,認爲「大澤鄉,原是好題材,可是茅盾先生的觀察不十分正確;我以爲不應該那麼寫的」;換言之,茅盾的小說把「事實的眞相抹殺」了。本年 5 月,《春蠶》由開明書店出版,「本書最大的貢獻,在描寫鄉村生活」,比較王魯彦的《柚子》《黃金》高下立判:「王魯彦君所描寫的,據說是西方物質文明侵入後的農村;但他的作品中太多過火的話,大概不是觀察,是幻想」〔註43〕。此外,有人評價周楞伽在《新中華》連載的小說《餓人》,對描寫逃難農民到上海工廠做工的「好日子」提出異議,認爲這是小說「思想和眼光都不大正確的地方」〔註44〕。

在目光與描寫的統治之下,詞不達意的情形被視爲文字的缺陷或作者的修養不夠。讓文字變得越來越簡單易行(如大眾語,漢字拉丁化等討論)或者學習使用方言土語,都是爲了更好地、更貼切地描繪我們目視所見的世界。

三

描寫作爲綜合運用目光的複雜技術,實質就是用小的成本獲取大的收益。

經濟學的思考方式是用最小的成本獲取最大化的利潤:「每個人都力求運用他的資本,生產出最大的價值」〔註45〕。有經濟學家更是富有洞見地指出:「在某種意義上,『經濟』動機和過程意味著,通過在每種易於產生『收益遞減』的投資途徑上,對資源正確配置的努力,是給定資源條件下的給定收益最大化,這種努力或許也是文化史的組成部分」〔註46〕。文學遊戲就是如此,創作投資的根本的原則就是盡可能用小的成本取得大的利益,追獲更多的剩餘價值。例如,下列表述並不令人感到陌生:「文學作品之上乘應以最少的詩

〔註42〕例如:「《子夜》爲人們勾勒出了一幅 30 年代中國經濟的眞實圖畫,也生動描繪了 30 年代『現代社會』外表下中國腐朽而畸形的社會意識」(見郭志剛、李岫《中國三十年代文學發展史》,第 57 頁)。

〔註43〕知白:《春蠶》,《大公報》「文學副刊」,1933 年 7 月 3 日。

〔註44〕孟克:《關於〈餓人〉》,《春光》第 1 卷第 2 期,1934 年 4 月。

〔註45〕亞當・斯密語,轉引自董志勇《行爲經濟學原理》,北京大學出版社,2006 年,第 1 頁。

〔註46〕弗蘭克・H・奈特:《風險不確定性與利潤》,安佳譯,商務印書館,2007 年,第 5 頁。

句表現無窮的含意為原則」〔註 47〕，或藝術「所造就的利益，是有限中想見到無限」〔註 48〕。再如，周楞伽這樣評論《子夜》：「她差不多把一九三〇年中國社會的全盤面目都暴露在我們眼前了……我愛茅盾先生那種深沉細膩的描寫，更愛他那用寥寥幾筆便捉住一個人物或事件的特徵的強調的手腕」〔註 49〕，這便是用小的成本獲得了最大的利益。

其實，我們向來就用「經濟」這個詞來評價那些令人滿意的作品。有人評葉聖陶的《多收了三五斗》：「寫穀賤傷農時，米價的跌落，農民受鎮市上的商店所剝削的情形。雖然是五六千字短短的一篇，但在技巧上卻似乎比茅盾的《殘冬》好些，那就是深切，樸素而經濟」〔註 50〕。朱自清比較茅盾兩個中篇《三人行》和《路》，認為《路》「這部書裏不少熱鬧場面，可是讀得時候老覺得冷清清的。也許是取材太狹了，太單調了；也許是敘述太繁了，太鬆泛了。結構是不壞的，以火薪傳的出路始，以他的出路終；中間穿插照應也頗費了些苦心。書中有一個『雷』，是真能苦幹的人，他影響了火薪傳。書中寫他的周側面影，閃閃爍爍的，像故意將現實神秘化，反倒覺得不親切似的」，而「《三人行》比《路》寫得好些，因為比《路》用筆經濟些」〔註 51〕。

短篇小說的興起本也是「經濟」的需要。胡適在他那篇著名的《論短篇小說》中說，不是篇幅不長的小說都可稱為短篇小說，它「是用最經濟的文學手段，描寫事實中最精彩的一段，或一方面，而能使人充分滿意的文章」。申述之，（1）描寫的「橫截面」能代表「全體」或「全形」，即是「最精彩」；（2）「不可增減，不可塗飾，處處恰到好處，方可當『經濟』二字」。胡適最後說道：「文學自身的進步，與文學的『經濟』有密切關係。斯賓塞說，論文章的方法，千言萬語，只是『經濟』一件事。文學越進步，自然越講求『經

〔註 47〕 劉如水：《論作詩——文心集之五》，《新壘》第 2 卷第 4 期，1933 年 10 月 15 日。

〔註 48〕 陳夢家：《〈新月詩選〉序言》，見許道明編《中國文論選·現代卷》（中），江蘇文藝出版社，1996 年，第 91 頁。

〔註 49〕 周楞伽：《我愛讀〈子夜〉》，《青年界》第 7 卷第 5 期，1935 年 5 月。

〔註 50〕 柳風：《文學創刊號一瞥》，《新壘》第 2 卷第 2 期，1933 年 8 月 15 日。該文這樣評價《殘冬》：「《殘冬》所給我的印象，是很散漫的。……『荷花』與四大娘吵嘴的那一幕，也大可以省去，因為這與《殘冬》沒有多大的關係，隨便那樣寫都可以引出黃道士來。不值得那樣多繞彎子。也許作者想表現荷花那點『我也是一個人』的意識的覺醒吧，但這點覺醒的意識以後也沒下落，所以也變成了多餘」。「多餘」，就是不經濟，浪費了筆墨而沒有任何收益。

〔註 51〕 知白：《茅盾的近作》，《大公報》「文學副刊」，1933 年 1 月 23 日。

濟』的方法」〔註 52〕。本年底，何穆森在《申報‧自由談》發表《短篇小說的特質》，繼續肯定短篇小說「是一種優秀的藝術形態」：「用很長的時間，來描寫各種人物心情中的變化以及各種相次擴大的錯雜事件，到不如截去四周的事物而設一緊張的場面，以表達其最高的一剎那」，或者「取材於一種極單純渺小的事件，而其裏面卻深深地暗示著極複雜極重大的東西。因此，得由細小的事情而顯示社會的機構。」

有不同的聲音。茲以吳宓言論為代表。吳宓認為，五四文學革命以來，短篇小說盛行，「論其全體，殊無足取」，因其存在四種流弊：「（一）短篇小說簡短易於成篇，於是啓苟且成名之念，長潦草塞責之風。（二）短篇小說之方法有定……率皆模倣西人，而絕少適合國情之創造。（三）短篇小說但寫片段之人生，一時一地之遭遇竟況……絕難有中正深厚之人生觀……（四）短篇小說易流於濫」。四種流弊一言以蔽之即短篇小說取材簡單、完成亦簡單。比較眞正的長篇小說，差別大矣：「篇幅甚長，人物甚夥，事實至繁，然結構精嚴。以一事為骨幹，以一義為精神，通體貫注，表裏如一。各部互相照應起伏，絲毫不亂。而主要之事，又必有起原、開展、極峰、轉變、結局之五段。斯乃小說之正宗，文章之大觀，而其撰著之難，亦數十百倍於短篇小說。非有豐識毅力，不敢從事也」〔註 53〕。這段寫於近十年之前的文字完全可以拿來評價本年出版的《子夜》，事實上吳宓就是這麼做的，他讚賞《子夜》，首先讚賞它結構最佳、宏偉完整〔註 54〕。

在我看來，不必像吳宓那樣貶短揚長，因為這裡說的「經濟」並非指越省事越好，它指的是用小的成本獲取大的利益的技巧追求與投資原則。這與文學投資對規模效益的重視與追求並不相悖。梁實秋堅稱：作品的價值並不以長短論英雄，但「偉大的詩永遠是要有相長度的」，「偉大的題材須要有偉大的規模，所以也就須要有較大的篇幅」〔註 55〕，篇幅愈長意味著付出了愈長的勞動時間，而付出的時間越長、投資愈大，規模會愈大，利益容量會愈

〔註 52〕 見嚴家炎編《二十世紀中國小說理論資料》（卷二），北京大學出版社，1997 年，第 37、45 頁。

〔註 53〕 吳宓：《評楊振聲〈玉君〉》，嚴家炎編《二十世紀中國小說理論資料》（卷二），第 393 頁。

〔註 54〕 雲：《茅盾著長篇小說〈子夜〉》，《大公報》「文學副刊」，1933 年 4 月 10 日。

〔註 55〕 秋：《詩與偉大的詩》，《益世報》1933 年 12 月 2 日。首句引文該是「偉大的詩永遠是要有相當長度的」。

多，因此長篇小說總是會獲得更大的關注。例如，在《子夜》中，「我們的金融家，企業家，地主，紳士，太太，小姐，少奶奶，女工，軍官，保鏢，經紀人，工會委員，都在作者寫實的手腕中呈現這活躍的旋動，都在作者敏銳的觀察中現出了原形」，它「龐大的範圍，複離的情節，以至於比較重要的角色，是很少有作品能夠比擬得上的，甚至用研究《紅樓夢》、《水滸》的圖解的方法，都很難適應於一九三〇年的《子夜》」〔註56〕。把《子夜》與《紅樓夢》、《水滸》相提並論，就是承認了《子夜》的偉大價值與經典地位。本書第四章曾引用魯迅在本年2月9日給曹靖華的信：「我們這方面，亦頗有新作家出現；茅盾作一小說曰《子夜》（此書將來當寄上），計三十餘萬字，是他們所不能及的」，沒有別的贊詞，魯迅對《子夜》的介紹只是「計三十餘萬字」。因為字數的多少就可以標誌著投入成本的多少；從字數上說，《子夜》就是一部「巨製」：字數多，容量便大，潛在的收益也會更大、更長久。對字數敏感的魯迅，或許有過自己不曾完成一部長篇的無奈與困擾〔註57〕。

那麼，如何用小的成本取得最大化的利益呢？

首先，正確而合理地運用描寫（參照本章第二節所論）。例如，眼光要集中、不能散亂無章，也就說描寫的時候要懂得剪裁，與主題目無關的東西要割捨掉：「經濟並非一味吝惜的意思。必要的、具有作用的決不吝惜，無關緊要的閒筆墨決不浪費，這才是真的經濟」〔註58〕。

其次，要掌握「文字經濟學」，該詞見於下段文字：

> 蕭乾跟師傅學著把文字當成繪畫者的材料，「在把筆尖點在紙上的那刻，他心智的慧眼前已鋪出一幅連環圖畫，帶著聲音和氛圍，隨著想像的輪無止息地旋轉。繪畫者的本領在調勻適當的顏色，把這圖畫以經濟而有力的方法翻移到紙上去」。確是，蕭乾在學習運用

〔註56〕 余定義：《讀子夜》，《戈壁》第1卷第3期，1933年3月10日。

〔註57〕 梁實秋就瞧不起魯迅沒有長篇小說。另外，沈從文在《記丁玲女士》中寫道：「……也有身不服老而鯁直的，則依然彷彿本身站在最前線，作為光明的火炬。但自己在得失打算中既厭於執筆，不能寫點自以為合乎理想的理想作品，也不能用什麼有秩序的理論，說明所謂中國的記念碑似的作品，是什麼形式，須什麼內容，在某種方法上某種希望可以產生」，有人以為這裡所說的老作家就是魯迅，也不算是妄自揣測（見署名「馬兒」的《沈從文的偏見》，《新壘》第2卷第4期，1933年10月15日）。

〔註58〕 聖陶：《丁西林的〈壓迫〉》，《新少年》第2卷第6期，1936年9月25日。

精緻鮮活的語言文字，同時也力求恰當地掌握文字經濟學，因爲師傅告訴他，「你應當明白『經濟』兩個字在作品上的意義，不能過度揮霍文字，不宜過度鋪排故事。他努力只在給讀者一個『印象』」。〔註59〕

何謂「文字經濟學」？引文作者未作任何進一步地解釋或例證，它孤零零地藏身於字裏行間，似乎並未獲得作者任何的注意與重視。然而，它與本書有緣，因爲它的意思就是用小的成本獲取大的收益。師傅所說的「經濟」首先指用筆節制，換句話說，不要把自己的意思傾筐倒篋地全拿出來，「只拿出一部分來並不是潦草成篇，而是其他部分已經包含在一部分之中了」〔註60〕，否則就會像魯迅所批評的譴責小說那樣「辭氣浮露，筆無藏鋒」，不如給讀者一個看上去無所用心的「印象」，讓讀者去琢磨與品味。試比較：

《子夜》開頭：太陽剛剛下了地平線。軟風一陣一陣地吹上人面，怪癢癢的。蘇州河的濁水幻成了金綠色，輕輕地，悄悄地，向西流去。黃浦的夕潮不知怎的已經漲上了，現在沿這蘇州河兩岸的各色船隻都浮得高高地，艙面比碼頭還高了約莫半尺。風吹來外灘公園裏的音樂，卻只有那炒豆似的銅鼓聲最分明，也最叫人興奮。暮靄挾著薄霧籠罩了外白渡橋的高聳的鋼架，電車駛過時，這鋼架下橫空架掛的電車線時時爆發出幾朵碧綠的火花。從橋上向東望，可以看見浦東的洋棧像巨大的怪獸，蹲在暝色中，閃著千百隻小眼睛似的燈火。向西望，叫人猛一驚的，是高高地裝在一所洋房頂上而且異常龐大的霓虹電管廣告，射出火一樣的赤光和青燐似的綠焰：Light，Heat，Power！

《邊城》開頭：由四川過湖南去， 靠東有一條官路。 這官路將近湘西邊境到了一個地方名爲「茶峒」的小山城時，有一小溪，溪邊有座白色小塔，塔下住了一戶單獨的人家。這人家只一個老人，一個女孩子，一隻黃狗。

〔註59〕 傅光明：《人生採訪者·蕭乾》，山東畫報出版社，1999年，第26～7頁。

〔註60〕 聖陶：《胡愈之的〈青年的憧憬〉》，《新少年》第1卷第11期，1936年12月10日。或者，「小說要表達作者的本意卻不明說，而是借別的事實來烘托，也像是一件美麗的對象之上輕輕蓋上層薄紗，讓讀者自己去體味」（見「編者」《小說和論文》，《新少年》第3卷第8期，1936年4月25日）。

　　《子夜》開頭是描寫的典範，它以蘇州河及其上的鋼架橋爲視野中心，描繪了一個動感而現代的大上海，予人強烈的印象。然而，《邊城》的開頭平平淡淡，簡簡單單的「有」字句，幾乎沒有任何的修飾語（只寫「一個女孩子」，不寫「一個可愛的女孩子」），筆墨極爲簡省，似乎無所用心，然正因此而留下了諸多的空白，讓讀者慢慢去咀嚼體味。《子夜》開頭給讀者強烈的感官感受，而《邊城》開頭卻把這種感官感受刪減到最低，那麼，前面師傅所說的「印象」到底該如何理解呢？

　　在最低層次上，或從狹義上說，它是指感官感受到的一種圖畫性；在更高層次上，它是使作品保持開放性或曰成長性的結構空間，能夠在不同的時間、在不同的讀者那裡具有同樣旺盛的意義生成的能力。儘管《子夜》開頭描寫出色，然而用意明顯，似乎要盡力把讀者的視野與想像完全填充起來，這樣用力得來的好的圖畫性也不是它的眞義。它更不會像某些革命小說那樣，把所有的利益線索都收束於一個光明的結尾而造成公式化的作品：「我們看見過許多描寫農村生活的小說。那是有一定的『公式』的：農民們怨氣衝天，但是沒有辦法，忽然一個『革命智識分子』——或男或女，飛將軍似的從天而降，到這農村中來說教了，於是那些走頭無路的農民有了『出路』了，於是鬥爭了，而結果必然勝利」〔註61〕，公式化的結局過於生硬與粗糙，直接阻斷了獲得多重利益的可能性。試比較《子夜》結尾和《邊城》結尾：

　　　　「佩瑤！趕快叫他們收拾，今天晚上我們就要上輪船出碼頭。避暑去！」

　　　　少奶奶猛一怔，霍地站了起來；她那膝頭的書就掉在地上，書中間又飛出一朵乾枯了的白玫瑰。這書，這枯花，吳蓀甫今回是第三次看見了，但和上兩次一樣，今回又是萬事牽心，滑過了注意。少奶奶紅著臉，朝地下瞥了一眼，惘然回答：

　　　　「那不是太局促了麼？可是，也由你。」

　　　　到了冬天，那個圮坍了的白塔，又重新修好了。可是那個在月下唱歌，使翠翠在睡夢裏爲歌聲把靈魂輕輕浮起的年青人，還不曾回到茶峒來。

　　　　這個人也許永遠不回來了，也許明天回來！

〔註61〕茅盾：《關於〈禾場上〉》，《文學》第 1 卷第 2 期，1933 年 8 月 1 日。

　　《子夜》不以吳蓀甫「避暑去」的話作爲結束，而是以揭示少奶奶的心事重重作爲結束，這是《子夜》完全超越了單向單調的「革命＋戀愛」敘事模式的一個標誌：主人公吳蓀甫絕不是一個從天而降的飛將軍，而是一個置身於各種關係糾結的活生生的男人。吳蓀甫及其各種關係的複雜性保證了解讀的多元性與豐富性。《邊城》則把儺送是否回來的問題懸置了起來，「這個人也許永遠不回來了，也許明天回來！」是一條懸置的裂隙，而不是一面反映社會現實的窗口或鏡子，它讓人窺視的不只是一齣愛情悲劇，而且是捉摸不定的命運天意，一個人性與存在之謎。沈從文說過，他「只想造希臘小廟。選山地作基礎，用堅硬石頭堆砌它。精緻、結實、勻稱、形體雖小而不纖巧，是我理想的建築。這神廟裏供奉的是『人性』」，確實，《邊城》遠沒有《子夜》那樣宏偉壯闊，但這座希臘小廟和馬克思所讚賞的希臘神話一樣具有「永恆性的魅力」。

　　「文字經濟學」被認爲是作家能力與作品價值的重要表現與標誌。「同是一種題材，寫成一篇小說可以長到幾千字，但寫成一首詩便只能以簡單的幾句話，把那內容充分表現出來，於是，文字的選用，自然成爲非常必要的了」〔註 62〕。從小到一個比喻的運用、一個意象的點染，到大到一個典型形象的塑造、整體的寓言化，都可以收到以點帶面、以少勝多之功效，都是在用少的文字投資來獲求利益容量的最大化。優秀的詩歌是這方面的典範。朱自清曾這樣評論卞之琳：「作者的出奇是跳得遠的時候，一般總不會那麼跳的。雖是跳得遠，這念頭和那念頭在筆下還都清清楚楚；只有它們間的橋卻拆了。這不是含糊，是省筆」〔註 63〕，這很容易再次讓我們想起朱自清對李金髮的那個評價——「他的詩沒有尋常的章法，一部分一部分可以懂，合起來卻沒有意思。他要表現的不是意思而是感覺或情感，彷彿大大小小紅紅綠綠一串珠子，他卻藏起那串兒，你得自己穿著瞧」。在朱自清看來，卞之琳把念頭與念頭之間聯繫的橋給拆了，李金髮則把珠子與珠子之間的串兒給藏起來了，一個比「一般」跳得遠，一個沒有「尋常」的章法，兩個成名於不同時期、被歸屬於不同詩歌流派的作者，他們詩的做法沒有什麼不同（不同的似乎只是，卞之琳的橋聯繫的是「念頭」——如果轉述不錯的話，就是「意思」，而李金髮的串兒串起來的「不是意思而是感覺或情感」）。這種做法就是「省筆」。

〔註 62〕　《詩的做法及其他》，《讀書生活》第 1 卷第 6 期，1935 年 1 月 25 日。未見署名。
〔註 63〕　見 1933 年 5 月 22 日《大公報》所載朱自清爲卞之琳詩集《三秋草》作的評論。

何謂「省筆」？在評論卞之琳《一塊破船片》時，朱自清說得明白而到位：「說得少，留得可不少」。這八個字也是我所見到的對「文字經濟學」的一個很好的解釋。

　　小說中的典型與側面烘托也常爲人所稱道，如有人從茅盾小說《春蠶》中所看到的：「第一，《春蠶》的某些方式，我覺得很特出，很別致。就是作者在著力描寫老通寶家鄉一個地方之餘，妥帖地帶上幾句，就顯得描寫的地域之廣。並且就顯得別個極廣的區域，有著和老通寶家鄉這塊地方一般的病象」；「第二，是作者處處從側面入手，用強有力的襯托，將……種種剝削後的農村的慘酷景象，儘量暴露無餘。妙就妙在作者不肯直接敘述，卻用強有力的手法，從反面襯出！」〔註 64〕老通寶的家鄉是中國農村凋敝的象徵，他本人則是中國式老農的典型，以及側面的襯托、暗示的力量，這些皆是投入得少而產出得多。它是對作者能力的稱讚與欣賞，是對作者創造了作品、控制了一切的信任，他永遠地抓住了自己寫出的文字。這是五四以來的一個關於作者的神話。然而事實上，文字比康橋西天的雲彩還要令人難以捉摸與控制，作者越少用力、越少現身，文字彷彿就越會說話、就能說得越多。

　　要想用小的成本取得最大化的利益，還須注意兩點：（1）獨特；（2）自然。

　　模倣他人是作者對創造力的自我貶損，幾乎沒有什麼價值可言。李建新等 12 人給《矛盾》月刊寫信，指出黑嬰的一篇小說仿倣了穆時英的《夜總會的五個人》，黑嬰在答覆中承諾要放棄穆時英的路子，而走上新的旅程、屬於他自己的旅程〔註 65〕。

　　文學投資的最大化利益不像人類經濟活動那樣執意追求財富數量的增加，它更看重利益的獨特性與首創性。例如，《子夜》「不可磨滅的功績，是在這書給我們貧乏的文藝界中輸入了一種新的眼見，它的材料至少是從來未被取用過地新鮮的，而且它的一切缺點，也是一個首創者的光榮缺點」〔註 66〕；王統照的《山雨》亦因此而獲得其獨特利益：「近來描寫都市脈搏的大畫幅似乎產生了不少。然而像這樣忠實詳細的農村描寫的小說，這怕是第一部」

〔註 64〕　王靄心：《〈春蠶〉的描寫方式》，《讀書顧問季刊》第 1 卷第 2 期，1934 年 7 月 20 日。
〔註 65〕　見 1934 年 1 月 1 日《矛盾》第 2 卷第 5 期「讀者・作者・編者」欄目。
〔註 66〕　韓侍桁：《〈子夜〉的藝術，思想及人物》，《現代》第 4 卷第 1 期，1933 年 11 月 1 日。

〔註 67〕。描寫資本家與股票交易所裏的明爭暗鬥,《子夜》之前從未有過,憑此一點《子夜》就不會被埋沒;五四鄉土文學已有對農村的描寫,但遠不及《山雨》的規模與「忠實詳細」,憑此一點《山雨》就應得到重視。比輸入「新的眼見」更勝一籌的是形成自己獨特的風格,例如老舍的京味或者穆時英的新感覺。再進一步,則是用字詞的組合建造一座既有個性又與人類普遍關切息息相通的紙面建築,如魯迅的「魯鎮」、沈從文的「湘西」、老舍的「北平」以及莫言的「高密」,它們會讓建造者不朽。

還要「自然」。老舍認爲臧克家詩集《烙印》裏的短詩「都是一個勁」,爲了表現這個勁,便做得不自然:「他的句子有極好的,有極壞的,他顧不及把思想與感情聯成一片能呼吸的活圖畫;在文字上他也是硬來……他的韻押得太勉強。這些挑剔是容易的,因而也就沒多大價值;假如他不是自狂自大的人,他自會改了這些小毛病」〔註 68〕。有人則指出了話劇創作存在的「機械形式」,以田漢的《亂鐘》爲例,它的人物是「生硬的撮合」,「爲了劇情的緊張放進『口號』去」〔註 69〕。這些不自然成分的存在妨礙了這些作品的生命力。

首先,寫的東西要自然:「眞正好文章,所描寫的東西,應當是天然現成的,或不得不然的東西。反過來說,凡天然現成的東西,倘誠實無妄的寫在紙上,縱令不一定成好文章,但也決不至壞到不像樣。例如大眾上火車,老太婆看有聲電影,都是天然現成之事,且尋常到不能再尋常了,經老舍老實寫出,也便有味」〔註 70〕。其次,寫法要自然:「用奇妙的技巧寫出的驚異,以及奇離情節的轉變,在今日,似乎還不能滿足最高程度的藝術意識了」;「眞眞有力的文藝作品應該是上口溫醇的酒。題材只是平易的故事,然而蘊含著充實的內容;是從不知不覺中去感動了人,去教訓了人。文字只是流利顯明,沒有『驚人之筆』,也沒有轉彎抹角的結構,然而給了讀者很深而且持久的印象」〔註 71〕。如果繼續追問下去,像魯迅說的那樣一直抱著啓蒙主義的目的進行創作投資,這是不是最根本的不自然?若是,那麼,進行文學創作投資就不能抱著什麼主見與目的了嗎?對此存而不論也許是個明智的選擇。不

〔註 67〕 見 1933 年 12 月 25 日《大公報・文藝副刊》對《山雨》的評價。
〔註 68〕 老舍:《臧克家的〈烙印〉》,《文學》第 1 卷第 5 號,1933 年 11 月 1 日。
〔註 69〕 馬麒:《目前劇壇的「機械形式」和「新地」的開展》,《濤聲》第 2 卷第 40 期,1933 年 10 月 14 日。
〔註 70〕 周穀城:《文章天成論》,《論語》第 32 期,1934 年 1 月 1 日。
〔註 71〕 伯元:《力的表現》,《申報・自由談》,1933 年 12 月 1 日。

過，魯迅在同一篇文章中說的「可省的處所，我決不硬添，做不出的時候，我也決不硬做」〔註72〕則是對自然之義的精粹表達。

四

描寫是用小的成本獲取大的收益的一種創作投資的方法或技巧。創作投資本身就是要獲取更多更大的利益。我們曾經引用一種看法，認為利益「是人們能滿足自身需要的物質財富和精神財富之和，以及其他需要的滿足」。這不能令我們十分滿意，因為它意味著利益就是能滿足任何需要的東西，被實體化、具體化為名詞性的某物。這裡，我們需要明確它原本是某種動詞性的心理過程。為了解釋歷史的客觀性和主觀性，利科從康德那裡借用了「利益」一詞：「在解決理性的二律背反——其中包括必然的因果關係和自由的因果關係——時，它會停下來據量放在天平的某個位置上的利益的分量」，利科接著說道：「我們應該用同樣的方式來處理向我們提出的顯而易見的兩者擇一；不同的利益是用兩類詞語來表示的：客觀性，主觀性，不同性質和不同方向的期待」〔註73〕。利科的用法表明，不同的利益就是不同的期待。因此，我們才有「利益表達（算計）」這種用法。不可否認，創作投資的利益表達（算計）形式頗為多樣，具體到某次創作投資，有的是想拿筆稿費，有的則是要還朋友文債。但必須看到，（1）利益表達（算計）往往是複合型的期待，（2）最重要的表達（算計）形式有兩種：理性化表達（算計）與趣味化表達（算計）。這是兩種不同性質和不同方向的期待。

理性化的利益表達（算計）表現為一種分析。對此，投資者們有不同的表述。或曰：「一個作家動筆一篇文學作品，一定要想，他要告訴讀者一些什麼，他要引導讀者到什麼地方去，他要用什麼形象的手段使讀者相信他的話，跟著他走？」「美學上的成就，和思想上的說服的效果同是作家的根本要求。作家常常考慮到用什麼法子使他的作品最有藝術的魅力」。這種期待的藝術魅力並非是藝術本身純粹的藝術魅力，這種期待認為，如果這部作品真有藝術魅力和有真的藝術魅力，那麼它就更能打動讀者、在思想上說服讀者。單純的藝術探索並不受歡迎：「現代喬易斯式的寫實主義……對現實的

〔註72〕《我怎麼做起小說來》，收入本年6月天馬書店出版的《創作的經驗》。
〔註73〕利科：《歷史的客觀性與主觀性》，見其文集《歷史與真理》，姜志輝譯，上海譯文出版社，2004年，第3頁。

描寫是愛無差等的速記式的記錄，心理描寫的所謂『內在的獨白』是最煩瑣的形式。」〔註 74〕

丁玲則這樣表述：「我那時爲什麼寫小說，我以爲是因爲寂寞，對社會不滿，自己生活無出路，有許多話需要說出來，卻找不到人聽，很想做些事，又找不到機會，於是便提起了筆，要代替自己給這社會一個分析」〔註 75〕。如何分析呢？具體的操作是：

> 每寫一篇小說之前，一定要把小說中出現的人物考慮得詳細：我自己代替著小說中的人物，試想在那時應該具哪一種態度，說哪一種話，我爬進小說中每一個人物的心裏，替他們想，應該有哪一種心情，這樣我才提起筆來。

> 至於寫作的方法，第一就是作者的態度。對於罷工，資本家和個人，就能夠生出不同的見解（態度）。這時候的作者，站在哪一個見解上寫，可以在他作品中非常清楚地看出，他是無法隱瞞，無法投機。因爲階級意識，並不是可以製造出來的。舉一個例吧，《現代雜誌》上穆時英的《偷麵包的麵包師》，他雖也寫勞資糾紛，但他只能把偷來代替抵抗；又像杜衡的《人和女人》，他並不去寫一個時代女工的最高典型，而只寫一個不常有的女工的虛榮，墮落。這對於進步的女工，簡直是侮辱。〔註 76〕

因爲有這樣一種理性的期待，作家才被稱爲人類靈魂的工程師。不過，它的危險是容易公式化。那個著名一時的「革命+戀愛」就是一個理性表達（算計）的公式。本節主要談的就是這個公式。

「革命+戀愛」雖然出現在三十年代的普羅文學敘事中，可是它的前生可以追溯到晚清新小說。陳平原先生曾說過：「新小說中人物流動性大，故事背景變換頻繁，有客觀的歷史原因……但也跟作家自覺的藝術追求不無關係。新小說中的『旅行者』，可能是自願四處游蕩（如《老殘遊記》中的老殘），也可能是被迫背井離鄉（如《上海遊驂錄》中的辜望延）；但有一點是相同的，那就是作家借助於『旅行者』的眼光來發現新事物，並獲得一種頗有誘惑力

〔註 74〕立波：《選擇》，《讀書生活》第 2 卷第 10 期，1935 年 9 月 25 日。

〔註 75〕丁玲《我的創作生活》，作於 1933 年 4 月，現收入《丁玲全集》第 7 卷，第 15 頁。

〔註 76〕丁玲：《我的創作經驗》，《丁玲散文》下集，中國廣播電視出版社，1997 年，第 246 頁。

的陌生感和新鮮感」〔註 77〕。這樣說只說了一半。新小說不只有一雙旅行者的眼光，而且有一張國民的嘴；它不只是在旅行遊歷，還在議論與演說。因此，我們可以說，自梁啓超《新中國未來記》一出，晚清新小說就確立了一種可稱之爲「遊歷+評論」的故事模式。

從遊歷的角度看，「遊歷+評論」模式可細分爲兩種類型：一種類型無固定人物，隨時更換，「找尋一些社會眾生相中的新異事物，使『看官』們讀得津津有味，大開眼界，愛不釋手」〔註 78〕；一種類型則（基本上）有一固定人物，以他的行蹤與眼光爲中心展開一系列故事，所謂「借遊歷以敘事，用本身貫穿全書」〔註 79〕。無論是哪一種探奇或遊歷，在不停變換的旅途上，歇腳之地（客店、廟庵、茶館等）往往成爲議論風生之處。或是兩三人辯論，或是聽人做時髦的演講。例如，吳趼人《新石頭記》從第二十二回「賈寶玉初入文明境，老少年演說再造天」開始，「陳醫理」（第二十四回）、「談政體」（第二十六回）、「論文野」（第三十二回）、「談黨派」（第三十五回）等等，議論講說就沒有斷過；而《老殘遊記》「寫受虎驚後，接上璵姑黃龍子山居清況，令人忽新眼界，就中便於生出各種議論，決不可少」〔註 80〕。「遊歷+評論」中評論的主流取向是在東／西方的對立中凸顯東方色彩，認同和發揚自身的文化與道德思想，承傳與積澱著傳統的文化價值體系，爲國家民族設計出路。又如，言情小說占「小說中最重要之位置」，「易近於褻，一褻則毫無價值之足言矣。曩曾見某說部，雖爲言情，而其實勸人愛國……其有益於讀者，不可以道里計」〔註 81〕，連言情之花都開在了愛國之根上。

能說會道、當眾演講是新人物必不可少的能力。舉一例：陳天華小說《獅子吼》第六回寫狄必攘在漢口做了會黨總頭領，立下了十條新會規，其中有：

> 一、會員須擔任義務：或勸人入會，或設立學堂、報館，或立
> 演說會、體操所，均視力之所能。會中有事差遣，不得推諉。

〔註 77〕 陳平原：《中國現代小說的起點——清末民初小說研究》。北京大學出版社，
　　　　 2005 年，第 236 頁。

〔註 78〕 范伯群：《論新文學與通俗文學的互補關係》，《中國現代文學研究叢刊》，2003
　　　　 年第 1 期。

〔註 79〕 吳靈園：《小說閒評》，《申報·自由談》，1921 年 4 月 17 日。

〔註 80〕 吳靈園：《小說閒評》，《申報·自由談》，1921 年 4 月 17 日。

〔註 81〕 瞿寒影：《小說叢談》，《禮拜六》，1922 年第 157 期。

　　新會規造就新會員，新會員無非要強身、能說、會寫。美國批評家詹姆遜認爲：「魯迅文本中的利比多中心並不是指性欲，而是關於口腔階段，那種關於吃、消化、吞咽、排泄等等一系列軀體問題，提出一些基本的分類，例如清潔與不清潔的區分」〔註 82〕，在我看來，晚清以來中國文學敘事利比多確實集中於口腔階段，不過不是關於吃與消化等問題，而是關於說與表達的問題。利比多原指對異性的欲望，特別是兩性間生殖器的渴望，後用來表示廣義的能量或驅力，滲透於生命有機體內，在很多心理和器官的活動中尋求釋放或表達〔註 83〕。晚清以來的中國文學敘事利比多突出表現爲聲音的生產與製造。自《新中國未來記》開始，經「開天闢地」的《狂人日記》，直到建國後十七年文學，演講與議論的熱情一直火燒般熾烈。在某種程度上，晚清以來的文學就是「時代之聲」，就是記錄聲音的文本；似乎誰的聲音愈響亮愈豪放，誰就愈多地把握了真理與權力，誰就愈能擔負起把鐵屋子裏昏睡的人們喚醒的任務。難怪連自知不是振臂一呼應者雲集的英雄的魯迅也要「吶喊」幾聲！他說：「文藝這個東西大不可少，究竟我們還有意思，有聲音，有了這些，我們便要叫出來，我們有靈魂，得讓他叫出來使大家知道」〔註 84〕

　　正是在這一點上，「革命+戀愛」與「遊歷+評論」產生了看得見的聯繫。舉一例：蔣光慈《衝出雲圍的月亮》記曼英在大革命失敗後來到上海，在賣身時通過收編男性的話語暴力來繼續革命工作，即把女性柔弱的呻吟變得雄性起來。如讓某委員叫自己「親娘」，「你真個太過於撒野了，居然要奸起你的親娘來」，又「強奸了錢莊老闆的小兒子，竟嫖了資本家的小少爺！」。這個口腔神話一直支持著她，直到遇見了李尚志：「尚志，你還是照舊嗎？你還是先前的思想嗎？」「曼英，你以爲我會走上別的路嗎？我還是從前的李尚志，你所知道的李尚志，一點也沒有變，而且我，永遠是不會變的……」但此時的李尚志其實發生了一個很大的改變，那就是「先前原是不會說話的，現在卻這樣的口如懸河了。」因爲這時的他成了革命的領導者，一個需要開口說話的英雄。曼英的口腔神話破碎了，她該如何與李尚志結合，將愛情進

〔註 82〕詹姆遜：《處於跨國資本主義時代中的第三世界文學》，見包亞明主編《20 世紀西方美學經典文本》(4)，復旦大學出版社，2000 年，第 207 頁。

〔註 83〕喬治・弗蘭克爾：《未知的自我》，劉翠玲譯，國際文化出版公司，2006 年，第 26～27 頁。

〔註 84〕魯迅：《在中山大學學生會歡迎會上的講演》，見劉運峰編《魯迅佚文全集》(下)，群言出版社，2001 年，第 765 頁。

行到底呢？很簡單，在神話破碎的地方重新立起神話。兩人再見面是在工人區，曼英變成了「一個年輕的穿著藍花布衣服的女工」，正在對眾演講。「我不但要洗淨了身體來見你，我並且要將自己的內心，角角落落，好好地翻造一下才來見你……群眾的奮鬥的生活，現在完全把我的身心改造了。哥哥，我現在可以愛你了……」〔註85〕李尚志跟以前不一樣的地方是「口若懸河」，曼英身心改造的標誌是能當眾演講。在利比多的口腔階段，要能說話，會說話。說話是支配者的權力，關乎切身利益：毛姑「從前是一個很羞怯的姑娘，現在卻能圍在一般男子的群眾中間，一點都不羞怯地爲婦女們的利益辯護著」〔註86〕。

顯然，兩者在說的腔調與話的內容上有了看得見的差異。「革命+戀愛」的主人公操持革命話語、更加雄性化。只要讀讀洪靈菲的《流亡》，就會被雄性化的聲音所包圍：猛烈的風聲，海水激蕩聲，更多而重要的則是人的粗礪而大無畏的聲音，主人公沈之菲在流浪中的每次受辱都讓他轉化爲雄性化的吶喊：「爲中國謀解放！爲人類求文明！」兩者更深刻的差異在於由身體表面深入到了性的領域：「遊歷+評論」需要的只是一具能行走、可視聽、能議論的身體，而「革命+戀愛」則糾纏著快感與性的欲望。它的始作俑者被認爲是蔣光慈的《野祭》。我們需要仔細分析一下「+」到底是怎麼生成並演算的。

敘述者「我」（陳季俠）「不是資產階級，然而又不能算爲窮苦階級」，雖然自命是一個革命黨人，卻「很少實際地參加革命的工作」（或曰「沒有什麼正式的政治的工作」），「我」對自己最準確地定性就是「一個流浪的文人」或「窮苦的流浪的文人」。與「遊歷+評論」中的遊歷者不同，與郁達夫筆下的「零餘者」在精神氣質上卻有很大的相似性。零餘者是個文藝青年，「生則於世無補，死亦於人無損」（《蔦蘿行》），雖然有時會喊「中國呀中國，你怎麼不強大起來！」但最折磨他的卻是性的刺激與衝動。換句話說，零餘者（有意讓自己）游離於社會與政治事件之外，而不斷犯下「被窩裏犯的罪惡」。「革命+戀愛」相比「遊歷+評論」產生深刻差異的原因就在於「我」繼承的是零餘者的被窩與對生殖器的撫摸（個體倫理），而不僅僅是看的眼睛與說話的嘴。當章淑君知道了「我」是革命黨人，「我」不禁湧起「胡思亂想的波浪」：

〔註85〕蔣光慈：《衝出雲圍的月亮》，見《蔣光慈文集》，上海文藝出版社，1983年，第63、65、78、115～6頁。
〔註86〕蔣光慈：《咆哮了的土地》，見《蔣光慈文集》（2），第331頁。

　　　　她知道我是革命黨人，這會有不有危險呢？不至於罷，她決不
　　會有不利於我的行為。……她對於我似乎很表示好感，為我盛飯，
　　為我補衣服，處處體諒我……她真是對我好，我應當好好地感激她，
　　但是，但是……我不愛她，我不覺得她可愛。……濃眉，大眼，粗
　　而不秀……我不愛她……但是她對我的態度真好！……

　　這條波浪由革命黨人危險的念頭引發，但它很快被異性的欲念所淹沒。
章淑君儘管對自己好，但她並不可愛。「我」能感覺到她靠近「我」的時候她
起了「性的刺激」，但「我」「不忍因一時性欲的衝動，遂犯了玷污淑君處女
的純潔的行為」。換言之，雖有革命思想卻不性感（「粗而不秀」）的章淑君並
不是「我」所需要的對象。首要的不是有革命思想而是能引起「愛的念頭」。
異常華麗豐豔、「富貴性」逼人的密司黃「不是我這流浪人所能享受的」，具
有「自然的樸素的美」的密斯鄭才讓「我」一見鍾情。至於後者的「內在質
量」可以通過「我」「好好地引導」來提高與完成。可惜，密斯鄭有一點不如
章淑君，她的「牙齒是不潔白的，若與淑君的那副潔白而整飭的牙齒比較起
來，那就要顯得很不美麗了」，或許是因為她的牙齒不潔白，她的嘴巴經常閉
著：「在我面前總是持著緘默的態度，不肯多說話……從未曾真切地將她的思
想，目的，願望，及對於生活的態度……說給我聽過」，這就不及章淑君能與
「我」談論女子解放的問題了。一張能說會說的嘴是如此重要！更重要的是，
章淑君後來為革命獻身，說到做到，說做如一；不說話的密斯鄭選擇了逃避
與退縮，她不是到此時才露出了真面目，在平時不說話的時候她已表露了自
己的態度。「我」在兩手空空的情況下向章淑君的魂靈表達深深的懺悔，在哀
詩中寫道：「唉！我的姑娘！／且讓我將你葬在我的心房裏」，「你是為探求光
明而被犧牲了，／我將永遠與黑暗為仇敵」。

　　至此，「革命+戀愛」正式形成。這就意味著，在對過去的懺悔和對未來
的嚮往中，「+」才生成的。雖然在以後的敘事中「+」的算法會有不同變化，
但它的大致輪廓總是表現為與過去決裂和對革命新生的嚮往。「革命+戀愛」
本質上是「我」這樣的流浪文人——小文人，相較於「大學教授」，在知識分
子群體中處於劣勢與邊緣地位——尋找出路的利比多的渲泄與昇華。在承繼
「零餘者」精神氣質的同時，「我」也超越了這個前輩，因為「我」找到了革
命的出路，「我」有用。但這種尋找充斥著個體的享受與情慾的氣息。例如，
丁玲筆下的韋護有「一家乾淨的房子，和一個兼做廚子的聽差。但是不知所

以然的，他常常為一些生活得很刻苦的同志們弄得心裏很難受，將金錢光在房子和吃飯上就花費那麼多，彷彿是很慚愧的。他的這並不多的欲望，且是正當的習慣（他自己橫豎這樣肯定），與他一種良心的負疚，也可以說是一種虛榮（因為他同時也希望把生活糟蹋得更苦些）相戰好久。結局是另一種問題得勝了。就是他必須要有一間較清靜的房間，為寫文章用……他又買了一些並不是賤價的家具，和好多裝飾品。儼然房子很好，使人疑心這是為一個講究的太太收拾出來的」〔註87〕，這所房子是韋護懂得個體享受的標誌，也是讓他負疚的源泉。作為一個風流才子，韋護曾經閱歷過三個女人，但她們都像風一樣沒有把他留住。麗嘉似乎做到了，她的身邊本來也圍著很多男人，但她還是個純潔的處女。兩人在夜晚纏綿相處：

> 夜晚來了，麗嘉喜歡將三盞燈都撚亮。三盞都是紅色的，一盞吊在房中央，是中國宮廷裏用是八角的有流蘇的紗燈，一盞是小小的紙罩的檯燈，放在寫字桌上，也可以放在床頭，上下左右，均可轉動，是日本式的玲瓏的東西，另外一盞，是韋護來上海不久在魯意斯摩拍賣行買來的，又不貴，又好，他們倆都喜歡的架燈，有紫檀木的雕龍架柱，一個仿古山水畫的綢罩，因為是舊東西，龍尾上又缺了一小塊，所以反覺得甚是別致。房子一為這三盞燈照著時，便更覺得熱鬧，更使人興奮。牆上裱糊的褐色花紙，也就變成使人歡喜的一種紫褐色了。

這段描寫初看起來不像茅盾那樣將鏡頭對準女性的乳房和乳頭，那麼具有肉的誘惑，但其色情氣息依然濃厚。三盞紅色的燈是情慾的象徵，是韋護三段風流韻事的記憶，它們將他自認為「已死去的那部分，又喊醒了，並且發展得可怕」；三盞燈的紅色是使人興奮的顏色：「愛！韋護！愛！你抱我呀！」

韋護一方面沉浸在肉欲享受之中，一方面感到麗嘉成了他工作的累贅。正如乾淨舒服的房子給他的雙重情感一樣。他無力擺脫，最終只有「那最使他敬重的陳實同志」才徹底改變了他，使他徹底埋葬了「已死去的那部分」，「他看見前途比血還耀目的燦爛，他走到他辦事的地方，他要到廣東去。」

《野祭》在「我」（陳季俠）敘述自己與章淑君的故事之前，有一個「書前」，寫「我」遇到了朋友陳季俠，請他把自己的戀愛故事寫下來，「我」則

〔註87〕　丁玲：《韋護》，見《丁玲全集》（1），河北人民出版社，2001年，第39頁。

把它印行公之於眾。這兩個「我」皆是「青年的文人」,「書前」之「我」並非陳季俠前進的導師,而「陳實同志」則是韋護的精神導師。「革命+戀愛」在發展的過程中加上了一個導師的形象。陳實是誰?我們永遠不知道,因為他永遠不是我們所有人的導師。晚清以來的尋找出路的敘事利比多需要一個更強有力的導師出現。於是,「毛主席」誕生了。

「那年冬天,我腰痛很厲害……我從來沒有以此為苦。因為那時我總是想著毛主席,想著這本書是為他寫的,我不願辜負他對我的希望和鼓勵。我總想著有一天我要把這本書呈獻給毛主席看的。……我那時每每腰痛得支持不住,而還伏在桌上一個字一個字地寫下去,像火線上的戰士,喊著他的名字衝鋒前進那樣,就是為著報答他老人家,為著書中所寫的那些人而堅持下去的。」〔註88〕

看見毛主席像,王永明「像碰見了熟人似的,那麼熱烈,那麼高興地站住了,聲音激動得發抖地說:『毛主席,有了你,有了你的思想的領導,我們啥事都會成功。——五穀會豐收,軍隊會打漂亮的勝仗,破電機會發出電來,人們的錯誤會糾正。有了你,破的會變整的,舊的會變新的,懶的轉勤快……』」〔註89〕

「毛主席」的誕生是晚清以來中國文學敘事利比多表達與釋放的一次最重要的變化。因此,我把解放區的文學敘事稱為「毛敘事」。他改造了「革命+戀愛」的快感結構,性連同曖昧的氛圍在陽光的照耀與消毒之下蒸發了。「她握著他肥厚的大手。他撫摸她的暖和的,柔軟的,心房還在起起落落、撲通撲通跳著的胸脯」,這大概是我們在毛敘事中所能見到的最露骨的描寫,可是,這種大膽很快就得到了解釋與糾正,「不管怎樣潑辣撒野的女子,在自己的出門很久的男人的跟前,也要顯出一股溫存的。可是,白大嫂子的溫存,並沒有維持多久」〔註90〕。小二黑與小芹的幸福婚姻變成了公共的節日,他們的臥房不是他們的而是全村人的,他們說的玩笑話很快由兒童之口傳遍全村。從此以後,放在抽屜裏的書信和日記不見了,代之而起的是快板和歌曲。

〔註88〕 丁玲:《太陽照在桑乾河上·重印前言》,見《丁玲全集》(9),河北人民出版社,2001 年,第 99 頁。

〔註89〕 草明:《原動力》,見《草明文集》(2),光明日報出版社,1992 年,第 675 頁。

〔註90〕 周立波:《暴風驟雨》,人民文學出版社,2004 年,第 326 頁。

　　「毛主席」可感的形象常常是「打桑乾河涉水過來的人」，或者是老楊同志，或者是蕭隊長。即，這是一個從「上邊」下來的人，權勢、威信、意志和傳奇集於一身，出現得恰是時候，無往而不勝。他帶來了一次顛倒與一次命名。（1）知識分子與農民的位置顛倒了。三十年代的快感裝置是知識分子的樂園，他們在農民身上施加著魔術般的權力：劉二混，「光著光頭，上身穿一件駱駝鞍小背心，熊啊熊的走在大道上」，蠻不講理，誰都怕他，可「自從他跟村裏的小學教員常常在一起玩」，他就變得「又親熱又和氣」，人們不但不怕他，還都「樂意聽他的話」〔註91〕。到了《太陽照在桑乾河上》，這個小學教員卻甘心地「睞著他那雙近視眼，笑了起來，陪著他蹲了下去」〔註92〕。知識分子終被捕獲，成為太陽的一顆行星。（2）與此同時，毛敘事為群眾（農民）個體命名。魯迅《示眾》裏的看客、《麥田裏》的群眾都是無名的伊底，而果園裏的群眾則有了自己的名字，例如羊倌老婆叫周月英。從毛敘事開始，農民擺脫了被忽略的無名狀態；從無名到有名，也是超我對伊底辨認、劃分和清理的過程。「『李發，』李毛驢聽到蕭隊長叫他的名字，給愣住了。多少年來，屯子裏人沒有叫過他本名，光叫他外號。這回他很吃驚，也很感動。吃驚的是蕭隊長連他的名字也知道，感動的是這八路軍官長不叫他外號，叫他本名，把他當個普通人看待。娘們走道以後，好些年來，他自輕自賤，成了習慣，破罐子破摔，不想學好了。沒存想還有人提他的名字……」名字改變了一個人，使他坦白，使他正確地區分了欲望，哪些是合理的，哪些是不合理的：「我要坦白一樁事：唐抓子有五個包攏寄放在我家……」〔註93〕因為他們被命名，所以不再像《麥田裏》那樣粗俗和猙獰。張裕民，雖然有過賭博的不良記錄，看起來卻和他的同伴一起成為了有教養的英雄。

　　於是，毛敘事又極大地生產歡樂。《太陽照在桑乾河上》第 16 節寫開農會「好像過節似的」，第 37 節「果樹園鬧騰起來了」，第 55 節「翻身樂」。這些大歡樂結結實實地紮根於「土地」，只有「土地」才能夠生產與承擔。「土地」上的風景變了：「這足有四十畝地的高粱都長得極其肥壯，稈子高，葉子大，穗子又肥又粗，站在高處望去好像一片海也似的。在太陽光下，更其耀眼，那密密擠著的鮮紅的穗子隨風微微顫動，就像波蕩的海面……這是多麼使

〔註91〕丁孤：《麥田裏》，《文學》第 7 卷第 3 號，1936 年 9 月 1 日。
〔註92〕見《丁玲全集》（9）第 164 頁。引文中的「他」是校工老吳。
〔註93〕分別見周立波《暴風驟雨》第 348、352 頁。

人羨慕和熱愛的事呵！」〔註94〕風景不再是一個心靈事件，不再是內心向外界投射的產物，海不再神秘，不再詭譎。一切黑夜裏的瘋癲和私人房間裏的享樂都銷聲匿跡了。一切似乎都變得高尚、幸福而歡樂。從「遊歷+評論」，到「零餘者」，到「革命+戀愛」，到毛敘事，從個體到民族的出路我們似乎都找到了。

出路，首先是個非常現實的人生問題與政治問題。一方面，「大家都在急迫地要求出路」〔註95〕；另一方面，「『沒有出路，沒有出路』，許多的青年都在叫喊著」〔註96〕。據說，陳濟棠招考記室數名，報名者竟達 2193 人，且大中學畢業生占百分之十，這種「慘聞」難免叫人感慨：「年年大中學畢業生之產生，不知幾何，對於生計竟無相當之出路」〔註97〕。一般性的答案是，個人出路應該和國家民族出路結合起來解決：「現在是什麼時候？是民族存亡的關頭，是整個國民經濟陷入非常時期的危機的時候。民族沒有出路，智識分子更談不到出路。因此，中國智識分子底出路，就只有聯繫到爭取民族底出路這一基本問題上，才能得到圓滿而正確的解答」〔註98〕。指示出路，成為了官方的意見。本年 4 月 8 日《大公報》載《邵元沖昨日招待首都報界，報告視察華北感想》，邵氏說：「值此非常時期……望新聞界同人喚醒全國人民，一致為生存而競爭而奮鬥，於彷徨歧途中予以出路，並指示其途徑，實為必要云云。」

這種尋找出路的利比多能量也流淌進了晚清以來中國文學的字詞句排列組合、故事情節編排與人物形象設計中。這才出現了上述「遊歷+評論」、「革命+戀愛」、毛敘事等種種疏泄表現的形態。它們的表達（算計）理性而清醒，簡單地說，皆是造人立人，從新國民，到革命知識分子，到新戰士新農民。郭沫若下面的話透露的信號尤其強烈：「讀者從這兒可以得到很大的鼓勵，來改造自己或推進自己。男的難道都不能做到牛大水那樣嗎？女的難道都不能做到楊小梅那樣嗎？」〔註99〕不過，這種理性表達（算計）一方面降低了人的複雜性，另一方面窄化了對文學投資的認識。

〔註94〕 見《太陽照在桑乾河上》第 217 頁。

〔註95〕 丙尊：《命相家》，《文學》第 1 卷第 1 號，1933 年 7 月。

〔註96〕 無靈：《國家的出路與個人的出路》，《中學生》第 39 期，1933 年 11 月。

〔註97〕 楊霽雲：《新興知識階級底沒落》），《濤聲》第 2 卷第 31 期增刊，1933 年 8 月 19 日。

〔註98〕 東尊：《知識分子底任務和出路》，《申報週刊》第 1 卷第 25 期，1936 年 6 月 28 日。

〔註99〕 郭沫若為《新兒女英雄傳》寫的「序」，見該小說的人民文學出版社 1956 年版本。

五

　　本年，王統照出版了長篇小說《山雨》。作者在《跋》中說，它「意在寫出北方農村崩潰的幾種原因與現象，以及農民的自覺」。換言之，通過文學敘事來尋找農村崩潰的原因，對社會進行分析，指示出路〔註100〕。主人公奚大有由一個活不下去的自耕農來 T 島拉車，經了杜英兄妹和祝先生的引導，明白了出路是做個做工運的共產黨人。

　　因為奚大有拉車，所以他讓我們想到駱駝祥子。建國後，老舍曾自責不敢在《駱駝祥子》裏高喊革命，只能在最後批評祥子是個「個人主義的末路鬼」〔註101〕。然而，幸虧祥子只是個人主義的奮鬥者，我們才能醒目地發現《駱駝祥子》與《山雨》的不同。首先，為了讓奚大有走出農村，《山雨》多次設置公共場景與公共討論。開篇即是人們（涉及到了小說中的幾個主要人物）在地窖子（「公共的俱樂部」）進行「無端緒的談話」。不但話多，而且議論多。這就出現了一個有趣的現象：雖然聲音雜多，卻絕未構成複調，因為意思基本相似；看似「無端緒」，其實有一根線把它們串聯起來，這是一條揭露黑暗現實與表達不滿反抗的直線。整個氣氛是一種官逼民反的水滸氣。我們在《駱駝祥子》中根本找不到這樣的「公共的俱樂部」與水滸氣。《駱駝祥子》有茶館，那本來可以成為一個「公共的俱樂部」，但它只是讓祥子從老車夫身上感受到自己將來同樣悲慘的境遇。

　　其次，為了讓奚大有在都市的泥潭裏繼續成長，而不致像祥子那樣一步步墮落下去，《山雨》讓他遇到了明白人、思想家與革命者兼具的好人〔註102〕。

〔註100〕 東方未明：《王統照的〈山雨〉》，《文學》第 1 卷第 6 期，1933 年 12 月 1 日。

〔註101〕 老舍：《〈老舍選集〉自序》，見《老舍文集》（16）人民文學出版社，1991 年，第 224 頁。老舍說道：「我管他叫作『個人主義的末路鬼』，其實正是責備我自己不敢明言他為什麼不造反。在『祥子』剛發表後，就有工人質問我：『祥子若是那樣的死去，我們還有什麼希望呢？』我無言對答」。

〔註102〕 萬迪鶴的《達生篇》亦是如此。主人公長一「是一個粗人，不曾吃過夾肉麵包，不曾做過細緻的工作，也不曾讀過書」，他的理想是「看見孩子長大了也能夠坐在寫字臺跟前，穿的是擦得刷亮的皮鞋……也會踢在另一種蠢人的屁股上。」在他改變命運的過程中，他遇見了王得。工人王得也是個救世主的形象。這個形象最重要的特徵或許就是無父無母。如果能會治病，那更好。王得就是天生當「醫生」的人。但是，為了讓這種改變更自然、更真實而不是若有神助，長一的孩子死掉了。臨死前，孩子「慢吞吞」說出了自己的心事：爸爸為什麼是個窮人呢？我們為什麼沒有好房子住呢？讓孩子說這種話、揭示真實出境也許更富於感染力，長一堅定地跟從王得。

杜英穿著整齊，「卻十分樸素」，「她的理解力與她的新環境，把她這麼一個鄉村女孩子，變成了一個新的思想家」。大有有時想家，杜英就反問：「家？要家幹什麼？奚大哥，總是有些鄉下氣。」「鄉下氣」指的是需要去除的小農意識（對比一下，沈從文卻自稱「鄉下人」）。此外，祝先生的眼光也是一直「明活的像含有威力」。他們的談話多在海邊進行：「一個有力的雪堆從那無邊的整個的一片中突送上來，撞到崚嶒的石塊上，散開，一層層的銀花馬上退落下去。後面的卷浪卻很迅速地趕過這片退落的飛沫，重複向上作更有力的展動」〔註103〕。如此對大海的關注與描寫當然灌注了作者的利益表達（算計），對不息的革命浪潮的象徵與期待。祥子遠沒有這樣幸運，他遇到的女人不是杜英而是虎妞。杜英是催人進步的思想家，虎妞則是個「吸人血的妖精」。老舍對她的描寫頗堪玩味。虎妞在小說中第一次上場：「祥子拿著兩包火柴，進了人和廠。天還沒黑，劉家父女正在吃晚飯。看見他進來，虎妞把筷子放下了：『祥子，你讓狼叼了去，還是上非洲挖金礦去了？』」如果讀得仔細些，我們就會發現，從此之後，虎妞說的話，常與嘴和吃有關──杜英的嘴是為了說話，傳布新思想──如「叼」、「吃犒勞」、「吃出甜頭來了是怎著？」、「地道窩窩頭腦袋！」、「肉包子打狗，一去不回頭啊！」、「你個賤骨頭」，等等。加上她不時露出的大虎牙，虎妞不知不覺被妖魔化了〔註104〕。看來，奚大有拉車是為了越拉越進步，而祥子拉著拉著把自己拉進了妖精的嘴裏。對奚大有來說，車只是個糊口的外在於己的工具；對祥子來說，車是他的精神世界：「他老想著遠遠的一輛車，可以使他自由，獨立，像自己的手腳的那麼一輛車」，「自己的車，自己的生活，都在自己手裏」〔註105〕，車是一個自己掌控自己命運的象徵，是他精神獨立、過上有尊嚴的生活的夢想。故此，「三起三落」買車丟車的過程不僅僅是客觀發生的現實事件，更是祥子一生的精神奮鬥史與墮落史。

勞動節那天，長一以新面目出現在人群的洪流中：「那裡面，有一個板刷似地臉孔，閃著固執得鋼樣的青光，那正是長一；他眼睛睜得大大的，遙矚前方，眼睛裏燃燒著熱情和希望的火。他撇開自己的女人跑在行列的前一段，將那破皮鞋底似的巴掌捏成拳頭。」

〔註103〕見《王統照文集》(3)，山東人民出版社，1981 年，第 244、248、251、296、298 頁。
〔註104〕管冠生：《「給他的神經以無情的苦刑」──讀〈駱駝祥子〉》，收入《必讀文學名著導讀（小學、初中版），山東文藝出版社，2008 年，第 106 頁。
〔註105〕分別見《老舍文集》(3)，人民文學出版社，1982 年，第 6、5 頁。

因此，《山雨》指明了出路，《駱駝祥子》則沒有出路；《山雨》沒有給奚大有的「神經以無情的苦刑」，《駱駝祥子》則布滿了命運的泥潭；《山雨》寫了「農民的自覺」，《駱駝祥子》則了一個人高起低落的心靈史。借錢鍾書的話說，前者 Readable，能讀；後者 Re-readable，耐讀，值得重新去讀。

我們可能覺得《山雨》理性化表達（算計）的痕跡已經夠瞧的了，然而，左翼文學陣營仍不滿足，茅盾提出了亟需改進的意見：

> 倒是那第二十五章，寫奚大有回家鄉去打算探望徐利不成而目擊了更衰落的村子，實際上成為全書的贅疣。在這一章，作者也許想將大半部書中幾個重要人物如陳莊長，魏二，蕭連子，徐利等等，告一結束，可是不知道怎地，這一章卻充滿了感傷的情緒……不但把第二十二章以前奚大有的「發展」重來一度動搖，並且也減少了大半部書的農村破壞描寫的意義。第二十二章以前，陳家莊一次比一次更深的受到破壞，然而我們所感受的卻是憤怒，悲壯，是逼得無路可走的農民找活路的摸索與掙扎，這情緒都是積極的，沒有感傷！……《山雨》的故事是從「昨日」聯結到「今日」的，並且還企圖在「今日」之真實中暗示了「明日」的，那麼，第二十五章的感傷氣氛實在破壞了全書的一貫性了。〔註106〕

感傷的情緒要不得，因為它容易挫傷鬥志。可有意思的是，責人的茅盾也被人指責了，希望他「未來的作品有時不妨換換面目，來點笑，不是安慰的而是鼓勵和指引的笑」〔註107〕。看來，我們應該做的不是指出作品不夠積極、看不到出路，而是反思為什麼感傷消極的情緒或場景不能完全根絕。文學是人學，按照周作人的解釋，是對人生諸問題「加以記錄研究」，而不是要提供答案（出路），也不提供答案，因為那是人學的研究而非科學的研究。對出路的過分要求既傷了文學又害了人學。

理性化表達（算計）的痕跡在一類歷史小說中可能表現得更為突出。這類故事新編以「階級」、「根性」、「出身」等話語重新改造過去了的人與事。《水滸傳》中林沖殺王倫是因為後者妒賢嫉能、氣量狹窄，而到了茅盾的《豹子頭林沖》，是「農家子」的出身而非江湖義氣決定了林沖的心理與命運。他過

〔註106〕 東方未明：《王統照的〈山雨〉》，《文學》第 1 卷第 6 期，1933 年 12 月 1 日。
〔註107〕 見畢樹棠在 1936 年 3 月 16 日在《宇宙風》第 13 期發表的對《多角關係》的書評。

夠了莊稼人的生活，去跟人學習武藝，不僅是要謀生，還想爲朝廷安定邊疆。這是「樸忠的農民意識」使他朦朧認識到的。他瞧不起楊志向當道豺狼諂媚妥協，因爲「自己是個農家子，具有農民的忍耐安分的性格，然而也有農民所有的原始的反抗性」。他「下意識」要殺王倫，因爲「在豹子頭林沖的記憶中，『秀才』這一類人始終是農民的對頭，他姓林的一家人從『秀才』身上不知吃過多少虧」，於是他怒火中燒，提刀奔王倫住處，卻與兩個嘍囉相遇，因爲他是農家子出身，「什麼野心是素來沒有的」，遂改變主意，不殺王倫。雖仍有不平之意，但「他的農民根性的忍耐和期待，漸漸地又發生作用，使他平靜起來。忍耐著一時吧，期待著，期待著什麼大智大勇的豪傑吧，這像真命天子一樣，終於有一天會要出現的吧！」〔註108〕林沖所有的行爲都由他的心理活動決定，而他的心理活動又由農民根性所決定，所有的事情只要由「農家子」三個字出面就可以得到充分的因果解釋。這就是理性化表達（算計）最濃重的痕跡〔註109〕。

關於理性化表達（算計），必須要說明以下兩點。

（一）應該看到那些有理性化表達（算計）傾向的投資者，多數並不主張直接的指示，而是有力的藝術的暗示：「在作品中要指示出一條應走的路，雖是必要的，然而似乎也有審愼的餘地。換一句話說，斷不是議論式地指示。須有一種強的誘惑力才行」〔註110〕。曉乎此，我們才能明白爲什麼朱自清稱讚茅盾的《三人行》：「書中藉了『惠』的父親暗示一般商業衰頹與苛捐雜稅，又藉了『雲』的父親暗示一般農村的破產。而以『許』的找出路起手，與無路走的『惠』和在路上的『雲』對照著收場，可見作者眼睛看在那裡。茅盾

〔註108〕見《茅盾全集》第8卷，人民文學出版社，1985年，第197、201頁。

〔註109〕此外，作品修改、改編的過程也最容易看出理性化表達（算計）的痕跡。例如，舒群的小說《沒有祖國的孩子》由夏伯、徐韜改編成同名劇本刊登在《今代文藝》第1卷第3期上。改編者在《後記》中說：「第三幕原作上主要的意思，是描寫沒有國籍的孩子果里個人的命運，並且結尾沒有更明顯地指示出這個沒有祖國的孩子受壓迫後的積極反抗。經我們商討的結果，覺得有強調其餘的，與果里遭受同樣境遇，而現在正在冰天雪地的東北英勇抗戰的新牌子的『沒有祖國的孩子們』的必要，所以增加了第三幕這一段，也許是畫蛇添足，但是這是我們的意見，敬請作者和讀者諸君指教！」眾所周知，在現代文學史上，隨著生存環境的改變（尤其是建國後），作家修改自己的作品以致修改自己的記憶都是常見的事情，都是在進行新的利益表達（算計）。修改本身就是爲了追求利益的最大化。

〔註110〕見1928年11月16日《山雨》第1卷第7期王任叔與鑒泉的通訊。

君最近在華漢地泉的讀後感裏說：『一部作品產生時必須具備兩個必要條件：（一）社會現象的全部的（非片面的）認識，（二）感情的去影響讀者的藝術手腕。』這兩層他自己總算是做到了。這部書雖不及他那三部曲的充實，但作為小品看，確是成功的」〔註111〕。茅盾所說的第二個必要條件顯然與王任叔所說的「強的誘惑力」是相同的意思。給予明確的答案或者直接喊出標語口號都破壞了創作投資對最大化利益的追求。

巴金在八十年代曾自稱「從小就喜歡讀小說……拿它們消遣」，「開始寫小說，只是為了找尋出路」（「一條救人、救世、也就自己的路」）〔註112〕。「消遣」或許是自謙，「找尋出路」則決定了巴金小說熱情傾訴的風格。但巴金還是成為一位有魅力的文學家，因為他在 1931 年寫的《〈激流〉總序》裏說得清楚：「我不是一個說教者，我不能夠明確地指出一條路來，但是讀者自己可以在裏面去找它」。這就是說，巴金要用文學投資的方式來找尋出路，但並非明確地指示，因為他不是說教者，他要暗示。就此而言，巴金說自己「寫小說從來沒有思考過創作方法、表現手法和技巧等等問題」是不對的。本年 12月 1 日《文學》第 1 卷第 6 期刊登了巴金的短篇《父親買新皮鞋回來的時候》。小說起句：「那時我還是一個孩子，可是我如今長大成人了」。讀下去，我們就會發現，「我」成長的過程和奚大有不同，它不是借助於外來思想者與革命者的引導，而是自身的經驗與思考。「孩子的記憶是很模糊的。從那時到現在我已經忘記了許多許多的事情，只有一個面孔還留下來，通過這些年代，鮮明地刻印在我的腦裏。這是父親的面孔，昨天我還在舊雜誌上讀到一篇關於父親的文章。」在父親面孔的照耀之下，「我」的回憶開始了。回憶是用小孩子的眼光來記錄與探險，充滿了對父親的愛戀。在生日即將到來、也就是父親承諾給「我」買新皮鞋的時候，父親卻永遠地離開了。小說的最後一章抄錄了父親的一篇文章，敘述了他為什麼要參加那種危險卻偉大的事業，並希望「我」長大了「去把歷史改造過」。這篇小說雖然也宣傳革命思想，但採用了小孩子回憶的話語方式，一種「感情的去影響讀者的藝術手腕」。

從弱者的眼睛去觀望這個世界，描寫弱者的所見所聞所思所想，往往具有更強的藝術感染力。晚清時期吳趼人的小說成就高於同行，一個重要原因

〔註111〕知白：《茅盾的近作》，《大公報》「文學副刊」，1933 年 1 月 23 日。
〔註112〕巴金：《文學生活五十年》（代序），見《巴金選集》（1），四川文藝出版社，2015 年，第 1 頁。

便是吳趼人用心良苦地選擇一個稱職的敘事者或意識中心來表達他的道德
關懷。韓南教授對此有精彩的分析:「筆者提到的三部小說體現了吳趼人對
中國社會文化的主要批判,它們是:《二十年目睹之怪現狀》(1903～1910
年),《新石頭記》(1905～1908 年),《上海遊驂錄》(1907 年)。正如王德威
所看到的,每一部小說都有一個天真的主人公……天真質樸對於這些諷刺文
章的作者顯然是有價值的。一個天真的主人公不得不從這世界以各種方式獲
得教訓,在這個獲得教訓的過程中,很多諷刺的信息就可以很自然地傳達給
讀者」〔註 113〕。從年齡上講,三個長篇的敘事者九死一生、寶玉和辜望延
三人是孩子,並且他們在社會上都是無權無勢的弱者。民國以來,兒童視角、
弱者敘事在有成就的作家那裡屢見不鮮。

　　本年,沙汀發表了《愛》、《戰後》、《老人》、《土餅》、《平平常常的故事》、
《有才叔》、《上等兵》、《老太婆》等多篇小說。它們致力於表現「時代的苦,
和時代的焦灼」,但既沒有長篇的演說或「哭訴」,也不刻意為苦難尋找「因
種」,同時亦不正面塑造英雄形象,而以老人、婦女和孩子等弱者為意識中
心。例如,《土餅》寫一個母親本想賣家私、換大餅給三個孩子吃,卻未能
如願一無所獲。為了不讓孩子失望,她在回家的路上做了兩個黃泥餅子。回
來後孩子們都瞪著她:「『你們不要這樣盯著我吧!』她乞求似地嚷道,『我
去給你們弄吃的好啦。』」如果要哭訴,這絕對是個好機會,作者卻讓它「白
白地」浪費過去了。然而,這樣的「浪費」卻以少勝多、增加了藝術上的感
染力。

　　再如,《平平常常的故事》不正面寫造反的英雄吳貴(沙汀常把普羅小說
著力描寫的革命與鬥爭化為傳聞、想像與背景。比如,通過《土餅》裏的三
個孩子「聯想起各色各樣的傳聞,翻著眼睛,彷彿要仰視自己的睫毛似的,
彷彿努力要想像出正在那古老河流的西岸燃燒著的輝煌的火炬」,而不去正面
寫那一場鬥爭如何),而是將鏡頭對準已經一無所有的趙姨娘和小少爺:

　　　　想起老太爺時代的事,想起目前的事,那個租賃這間屋子的青
　　年人,差一點為悲哀壓碎了,而這類人會更加多呢!他們一向養尊
　　處優,一下卻不明不白地為歷史車輪的利齒所撕裂,如在夢裏一樣。
　　夢醒了,生存的欲求襲來。然而,他們暗弱,無能,因為他們從沒

〔註 113〕韓南:《吳趼人與敘事者》,見《中國近代小說的興起》,徐俠譯,上海教育出
　　　　版社,2004 年。

有爲生存動過自己的手。一個蒼白的前途正在等候著他們！而他的
想念忽然爲一種冰冷的顫慄所扼制。〔註114〕

　　將時代劇變與失勢者個體的命運與心理變化有機地、藝術化的結合起
來，使之更耐咀嚼，這不正是一種比較高明的藝術手腕嗎？《祖父的故事》
則寫祖父爲了防止軍隊的騷擾，請人改換住宅門面，出租做店鋪，最終竹籃
打水一場空。小說詳細敘述了門面改裝的過程與祖父的心理變化。祖父爲自
己的謀略順利實施而感到高興，甚至盼望軍隊早日開過來，以檢驗其成效。
讓事實與眞相在這些無權無勢的小人物的視界裏展開，比讓革命英雄說出來
是更富有感染力的。

　　「藝術感染力」本質上屬於理性化的利益表達（算計），因爲它畢竟看重
作品對讀者的「感染」或「誘惑」或「影響」，不過這種效果的發揮與施展是
藝術的、暗示的。這與後面要談的所謂趣味化的表達（算計）還是不同。

　　（二）理性化的表達（算計）與期待容易被文本打敗（本章第二節已有
相關論述）。如果一個文本只是完全符合作者的意圖，那麼它就根本不值得去
讀第二遍。相反，眞正的經典往往允許並容納不同的意見與利益表達（算計），
甚至與作者的意圖完全對立。下面以《子夜》爲例解釋說明之。

　　按照茅盾本人的表述，他創作《子夜》是爲了回答一個問題，即中國並
沒有走向資本主義的發展道路，而是在帝國主義的壓迫下，更加殖民地化了。
於是，他設計了民族資本家吳蓀甫與買辦資本家趙伯韜鬥法失敗的故事情
節，予以形象的表現。但《子夜》本身絕不如此簡單明瞭，我們不妨用文本
細讀之法、從解答三個最基本的問題著手分析。

　　第一個問題，吳蓀甫爲什麼要辦絲廠？

　　他本來知道開銀行更賺錢：「憑我這資本，這精神，辦銀行該不至於落在
人家後面罷？現在聲勢浩大的上海銀行開辦的時候不過十萬塊錢……」但他
還是下決心繼續辦絲廠，說：「中國民族工業只剩下屈指可數的幾項了！絲業
關係中國民族的前途尤大！──只要國家像個國家，政府像個政府，中國工
業一定有希望的！」

　　詩人范博文曾當面問吳蓀甫：「我就不懂你爲什麼定要辦絲廠？發財的門
路豈不是很多？」吳蓀甫回答道：「中國的實業能夠挽回金錢外溢的，就只有
絲！」但范博文接著提出質疑：中國絲到了外洋，織成了綢緞，依然往中國

────────────────
〔註114〕見《沙汀文集》第1卷，上海文藝出版社，1986年，第177～8頁。

銷售。吳蓀甫對此很不高興，因為他認為，「企業家的目的是發展企業，增加煙囪的數目，擴大銷售的市場，至於他的生產品到外洋絲織廠內一轉身仍復銷到中國來，那是另一個問題」。

1933 年出版的《上海繅絲工業》有這樣的統計數據：「從我國外貿角度來看，自從 1909 年以來，蠶絲逐年減產。以前，蠶絲通常占我國出口總額的 20% 至 30%，而從 1909 年至 1916 年的平均數下降至 17%」，「從 1923 年以後，出口量便從此一蹶不振」〔註 115〕。中國的蠶絲業已落入衰落、不景氣的局面之中。吳蓀甫卻聲稱挽回金錢外流的只有絲，這只能表明，吳蓀甫罔顧事實、一味沉浸在自己的夢中。雙橋王國以及隨著吳老太爺的棺材而來的「大計劃」皆是他的好夢。為了實現他的夢，吳蓀甫的話語冠冕堂皇，把自己辦絲廠的重要性提高到了拯救民族工業的偉大程度，頗像總攬全域、天下安危繫於一身的大英雄，但實際上其所思所慮僅僅是辦好自己的廠子、鼓脹自己的腰包、滿足自己的首領欲。當李玉亭告訴吳蓀甫趙伯韜他們想學美國的榜樣，用金融資本支配工業資本的時候，吳蓀甫咬牙切齒地說「這簡直是斷送了中國民族工業而已！」但接著，「剛才勃發的站在民族工業立場的義忿，已經漸漸在那裡縮小，而個人利害的顧慮卻在漸漸擴大，終至他的思想完全集中在這上面了」。

甚至，吞吃自己的對手，也要打著「為中國工業前途計」的名義，亮出「救濟」的動人口號——如果被「救濟」的不願意，那麼，「『一定要他們不得不願！』吳蓀甫斷然說，臉上浮起了獰笑了」。吳蓀甫毫不留情地吞吃朱吟秋，得到了他早就豔羨不已的乾繭與新設備，連不懂商戰的林佩瑤都說「你這人真毒！」一語點破了吳蓀甫的真面目與真實動機。當吳蓀甫明白益中公司被趙伯韜套住了，他之所以掙扎不使益中破產，「那也無非因為他有二十多萬的資本投在益中裏，而也因這一念，使他想來想去覺得除了投降老趙便沒有第二個法子可以保全益中——他的二十萬資本的！」此時，吳蓀甫的民族觀念以及理想事業再也不見了，剩下的只是個人利害的打算。

實際上，吳蓀甫的夢想與關注焦點從來不曾離開個人利害的考慮。為了個人的利益，他做了他向來反對的事情，希望他本來所希望的不要實現，一切都要圍著他的個人欲求打轉：

〔註 115〕費孝通：《江村經濟》，戴可景譯，北京大學出版社，2012 年，第 16～7 頁。

他是辦實業的，他有發展民族工業的偉大志願，他向來反對擁
有大資本的杜竹齋之類專做地皮，金子，公債；然而他自己現在卻
也鑽在公債裏了！他是盼望民主政治真正實現，所以他也盼望「北
方擴大會議」的軍事行動趕快成功，趕快沿津浦線達到濟南，達到
徐州；然而現在他從劉玉英嘴裏證實了老趙做的公債「空頭」，而且
老趙還準備用「老法子」以期必勝，他就惟恐北方的軍事勢力發展
得太快了！他十二分不願意本月内——這五六天内，山東局面有變
動！

有一段話常被引用：「蓀甫的野心是大的。他又富於冒險的精神，硬幹的
膽力；他喜歡和同他一樣的人共事，他看見有些好好的企業放在沒見識，沒
手段，沒膽量的庸才手裏，弄成半死不活，他是恨得什麼似的。對於這種半
死不活的所謂企業家，蓀甫常常打算毫無憐憫地將他們打倒，把企業拿到他
的鐵腕裏來」。陳思和從中讀出了吳蓀甫身上的「浪漫的氣質」，因為這段話
表明吳蓀甫的「眼光和氣度是別人所沒有的，有一種氣勢非凡、居高臨下的
感覺」〔註116〕。果真如此嗎？細讀這段話，難免生發兩個小問題：一個是，
吳蓀甫恨的到底是什麼？其實不是朱吟秋這樣「半死不活」的企業家，而是
「好好的企業」沒在他手裏！與其說這表現了吳蓀甫的浪漫，不如說是他無
限膨脹的欲望，而為了實現他的自我欲望，他打著「為中國工業前途計」的
漂亮大旗，把他看上的企業的老闆們貶低為「沒見識，沒手段，沒膽量的庸
才」。另一個是，吳蓀甫「喜歡和同他一樣的人共事」，在《子夜》裏「同他
一樣」的人是誰呢？正是他的對手趙伯韜：趙的野心大，且有手段有膽量，
是「公債場上的一位魔王」。二人起初曾聯手做事，後來吳蓀甫聯合實業界同
人辦銀行，與趙伯韜對立鬥法。比起朱吟秋等「庸才」，吳蓀甫富於冒險與膽
識，因而吞吃了朱吟秋；比起趙伯韜、杜竹齋等金融界大佬，吳蓀甫的手段
又差了些，最終徹底敗北。李玉亭在吳趙之間調解不成，眼前「幻出一幅怪
異的圖畫：吳蓀甫扼住了朱吟秋的咽喉，趙伯韜又從後面抓住了吳蓀甫的頭
髮，他們拚命角鬥，不管旁邊有人操刀伺隙等著」。因此，這段常被引用的話
表現的其實是無情的市場法則： 庸才、吳蓀甫、魔王之間的鬥爭是野心與野
心、手段與手段、欲望與欲望之間的互相較勁與吞吃，根本無關於浪漫不浪
漫的氣質問題！因為趙伯韜的買辦背景與吳蓀甫振興民族工業的宏大話語而

〔註116〕陳思和：《中國現當代文學名篇十五講》，北京大學出版社，2013年，第250頁。

將他們之間的鬥法視為民族資本家與買辦資本家的鬥爭是一種抓住一點不及其餘的誤讀。再者，如果說趙伯韜是買辦資本家，那麼他也無法成為買辦資本家的典型。換言之，不是所有的買辦資本家都像趙伯韜那樣實力雄厚、呼風喚雨（實際上趙伯韜也有捉襟見肘的時候），如周仲偉和陳君宜皆是買辦出身，可是他們只是一塊空招牌。作者意圖或先入為主的評論與文本呈現之間是有差距的，我們是依著作者的意圖而在文本中尋找證據，還是應該拋開先入之見遵從文本的原意？很明顯，最重要的是理解文本而非作者。

「《子夜》裏面，茅盾通過林佩瑤的嘴，說吳蓀甫是她心目當中『二十世紀機械工業時代的英雄騎士和王子』」〔註117〕。「英雄騎士和王子」這段話也常被引用，或因引用得太多了，就把它的上下文出處給忘記了。這句話嵌於下面的引文中：

> 學生時代從英文的古典文學所受的所醞釀成的憧憬，這多年以來，還沒從她的腦膜上洗去。這多年以來，她雖然已經體認了不少的「現實的真味」，然而還沒足夠到使她知道她的魁梧剛毅紫臉多皰的丈夫就是二十世紀機械工業時代的英雄騎士和「王子」！他們不像中古時代的那些騎士和王子會擊劍，會騎馬，他們卻是打算盤，坐汽車。然而吳少奶奶卻不能體認及此，並且她有時也竟忘記了自己也迥不同於中世紀的美姬！

按引文本意，林佩瑤並未體認到她的丈夫就是「二十世紀機械工業時代的英雄騎士和『王子』」。從女性林佩瑤的眼光來看，吳蓀甫根本就不是騎士，因為愛情是騎士生活中的重要元素，騎士會為了一個貴婦人去冒險甚至拋頭顱灑熱血，可是林佩瑤從他丈夫那裡得到了哪怕一點點的愛意了嗎？當得知雙橋陷落的消息，吳蓀甫走到少奶奶跟前：

> 僅僅把右手放在少奶奶的肩上，平平淡淡地說：「……這一次光景都完了！佩瑤，佩瑤！」
>
> 這兩聲熱情的呼喚，像一道電流，溫暖地灌滿了吳少奶奶的心曲；可是仰臉看著蓀甫，她立刻辨味出這熱情不是為了她，而是為了雙橋鎮，為了「模範鎮的理想」，她的心便又冷卻了一半。她幾乎要哭出來了。

〔註117〕見《中國現當代文學名篇十五講》第249頁。

　　「佩瑤，佩瑤」的動情呼喚在《子夜》中是絕無僅有的，僅僅把右手放在自己妻子的肩上對吳蓀甫來說也是罕見的肢體接觸，但讓林佩瑤灰心的是，丈夫這罕有的深情款曲不是爲了她而是爲了他自己所謂的理想事業！因此，吳蓀甫不是妻子林佩瑤心目中的英雄騎士（或許可以說他是作者茅盾心目中的英雄騎士？）。即便我們承認吳蓀甫是「二十世紀機械工業時代的英雄騎士」，那麼，他的信念與理想是什麼呢？進一步地說，信念與理想，這樣的詞語用在吳蓀甫身上是否恰當合適？從吳老太爺進上海很快死掉之後，就沒有了信念與理想的存身之地，有的只是——欲望。不可否認，吳老太爺也有他的「信念」與「理想」，但這種「護身法寶」在「魔窟」上海眨眼就風化了。魔窟裏的人們的行事準則其實與魔王趙伯韜一樣：趙伯韜除了扒進多項公債，就是扒進各種女人。吳蓀甫不扒進女人，他想的是扒進其他企業和無量錢財。當然，和趙伯韜自稱「有什麼，說什麼」不同，吳蓀甫的欲望是有漂亮外表的，但這無法改變他被比他更有手段、更有野心的人吞吃的命運！

　　所以，與其把吳蓀甫視爲英雄騎士，不如把他視爲二十世紀機械工業時代的西西弗斯，搬著沉重的巨石往山頂走去，每當他自以爲搬到山頂了，石頭就突然滾了下去。西西弗斯只得搬起石頭，再往山上走去。如是循環不已，被欲望所強迫，陷入自我懲罰。吳蓀甫曾對杜竹齋說：「我們好比推車子上山去，只能進，不能退！我打算湊出五十萬再做『空頭』，也就是這個道理。益中收買的八個廠不能不擴充，也就是這個道理」。同樣是推著重物上山，二十世紀機械工業時代的西西弗斯與前輩的不同之處，是他把自己的利益考慮裝潢成爲「道理」。

　　第二個問題，吳蓀甫怎麼辦絲廠？

　　從來吳公館參加葬禮的朱吟秋那裡，我們得知此時的「吳蓀甫並沒受過金融界的壓迫，並且當此絲業中人大家叫苦連天之時，吳蓀甫的境況最好」，但「吳蓀甫也有一點困難，就是缺乏乾繭」。朱吟秋手裏恰「囤起將近二十萬銀子的乾繭」，於是吳蓀甫要吃掉他。對朱吟秋，吳蓀甫的評價是「太心狠，又是太笨」，而他自己堪稱既心狠又聰明，聰明得連杜竹齋都無法理解：朱吟秋從杜竹齋那裡貸款八萬，按杜竹齋的意思，朱無法還款，可以延期，因八萬並不多，且有中等乾經一百五十包作爲抵押品。但，吳蓀甫要他加放朱吟秋七萬，到期的八萬仍舊要結帳，另外新做一筆十五萬的押款，扣去那八萬塊的本息——

「我就不懂你爲什麼要這樣兜圈子辦？朱吟秋只希望八萬展期呀！」

「你聽呀！這有道理的。——新做的十五萬押款，只給一個月期。抵押品呢，廠繭，乾繭，灰繭，全不要，單要幹繭作抵押；也要規定到期不結帳，債權人可以自由處置抵押品。——還有，你算是中間介紹人，十五萬的新押款是另一家，——譬如說，什麼銀團罷，由你介紹朱吟秋去做的。」

吳蓀甫聰明地「兜圈子」，轉來繞去，目的只有一個，就是要得到朱吟秋的乾繭（以及意大利新式機器）。他說朱吟秋「笨也是由於心狠」，他的聰明又何嘗不是由於心狠！如此看來，吳蓀甫得同人久仰的「財力，手腕，魄力」，後兩者乃源於心狠。吳趙公債鬥法拼的其實是誰的心更狠，更會兜圈子！情緒化的動機、賭博式的投機成了鬥法的主要內容，離資本家理性的特徵愈去愈遠了。

國內局勢動盪，內亂不斷，讓辦廠子的吳蓀甫吃苦不少。於是，他與汪派政客唐雲山走到了一起。按照唐雲山的鼓吹，汪精衛「竭力主張實現民主政治，眞心要開發中國的工業」；還是這個唐雲山，鼓動實業家們聯合起來辦銀行。對此，陳思和有如下一段評述：「他們一起合夥的有一個國民黨政客叫唐雲山，跟吳蓀甫大談三民主義，談孫中山的《建國方略》。別人只想著賺錢，根本不理會這一套，『只有吳蓀甫的眼睛裏卻閃出了興奮的光彩』。可以看到，吳蓀甫所想像的東西，跟孫中山的想像，跟當時中國全體民族資產階級的想像是一致的，用今天的說法，就是一個現代化的想像」〔註118〕。這段話根本上不可靠。因爲吳蓀甫眼睛裏閃出了興奮的光彩的時候，不是在聽唐雲山談《建國方略》，而是聽了孫吉人的一番話：「我們這銀行倘使開辦起來，一定要把大部分的資本來經營幾項極有希望的企業⋯⋯至於調劑目前擱淺的企業，那不過是業務的一部分罷了」。按照這個說法，那些經營困難的企業在辦銀行這件事上得不到什麼好處，所以他們並不熱心。吳蓀甫卻很興奮，因爲孫吉人的話正與他的「庸才」論合調。唐雲山只是想借辦銀行來拉攏企業家「組織一個團體作政治上的運用」，而吳蓀甫「雖然用一隻眼睛望著政治，那另一隻眼睛，卻總是朝著企業上的利害關係，而且使永不倦怠地注視著」；聽了唐雲山背誦《建國方略》，聽了孫中山的「東方大港」和「四大幹路」的構

〔註118〕見《中國現當代文學名篇十五講》第 251 頁。

想，吳蓀甫這時的表情是「沉著臉沉吟了」，在他看來，孫中山的構想「頗有海上三神山之概」，哪來的興奮？不過，為了不讓唐雲山失望，吳蓀甫吸收了孫中山的構想作為他的大計劃的「對外的，公開的一部分」，孫吉人的草案是「對內的，不公開的一部分，我們在最近將來就要著手去辦的」，對內而不公開的東西才是實質性的內容。於是，孫吉人的「調劑」變成了吳蓀甫的「救濟」，並最終把八個小廠「救濟」到了自己囊中。這個大計劃不正是吳蓀甫慣用套路一個象徵嗎？如前所述，為了滿足個人的意願與欲望，吳蓀甫總是公開打出漂亮誘人的旗幟。

　　吳蓀甫熱衷於唐雲山實業家辦銀行的提議，其動機除了有利可圖之外，更是為了滿足自己的首領欲與統治欲：「對於自己，蓀甫從來不肯『妄自菲薄』……就是不知道眼前這幾個人是否一致把他當首領擁戴起來」；雖然家鄉的匪禍使他損失不小，但從費曉生嘴裏聽到「家鄉的人推崇他為百業的領袖，覺得有點高興了」；當四小姐要回到鄉下而他勸解不過來的時候，「他是異常地震怒了！他，向來是支配一切，沒有人敢拂逆他的命令的！」吳蓀甫的領袖欲與統治欲根深蒂固，比賺錢的欲望更深刻地決定了他的言行、影響了他的命運。恰好，益中公司的其他兩名骨幹──王和甫和孫吉人──皆是他的崇拜者：當定大計、決大疑的時候，王和甫「只把眼光釘在吳蓀甫臉上，等著這位足智多謀而又有決斷的『三爺』先來表示意見」；吳蓀甫的眼光是有魔力的，常常「能夠煽旺他那兩位同事的熱情，鼓動他們的幻想，堅決他們的意志」。可以說，吳蓀甫具有類似韋伯所說的非理性的卡理斯瑪權威。他本人極力培養這種權威，他的苦悶沮喪任何人（包括妻子林佩瑤）都沒有機會看到，他「一向用這方法來造成人們對於他的信仰和崇拜」。益中信託公司就是以吳蓀甫卡理斯瑪權威為基礎建立起來的一個利益小團體。

　　為了對付趙伯韜，吳蓀甫獲得了兩個最重要的籌碼：收買了趙身邊的人韓孟翔和劉玉英作內線。正如為了發展大計劃，他發現了孫吉人，為了對付工潮，他得到了屠維岳，為了彌補資金缺口，他拉攏姐夫杜竹齋。然而，最後時刻，韓劉二人露出了真面目，原來他們是趙伯韜安排在吳蓀甫身邊的線人，「多少大事壞在這種『部下』沒良心，不忠實！吳蓀甫想起來恨得牙癢癢地。他是向來公道，從沒待虧了誰，可是人家都『以怨報德』！」這時，吳蓀甫想到的是自己的威嚴：「近來他的威嚴破壞到不成個樣子了！他必須振作一番！眼前這交易所公債關口一過，他必須重建既往的威權！在社會上，在

家庭中，他必須仍舊是一個威嚴神聖的化身！他一邊走，一邊想，預許給自己很多的期望，很多的未來計劃！專等眼前這公債市場的鬥爭告一個有利的段落，他就要一一開始的！」由韓劉兩頭做內線、四妹不聽他的話，吳蓀甫所想所關心的只是他的威嚴，他的剛毅果敢、呼風喚雨的人格面具！由之又生出了「很多的期望，很多的未來計劃」，只不過是在幻想中滿足自己的首領欲與統治欲。

比韓劉背叛更嚴重的，是姐夫杜竹齋乘機予其致命的一擊。杜竹齋乘吳蓀甫們壓低了價錢就扒進：

> 不料竹齋又是這一手！大事卻壞在他手裏！那麼，昨晚上對他開載布公那番話，把市場上虛虛實實的內情都告訴了他的那番話，豈不是成了開門揖盜麼？——「咳！眾叛親離！我，吳蓀甫，有什麼地方對不起了人的！」只是這一個意思在吳蓀甫心上猛捶。

終於，面對完全覆滅的結局，吳蓀甫開始反思自身：雖然《子夜》通篇寫了吳蓀甫很多的念頭、想法與計劃，但只有在小說的最後、在完全失敗了之後，我們的英雄吳蓀甫才考慮是不是自己出了問題。「有什麼地方對不起了人的」，即便我們的英雄吳蓀甫開始反思自身，他也不承認是自己出了問題！失敗被歸咎於杜竹齋。吳蓀甫似乎對這個姐夫知根知底，知道他膽小多疑，不喜歡辦廠，對益中收購八個小廠子十分不滿，「只有今天投資明天就獲利那樣的『發橫財』的投機陰謀」，才能勉強拉住他。既然杜竹齋不可靠，曾經吃過他一次虧，為什麼決戰還要拉上他、並且把「唯一的盼望」寄託在他身上呢？杜竹齋喜歡搞投機陰謀，難道你吳蓀甫不是把成功與希望建立在投機陰謀之上嗎？

小說最後，吳蓀甫放棄自殺，要去廬山避暑：

> 少奶奶猛一怔，霍地站了起來：她那膝頭的書就掉在地上，書中間又飛出一朵乾枯了的白玫瑰。這書，這枯花，吳蓀甫今回是第三次看見了，但和上兩次一樣，今回又是萬事牽心，滑過了注意。

看來，吳蓀甫根本就不關心妻子（遑論他人）的感受與欲求，只是活在自己的計劃、自己的欲望、自己的人格面具之中。如果吳蓀甫遇到的皆是像孫吉人王和甫那樣的忠誠的崇拜者，那麼他的大計劃或許會實現，然而這樣一來他無非就是一個時時處處以自我為中心的獨裁者。所以，吳蓀甫的失敗不是作為民族資本家的失敗，而是個人野心的失敗。即便把吳蓀

甫看作是振興民族工業的民族資本家，但是他的慘敗卻全不是因爲發展民族工業，而是在公債市場上被杜竹齋從背後捅了一刀。當孫吉人以爲辦廠與做公債勢難兼具，應該從公債市場退出的時候，是吳蓀甫眼睛裏樂觀的火，「要和老趙積極奮鬥的火」——之所以如此樂觀，主要是因爲收買了劉玉英這個內線——使得孫王二人強化了對趙伯韜的「認識和敵意」，「把益中公司完全造成了一個『反趙』的大本營！」除了情緒性的樂觀、外表的威權、漂亮的民族話語、收買線人、鎮壓工人、依靠不可靠的姐夫，吳蓀甫哪裏有一點資本家理性的特徵呢？資本家靠大腦與理性征服市場，吳蓀甫用的卻是眼睛與情緒！正像那朵乾枯了的白玫瑰，雖然他的眼睛看到了三次，但他的大腦根本就沒有在意與思考。

第三個問題，吳蓀甫爲什麼失敗？

樂黛雲認爲，「茅盾在創造吳蓀甫這個人物時，絕不是把他作爲一個『反動的工業資本家』來處理的。相反的，他是在塑造一個失敗的英雄，一個主要不是由個人的失誤而是由歷史和社會條件所必然造成的悲劇的主人公」〔註119〕，如此說來，吳蓀甫的失敗是一種歷史必然性，但細察文本，我們會看出，它是一種宿命。必然性有牢固的因果關係，而宿命則沒有。

吳趙鬥法是《子夜》敘事的主線。毫無疑問，趙伯韜的存在對吳蓀甫構成了巨大的壓力。前者曾與他「開載布公」地談過話，想以「合作」的名義吞掉他的廠子與益中公司，被他當面拒絕了。原因只是他不願意這樣成爲一個失敗者，他只想做勝利者。雙方的鬥法在吳蓀甫那裡其實變成了「鬥氣」——孫王情緒低落的時候，吳蓀甫的眼睛裏射出樂觀的火，增加他們的勇氣；吳蓀甫感到前途暗淡的時候，孫王續給他鬥爭的勇氣。吳蓀甫身上並未體現出資本家理性的特徵。並且，正如我們已經看到的，造成吳蓀甫失敗的直接因素是杜竹齋。可是，敗在杜竹齋手裏，顯得是那麼不可思議。在決戰的那天：

> 要是吳蓀甫他們的友軍杜竹齋趁這當兒加入火線，「空頭」們便是全勝了。然而恰在吳蓀甫的汽車從交易所門前開走的時候，杜竹齋坐著汽車來了。兩邊的汽車夫捏喇叭打了個招呼，可是車裏的主人都沒覺到。竹齋的汽車咕的一聲停住，蓀甫的汽車飛也似的回公館去了。

〔註119〕樂黛雲：《〈蝕〉和〈子夜〉的比較分析》，《文學評論》1981 年第 1 期。

　　汽車夫互相認出來了，吳蓀甫和杜竹齋竟然都沒覺到，而從小說一開始二人就幾乎形影不離，偏偏在關鍵時刻形同路人——這表明，吳蓀甫是不得不失敗，有一種力量在催趕著他走上失敗，在他將要到達山頂的時候就會把他推落下來。這種力量是吳蓀甫根本無法抗爭的——它比趙伯韜、比帝國主義勢力還要強大，它就是宿命。《子夜》從始至終充溢著濃重的宿命論氣息。

　　借著范博文的口，吳老太爺被視為「古老的僵屍」，來到上海後很快就風化了。我們通常賦予這一事件以某種象徵意義：封建腐朽的舊中國在新時代暴風雨中的完結。但，如果我們細察這一風化事件，就會感受到宿命的氣息——吳老太爺來到上海不得不死，「他就是那麼樣始終演著悲劇」。三十年前的吳老太爺是維新黨，跟父親衝突，後因騎馬跌傷了腿，呆在書齋裏，天天念《太上感應篇》，重演上一代的父子悲劇，拒絕和兒子吳蓀甫妥協，再不出書齋半步。這一次迫不得已從鄉下「堡寨」來到上海，一路遭受光、聲、色、力的猛烈刺激，突患腦溢血，不治身亡。所以，吳老太爺從鄉下出來就有必然死、必須死的宿命意味。正因為他的死是宿命的，他的死並不意味著關於他的一切的完結，而是其魂靈一直纏綿到小說最後，並最終在兒子吳蓀甫身上重演。

　　對吳蓀甫來說，公館和廠子是他熟悉的地方，正如鄉下是吳老太爺的堡寨，他親臨前線，來到吵嚷轟鬧的交易所，正如吳老太爺來到了大上海。與杜竹齋面對面錯過之前，吳蓀甫因開盤上漲，蹶然躍起，「可是驀地一陣頭暈，又加上心口作惡，他兩腿一軟，就倒了下去，直瞪著一對眼睛，臉色死白」，被噴冷水救醒之後，他坐車回家，「只好承認自己是生病了……莫非也就是初步的腦充血？老太爺是腦充血去世的！」。他的昏厥重演了父親的昏厥，吳老太爺的悲劇在兒子身上重演著。所以，吳老太爺之死並不僅僅具有形式上的作用（其葬禮勾連起了小說中幾乎所有的重要人物），也不僅僅是范博文口中的寓意象徵，還奠定了小說濃烈的喪事氛圍與宿命氣息。不能忽略這樣一個細節：兒子吳蓀甫的大計劃是和萬國殯儀館送來的父親的棺材一起出現的！

　　與自己作對的父親死了，吳蓀甫還未感覺到父輩的命運會在他身上重演，然而另一個親人——他一向並不在意的妻子林佩瑤卻直接判了他的死刑。這個宣判發生在這樣一個時刻：吳蓀甫耗費心血經營的「雙橋王國」在農匪暴動下不復存在了，但借著益中公司，他又展開了更加龐大的理想事業——「高大的煙囪如林，在吐著黑煙；輪船在乘風破浪，汽車在駛過原野」。此時的少奶奶因見到了初戀情人雷參謀而時時沉浸於往日好夢，當吳蓀甫質

問她「怎麼你總不開口？你想些什麼？」，於是，少奶奶開口：「我想——一個人的理想遲早總要失敗！」只沉浸於自己的大計劃、疏於與妻子溝通交流的吳蓀甫就這樣被妻子判了死刑。這次判決本身陰差陽錯。林佩瑤的感慨來自於自身的經驗——她少女時代的中古騎士夢被二十世紀的機械工業時代無情摧毀了。「男怕入錯行，女怕嫁錯郎」，女人出嫁似乎不能與男人幹事業相比，後者似乎顯得意義重大，然而兩者卻面臨著同樣的命運——失敗與破滅既不分性別又不分意義與否地加諸於每一個個體，女人覺悟得更早！吳蓀甫在外叱吒風雲，口口聲聲振興民族工業，似乎整個中華民族的安危存亡繫於一身，卻遭一個家庭主婦判了死刑。這充分表明了吳蓀甫所做的一切只是為了滿足本人的領袖欲與統治欲，最終摧毀他的就是平日忽視了的、不在意的東西——別人的欲望，如姐夫杜竹齋被尊重的需求得不到滿足，最後時刻便吞吃了吳蓀甫；妻子林佩瑤的情感需求被無視，丈夫的事業便籠罩在遲早失敗的宿命陰影之中。吳蓀甫憤怒了：

　　「什麼話！——」

　　　　吳蓀甫斥罵似的喊起來，但在他的眼珠很威嚴的一翻之後，便
　　也不再說什麼，隨手拿起一張報紙來遮在臉前了。

　　從此，吳蓀甫再也未能擺脫這種遲早失敗的宿命感，相反，它時時在提醒他，折磨他。例如，聽到趙伯韜背後有美國金融資本家撐腰，要吞併工業資本，吳蓀甫心境陰暗，回到公館裏，林佩珊正彈著異常悲涼的曲子，杜新籜幽幽地說：

　　「人生如朝露！這支曲就表現了這種情調。在這陰雨的天氣，
　　在這迷夢一樣的燈光下，最宜於彈這一曲！」

　　　　吳蓀甫的臉色全變了。惡兆化成了犀利的鋼爪，在他心上直抓。

　　我們不必全部搬引這樣的段落。已有的足以讓我們相信：《蝕》三部曲中的人生悲感與宿命氣息在《子夜》中並未被吳蓀甫剛毅果敢的外表所驅逐，而是頑固地絞纏在了一起。

　　通過對上述三個最基本問題的分析，我們最終可以這樣回答茅盾所關心的那個問題：中國沒有走上資本主義，不是因為帝國主義的壓迫，而是因為陷入了中國式的人事糾紛與纏鬥之中，中國的資本家要拿出大部分甚至全部精力與時間搞人事鬥爭。藍棣之讀《子夜》有這樣的感覺：「作品的每個情節和細節，都應該是這樣寫的，但因此也就絲毫不出人意料，甚至也就淹沒了

作家的主體性和行文的個人風格。比如寫工人罷工，無非是工頭分派、女工吃醋、工頭甩膀子、工人家庭困難、共產黨的工作等等，都是可以想見的、應該如此的」〔註 120〕。工人罷工本是反對資本家的剝削與壓迫，但藍先生「無非是」的那些東西就是把罷工演變成了一場窩裏鬥。《子夜》對工人罷工的描寫確也如此。藍先生與茅盾英雄所見略同，由此可見，窩裏鬥的思想在中國人的頭腦裏是多麼地根深蒂固！資本主義內在的規則、程序與理性在《子夜》裏面看不到一點影子！

當然，吳蓀甫不同於普通工人，他做事有著漂亮的旗幟與動人的口號，然而充斥著他計劃每一步的，仍然是「無非是」的那些東西——恃強凌弱、收買奸細、部下紛爭、親戚背叛、不知反思，等等，仍然是資本家之間的窩裏鬥，鬥不過就只得投靠外國（像周仲偉最終又成為日本人的傀儡一樣，益中那八個廠也要送給英商某洋行或日商某會社）。中國傳統文化熱衷的人情倫理仍然決定著現代企業的生死存亡。吳蓀甫是作為一個現代資本家的形象而誕生在大上海的，但他一直未能走出父輩的陰影，這可以視為現代中國人的一種文化宿命吧。

至此，我們從文本細讀中得到的解答完全不同於茅盾本人或樂黛雲、陳思和、藍棣之等人的看法，這並不意味著此處的解釋才是對的，其他看法都是錯的。它證明的是真正的經典建構了一個充盈而包容的可闡釋空間，用徐志摩的話說，那是「文字內蘊的寬緊性（Elasticity）」。Elasticity，今譯彈性，「實在是純粹文學進化的秘密所在」〔註 121〕。換言之，優秀的投資產品一旦形成，它的利益數量與質量就不是投資者所能全部掌握的。因為創作投資運用的是一種特殊的語言貨幣。據我所查，在中國文人中，首先把語言和貨幣作比較的大概是胡愈之，他說：「拿語文和貨幣來比較，是最適當沒有的。貨幣是表現商品價值的工具，而語文是表現思想的工具。在資本主義社會中，只有靠貨幣的媒介，才能發展商品的交換。同樣地，在一切人類社會中，也只有靠語文的媒介，才有思想的交換」〔註 122〕。一方面，這種比較頗有新意，另一方面，在他的比較中，語言和貨幣是同質的，都是某種被使用的工具，使用這兩種工具都可以得到自己想要的東西。實則並非如此。

〔註 120〕 藍棣之：《現代文學經典症候式分析》，人民文學出版社，2006 年，第 189 頁。

〔註 121〕 徐志摩：《一封公開信》，見《徐志摩全集》（1），天津人民出版社，2005 年，第 307 頁。

〔註 122〕 胡愈之：《有毒文談》，《語文》第 1 卷第 3 期，1937 年 3 月 1 日。

　　經濟學意義上的「貨幣是不帶任何色彩的，是中立的，所以貨幣便以一切價值的公分母自居，成了最嚴屬的調解者」〔註123〕。我們在第二章論語言資本時說過，語言貨幣並不是中立的，不帶任何色彩的，在流通過程中，它會染上一些不明的痕跡、一些星雲狀的物質。它不僅有橫組合關係，而且有縱聚合的潛在的意義生產能力。這就意味著，創作投資的產品不是一個面值固定的確定性空間，而是形成了一個開放的可能性的空間。不同時空的人、有不同資本和利益愛好的人可以在其中討價還價，直至達成一個三方（作者、作品和讀者）都可以接受的價格（價值）。

　　面對理性化表達（算計）突出的投資產品，這是需要切記的一點。

六

　　應該說，1933 年前後的文學投資對出路的關懷是絕對的。第三種人蘇汶（杜衡）說：「只要作者是表現了社會真實，沒有粉飾的真實，那便即使毫無煽動的意義也都決不會是對於新興階級的發展有害的，它必然地呈現了舊社會的矛盾的狀態，而且必然地暗示了解決這矛盾的出路在於舊社會的毀滅，因為這才是唯一的真實」〔註124〕。雖然蘇汶用了「必然」這個詞，但它似乎和馬克思主義所說的無產階級終將取代資產階級的歷史必然規律不同；雖然他有暗示出路的說法，但顯然和第五節所述不同。在評論魏金枝的《白旗手》時，蘇汶說：「作者從沒有把自己的人物寫成一個英雄，也沒有把書裏『反角』寫成一個十足的壞蛋。招兵委員老李和勤務是把兄弟，然而他們不折不扣的代表了兩個階級，他們的地位多少形成了他們的性格；於是社會的要素是通過了人性而促醒階級的自覺」；「《白旗手》裏的人物不想當兵而不得不當兵，作者並沒有把這『不得不』的所以然，敘追到農村經濟破產，地主的壓迫，高利貸，苛捐雜稅這等等的『必然的聯繫』上去」〔註125〕。看來，蘇汶反對左翼文學敘事常見的那種「必然的聯繫」，因為它牽強附會、經過了粉飾，根本就不真實，「唯一的真實」是人性的真實。

　　我們且看看蘇汶筆下所呈現的「唯一的真實」吧。本年 2 月，《現代》第 2 卷第 4 期刊登了他的小說《在門檻邊》。主人公陳二南做私人書記，遇到了

〔註123〕陳戈女《譯者導言》，見西美爾《貨幣哲學》，陳戈女等譯，華夏出版社，2002年，第 7 頁。
〔註124〕蘇汶：《「第三種人」的出路》，《現代》第 1 卷第 6 期，1932 年 10 月。
〔註125〕見蘇汶在 1933 年 12 月《現代》第 4 卷第 2 期為《白旗手》寫的評論。

顧均——「這種人總是樂觀的」——「這種人」是革命者，顧均就是工潮的組織者。陳二南偶然在一份名單上看到了顧均的名字，叫他逃走，自己被抓了起來。陳二南「幾乎要相信這是一種人類所固有的向上的本能」，「不做你們底狗，自然得做你們底敵人了。」陳二南是在抗爭嗎？也許是。但他的抗爭絕不像奚大有那樣是受了身外某個思想者的引導，而是出於「一種人類所固有的向上的本能」。這種「固有的向上的本能」似乎使得陳二南一下子變得比革命者更加高貴，這種大變活人的魔術比奚大有的轉變更加神秘不可測，難道這就是唯一的真實、真實的人性？蘇汶似乎要用「本能」來表達人的複雜性和不確定性、破除左翼那種「必然的聯繫」，然而他又落入到「本能的聯繫」中去了。不管怎樣，「本能」算不上是一種出路，連暗示它都很困難；從這點來說，《在門檻邊》不是理性化表達（算計）的。

本年 3 月 1 日，蘇汶在《創化季刊》創刊號發表了小說《海笑著》。小說開始寫芸仙和炎之坐船去上海。芸仙有丈夫，她受夠了家庭牢獄般的生活而有家室的炎之私奔出走。因為「她愛自由，自由是多麼美麗的！」船上的她似乎是自由了，她要靠職業養活自己。到上海定居之後，口角與危機隨薪水的短缺接踵而至。對新生活的美好想像原來如此不堪現實之一擊。為買留聲機、花瓶和插花，為解決電和煤氣的費用問題，芸仙「想起了海，她覺得自己像海上的遊魂似的縹緲而無定」。雖然後來在書局找了一份校樣的工作，卻要忍受種種冷淡與屈辱。正在這時，炎之拿出了一封家書，提出要回家看看。芸仙無法阻攔，只寄希望於「一個無可如何的希望」，即得到炎之家庭的承認，而這曾是她所鄙視過的。不出所料，炎之一去不回，而她也只有按原路返回，途中跳海自殺。小說最後三個字正是小說的題目「海笑著」。

「勾引」有夫之婦本是「革命+戀愛」喜歡寫的一種故事類型。例如，丁玲的《一九三○年春上海（一）》敘述了第三者若泉成功地把美琳從子彬的書房引到了大馬路上。子彬是「頗有一點名望的作家」，但作品被認為是內容空虛、「缺乏社會觀念」。美琳不僅是他的妻子，還是他的崇拜者。若泉的出現改變了她。若泉認為像子彬那樣的文字寫作有害無益，「只能一天一天更深地掉在自己的憤懣裏，認不清社會與各種苦痛的關係」；美琳感到了不滿足，「她不能只關在一間房子裏，為一個人工作後之娛樂」，於是參加 XX 文藝研究會，最終拋棄了丈夫，到街頭去做革命工作。「勾引」成功，出路找到，敘述即止。蘇汶的《海笑著》雖然也是同一故事類型，然而裏面沒有對萬惡資本主義的

描寫與認識，更沒有一點反抗的意識與行為。有的是紅塵生活引發的生之煩惱或某種哲理沉思。美琳找到了更有意義的人生出路，而芸仙只能跳海自殺了。這個「海」是「海派」的海，不是洪靈菲《流亡》中的海，也不是王統照《山雨》中的海。

比起美琳的轉變，芸仙的生活可算是「沒有粉飾的真實」。蘇汶與左翼互為論敵，他的敘事投資也有意地對尋找出路的利比多進行抵抗與解消，但這並不意味著他的小說就寫得好。寫得好的是沈從文，而沈從文也表現本能，也寫海。

本年 8 月 25 日至 9 月 10 日，《申報‧自由談》連續刊出沈從文的小說《女人》。其中一段文字寫道：「民族衰老了，為本能推動而作成的野蠻事，也不會再發生了。都市中所流行的，只是為小小利益而出的造謠中傷，與為稍大利益而出的暗殺誘捕。戀愛則只是一群閹雞似的男子，各處扮演著丑角喜劇」，另一段文字則概述這種「丑角喜劇」：「都市中人是全為一個都市教育與都市趣味所同化，一切女子的靈魂，皆從一個模子裏印就，一切男子的靈魂，又皆從另一模子中印出……一切皆顯得又庸俗又平凡，一切皆轉成商品形式。便是人類的戀愛，沒有戀愛時那分觀念，有了戀愛時那分打算，也正在商人手中轉著，千篇一律，毫不出奇」。看來，丑角喜劇的本質就是把神聖的戀愛庸俗化、商品化，而語義與之對立的「為本能推動而作成的野蠻事」是什麼樣的事呢？

我們不妨粗略對照解讀沈從文的兩篇小說，皆寫於三年前。一篇題名就是《平凡故事》，寫教會大學文科生匀波「如一般聰明人一樣」巧妙地在兩個女人之間周旋，「把自己所作的詩分抄給兩個人，得到兩份感謝。他常常發誓，學得用各樣新奇動人的字句。他把謊話慢慢的說得極其美麗悅耳，不但是女人沒有覺到，他自己到後來，也就生活在他那荒誕的言語中，變成另外一種人了」。不幸，匀波害病死掉了，兩個女人都很傷心，皆以為死者是自己唯一的情人。另一篇《三個男子和一個女人》，寫「我」和瘸腳的號兵都喜歡上了商會會長的小女兒，為了這份無望的愛情，他們成天賴在會長家對面的豆腐鋪裏。後來，女孩吞金死了。據說不過七天，只要得到男子的偎抱，她就可以復活。號兵就去挖墳，不料不知是誰已搶先做了此事。第二天他們發現豆腐鋪關了門，青年老闆不知去向。當地傳聞，女孩屍骸在去墳墓半里的石洞裏發現，「赤光著個身子睡在洞中石床上，地下身上各處撒滿了藍色野菊花」。

小說大篇幅敘寫的是「我」和號兵對女孩的思戀，筆墨很少涉及青年老闆，至此我們才明白青年老闆的愛更深刻、更驚心動魄，我們才明白他為什麼把豆腐鋪開在會長家對面。因為他，「猥褻轉成神奇」，奸屍的猥褻轉成了愛的神奇。而文科生勻波的戀愛只是「遊戲」。

看來，「為本能推動而作成的野蠻事」不能按不文明、沒教養的世俗意義來理解，相反，「野蠻事」是神奇的事，具有神性。前面曾援引沈從文的話，說他「只想造希臘小廟……這神廟裏供奉的是『人性』」，其實這座神廟裏供奉的是神性，人性就是神性。對神的集中思考出現在小說《鳳子》中，老人與鳳子在黃昏的海邊談話──與前面所說的三個海不一樣的海──他的智慧來自湘西小鎮和那裡的老總：

> 一切都那麼自然，就更加應當吃驚！為什麼這樣自然？勻稱，和諧，統一，是誰的能力？……是的，是的，是自然的能力。但這自然的可驚的能力，從神字以外，還可找尋什麼適當其德性的名稱？
>
> ……
>
> 神的意義在我們這裡只是「自然」，一切生成的現象，不是人為的，由他來處置。他常常是合理的，寬容的，美的。人作不到的算是他所作，人作得的歸人去作。人類更聰明一點，也永遠不妨礙到他的權力。科學只能同迷信相衝突，或迷信所阻礙，或消滅迷信。我這裡的神並無迷信，他不拒絕知識，他同科學無關。科學即或能在空中創造一條虹霓，但不過是人類因為歷史進步聰明了一點，明白如何可以成一條虹，但原來那一條非人力的虹的價值還依然存在。人能模倣神跡，神應當同意而快樂的。
>
> 除了他支配自然以外，只是一個抽象的東西，是正直和誠實和愛：科學第一件事就是真，這就是從神性中抽出的遺產，科學如何發達也不會拋棄正直和愛，所以我這裡的神又是永遠存在不會消滅的。
>
> 看看剛才的儀式，我才明白神之存在，依然如故。不過它的莊嚴和美麗，是需要某種條件的，這條件就是人生情感的素樸，觀念的單純，以及環境的牧歌性。神仰賴這種條件方能產生，方能增加人生的美麗。缺少了這些條件，神就滅亡。

　　從某種意義上，以《邊城》為代表的湘西小說就是創造了神存在的條件與土壤，神永遠存在在那裡不會消滅。神是自然的正直、純粹的愛與和諧的美。因而，蘇汶用「本能」對抗的是革命「必然的聯繫」，雖然他的小說的人物命運與因果鏈條與後者相異，但其實還是被後者不依不饒地纏住了，未能突破後者一時一地的價值限制與敘事倫理。沈從文則從根本上超越、掃蕩了這種二元對立的框架，他的「本能」、他的「神」對抗的是時間，他追求的是永恆的價值，不廢江河萬古流。所以，沈從文不在「沙基或水面上建造崇樓傑閣」，而是「選山地作基礎，用堅硬石頭堆砌」希臘神廟；所以，沈從文才借筆下人物之口宣稱：「我不是適宜於經營何種投機取巧事業的人，也不能成為某種主義下的信徒。我不能為自己宣傳，也就不能崇拜任何勢利」〔註 126〕現時遭疏忽，因為自信被永恆所抓住。

　　李健吾的一個看法是對的，他說：「有些人的作品叫我們看，想，瞭解；然而沈從文先生一類的小說，是叫我們感覺，想，回味」〔註 127〕。兩者的區別是，前者瞭解了，知道了，也就放下了，即前面所說的 Readable；後者則隨著時間流逝與人生閱歷的變化而需要不斷的回味，常讀常新，即 Re-readable。那麼，沈從文的小說是如何做到這個境界的呢？

　　一個有趣的現象的是，沈從文湘西小說中的人物要麼說話少甚至經常不說話（沉默），要麼他「最能用文字記述言語」。

　　豆腐鋪年輕的老闆就是個例子，他「強健堅實，沉默少言……看樣子好像他是除了守在鋪子面前，什麼事情也不理，除了做生意，什麼地方也不去」，這又讓我們想起了祥子，然而他卻比祥子多了一種韌勁與堅執——虎妞難產死後，祥子眼裏「最美的女子」小福子來安慰他，並暗示願意嫁給他，但祥子「在她的身上看出許多黑影來」，「負不起養著她兩個弟弟和一個醉爸爸的責任」，搬走了。等他又遇上了曹先生，要把小福子接來一起住的時候，她卻已絕望地自殺了。我們很容易同情祥子，但不能因此疏忽了祥子致命的精神缺陷，隨波逐流又充斥著自私的算計，他永遠也做不出豆腐鋪老闆所做的那樣神奇的事來。

　　《邊城》裏的翠翠也不像城裏的女生們那樣「全是母雞的性情」「長舌本能」，以致我與學生討論《邊城》時，經常會遇到一個問題，就是：翠翠和儺

〔註 126〕沈從文：《阿麗思中國遊記》，南海出版公司，2000 年，第 146 頁。
〔註 127〕劉西渭：《〈邊城〉與〈八駿圖〉》，《文學季刊》第 2 卷第 3 期，1935 年 9 月。

送到底是不是在戀愛？按照學生們的想像與理解，男女戀愛要送玫瑰花啊，要出去吃飯看電影啊，最重要的是要勇敢地說出「I love you！」可是翠翠似乎什麼也沒說什麼也沒做，作者也沒有站出來替她說。這不僅迷惑了學生，也騙過了許多專家學者。

劉洪濤說：「翠翠的愛情，萌生得簡單，來得爽快，第一次見到二老，一顆芳心就為之傾倒。二老對翠翠也是一見鍾情」〔註128〕，這個概括嚴重損害了二人邂逅時的曲折而複雜、微妙又美妙的內心感受。龍永幹分析得複雜些，他抓住二人初遇時的一個細節：

> 那就是弔腳樓上的妓女的胡鬧與兩個水手的對話所形成的「性」的語境，讓其「不習慣」的同時，給其性的覺醒與緊張。當儺送邀她到他家點了燈的樓上去，「她以為那男子就是要她上有女人唱歌的樓上去」。在其潛意識中儺送是性的侵入者，潛意識深處也成為她性付出的指向對象。一旦這種緊張排除之後，能幹、漂亮、熱誠、善良的儺送也就變成了愛的對象的最初圖式，儺送也就在她心—性意識中成了難以抹去甚至無法替代的先見。〔註129〕

這個解釋雖有新意，但其實經不起仔細地推敲。我們承認精神分析是可資利用的理論資源，但我們需要的是整體的感受與全面的解讀。

翠翠與儺送初遇於兩年前的端午節。熱鬧的端午節似乎就是為了促成二人初遇（後來香港的陷落是為了成全白流蘇與范柳原的婚姻在某種程度上類似之）。這頗有辛棄疾《青玉案（元夕）》的意境：熱鬧絢爛的元宵佳節，屬意於某位佳人，眾裏尋他千百度，驀然回首，她卻在燈火闌珊處。不同的是，翠翠儺送並非有意地相互追尋，他們無心邂逅彷彿是冥冥之中的天意玉成。唯命中注定如此，相遇才更值得珍惜、更值得回味。

那天，祖父帶翠翠進城河邊看賽船。後返回溪邊，臨走告訴翠翠無論如何他會來找她一起回家。到了黃昏，祖父還不見來，翠翠在岸上苦等，忽然冒起了一個怕人的念頭：「假若爺爺死了？」這是親人爽約、久等不來的一種自然的心理反應。其時，因為責任所在，祖父正守著渡船不能離開。

〔註128〕劉洪濤：《〈邊城〉與牧歌情調》，《中國現代文學研究叢刊》，2001 年第 1 期。
〔註129〕龍永幹、凌宇：《「自然人性的純化、規約及其困窘：〈邊城〉創作心理新論》，《民族文學研究》，2013 年第 3 期。

　　「爺爺死了」的念頭在新的情境下又出現了。那是在儺送上岸之前，翠翠聽到船上兩個水手說話，事關弔腳樓上唱曲的女子，用語粗鄙，翠翠：

　　　　很不習慣把這種話聽下去，但又不能走開。且聽水手之一說樓上
　　婦人的爸爸是七年前在棉花坡被人殺死的，一共殺了十七刀，翠翠心
　　中那個古怪的想頭：「爺爺死了呢？」便仍然佔據到心裏有一會兒。

　　因為爸爸死了，樓上的女人才從事著現在的職業，做著「醜事」；這時「爺爺死了」的念頭在翠翠心中盤桓，這暗示了翠翠當時的心理活動：如果爺爺死了，我能幹什麼呢，是不是也要被迫淪落風塵，像樓上的女人一樣？翠翠最關心的是誰做她的保護者。目前能提供保護的只有她的祖父，所以翠翠忍著難堪也要等待。龍永幹認為水手和妓女構成了性的語境，給予翠翠性的覺醒與緊張，並無文字證據，文本並不提供支持。可以說，死與性有某種關聯：翠翠擔憂祖父之死是不想成為妓女；妓女的故事使她更加擔心爺爺死了。

　　「爺爺死了」的念頭縈繞未去，水中儺送慢慢遊近岸邊，喊船上水手，水手「在隱約裏也喊道：『二老，二老，你真能幹，你今天得了五隻吧？』」既然翠翠能聽到水手說話，喊話也必定能聽到，可是「二老」這個稱呼根本沒引起她的注意。直到後來二老派人打火把送她回去，她才驚訝地明白過來水中人就是本地大名鼎鼎的儺送二老。這表明翠翠此時只把爺爺當作唯一的保護者，她不知道（也不敢想像）爺爺死了之後誰來保護她，更不會把儺送與自己的命運聯繫起來。也正因為翠翠不知道眼前的人就是儺送，二人的初遇才留下了越品越有味的事情（場景），彷彿事情（場景）之發生就是命中注定。

　　二人在碼頭上相遇。問明眼前是撐渡船的孫女，儺送說：「到我家裏去，到那邊點了燈的樓上去，等爺爺來找你好不好？」儺送的意思表達得很清楚：到我家裏去，我家就在那邊點了燈的樓上；可是翠翠現在還不知道他就是儺送二老，且「弔腳樓有娼妓的人家，已上了燈」，儺送請翠翠「到那邊點了燈的樓上去」，翠翠就誤以為是叫她到有娼妓的人家去。儺送出於好意的一句話，到了翠翠那裡卻發生了誤會。懂得這一點也很重要：《邊城》裏的人個個都是好人，即便是娼妓也比都市裏的紳士更可信任，可是，主詞「我」的主觀性、人與人之間關係的複雜性並不因為人人是好人而減少乃至消失，在《邊城》與在都市一樣並不缺少誤會的影子。當然，誤會的效果並不全都是壞的。黃狗向儺送吠叫：

翠翠便喊：「狗，狗，你叫人也看人叫！」翠翠意思彷彿只在告

給狗「那輕薄男子還不值得叫」，但男子聽去的確是另外一種好意，

男的以爲是她要狗莫向好人亂叫，放肆的笑著，不見了。

可以說，是運命（祖父又稱之爲「天意」）安排了這次初遇，又是誤會（最大的誤會是翠翠竟然不知眼前的男子是儺送）使相遇變得曲折有味，從而種下情愫。

在翠翠與儺送的互相誤會之間，是二人的一次「笑罵」：翠翠說：「你個悖時砍腦殼的！」這句粗話詛咒人倒楣，遭報應；儺送則說：「水裏大魚來咬了你，可不要叫喊救命！」比起「白雞關出老虎咬人」，「水裏大魚來咬了你」更像是一句玩笑話，讓人感覺到一種特別的溫柔與浪漫。儺送本人不正是一條剛上岸的從水裏來的大魚嗎？他正用誤會的嘴咬住了翠翠。有意思的是，「咬」字在後面的敘述中幾乎都被換成了「吃」字，如翠翠到家後自言自語：「翠翠早被大河裏鯉魚吃去了」。我壓抑住這樣一種解釋衝動，即把「吃」視爲性行爲的隱喻性表達，性行爲常被描寫成一種野蠻的吃人行爲，即男人吞掉了女人的行爲，有學者就是這樣來解釋小紅帽被大灰狼吞吃的那個童話故事〔註130〕。因爲「吃」的敘述來自翠翠，它傳達的其實是翠翠沉浸在對初遇情境的回憶與咀嚼之中，水裏來的大魚儺送完全佔據了這個小女孩的心靈。「吃」表達的是全身心投入的愛。

翠翠整個地被兩年前的端午節的這次相遇給「吃」了。上年的端午節，翠翠又遇到了打火把送她回家的夥計，她說：「爺爺，那個人去年送我回家，他拿了火把走路時，眞像個山上的嘍羅！」翠翠想說的是：派這個人來的儺送二老就是山寨大王，她就是壓寨夫人，展開了英雄美人的少女幻想。儺送下了青浪灘，大老天保送他們一隻肥鴨，翠翠根本不在意，而是忽然問道：「爺爺，你的船是不是正在下青浪灘呢？」還有一次，翠翠說的話更是無頭無腦：

翠翠想：「白雞關眞出老虎嗎？」她不知道爲什麼忽然想起白雞

關。白雞關是酉水中部一個地名，離茶峒兩百多里路！

且翠翠還「輕輕的無所謂的」唱著歌：

白雞關出老虎咬人，不咬別人，團總的小姐派第一。……大姐

戴副金簪子，二姐戴副銀釧子，只有我三妹沒得什麼戴，耳朵上長

年戴條豆芽菜。

〔註130〕埃里希·弗洛姆：《被遺忘的語言》，國際文化出版公司，2007 年，第 163～4 頁。

連翠翠本人都不知道爲什麼想起白雞關，恐怕多數讀者也都在雲裏霧裏。但在不久之後的段落中，儺送爲送酒葫蘆來到翠翠家，祖父問他：

　　「我聽船上人說，你上次押船，船到三門下面白雞關灘口出了事，從急浪中你援救過三個人。你們在灘上過夜，被村子裏女人見著了，人家在你棚子邊唱歌一整夜，是不是眞有其事？」

　　「不是女人唱歌一夜，是狼嗥。那地方著名多狼，只想得機會吃我們！我們燒了一大堆火，嚇住了它們，才不被吃！」

原來，爺爺早就聽說了儺送下白雞關的事，把它告給了翠翠。「白雞關」就佔據了翠翠的意識中心，集合起來豐富而複雜的情緒心理：首先，她心繫儺送，儺送走到哪裏，她的心思就飛到哪裏；其次，現實中的白雞關多狼，翠翠想像中的白雞關出老虎，老虎先要吃團總小姐，因爲她是翠翠的情敵，家裏富有，以碾坊做陪嫁，翠翠便在想像中除掉了她。

今年的端午節，二老邀祖父與翠翠看龍舟。當爺爺想說：「二老捉得鴨子，一定又會送給我們的」，「話不及說，二老來了，站在翠翠面前微笑著。翠翠也不由不抿著嘴微笑著。」還有比這相視一笑、莫逆於心更動人的感情嗎？對翠翠與儺送的愛來說，話是多餘的。當代大學生所接受的教育、所薰染的娛樂文化皆鼓勵說話、鼓勵表達，能秀的就要秀出來，這與儺送翠翠心領神會的表意方式大相徑庭。他們看不懂儺送與翠翠的愛，實質上是沒有眞正明白人的神性與詩意的存在。

一方面是豆腐鋪老闆和翠翠這樣的沉默少言，用語節制；另一方面則是「最能用文字記述言語」——這是沈從文對廢名的評價〔註131〕，亦可用於自身（前面《鳳子》的引文即是例子）。本年，沈從文出版了小說集《月下小景》。同名小說敘述了儺祐與少女動人的愛情，當地習俗女人同第一個男子戀愛（獻上處女之身），卻只能同第二個男子結婚。但他們願意彼此完全的合一——柏拉圖《會飲篇》阿里斯多潘講了一個看似很荒誕的故事，簡單地說，從前的人是一個圓形的東西，皆有四隻手四隻腳，一個圓形的頭顱，前後長著一模一樣的兩副面孔。宙斯爲了削弱他們的力量、增加他們的獻禮，就把他們剖成兩半，然而兩半彼此思念，互相擁抱，至死不分。「從很古的時候起，人與人相愛的欲望就植根於人心，它要恢復原始的整一狀態，把兩個人合成一個，治好從前剖開的傷痛」——爲了保持這種愛的純粹、完整與神聖，他們

〔註131〕沈從文：《論馮文炳》，見《二十世紀中國小說理論資料》（三），第243頁。

同時服毒自殺，到另一個世界去生存。小說的主體就是兩人的對話與和歌。
例如下面一段：

> 「你口中體面話夠多了。你說說你那些感覺給我聽聽。說謊若
> 比真實更美麗，我願意聽你的謊話。」

> 「你佔領我心上的空間，如同黑夜佔領地面一樣。」

> 「月亮起來時，黑暗不是就只佔領地面空間很小很小一部分了
> 嗎？」

> 「月亮照不到人心上的。」

> 「那我給你的應當也是黑暗了。」

> 「你給我的是光明，但是一種眩目的光明，如日頭似的逼人熠
> 耀。你使我糊塗。你使我卑陋。」

> 「其實你是透明的，從你選擇諂諛時，證明你的心現在還是透
> 明的。」

> 「清水裏不能養魚，透明的心也一定不能積存辭藻。」

> 「江中的水永遠流不完，心中的話永遠說不完。不要說了，一
> 張口不完全是說話用的！」

按照觀察與寫實的標準來看，這些言語矯揉造作，很不真實。《超人》祿
兒寫的信不早就被認為是不可能、由作者臆造的嗎？對話要講究口吻，什麼
人說什麼話，既符合人物的身份又表現人物的特點，可是沈從文不講究這個
（儺祐與少女皆是同樣的詩人），一是因為沈從文「願意在章法外接受失敗，
不想到在章法內得到成功」〔註132〕，一是因為《月下小景》開始時說得清楚，
它記述的是「另一種言語」、「另一種習慣」、「另一種夢」。這種言語極富詩意，
深得古詩比興之美〔註133〕，景語與情語融合無間，讓人回味。亦因此，「一般
人看見了他寫的東西，總是不大歡迎」〔註134〕。

〔註132〕 《〈石子船〉後記》，見《二十世紀中國小說理論資料》第115頁。《阿麗思中
國遊記・第二卷的序》說：「文學應怎樣算對？怎樣就不對？文學的定則又是
怎樣？這個我全不能明白。」
〔註133〕 鍾嶸《詩品・序》中說：「文已盡而意有餘，興也。因物喻志，比也」，又說：
「若專用比興，則患在意深，意深則辭躓」，所引對話避免了這種毛病。
〔註134〕 中平：《沈從文走麥城》，《社會新聞》合訂本，第一卷上冊。

　　沈從文說：「從五四以來，以清新樸訥文字，原始的單純，素描的美，支配了一時代一些人的文學趣味，直到現在還有不可動搖的勢力，且儼然成一特殊風格的提倡者與擁護者，是周作人先生」〔註135〕。這裡的用語不是「文學思想」或「文學思潮」或某種主義流派，而是「文學趣味」。我在考察晚清至五四的小說話語演變時，給出了一個簡潔的描述「從趣味到主義」；這個「趣味」是指，既要有趣，又要有味；既引人入勝，又能提供某些東西讓人思考，儘管這些東西往往是很淺顯很迂腐的道理或教訓。用范伯群先生的話說，「除了故事性之外」，還能「滲出濃鬱的文化味汁。」晚清就是以這個趣味為關鍵詞建構起了一套小說話語〔註136〕。但沈從文所說的文學趣味顯然與它不同。很明顯，沈從文的文學趣味拒絕「遊歷＋評論」的敘事模式，拒絕對出路作僵硬的指示甚至暗示；他的小說寫得好，不是因為符合某種主義理論或思潮流派，或者能在某種主義理論或思潮流派的框架內分析得頭頭是道。他的好，需要「味」（或者像李健吾所說「回味」）。蘇軾說：「味摩詰之詩，詩中有畫；觀摩詰之畫，畫中有詩」，我們往往簡化為「詩中有畫，畫中有詩」，而忘了原話表達最重要的是兩種行為：詩要「味」，畫要「觀」；不要理性地分析與判斷，要全身心地投入、沉浸與體味，方能獲得愉悅與美的享受。

　　相對於理性化的利益表達（算計）形式，姑且名之為趣味化的利益表達（算計）。

<h2 style="text-align:center">七</h2>

　　朱光潛提倡趣味最力。他認為文學的修養就是趣味的修養，而趣味的養成則受資稟性情、身世經歷和傳統習尚等因素決定，「我們應該做的工夫是根據固有的資稟性情而加以磨礪陶冶，擴充身世經歷而加以細心的體驗，接收多方的傳統習尚而求截長取短，融會貫通。這三層工夫就是普通所謂學問修養。純恃天賦的趣味不足為憑，純恃環境影響造成的趣味也不足為憑，純正的可憑的趣味必定是學問修養的結果」〔註137〕。與純正趣味相反的是十種低

〔註135〕沈從文：《論馮文炳》，見《二十世紀中國小說理論資料》第241頁。
〔註136〕《「小說」的誕生——論晚清以來的小說知識話語》，載《山東師範大學學報》2008年第6期。或參考我的另一篇論文《談晚清新小說的趣味敘事》，載《天中學刊》2016年第3期。
〔註137〕朱光潛：《文學的趣味》，見《朱光潛全集（新編增訂本）》（6），中華書局，2012年，第175頁。

級趣味，包括作品內容與作者態度兩方面各五種。前者共同的特徵是離開藝術而單講內容，或者說不關心藝術表現是否完美、只看內容是什麼，朱光潛列舉了（1）偵探故事（2）色情的描寫（3）黑幕的描寫（4）風花雪月的濫調（5）口號教條〔註138〕。

　　在（1）中，朱光潛把「最著名的《福爾摩斯偵探案》或《春明外史》」給否定了，因爲「它們有如解數學難題和猜燈謎，所以打動的是理智不是情感」。而在本年，程小青出版了《霍桑探案》第2集，稱讚「偵探小說的結構方面的藝術眞像是布一個迷陣。作者的筆尖，必須帶著吸引的力量，把讀者引進了迷陣的垓心，迴旋曲折一時找不到出路，等到最後結束，突然把迷陣的秘門打開，使讀者豁然徹悟，那才能算盡了能事」〔註139〕。可見，在程小青看來，偵探小說的結構是一門藝術，它能「喚醒好奇和啓發理智」，還能予以「文藝的欣賞」。又可見，程小青和朱光潛對藝術的理解並不相同，他們的趣味觀同樣有分歧。前者延續了晚清的趣味敘事，後者則不需要恍然大悟的理智上的快感與感情上的驚駭，而是無功利無利害的審美與悠然自得的咀嚼回味。朱光潛是以不自覺的學院派精英知識分子的身份發言的，他反對低級趣味就是用廣博的學問修養壓制人的本能欲望，比如人生來就有的好奇心，它帶來的只是「淺薄」的吸引力（所以朱光潛說「純恃天賦的趣味不足爲憑」）。

　　（當然，朱光潛說，愛好偵探故事並不是壞事，文學作品中插入偵探故事的成分也不是壞事，但文學作品的精華絕不在此。沈從文的湘西世界確實容不下一個偵探的存在，《子夜》也沒有寫韓孟翔和劉玉英如何做偵探，筆墨不在他們身上。）

　　趣味是分層級的。朱光潛「純正的趣味」和沈從文的「文學趣味」是同一種趣味。各人的解釋則略有差異。例如，廢名深得周作人的趣味，他在《三竿兩竿》這篇短文中寫道：

> 中國文章，以六朝人文章最不可及……秋心寫文章寫得非常之快，他的辭藻玲瓏透澈，紛至沓來，借他自己《又是一年芳草綠》文裏形容春草的話，是「潑地草綠」。我當時曾指了這四個字給他看，說他的潑字用得多麼好，並笑道，「這個字我大約用苦思也可以得

─────────────

〔註138〕朱光潛：《文學上的低級趣味（上）：關於作品內容》，見《朱光潛全集（新編增訂本）》（6），第179～184頁。

〔註139〕程小青：《偵探小說的多方面（節選）》，見《二十世紀中國小說理論資料》第225～6頁。

著，而你卻是潑地草綠。」庾信文章，我是常常翻開看的，今年夏天捧了《小園賦》讀，讀到「一寸二寸之魚，三竿兩竿之竹」，怎麼忽然有點眼花，注意起這幾個數目字來，心想，一個是二寸，一個是兩竿，兩不等於二，二不等於兩嗎？於是我自己好笑，我想我寫文章決不會寫這麼容易的好句子，總是在意義上那麼的顛斤簸兩。因此我對於一寸二寸之魚三竿兩竿之竹很有感情了。我又記起一件事，苦茶庵長老曾為閒步兄寫硯，寫庾信《行雨山銘》四句，「樹入床頭，花來鏡裏，草綠衫同，花紅面似。」那天我也在茶庵，當下聽著長老法言道，「可見他們寫文章是亂寫的，四句裏頭兩個花字。」真的，真的六朝文是亂寫的，所謂生香真色人難學也。

廢名雖然也能寫出「潑地草綠」，但不及梁遇春，因為廢名的「潑」字是苦思得來的。庾信的「一寸二寸之魚，三竿兩竿之竹」令廢名眼花，是因為它是「這麼容易的好句子」。苦思得來的句子好雖好，卻是刻意為之，顯得不容易，意即不自然。周作人說的「亂寫」指不按成規與套路地寫作（沈從文的表述是「在章法外接受失敗，不想到在章法內得到成功」），但亂寫不是胡寫，既不是像胡適所主張的「有什麼話，說什麼話；話怎麼說，就怎麼說」，也不是恃才逞強賣弄高深，而要像梁遇春和庾信的文章那樣又好又容易。亂寫拒絕模式化寫作，亦不佈道灌輸，而是啟發與會心一笑，讓人咀嚼與回味。《三竿兩竿》整篇文章對比顯現了兩種寫作方法：一種是在遣詞造句上苦思冥想，在意義上顛斤簸兩，總是計較要灌輸給讀者什麼思想、給讀者以什麼影響，充其量是一個好的文匠；一種如行雲流水、渾然天成，構建了一個立體而彈性的藝術空間，讓人駐足流連，這可稱得上是藝術家。

作者態度方面的五種低級趣味包括（1）無病呻吟，裝腔作勢（2）憨皮臭臉，油腔滑調（3）搖旗吶喊，黨同伐異（4）道學多烘，說教勸善（5）塗脂抹粉，賣弄風姿。之所以出現這些基本錯誤，朱光潛歸咎於作者把創作投資變成了一種職業（職業／事業之區分要追溯到周作人《人的文學》與《文學研究會宣言》，後者有段話值得再次引用：「將文藝當作高興時的遊戲或失意時的消遣的時候，現在已經過去了。我們相信文學是一種工作，而且又是於人生很切要的一種工作；治文學的人也當以這事為他終身的事業，正如同勞農一樣」）。把創作投資作為職業，就是要「博取一點版稅或是虛聲」，這樣

「動機就不純正，源頭就不充實，態度就不誠懇」，造成了三重的不忠實：「作者對自己不忠實，對讀者不忠實，如何能對藝術忠實呢？」〔註140〕。忠實於自己（而非革命或集團或某種主義或某種思潮），或許是三十年代某些作家反抗精神的最簡單也最堅決的表達。對自己忠實，這意味著自己是獨立自由的。本年，除了穆時英憤憤不平地大喊「我是忠實於自己的人」，周作人也以自己的語調聲稱，他要把自己思想矛盾玄虛之處忠實地表達出來，不求硬性解決，亦不用文字掩飾：

> 我對於信仰，無論各宗各派，只有十分的羨慕，但是做信徒卻不知怎的又覺得十分的煩難，或者可以說是因為沒有這種天生的福分罷。略略考慮過婦女問題的結果，覺得社會主義是現世唯一的出路。同時受著遺傳觀念的迫壓，又常有故鬼重來之懼。這些感想比較有點近於玄虛，我至今不曉得怎麼發付他。但是，總之，我不想說謊話。我在這些文章裏總努力說實話……〔註141〕

在（5）中，朱光潛說，文藝「表現的理想是文情並茂，『充實而又光輝』，雖經苦心雕琢，卻是天衣無縫，自然熨帖，不現勉強作為痕跡」；反面則是存心賣弄，「用堂皇鏗鏘的字面，戲劇式表情的語調，浩浩蕩蕩，一瀉直下，乍聽似可喜，細玩無餘味」。這些表述和《三竿兩竿》的意思是一致的，唯一的不同似乎是廢名欣賞梁遇春下筆不思索、如有神助之狀態，而朱光潛則看重修改與雕琢的工夫。在《文學的趣味》中，有這樣一個例子：

> 黃山谷的《沖雪宿新寨》一首七律的五六兩句原為「俗學原知回首晚，病身全覺折腰難」。這兩句本甚好，所以王荊公在都中聽到，就擊節讚歎，說「黃某非風塵俗吏」。但是黃山谷自己仍不滿意，最後改為「小吏有時須束帶，故人頗問不休官」。這兩句仍是用陶淵明見督郵的典故，卻比原文來得委婉有含蓄。棄彼取此，亦全憑趣味。如果在趣味上不深究，黃山谷既寫成原來兩句，就大可苟且偷安。

原句用典明顯，說理氣息濃，不如改後摹寫情態，表達更自然平淡，然而更可玩味。對朱光潛來說，純正的文學趣味既是不拘門戶之見、廣泛

〔註140〕 朱光潛：《文學上的低級趣味（下）：關於作者態度》，見《朱光潛全集（新編增訂本）》（6），第186～7頁。

〔註141〕 《〈知堂文集〉序》，收入1933年出版的《知堂文集》，見於《知堂序跋》，中國人民大學出版社，2004年，第80頁。

涉獵學習的結果，又是不斷錘鍊修改使表達簡樸自然而意味雋永深刻的境界〔註142〕。換一種表述是：「養成高尚純正的趣味……唯一的辦法是多多玩味第一流文藝傑作，在這些作品中把第一眼看去是平淡無奇的東西玩味出隱藏的妙蘊來，然後拿『通俗』的作品來比較，自然會見出優劣」〔註143〕。「把第一眼看去是平淡無奇的東西玩味出隱藏的妙蘊」，這就是朱光潛意指的純正的文學趣味，也是李健吾所說的沈從文小說的「回味」，也是沈從文所稱讚的周作人的「文學趣味」，也是廢名自得的亂寫的境界（《三竿兩竿》本身就是亂寫的）。

　　至此，我們才深入地理解了朱光潛為什麼瞧不起偵探小說。程小青自我欣賞的結構藝術在朱光潛眼裏（1）是毫無創造活力的模式化與定型化寫作（2）理智運用上機巧太深，三彎九轉，雖然吸引人，但根本不自然、不容易。換言之，偵探小說既非平淡無奇，又沒有妙蘊——一旦有了答案，一切結束。但范伯群卻有不同的看法：「偵探小說雖有較為固定的模式，但讀來卻並不覺得單調化、劃一化、公式化，就像萬花筒中隨著彩色玻璃珠的滾動，幻出各各不同的圖案一樣」，並且（程小青）能運用自如，無懈可擊，使讀者心服口服〔註144〕。朱湘則區分了正牌文學與消遣文學，看到了二者不同的命運：

　　　　正牌的文學少人過問，而消遣文學則趨之若鶩。福爾摩斯的名字，全中國的人，無論是那個階級，都知道；知道福斯達甫（Falstaff）的，在中國有多少人？科南·道爾的書，與同代的也是一個蘇格蘭人的史蒂文生的書，是那一個的銷路廣大？〔註145〕

〔註142〕《談讀詩與趣味的培養》，見《朱光潛全集（新編增訂本）》（6），第24～5頁。朱光潛認為，一個不歡喜詩的人趣味就低下，因為「詩比別類文學較謹嚴，較純粹，較精緻」，也就是下面所說的第一眼看上去平淡無奇卻隱藏著需要細細琢磨的妙蘊。他舉賈島《尋隱者不遇》和崔顥《長干行》，說裏面的故事簡單平凡，但「兩首詩之所以為詩，並不在這兩個故事，而在故事後面的情趣，以及抓住這種簡樸而雋永的情趣，用一種恰如其分的簡樸而雋永的語言表現出來的藝術本領……讀詩就要從此種看來雖似容易而實在不容易做出的地方下工夫，就要學會瞭解此種地方的佳妙」。前面廢名的「忽然有點眼花」，表達的正是瞭解了詩句「佳妙」的意思。

〔註143〕朱光潛：《文學上的低級趣味（下）：關於作者態度》，同前，第193頁。

〔註144〕范伯群：《論程小青的〈霍桑探案〉》，見《霍桑探案集·後記》，群眾出版社，1997年。

〔註145〕朱湘：《文學與消遣》，見《精讀朱湘》，中國國際廣播出版社，1998年，第316頁。

　　福斯達甫，今譯福斯塔夫，是莎士比亞塑造的一個喜劇形象，他的知名度顯然比不過福爾摩斯，因為廣大的一般的讀者需要福爾摩斯。偵探小說的存在就是專為消愁遣悶的，這也是文學的一種功用，「第二種功用」。消遣文學遭受正牌文學的「極端嫉視」，「源於兩層理由，喧賓奪主與實際利益」（「寫消遣文學的人坐汽車，作富翁，而正牌文學的作者卻在貧民窟裏餓飯」）。於是，朱湘有了一個浪漫的設想：從每本（篇）作品的收入中抽取百分之一，由一個全國的文人聯盟來保管，用以支持正牌文學的發展及其作家權益。

　　雖然程小青與周作人、李健吾、沈從文等學院派知識分子身份不同，偵探小說的趣味與純正的文學趣味之差異亦很明顯，但仔細觀察，兩者的運作方式卻有一定的相似性。純正的文學趣味之存在與發生乃因有了兩層不對等的區分：外表平淡無奇，內裏涵蘊無窮，這需要對細微之處的敏感與玩味。蘇東坡歡賞秦少游「郴江幸自繞郴山，為誰流下瀟湘去」兩句，王國維以之為皮相之見，說：「少游詞境最為淒婉，至『可堪孤館閉春寒，杜鵑聲裏斜陽暮』，則變而為淒厲矣。」對此，朱光潛評論說：

> 　　這種優秀的評判正足見趣味的高低。我們玩味文學作品時，隨時要評判優劣，表示好惡，就隨時要顯趣味的高低。馮正中、王荊公、蘇東坡諸人對於文學不能說算不得「解人」，他們所指出的好句也確實是好，可是細玩王靜安所指出的另外幾句，他們的見解確不無可議之處，至少是「郴江繞郴山」二句實在不如「孤館閉春寒」二句。幾句中間的差別微妙到不易分辨的程度，所以容易被人忽略過去。可是它所關卻極深廣，賞識「郴江繞郴山」的是一種胸襟，賞識「孤館閉春寒」的是另一種胸襟；同時，在這一兩首詞中所用的鑒別的眼光可以用來鑒別一切文藝作品，顯出同樣的抉擇，同樣的好惡，所以對於一章一句的欣賞大可見出一個人的一般文學趣味。好比善飲者有敏感鑒別一杯酒，就有敏感鑒別一切的酒。趣味其實就是這樣的敏感。〔註146〕

　　「孤館閉春寒」二句比「郴江繞郴山」二句到底高明在哪兒呢？後者有意少境，意甚於境；前者則有意有境，意境相融──「杜鵑聲裏斜陽暮」，杜鵑啼血，斜陽如血，一聽覺，一視覺，兩者通感並置構成一種彷彿親身體驗的淒寒之境，而「為誰流下瀟湘去」以一句疑問阻斷了身、意、境之圓融交

<hr>

〔註146〕朱光潛：《文學的趣味》，同前，第 172～3 頁。

流。發現這種「微妙到不易分辨」的差別需要「鑒別的眼光」，它顯然不是指肉眼的生理功能，而是一個人廣博高深的藝術修養。

對我而言，讀偵探小說感受最深的並非結構的藝術化，而是一種出人意料又不得不服的「反轉」：表象非真相，而透過表象挖掘到真相需要對細節的關注與思考。例如，《血手印》一開始，金夫人登門求助，聲稱有人要謀害她的丈夫金棟成。不久，金棟成還是被人殺害了。兇手竟是報案的金夫人。霍桑的推斷基於三個細節：

（1）她報案時恍恍惚惚、瑟縮畏懼，像是故意做作，因為有人要謀害其夫只是她的感覺，並無充分之理由，實不必作如此誇張之神情；

（2）前兩次見面她都戴著白手套，當她聽到丈夫死訊而昏倒時，霍桑發現她的右手沒了白手套，「後來我又看見凶刀的柄上塗滿了血漬，可知兇手的手上也當然不能不染血。我又發現鉛皮門的邊上有個淺淡的血手印，那不像是手指直接印上去的，像是血手套的印。這兩點既然合符，我的推測馬上成立」〔註147〕。這是真相大白後霍桑的自述，在破案過程中，小說是這樣敘述的：霍桑發現了鉛皮門裏面邊上的一個痕跡：

汪銀林說：「我看是手印。」

我接嘴說：「是，是血的手印。」

霍桑把眼睛貼近了門邊，點點頭：「是的，不過很淺淡模糊，線
紋自然更瞧不出。奇怪。」

汪是官方探長，「我」是助手包朗，二人看到的只是表象，亦止於表象，唯有霍桑的眼睛「貼近了門邊」，看得更認真仔細，這才能說出「奇怪」，沒想到這個「奇怪」竟是破案的關鍵所在，難怪包朗要「自咎疏忽」。細節決定成敗。霍桑說：「當偵探最重要的工作，就是觀察（其實觀察是研究任何科學所最不可少的條件），而觀察的關鍵就在於『謹細』兩個字。（我所以能瞧破李四，也沒有別的訣竅，只著重了一個『細』字）」〔註148〕。五四時期，為了療救「中國現代小說的缺點，最關重要的，是遊戲消閒的觀念，和不忠實的描寫」，茅盾特意引入並推廣「經過近代科學洗禮的」、「事事必先實地觀察的」自然主義運動〔註149〕。可是，實事求是地說，最重視觀察與細節的，不是新

〔註147〕見《程小青代表作》，華夏出版社，1999 年，第 86～7 頁。

〔註148〕程小青：《斷指團》，見《程小青代表作》第 174 頁。

〔註149〕沈雁冰：《自然主義與中國現代小說》，《小說月報》第 13 卷第 7 號，1922 年
　　　　7 月 10 日。

文學的寫實主義，而是程小青的偵探小說〔註150〕，但它卻被歸入了「遊戲消閒」一類。

（3）被包朗質疑「有什麼用」的半塊碎磚也在霍桑的判斷推理中發揮了重要作用。磚上面有些綠漆，而鉛皮門上新漆的綠漆給擦去了一些，顯係有人有意用磚擊門，造成嫌疑人奪門逃跑的表象，引人越發離開眞相。

看來，偵探小說趣味的存在與生成也需要兩層不對等的區分（表象之霧與眞相之核），需要對細節的觀察與思考。不過，純正的文學趣味需要的是對細微之處的鑒別與玩味，收穫的是美的愉悅與藝術的妙境；偵探趣味則需要對細節的追問與推理，由此才能接近並發現事實眞相。純正的文學趣味不是眞相對表象逆轉的趣味，而是意象的綜合、生發與壯大。兩者皆可爲善，一個經由對眞的孜孜探求，一個通過藝術與美的包孕。

不過，還有另一種「偵探」小說。如果說霍桑偵探的是事之眞，那麼可以說，施蟄存的心理分析小說挖掘的是人的潛意識心理（內心深處最眞實的心理活動）。本年，施蟄存出版了兩部小說集《梅雨之夕》和《善女人行品》。他聲稱自己不是新感覺主義者，他的小說「不過是應用了一些 Freudism 的心理小說而已」〔註151〕。Freudism 及其創立者弗洛伊德備受爭議，恐怕朱光潛也不會欣賞施蟄存，因爲在朱看來「色情的描寫」是一種低級趣味，鴛鴦蝴蝶派就「專在逢迎人類要滿足實際饑渴這個弱點，盡量在作品中刺激性欲，滿足性欲」〔註152〕。施蟄存先就在鴛鴦蝴蝶派「混」過，後「改邪歸正」投入新文學陣營，不料獨闢蹊徑用 Freudism 寫性欲心理了。

〔註150〕五四提倡科學，可是新文學敘事似乎既沒有塑造科學的人物又沒有宣傳科學的觀念。而程小青塑造的霍桑不只是個爲破案而破案的偵探，還是個最有科學素養的國家公民，又是既有理想情懷又有人情味的一個現代人。他曾發問過與狂人相似的問題：「古人說的話怎麼會完全對？怎麼一定會比現代人的正確？」；這個私家偵探某種意義上也是一個獨異個人，他面對的雖然不是要合謀吃人的庸眾，但卻置身於無能的官家探長（如《兩粒珠》裏的王良本）和糟糕的內地司法狀況之中。如果說狂人用現代的個人觀念來啟蒙，那麼霍桑則時時借機宣揚科學話語，用以反對觀察粗疏、敷衍了事、迷信顢頇、勢利虛僞、徇私枉法等普遍存在於國民身上的弊病，因爲他認爲「科學是救治我國國病的續命湯」。有時候，爲了伸張正義，霍桑會有意放走懲奸除惡的嫌犯。如《血手印》中，霍桑放了金夫人，其實她姓沈，是被王得魁（冒名「金棟成」）搶來的；霍桑查明王是個大惡人，死有餘辜。

〔註151〕《我的創作生活之歷程》，收入本年出版的《創作的經驗》一書。

〔註152〕朱光潛：《文學上的低級趣味（上）》，同前，第181頁。

　　對精神分析理論是否是科學一直存有爭議。按照自然科學、實驗科學的標準，精神分析難稱科學，至少《夢的解析》記錄分析的那些弗洛伊德本人的夢難保客觀性、眞實性與可重複性。有學者說：「只要留意一下他對藝術和藝術家的研究，立刻就可以看到，弗洛伊德所選擇的論題較少針對重要的審美問題，而較多的針對他自己的個人需要和迷戀……弗洛伊德是故意選擇支持他的理論的事實，而（不加討論地）排斥其他不適合他的理論的事實」，連弗洛伊德忠實的追隨者瓊斯都認爲，「弗洛伊德的文章遠不是一個冷靜而客觀的分析，而可能是作爲一個投射他的某種併發的焦慮和願望的屏幕」〔註153〕。但，或許正是因爲它不合自然科學的理論規範，才在人文社科領域有了巨大而深遠的影響。據我理解，簡單地說，這是因爲精神分析理論的目的是「認識你自己」，認識人自身。如果說五四「文學是人學」的觀點需要最認眞地對待與堅持，那麼我們就必須借鑒吸收弗洛伊德的思想，因爲它使我們對人的認識與理解更加複雜而深化了。

　　並且，精神分析的工作方法與前面所述兩種趣味的運作方式十分相似。弗洛伊德自比爲考古學家，當然，他考古挖掘的不是遠離地面的古代物質遺跡，而是（個體和群體）過去了的心靈沉澱〔註154〕。由此，弗洛伊德區分了表層心理學／深層心理學，後者就是他創立的無意識學說，透過人的精神生活的表層，去揭示人的全部精神生活的基礎與動力。弗洛伊德以冰山爲喻，人的全部精神生活好似坐落在大海裏的冰山，浮出海面的僅是一小部分山體（意識領域），海洋下面的巨大山體才是人的精神生活的更廣闊的部分。於是，精神分析把一切心理的東西首先看作是無意識的，或者說「精神分析的第一個令人不快的命題是：心理過程主要是潛意識的，至於意識的心理過程則僅僅是整個心靈的分離的部分和動作」〔註155〕。換言之，意識只是一個表象或一個提示，只有經過心靈考古挖掘，我們才能領會隱藏在它下面的眞相與意義。

〔註153〕 斯佩克特：《弗洛伊德的美學》，高建平譯，四川人民出版社，2006年，第81、120頁。

〔註154〕 「把心理分析比喻爲考古學的提法源於幾位著作家，他們將之視爲弗洛伊德思想的核心。弗洛伊德本人在他的晚年的一篇論文（《分析的構造》，1937）中舊話重提，指出從事建構和重構工作的精神學家『在很大程度上類似考古學家發掘毀壞或埋沒的住宅遺址，或者發掘古代大廈。』……弗洛伊德總是追尋一些早年的事件，使之成爲他更好地理解天才心靈的線索。在研究列奧納多和歌德時，他就是這麼做的」（《弗洛伊德的美學》第143頁）。

〔註155〕 弗洛伊德：《精神分析引論》，高覺敷譯，商務印書館，2003年，第8頁。

　　弗洛伊德解夢就是這種方法的一個實際運用。夢被分成兩個層面：顯夢和隱夢，或者說夢有顯意和隱意。隱意改裝成顯意的過程被稱爲夢工作，解夢就是要破解夢工作的過程，把變形、壓抑、改裝了的隱意掘發出來，一如霍桑的偵探工作。不過，霍桑是在可靠的人證物證基礎上進行邏輯推理，而弗洛伊德重視看似漫無目的的自由聯想。且看弗洛伊德對一個年輕（未婚）男人的夢的解析。後者夢見「他又把他的冬季大衣穿上，那實在是一件恐怖的事」。弗洛伊德說：

　　　　這種夢表面上看來，是一種很明顯地天氣驟然變冷的反映，但再仔細觀察一下，你就會發覺夢中的前後兩段，並不能找出合理的因果關係，爲什麼在冷天氣穿大衣會是一件恐怖的事呢？

　　「表面」經仔細觀察是不合理的，它一定隱藏或遮蓋了什麼東西。於是，弗洛伊德讓他進行自由聯想，他第一個想到，昨天有個女人毫不含蓄地告訴他，她的最後一個孩子是性交時丈夫戴的避孕套開裂所致。女人對未婚男子當面說出男女性交之事，未嘗不令人感到「恐怖」。他夢見的不是戴避孕套而是穿上大衣，這是一種掩飾與改裝：避孕套是一種「套上去的東西」，按字面直譯，英文的 pullover 即德文中的 Uberzieher。而德文這個詞通常的意思就是「輕便的大衣」。這個看上去無邪的夢實際上灌注了做夢者的性欲望〔註156〕。

　　看來，解釋夢也需要對語言和細微之處的敏感與關注。弗洛伊德的工作方法特別重視細節和那些看上去無足輕重的因素。他的自由聯想法就要求病人把想到的一切，無論荒唐可笑還是微不足道，都要說出來，從一次不經意的口誤、筆誤等細節中深入挖掘出重要的心理內容。可以我對丁玲一個口誤的解釋作例證。「我追求，我頑強地堅持住，我總算活出來了……是活過來了，使我繼續爲黨工作了五十年」，1985 年，丁玲如是口述於北京協和醫院。爲什麼她要把「活出來」糾正爲「活過來」？後者的意思是她經受大風大浪與生死關頭的考驗而活了下來，前者則意味著她出名了（成爲著名的女作家），實現了個體生命的價值與意義，但這與黨的集體觀念相衝突，她相信自己的生命是爲黨而存在的，她個人的價值從屬於黨的事業，於是她改口

<hr />

〔註156〕弗洛伊德：《夢的解析》，賴其萬、符傳孝譯，作家出版社，1986 年，第 96 頁。之所以從中選擇這個事例，是因爲它簡短又能說明問題。

了。丁玲一樣在追名逐利，不過她把個人動機與黨的事業結合起來，使之神聖化了〔註157〕。

論述至此，我們應該已經認識到，弗洛伊德解夢與解釋文本是相似的。我們解釋文本，便是要通過象徵、隱喻、暗示、意象的線索從表層意義深入到深層意義。保羅‧利科把語言符號「稱作任意指的結構，在這個結構中，一個直接的、原初的和字面的意義附加地指示另一個間接的、從屬的、形象化的意義，後一種意義只有通過前一種意義才能被領悟。這種對雙重意義上的表達進行限定便確切地構成了解釋學的領域」，文本解釋工作就在於「對隱藏在表面意義中的意義加以辨讀，在於展開包含在字面意指中的意指層次」〔註158〕。類似地，羅蘭‧巴特把符號意指區分為「直接意指」和「含蓄意指」：「直接意指是單純的、基礎的、描述的層次」，是字面的或表層可見的信息或意義，如那幅黑人照片的直接意指就是「一個黑人士兵正向法國國旗敬禮」，但它可以繼續被聯繫另一層更精妙複雜的主題與意義——即含蓄意指——法國的殖民主義與它的忠誠的黑人士兵〔註159〕。

無論是純正的文學趣味還是偵探小說的趣味，無論是弗洛伊德的精神分析還是利科的解釋學或者巴特的含蓄意指，它們的運作方式或工作方法都是從細微之處入手打開表面的缺口，探查或挖掘更深刻的事實與意義。正是為此，我們才要認真對待備受爭議的精神分析理論，才能正確而深入地解釋施蟄存的作品。據我觀察，迄今沒有一篇《梅雨之夕》的分析是令人滿意的，它們雖然借來了精神分析理論的術語，但並沒有真正掌握精神分析的工作方法，對語言及細微之處並無充分的敏感及深入地解析，未能充分體味言在此而意在彼的妙處。

> 梅雨又淙淙地降下了。
>
> 對於雨，我倒並不覺得嫌厭，所嫌厭的是在雨中疾馳的摩托車的輪，它會濺起泥水猛力地灑上我的衣褲，甚至會連嘴裏也拜受了美味。我常常在辦公室裏，當公事空閒的時候，凝望著窗外淡白的

〔註157〕 管冠生：《丁玲在首菖園》，《魯迅研究月刊》，2012 年第 2 期。
〔註158〕 利科：《生存與解釋學》，見其文集《解釋學的衝突》，莫偉民譯，商務印書館，2008 年，第 13 頁。
〔註159〕 這裡參考的是斯圖亞特‧霍爾的《表徵》，周憲、許鈞譯，商務印書館，2013 年，第 57 頁。

空中的雨絲，對同事們談起我對於這些自私的車輪的怨苦。下雨天是不必省錢的，你可以坐車，舒服些。他們會這樣善意地勸告我。但我並不曾屈就了他們的好心，我不是爲了省錢，我喜歡在滴瀝的雨聲中撐著傘回去。我的寓所離公司是很近的，所以我散工出來，便是電車也不必坐，此外還有一個我所以不喜歡在雨天坐車的理由，那是因爲我還不曾有一件雨衣，而普通在雨天的電車裏，幾乎全是裹著雨衣的先生們，夫人們或小姐們，在這樣一間狹窄的車廂裏，滾來滾去的人身上全是水，我一定會雖然帶著一柄上等的傘，也不免滿身淋漓地回到家裏。況且尤其是在傍晚時分，街燈初上，沿著人行路用一些暫時安逸的心境去看看都市的雨景，雖然拖泥帶水，也不失爲一種自己的娛樂。在霧中來來往往的車輛人物，全都消失了清晰的輪廓，廣闊的路上倒映著許多黃色的燈光，間或有幾條警燈的紅色和綠色在閃爍著行人的眼睛。雨大的時候，很近的人語聲，即使聲音很高，也好像在半空中了。

人家時常舉出這一端來說我太刻苦了，但他們不知道我會得從這裡找出很大的樂趣來，即使偶而有摩托車的輪濺滿泥濘在我身上，我也並不會因此而改了我的習慣。說是習慣，有什麼不妥呢，這樣的已經有三四年了。有時也偶而想著總得買一件雨衣來，於是可以在雨天坐車，或者即使步行，也可以免得被泥水濺著了上衣，但到如今這仍然留在心裏做一種生活上的希望。

在近來的連日的大雨裏，我依然早上撐著傘上公司去，下午撐著傘回家，每天都是如此。

這四節文字是《梅雨之夕》的開始，接下來才是對「昨日下午」那次豔遇的回憶。它是不是顯得有些多，敘述調子是不是有些嘮叨囉嗦？它反覆解釋的不過是「我」雨天撐傘的習慣，這個習慣值得費去如許篇幅嗎？沒有人注意這個問題，但並不妨礙人們從中獲取信息從而對「我」的形象進行推斷。有人說，「一方面，作爲都市人之一員，『我』的生活相當的有規律，起居上班工作下班，一天的時間全都是以表上的刻度爲基本計量的……另一方面，和他人不同，『我』可以接受被雨打亂的生活節奏，甚至喜歡這種改變……這就意味著『我』雖然是都市人，但與『都市人』身份保持著一種特殊的疏離」，

換言之，「我」是一個邊緣人，並未完全融入都市生活〔註160〕；有人則願意把「我」視爲三十年代部分知識分子的代表，這些知識分子感到前途渺茫，內心空虛而孤獨，便在雨中逃避現實、尋找一點樂趣〔註161〕。因爲忽略了前述問題，這些看法未能弄懂這四節文字的言外之意與「我」的真實心思。

為什麼要對雨中撐傘步行回家的一個普通的生活習慣說這麼多？「我」說（解釋）得多，其實是要掩蓋什麼；但正因爲「我」說（解釋）得多，其實「我」要掩蓋的又是「我」要表現（滿足）的。坦白地說，「我」又要掩蓋又要表現的是婚外情幻想。

「我」不坐電車，未買雨衣，不是因爲沒有錢，也不是爲了省錢。這個習慣與錢無關，可見同事們並不瞭解「我」（許多研究者也不瞭解）。在第二節，「我」給出了如下理由：

（1）「我」喜歡看都市的雨景；

（2）寓所離公司很近；

（3）電車裏的人幾乎全裹著雨衣，會把「我」弄濕，令人嫌厭。

（1）（3）既有客觀客觀事實又有主觀感受，唯獨（2）純粹是一客觀事實：家離公司近，所以不用坐電車，步行即可。這看上去最充分，無可反駁。可是，既然是家，爲什麼不想早點回去？如果是新婚燕爾之時，「我」還會這樣沉住氣、慢騰騰回家嗎？事實是，結婚多年，彼此已經熟悉，早上從家去公司，下去從公司回家，天天走著同樣的路、看著同樣的面孔，對這樣單調機械麻木的生活（請品味小說中另一句話：「我且行且看著雨中的北四川路，覺得朦朧的頗有些詩意。但這裡所說的『覺得』，其實也並不是什麼具體的思緒，除了『我該得在這裡轉彎了』之外，心中一些也不意識著什麼」），「我」已心生厭倦，渴望有所改變——正是心底有了出軌的欲念，才造成了那次豔遇。如果把這種機械麻木的生活狀態視作「生活相當的有規律」，那就沒有真正理解「我」的話裏有話。

所以，（1）「我」欣賞都市雨景，並非因爲雨中的都市富有詩情畫意，而是黃昏雨中的都市空間失去了清晰的邊界，文明的規範與禁忌也降到了最低：「間或有幾條警燈的紅色和綠色在閃爍著行人的眼睛」，警察（監視）的力量幾乎消失了，提供了一個縱慾捕獵、可以滿足潛意識欲望的時刻與機會。

〔註160〕桂春雷：《摩登都市中的詩意追求》，《新文學評論》，2014 年第 2 期。

〔註161〕楊迎平：《〈梅雨之夕〉：朦朧的詩》，《名作欣賞》，2004 年第 12 期。

雨並未打亂「我」的生活節奏，「我」也不是把內心的空虛與孤獨移情或昇華到雨景裏去。

所以，（3）表面上說的是「我」嫌厭在電車裏被弄得滿身淋漓，實際上說的是與裏著雨衣的人無法調情。電車狹窄的車廂本是都市男女邂逅、生發情感的好去處，張愛玲小說《封鎖》裏的呂宗楨與吳翠遠就在電車裏調情戀愛了，《善女人行品》第一篇《獅子座流星》裏的卓佩珊夫人就在一路公共汽車裏和一個青年男子有了肢體接觸而想入非非了。但是，這兩種情形裏並無雨衣的隔離與阻礙，否則呂宗楨就看不到吳翠遠「頸子上有一粒小小的棕色的痣，像指甲刻的印子」，引得他「下意識地用右手撚了一撚左手的指甲」，男子的腿也就不會屢次「貼上」了卓佩珊的膝蓋。雨衣是封閉的象徵，裏著雨衣的先生們、夫人們或小姐們不僅失去了各自的性別特徵，而且內心的欲望也被暫時沉埋了起來。所以，「我」「有時也偶而想著總得買一件雨衣來，於是可以在雨天坐車……但到如今這仍然留在心裏做一種生活上的希望」表面的意思是買雨衣坐電車是「我」生活上的希望，實際上「我」真正希望的是有一天能發生一次豔遇，因為買一件雨衣把自己包裹起來、接受並按照目前的狀態生活下去只是「偶而」想到的，來一段婚外情刺激的欲念已經根深蒂固、難以壓抑了。

所以，儘管同事說這樣「太刻苦」，「我」還是撐傘步行回家，他們不知道「我」享受這種「雨中閒行的滋味」其實是在有意無意地尋找「作案」目標。傘與雨衣不同，不包裹，而張開。並且，「我」的傘是一柄「上等的傘」，「而且大得足夠容兩個人底蔽蔭」，豈不是早就有所準備與圖謀？否則，為什麼要撐這麼大的傘？白娘子和許仙是怎麼相遇的呢？那就是在突降大雨之時，許仙為白娘子撐起了傘。「我」豈不是自比為許仙在渴望一場邂逅嗎？

通過對開始四節文字的解析，我希望我們對施蟄存心理分析小說的趣味有了更深刻的瞭解。在程小青的偵探小說中，偵查事實真相的任務交給霍桑，霍桑「奇怪」的事只有等他解釋之後我們才能恍然大悟；但在施蟄存的心理分析小說中，偵查人物心理隱秘的任務要由我們讀者來做，我們憑藉的就是對語言的敏感和對細微之處的關注，這樣才能體味到言外之意和話裏有話的妙處，我們才能比人物本人瞭解他們自身更多的隱秘欲望與心理活動。這樣的話語在《梅雨之夕》中比比皆是，實際上正是它們構成了《梅雨之夕》這

篇小說，只有認眞仔細地挖掘它們的意蘊，我們才能眞正理解「我」的內心欲望與心理活動。

> 　　在車停的時候，其實我是可以安心地對穿過去的，但我並不曾這樣做。我在上海住得很久，我懂得走路的規則。我爲什麼不在這個可以穿過去的時候走到對街去呢，我沒知道。

> 　　我數著從頭等車裏下來的乘客。爲什麼不數三等車裏下來的呢？這裡並沒有故意的挑選……

懂得走路的規則而爲什麼不按規則行事呢？難道是在欣賞「頗有些詩意」的北四川路嗎？這只有結合前述分析才能理解。黃昏雨中的都市是一個可以幹白天晴天不能幹的事情、疏泄平日被文明壓抑住的本能欲望的契機，故置規則於不顧。如果讀者像敘述者一樣不知道爲什麼，那就意味著被他騙了，他是在等著看從電車裏下來的有沒有沒傘的姑娘，他在尋找獵物。

只數頭等車下來的乘客是「沒有故意的挑選」嗎？的確，這種行爲不是有意識的，然而是無意識的。「我」並不歧視坐三等車的普羅大眾，但潛意識中的「白娘子」絕非那些沒品味的普通婦女。這個潛意識欲望的對象不僅是「我」個人的，而且烙刻著小資產階級或中產階級（階層）的屬性。很明顯，「我」並不屬於普羅大眾，有體面的工作，不缺錢，當然錢沒有豪富那麼多，但「我」有上等的生活格調與審美品味——那柄上等的傘就是一種身份與品味的標誌。請看「我」對那個少女的描述：「美麗有許多方面，容顏的姣好固然是一重要素，但風儀的溫雅，肢體的停匀，甚至談吐的不俗，至少是不惹厭，這些也有著份兒，而這個雨中的少女，我事後覺得她是全適合這幾端的」。看來，打動「我」的不僅是少女容顏的姣好，而且她有品味，表現就是「風儀的溫雅」與「談吐的不俗」。換言之，「我」對女人的美麗很有研究，「我」有審美品味。但爲什麼是「事後覺得她是全適合這幾端的」呢？事後的回憶與追想是有意識的心理建構活動，而在其時發生作用的則是不必也不能描述與分析的無意識直覺。俗話說的「王八看綠豆——對上眼兒了」正是這個意思。

這種不自覺的身份與品味也決定了「我」在婚外情冒險的路上不會走得太遠，因爲「我」所屬的階層是最認可文明道德規訓力量的群體，「我」的審美品味本身就是文明教養的體現。所以，才有了下述心理活動：

> 　　她屢次旋轉身去，側立著，避免這輕薄的雨之侵襲她的前胸。

> 　　肩臂上受些雨水，讓衣裳貼著了肉倒不打緊嗎？我曾偶而這樣想。

對於人力車之有無，本來用不到關心的我，也忽然尋思起來，我並且還甚至覺得那些人力車夫是可恨的，爲什麼你們不拖著車子走過來接應這生意呢，這裡有一位美麗的姑娘，正窘立在雨中等候著你們的任何一個。

境由心造，雨之輕薄正是「我」的欲望之輕薄。但爲什麼要加上一句「我曾偶而這樣想」呢？這句話意在強調輕薄的欲望並不強烈，色情的念頭只是偶而出現，一方面表明潛意識欲望已經無法控抑，另一方面恰恰說明「我」內心的道德檢查機制十分強大。這時，字面上關心平日本來不關心的人力車夫，埋怨他們不來「拯救」這位被困雨中的美麗少女，實際上是潛意識欲望施行的狡計，一方面改轉話題與對象以應付檢查機制的監視，另一方面把自身欲英雄救美的欲念「改頭換面」、以一種檢查機制可以接受的安全的形式曲折地表達了出來。換言之，潛意識欲望與文明道德力量正在「鬥法」，人力車夫不過是一個不相干的第三者和無辜的「受害者」。接下來，「我」從少女的眼神裏繼續吸收、增長「犯罪」的能量：

在她眼裏，我懂得我是正受著詫異，爲什麼你老是站在這裡不走呢。你有著傘，並且穿著皮鞋，等什麼人麼？雨天在街路上等誰呢？眼睛這樣銳利地看著我，不是沒懷著好意麼？從她將釘住著在我身上打量我的眼光移向著陰黑的天空的這個動作上，我肯定地猜測她是在這樣想著。

我有著傘呢，而且大得足夠容兩個人的蔽陰的，我不懂何以這個意識不早就覺醒了我。但現在它覺醒了我將使我做什麼呢？

和人力車夫一樣，少女的眼神也是一個道具，這個道具的功能就是洩露「我」的潛意識欲望。少女眞實的想法我們不得而知，其實「我」也不關心她怎麼想，「我」關心的是自己怎麼能滿足自己的欲望。我們藉此知道「我」在不懷好意地貪婪地看著這個少女，「我」想佔有她，通過自己的那把大傘。於是：

我奇怪，她好像在等待我拿我的傘貢獻給她，並且送她回去，不，不一定是回去，只是到她所需要到的地方去。你有傘，但你不走，你願意分一半傘蔭蔽我，但還在等待什麼更適當的時候呢？她的眼光在對我這樣說。

少女眞地「在等待我拿我的傘貢獻給她」嗎？她的眼光是在那樣地挑逗嗎？這些其實都是「我」的潛意識欲望的外化與對象化，它正在一步步蠶食

檢查機制的防線而執意獲得表現與滿足。最終讓它勝出、讓「我」跨出實質性一步的看來是那種最原始、最野蠻也最強大的復仇本能：

> 用羞赧來對付一個少女的注目，在結婚以後，我是不常有的。這是自己也隨即覺得可怪了。我將用何種理由來譬解我的臉紅呢？沒有！但隨即有一種男子的勇氣升上來，我要求報復，這樣說或許是較言重了，但至少是要求著克服她的心在我身裏急突地催促著。
>
> 終歸是我移近了這少女，將我的傘分一半陰蔽她。

「我」為什麼「要求報復」？原來，在潛意識欲望能量一步步增強、一步步蠶食檢查機制的過程中，在形式上是少女佔據著主動，「我」是在她的帶動引領之下認出了自己的欲望面目，而在男女兩性交往圖景中，主動性、攻擊性根深蒂固地或者說天經地義地賦予了男性，而被動性、保守性本是女性（化）的性別特徵，「我」強烈地感受到了某種顛倒、侮辱與閹割：在「我」與少女的關係中，「我」似乎不是個男人。於是，「一種男子的勇氣升上來」[註162]，「我」要「報復」她或者說要「克服」她，這不是說「我」要用拳頭揍這個少女、把她打翻在地，而是意味著男性性欲望對壓抑它的文明道德力量的報復與克服。所以，接下來發生的事情不過是「我移近了這少女」，雖然這個動作看似輕微，實際上它強有力地展示了男性的主動性與攻擊性，甩開了文明與道德的束縛；「將我的傘分一半陰蔽她」即象徵性地佔有了她。「終歸」是潛意識欲望佔了上風，取得了暫時的勝利。

為了完成這看似輕微的「移近」，「我」耗費了多大的心血（比如埋怨那些無辜的人力車夫）、調用了多大的心理能量啊！（包括「男子的勇氣」）

> 轉進靠西邊的文監師路，響著雨聲的傘下，在一個少女的旁邊，我開始詫異我的奇遇。事情會得展開到這個現狀嗎？她是誰，在我身旁同走，並且讓我用傘陰蔽著她，除了和我的妻之外，近幾年來我並不曾有過這樣的經歷。

這樣一種男女親密的形式既讓「我」有點做賊心虛（在消失很長一段時間之後，「妻子」又浮上心頭），又使「我」忽然覺得身邊的少女竟像初戀的那個少女。難道敘述者是在告訴讀者一個（確鑿或比較確鑿的）事實嗎？非

〔註162〕所謂「男子的勇氣」可以用如下兩個問題表達出來：「我」為什麼要那麼注重甚至依賴少女的眼神與感受？本能欲望為什麼要忍受文明與道德的引導與制約？這兩個問題裏挾著巨大的破壞力量。

也。敘述者既無此心思，讀者亦不可執著於表象，否則，就無法體會到施蟄存心理分析小說的趣味或妙處。同行少女像初戀情人「暴露」的是敘述者的初戀情結，原來他潛意識中最核心的部分是對初戀情人的欲望與記憶。換言之，這不是說這個少女像初戀情人（一種現實世界的巧合現象），而是說雖然「我」已經同另一個女人結了婚但其實一直未能將初戀抹去（一種內心深處的隱秘欲望）。她與「我」現實的婚姻生活構成了直接而不可解的衝突，因而被埋在了最黑暗的地方。只是在昨天下午，她才趁機並費了好大的勁又冒了上來。憑藉這次所謂的豔遇——至此，我們才看清楚它與許仙白娘子相遇的本質差異，後者是古代一對男女的愛情傳奇，而前者則是一個具有精神分析學知識的現代都市男性對自身心理欲望的描述與剖析——「我」才明白或敢於承認了自己為什麼不是下班後急著回家而是撐著傘在雨中閒行，自己尋找的或者說希望碰上的到底是什麼。所以，「我」才對嫖娼逛妓院沒有想法也不感興趣，因為這雖然能滿足性欲，但會破壞初戀之愛的純潔、美好與詩意。

自從發現同行少女像初戀情人，「我」就在努力把「像」變成「是」，把對初戀的想像與記憶在身邊少女的身上現實化，在同一把傘下讓她真地取代妻的位置。這自然激起了妻所代表的現實與道德力量的抵制，於是妻借著一個陌生女子現身了：

> 我偶然向道旁一望，有一個女子倚在一家店裏的櫃上。用著憂鬱的眼光，看著我，或者也許是看著她。我忽然好像發現這是我底妻，她為什麼在這裡？我奇怪。

如果讀者像「我」一樣奇怪，那就是被這種經常使用的小戲法給騙了——在「妻子」的持續壓力之下，「我再試一試對於她的凝視，奇怪啊，現在我覺得她並不是我適才所誤會著的初戀的女伴了。她是另外一個不相干的少女」，長得也不如先前好看了（嘴唇似乎太厚了一些）。和霍桑對淺淡模糊的血手印感到奇怪不同（需要和其他物證與推理共同起作用才能確定事實真相），這裡的「我奇怪」並非是對「她為什麼在這裡」這個問題的追究，而是妻所代表的現實與道德力量施壓所致的一個症狀，並且暗示著這種力量正在鼓漲壯大，直至進了家門，「從我妻的臉色上再也找不出那個女子的幻影來」。小說這樣結束：

妻問我何故歸家這樣的遲，我說遇到了朋友，在沙利文吃了些
小點，因爲等雨停止，所以坐得久了。爲了要證實我這謊話，夜飯
吃得很少。

　　大多數讀者會認爲這個謊撒得巧妙而自然，並且用行動坐實了，騙過妻
子肯定沒問題。但仔細想想，夜飯吃得很少，只能證實謊話的一半──和朋
友在沙利文吃了些小點，對於另一半──「因爲等雨停止，所以坐得久了」，
這句話才是對妻子問題的正面回答。比較起來，是否遇見朋友、是否吃了飯，
其實無關緊要──能由此得到證實嗎？不但不能，反而存在著明顯的破綻：
你有傘，爲什麼不打傘回來呢？「早上撐著傘上公司去，下午撐著傘回家」
是幾年來的習慣，爲什麼今天破例了呢？既然雨中撐傘步行有很大的樂趣，
今天爲什麼要等雨停止才走呢？換言之，丈夫所編造建立的這個因果關係聽
上去言之有理，但它遺忘了那柄上等的傘，無意間與小說開始之四節構成了
矛盾衝突，所以它不但不能打消妻子的疑問，反而會引起她更深的猜疑，一
定發生了什麼不能坦白的事情，丈夫才刻意隱瞞了它。

　　我們並不關心妻子是否聰明，能瞧破丈夫話語的漏洞〔註163〕，我們只是
要表明，這個謊言的趣味正是整篇小說的趣味，也是施蟄存心理分析小說的
趣味。「我」的話不可單憑字面意義來理解，它往往對了一半，錯了一半，顯
現了一半，隱藏了一半，連說的謊言都難以例外。實際上，《梅雨之夕》通篇
皆是「我」的敘述和獨白，我們也應該把它作爲一個大的謊言來對待，眞實
而隱秘的動機、欲望與情感都需要透過話語表面來仔細地偵查與挖掘。區別

〔註163〕　我們不能確定凡是妻子都聰明，但妻子往往比丈夫想像得要聰明。先看魯迅
　　　　小說《肥皂》：四銘買了一塊葵綠色的肥皂給太太，眼光射在她的脖子上，說
　　　　「唔唔，你以後就用這個……」不久，太太就明白了丈夫買肥皂的眞實而隱
　　　　秘的動機：「你是特誠買給孝女的，你咯支咯支的去洗去。我不配，我不要，
　　　　我也不要沾孝女的光」，四銘支吾道：「這眞是什麼話？你們女人……」太太
　　　　即刻反駁他：「我們女人怎麼樣？我們女人，比你們男人好得多。你們男人不
　　　　是罵十八九歲的女學生，就是稱讚十八九歲的女討飯：都不是什麼好心思。『咯
　　　　支咯支』，簡直是不要臉！」再看施蟄存的《獅子座流星》：華夏銀行國際匯
　　　　兌部主任韓先生以爲妻子（卓佩珊夫人）「出去總是買東西」，作妻子的只有
　　　　物質欲望；在與妻子的對話中，他經常說對方「發癡」。他不會想到，在公共
　　　　汽車上與青年男子有了肌膚之親後，他的太太「想起了丈夫，身體一胖連禮
　　　　貌也沒有了。爲什麼他這樣地粗魯呢，全不懂得怎樣體貼人家？她一件一件
　　　　的回想，一直想到昨天晚上他吃牛排時候的那種蠢態」。男性的愚蠢（聰明）
　　　　往往是自以爲是的愚蠢（聰明）。

只在於，最後的謊言是爲了騙妻子，完全是有意爲之，但對自己昨天下午的
心路歷程卻無法完全掩飾。

　　至此，我們對趣味化利益表達（算計）方式的論釋接近結束。作以下幾
點說明是必要的：（1）趣味化和藝術的暗示雖然接近與相似（皆表現出對藝
術性的看重與追求），但還是可以看出二者細微的差異：對後者而言，長久的
藝術利益可以由「形象大於思想」這句話來表達與概括，前者則專注於意象
本身、故事本身、敘述本身以及藝術本身的好處與妙處；（2）理性化與趣味
化是創作投資利益表達（算計）的兩種主要方式，我們不要指望兩者包羅萬
象，足以解釋與應對所有的創作投資，具體投資者及其產品需要具體地分析。
並且，在不同的投資者那裡，對理性化與趣味化的運用尚有或大或小的差異，
呈現出水平及其價值的高下有別；（3）某種利益表達（算計）不會在所有讀
者那裡得到正面而積極的回應，實際上它具有強烈的針對性與選擇性，不過
它會亮出普適性與自然性的面孔，以期待利益的最大化——我們當然會認識
到這是一種自身神聖化的話語建構。我們並不否認文學經典的存在，但對文
學創作投資來說，最基本的任務或許不是創作經典而是滿足不同讀者群體的
需要。

八

　　作家執筆寫作就是運用各類型的資本或在各類型資本的影響下進行投
資，而對投資產品（作品）的評論，如前所述，是一個三方（作者、作品和
讀者）討價還價的過程。人們希望這個過程毫無私心雜念的干擾，它的結果
公平公正，超越了一己之見，能經受住其他人的審視與檢驗〔註 164〕。其實並
非如此。應該把評論視爲一個象徵性的交易市場，其中關涉的利益訴求頗爲
多樣，有時還比較隱秘。換言之，在這個市場上討價還價既不單純、又不總
是依靠所謂公正的學理。

　　魯迅說他「每當寫作，一律抹殺各種的批評」，這指的是中國批評界的批
評，因爲它們做不到「壞處說壞，好處說好」的公正無私的境界。但魯迅：

〔註 164〕例如，有人說：「一個批評家應該理解藝術的基本原理，也應該豐富地體驗生
　　　　活，同時還應該充分地瞭解他所批評的作品的內容」（餘七：《批評家》，《文
　　　　學季刊》第 1 期，1934 年 1 月 1 日）。這三個「應該」是批評家基本素養的
　　　　理想化狀態。

　　　常看外國的批評文章，因爲他於我沒有恩怨嫉恨，雖然所評的
　　是別人的作品，卻很有可以借鏡之處。但自然，我也同時一定留心
　　這批評家的派別。〔註165〕

　　爲什麼常看外國的批評，因爲批評者與「我」之間沒有私人好惡之感情；
那麼，它們是不是值得完全信賴？並不，因爲批評者總是有自己的理論偏向
（成見）或特定立場，這使得他的批評還是一家之言。那麼，這是否意味著
乾脆取消批評？並不，此處的理由是，評論還是努力把個人性掩蓋起來以顯
示中立性與學理性，好的評論尤其如此。如陳衡哲評論曾寶蓀小說集《歧路》
（1933 年由女青年會全國協會出版）：

　　　我們知道以問題爲目的而做的小說，或是其他的文學作品，都
　　是不容易寫得好的。最重要的原因，是因爲在文藝的作品中，很不
　　宜於加入含有道德性的討論。但我們卻也不必因此「因噎廢食」。
　　若是一位作者能有文學的天才與修養，以及對於人情的一點常識與
　　同情，那麼，他所作的問題小說，或類似的著作，將不但可與純粹
　　的文學作品分庭抗禮，並且靠了他們的充實的內容，與迫切的情
　　節，尚盡有可以超過純粹文藝作品之處。他們的成功，正是所謂爲
　　生命的藝術（Art for Life Sake），戰勝爲藝術的藝術（Art for Art
　　Sake）的一個標記。這是我看完曾女士的小說集之後所發生的一點
　　感想。

　　　用武斷的方式來替小說中人物求收場，或是用狹窄的眼光來評
　　論他們的行爲，都不免有拉長了面孔講道德的嫌疑。曾女士……決
　　不來教訓什麼人。她的態度是懷疑的，虛心的，不加結論而由讀者
　　們自己去想解決方法的。故在《珍珠練》中，那個異族結婚的問題，
　　到底也並沒有解決，只不過在那位中國女子對於她的英國情人所說
　　的話中，「我曉得我是不能改變了，何必害你苦守等著」，暗示我們，
　　她是爲了保全她的中國女子的人格，犧牲了她的愛情罷了。〔註166〕

　　坦白地說，要不是碰到陳衡哲的這篇評論，我恐怕永遠不知道《歧路》
的存在。並且，我至今也沒去讀這部小說集，我感興趣的是這篇評論如何爲
它「增光添彩」。引文第一段以複數「我們知道」開始，「我們知道」的往往

〔註165〕見《我怎麼做起小說來》，收入本年天馬書店出版的《創作的經驗》。
〔註166〕見「衡哲」在 1933 年 2 月 16 日《獨立評論》第 39 期爲《歧路》作的評論。

是未加深入思考的常識，這些常識約束、規範的是那些普通庸眾（即複數的
「我們」），而一個人的成功就是與眾不同、不為常識所圍，這也是其個性與
獨特性的標記。文學創作投資的一個常識是：為問題而創作、加入道德性的
討論是寫不出好作品的。但，只要作者「能有文學的天才與修養，以及對於
人情的一點常識與同情」，那麼他就可以置之不理，照樣寫出有生命力的道德
性作品。雖然至此尚未提及要評論的對象，但這已經暗示著《歧路》取得了
成功，具有非同一般的價值，因為它的作者具有文學的天才。這種「吹捧」
的方式含蓄而巧妙。第二段亦先指出兩種普遍存在的毛病（用兩個無主句表
達），而曾女士又絕對地避開了，她用藝術的暗示勝過了直接而武斷的指示，
並提供了一個例證。

從學理與邏輯上看，這兩段評論並無問題（相反，我們會覺得陳衡哲說
得有道理，體現了她本人深厚的藝術素養）。那麼，問題是，為什麼這樣一部
「為生命的藝術」成功之作未能進入文學史敘述直至成為經典呢？要麼是遺
珠之憾，要麼是陳的評價太誇大。仔細想來，評論者那些與所評對象無關（離
開對象依然合理有效）的文學言論確無問題，但與具體作品相結合則顯然缺
乏充分的證據與可靠的說服力。我們只知道一部小說集裏一篇小說的一句
話，即使這句話富有暗示意味，但這與整篇小說藝術上的成功卻不是一回事。
換言之，《珍珠練》固然沒有直接道出異族戀愛的結局，固然沒有拉長了面孔
講道德，但僅憑此就能讓人放心地接受這是一篇成功的作品嗎？難道這一句
「暗示」就代表了作者曾女士的「文學的天才與修養」嗎？（或者反過來問：
作者「文學的天才與修養」就是由這一句「暗示」來體現的嗎？）——評論
者顯然過高地估計了作者的天才及其價值，未能做到「壞處說壞，好處說好」。

以陳衡哲的水平，她不會不知道自己在說什麼，那麼，她為什麼還要這
樣說呢？因為作者曾女士是她的「老朋友」，她不能抹「老朋友」的面子。
換言之，《歧路》之所以反轉成功、在預期不能寫好的情況下而能取得成功、
保有文學的意味，根本原因不在《歧路》本身，而在作者與評論者良好的私
人關係。當然，評論不會讓我們輕易看出是這層私人關係在起作用；它要使
自身顯得不是因為彼此是朋友才說朋友寫得好，而是因為朋友的作品本身就
好。

中國是人情社會，寫評論或作序往往是熟人的差事，陳衡哲看來是「應
付」這種差事的高手。她用的「應付」的方法聞一多也用。

本年，聞一多爲臧克家的詩集《烙印》寫序。他連續使用三次對比以凸顯臧克家的獨特性與價值。首先，「只要你帶著笑臉，存點好玩的意思來寫詩，不愁沒有人給你叫好。所以作一首尋常所謂好詩，不是最難的事」——寫一首所謂好詩的條件是如此簡單，只要一種故作瀟灑、遊戲人生的心態（或許還要加上一點點陳衡哲所說的「天才與修養」，但聞一多對此不屑一顧——不是因爲數量上的「一點點」而遭到聞一多的輕視，即便像蘇軾那樣完美的天才也被否定了）。當然，這種「好詩」的「好」不是作者寫出來的，而是一幫臭味相投的熟人閉著眼叫出來的。臧克家寫的不是這樣的好詩，而是「有意義的，在生活上有意義的詩」：「克家的詩，沒有一首不具有一種極頂眞的生活的意義。沒有克家的經驗，便不知道生活的嚴重。」

其次，當前並不是沒有所謂有意義的詩，可是，這些詩「單是嚷嚷著替別人的痛苦不平，或慫恿別人自己去不平，那至少往往像一種『熱氣』，一種浪漫的姿勢，一種英雄氣概的表演，若更往壞處推測，便不免有傷厚道了」，而《烙印》之有意義則不在於「姿勢」與「表演」，而是來自「嚼著苦汁營生」的痛苦而深厚的人生經驗。那些所謂有意義的詩的意義只是一種淺薄的意圖意義與字面意義，聞一多批判的筆鋒指向的是閒坐在大上海咖啡廳裏而爲無產階級叫嚷革命的左翼青年，但他舉的是白居易的例子：「作『新樂府』的白居易，雖嚷嚷得很響，但究竟還是那位香山居士的閒情逸致的冗力（Surplus energy）的一種舒泄，所以他的嚷嚷實際只等於貓兒哭耗子」。

最後是孟郊與蘇軾的對立：「孟郊的詩，自從蘇軾以來，是不曾被人眞誠的認爲上品好詩的。站在蘇軾的立場上看孟郊……既然他們是站在對立而且不兩立的地位，那麼，蘇軾可以拿他的標準抹煞孟郊，我們何嘗不可以拿孟郊的標准否認蘇軾呢？即令蘇軾和蘇軾的傳統有優先權佔用『詩』字，好了，讓蘇軾去他的，帶著他的詩去！我們不要詩了。我們只要生活，生活磨出來的力，像孟郊所給我們的」。這裡的「好詩」與第一組對立中的「好詩」顯然不可同日而語，具有典範性的藝術性。孟郊的詩在這方面不及蘇軾，但它具有蘇詩所沒有的「生活」以及「生活磨出來的力」。聞一多希望臧克家沿著孟郊的道路堅持下去：「縱然像孟郊似的，沒有成群的人給叫好，那又有什麼關係？反正詩人不靠市價做詩。」再一次，蘇軾及其傳統成爲大多數，成爲臧克家存在的背景，後者的獨特性與不可取代的價值由此確立並凸顯出來。

　　總之，聞一多是在與所謂好詩、有意義的詩、有藝術性的好詩的對比中肯定了《烙印》的價值：真實的生活經驗與堅忍的生活態度。在此過程中，聞一多做了一次自我否定：七年前《詩的格律》讚佩像莎士比亞、歌德、韓昌黎那樣「越有魄力的作家」（換言之，像蘇軾那樣有「文學的天才與修養」）越要帶著格律的鐐銬跳舞才跳得痛快、跳得好；如今認為「忽略了一首詩的外形的完美」是合算的，只要像《烙印》那樣「在生活上有意義」。臧克家是聞一多的得意學生，難免要向著自己人說好話；但同樣是說好話，卻與陳衡哲「吹捧」《歧路》予人的話語感受不同，聞一多是真誠地、發自內心地「說」，就是因為他在評論別人的同時反觀自我，他確實被《烙印》的生活感打動了。

　　茅盾首先承認「在目今青年詩人中，《烙印》的作者也許是最優秀中間的一個了」〔註167〕，接著話鋒一轉：「但是，我不能完全贊同聞一多對於『有意義，在生活上有意義的詩』的評價」，因為他們在何謂「在生活上有意義」這個問題上產生了難以調和的分歧。聞一多特別欣賞詩集《烙印》中的一首詩《生活》：

> 這可不是混著好玩，這是生活，
>
> 一萬支暗箭埋伏在你周邊，
>
> 伺候你一千回小心裏一回的不檢點，
>
> ……
>
> 你既膽敢闖進這人間，
>
> 有多大本領，不愁沒處施展，
>
> 當前的磨難就是你的對手，
>
> 用盡氣力去和它苦鬥，
>
> 累得你周身的汗毛都擎著汗珠，
>
> 但你須咬緊牙關不敢輕忽；
>
> 同時你又怕克服了它，
>
> 來一陣失卻對手的空虛。
>
> 這樣，你活著帶一點倔強，
>
> 盡多苦澀，苦澀中有你獨到的真味

〔註167〕茅盾：《一個青年詩人的〈烙印〉》，《文學》第 1 卷第 5 期，1933 年 11 月。「也許」的使用表明了文學投資的價值判斷與集市上的討價還價（以求得一個確定的價格）不同。這種略表猶疑的語氣表明文學投資的價值判斷是一個不會結束的過程。其實它重視的就是這樣一個動態的過程而不是迅速獲得一個確定的結果。

　　「苦鬥」、「咬緊牙關」、「帶一點倔強」等鮮明地表達了堅忍主義的生活態度（相比而言，《老馬》的表達更形象），這是引起聞一多內心共鳴的觸點。聞一多過著雙重的生活：一方面，他似乎是個純粹的讀書種子，從小就是個「書癡」〔註 168〕；另一方面，這個書癡並非不問世事，他積極參加五四運動，崇拜個性與之迥異的「流氓」郭沫若，似乎天生具有愛國激情與公平正義感〔註 169〕。留美歸來後，一直在大學任職（曾短暫參加北伐），在古典文學研究領域頗有成就，在書齋中向內發展的他特別需要外向生活精神的滋養與平衡，臧克家的堅忍主義正是一種有力的滿足（這和時髦的左翼青年不同，後者是理論帶動的革命想像，前者是生活刺激的人生鬥志）。但對茅盾來說，這顯然不夠：

　　　　我們瞭解這位詩人時時在嚴肅地注視「現實」，時時準備擔負「現實」將要給予他的更多的痛苦，而不皺一皺眉毛，這樣的「生活態度」，是可貴的，但是詩人對於「現實」的認識以及願望，依然沒有表白出來。不「逃避現實」是好的；然而只是冷靜地「瞅著變」，只是勇敢地「忍受」，我們尚嫌不夠，時代所要求於詩人者，是「在生活上意義更重大的」積極的態度和明確的認識。

　　　　也許不久會有那麼一天，生活的煎熬，使他不再「像砂粒」，使他接受了前進的意識，使他立定了腳跟，那時候，在生活上真正有重大意義的詩會在他筆下開了花罷。我們是這樣期待著！

　　像其他學院派知識分子一樣，聞一多喜歡談「態度」（周作人、朱光潛、沈從文、梁實秋等亦如此，「態度」似乎是他們的口頭禪），而茅盾動輒就說「意識」。態度需要體驗與表現，意識需要認識與分析（理論學習是必不可少的環節）。前進的意識不滿意于堅忍的態度，茅盾其實否定了學院派教授聞一多的象徵性資本及其對《烙印》的評價，加入到對這個優秀青年詩人的爭奪之中，以「前進」為臧克家指明了創作投資的方向。這本是茅盾自許的方向。

〔註 168〕　見第四章第 33 個註釋。
〔註 169〕　舉例來說：1919 年 5 月 5 日，聞一多在飯廳大門貼一張紅紙，上書岳飛的《滿江紅》。清華學生成立代表團，聞一多擔任文書工作，六月又被選為清華學生代表，出席在上海召開的全國學聯成立大會。在 5 月 17 日寫給父母的信中，聞一多說：歸家當更加發憤讀書，「非僅為家計問題，即鄉村生計之難，風俗之壞，自治之不發達，何莫非作學生者之責任哉！今年不幸，有國家大事，責任所在，勢有難逃，不得已也」，又說：「國家養育學生，歲糜鉅萬，一旦有事，學生尚不出力，更待誰人？」

　　梁實秋則接過了「聞一多先生」的評價:「最難得的，我以爲是，作者雖然對於生活的艱苦表示多量的同情（從題材的選材上就可以知道作者對於下層社會的生活表示同情），然而他並不流於時髦的人道主義或感傷主義」（還是七年前《現代中國文學之浪漫的趨勢》的調子）;「在描寫平民生活的苦痛的時候，並不效法叫囂的社會主義者，他保持了一種尊嚴健康的態度;他並不直率的平鋪直敘，他悉心考求藝術的各種功獻，只看鍊句遣詞，便可知他是忠於藝術的，他不曾因了同情的心熱熾而拋棄了藝術的立場」〔註170〕——「健康與尊嚴」是當年《新月》雜誌標舉的兩大原則，以反對思想市場上那些琳琅滿目的招牌〔註171〕，這裡梁實秋把它們慷慨地贈與了臧克家，重塑了臧克家另一種形象:一個《新月》的衣缽弟子，一個忠於藝術的信徒。這其實是梁實秋本人一直努力保持的自我形象。此外，他如此高調評價臧克家，也莫不是因爲臧克家背後站著的「聞一多先生」。

　　本年，戴望舒出版了自己的詩集《望舒草》，作序的是他的老朋友杜衡（蘇汶），亦用多次對比來顯現戴望舒的個性與價值:（1）1922～1924 年間，「通行著一種自我表現的說法，做詩通行狂叫，通行直說，以坦白奔放爲標榜」，而戴望舒（還有施蟄存、杜衡本人）〔註172〕厭惡這種做法，因爲真正的詩是在「表現自己與隱藏自己」之間達成平衡，那種通行的做法完全失去了隱藏的詩味;（2）早先李金髮的象徵詩搬來的只是「神秘」和「看不懂」（即隱藏

〔註170〕見 1933 年 9 月 2 日《益世報》「文學副刊」梁實秋爲《烙印》作的書評。

〔註171〕見《〈新月〉的態度》，載《新月》第 1 卷第 1 號。該文首先聲明《新月》雜誌和「新月社」、「新月書店」沒有關係，沒有團體黨派與商業化的糾纏與束縛，標榜自身獨立的藝術利益追求。接著慨歎:「不幸我們正逢著一個荒歉的年頭，收成的希望是枉然的。這又是個混亂的年頭，一切價值的標準，是顛倒了的」，但有信念的支持:「功利也不是我們的，我們不計較稻穗的飽滿是在那一天。」整篇文章一方面表達對價值顛倒的憂慮、對功利的拒絕;另一方面，卻是大量資本主義經濟用語的侵入，如「市場」、「投機」、「企業」、「做買賣」等等。正是因爲後者的侵入，《新月》才取得了肯定性的獨特價值;但也正因爲後者的侵入，《新月》才自承「不是一個強有力的象徵」。這是晚清以來文學遊戲神聖之物與瑣屑之物複雜糾纏的一個小小的注腳。

〔註172〕所以，杜衡在行文時用的主語是「我們」，表明下面的看法並非是戴望舒個人的，而是「我們」這個小群體的。但施蟄存在本年所作《我的創作生活之歷程》中說，他反對胡適的《嘗試集》，在研究了三遍《女神》之後，「才承認新詩的發展是應當從《女神》出發的」。施蟄存對《女神》的看法與此處杜衡的諷刺筆調顯然不同。用「我們」意在表示一種有力的共識，然而細究起來，内裏還是參差不齊。

得太深），戴望舒「力矯此弊……很少架空的感情，鋪張而不虛僞，華美而有法度，倒的確走的詩歌底正路」；（3）戴望舒不斷地突破自我，以《我底記憶》（《望舒草》第一首）反叛《雨巷》，《樂園鳥》（《望舒草》最後一首）則達到了虛無主義的頂點，接下來的詩會是怎樣的傾向與作風呢？我們不得而知，但我們知道《望舒草》這樣的寫詩法「對望舒自己差不多不再是一種慰藉，而也成爲苦痛了」，這塑造了戴望舒一個不斷探索、求新求變、忠實於藝術的信徒形象。

　　整篇序杜衡絕口不提階級與政治，只談「做人的煩惱，特別是在這個時代做中國人的苦惱」，談人生的失望與絕望，談「我們底心理誰都有一些虛無主義的種子」，「這本來是生在這個時代的每一個誠懇的人底命運」。評論者不愧是與黨派政治無關的「第三種人」——「誠懇的人」！

　　本年底，何德明出版了詩集《幸福的哀歌》，寄贈胡適一冊，胡適大爲讚賞：「十五首詩，都是很清麗的情詩……近來做詩的人好像努力求人不懂，很少有這樣流利可喜的詩句了」〔註173〕。胡適從來沒有反對過自己提倡的那一路白話詩。他之肯定《幸福的哀歌》，似乎不在於這種詩風是自己所提倡，而在於這種詩「流利可喜」，實際上還是借機肯定了自己所開創的事業及其價值。胡適所反對的「努力求人不懂」的詩風是不是包括戴望舒，我們不得而知，但有人卻指名道姓地反對戴望舒的象徵了：

　　　　所謂象徵，就是將意識幽澀化人格化的一種巧妙的敘述；在聯想的奇特上和觀念結構的省略上，它是極端地顯示了曖昧、幽深等神經藝術的特質……大抵作者因個人意識的游移，缺乏毅力和興奮；便不期而然的取了這一種形象，以求麻醉了。因爲象徵所給人的愉快是撫慰，是麻痹……不能不說是一種危機。〔註174〕

　　如果該評論者是個不懂藝術與象徵的無名小卒，那麼他的上述言論我們可以一笑置之；可是，最優秀的青年詩人之一的臧克家乾脆派其爲「沒有前途」的「一株毒草」，則難免讓人有些驚訝了：

　　　　最近一期，戴望舒又從法國搬來了所謂神秘派的詩的形式，他的影響也造成了一種風氣。我覺得這樣的形式只好表現一種輕淡迷離的情感和意象，於「的、呀、嗎、吧」中尋一種輕淡迷離的趣味。

─────────

〔註173〕適之：《編輯後記》，《獨立評論》第 84 號，1934 年 1 月 7 日。

〔註174〕江離：《煙斗詩人和〈望舒草〉》，《青年界》第 7 卷第 5 期。

這樣，它是沒有前途的，頂好沒有前途，誰高興看一株毒草蔓延著呢？〔註175〕

（梁實秋說）臧克家「忠於藝術」，（杜衡說）戴望舒亦忠於藝術，為什麼臧克家眼裏的戴望舒的藝術不是藝術了呢？要理解這種變化，就得明白臧克家已經令聞一多和梁實秋失望了。在第二部詩集《罪惡的黑手》序言中，臧克家說：「內容方面，竭力想拋開個人的堅忍主義而向著實際著眼，但結果還沒有擺脫得淨」，並把自己的詩「沒能夠指出一條出路來」歸結為地理學的因素──自己是個鄉下人。他認可和接受了茅盾對自己的定位與期待，於是和前面那個無名之輩對戴望舒及其象徵詩的採取了一致的認識。

但臧克家畢竟有藝術素養與藝術追求，他對自己詩歌的藝術成就頗為自得：

句子是要深刻，但要深刻到家，深刻到淺易的程度，換句話說須把深的意思藏在淺的字面上。這我可以隨便舉我自己的兩句詩來做例子：

他的臉是一句苦話。（《販魚郎》）

黑夜的沉睡如同快活的死，

早晨醒來個奴隸的身子。（《罪惡的黑手》）

第一句人人可以懂得，道出了一個折了本的販魚郎的難堪。第二句看來極平易，然而實在極不平易。這種深入淺出法是最不容易，我自己在向這方面努力，也希望大家一齊往這條道路上走。

臧克家的「深入淺出法」確實抓住了藝術的真諦（指當時高水平投資者對藝術境界的普遍認識與把握，想一想我們上節對「趣味」的分析以及剛剛蘇汶說過的「表現自己與隱藏自己」），但例舉的這兩句詩字面上看並不「淺」：第一句「遠取譬」，字面意思就要費人思量；第二句包含出人意料的修飾語（一般很少說「快活的」死。睡如死，死是「快活的」，意味著醒來與活著是痛苦

〔註175〕臧克家：《論新詩》，《文學》第 3 卷第 1 號，1934 年 7 月 1 日。在此之前，作者「檢閱一下十幾年來的詩壇」，「不禁要歎一口氣！」《嘗試集》不行，徐志摩「影響壞的方面多過好的……對新詩的功績是不甚值得歌頌的」，唯有聞一多得到了較積極的評價：「要在內容上表現一種健康的姿態，同時還想實驗著創造自己的詩（這就是說，脫開外國的圈子），雖然工夫沒做到成功的地步」，總算沒忘記聞一多上年為他寫序時的誠懇與熱情。臧克家雄心勃勃，要開創一條「健康」而「偉大」的新路。

的，所謂生不如死，故此才有「奴隸的」身子）以及一個倒裝句（正常表達是：「奴隸的身子在早晨醒來」），在字句的表達上確實下了一番修煉的工夫，正如臧克家所說：「對於一句詩，一句詩的一個字，一個真詩人他是決不放鬆的。要形容一種東西，他展開思想的門，選了又選，結果從無數思想中他只放出那最合適的一個來。對於句子的排列，那匠心比玉人雕刻一塊塊寶時候的心還細，還苦，他的詩句全是用心血塗成的」。可是，這樣苦吟的工夫難免使他的詩寫得很像是詩，換言之，雕琢刻意的痕跡明顯，而戴望舒正在做的事情卻是把像詩的痕跡抹掉，連音樂性都不要了，實在說來，戴詩才真正是「淺出」的詩。以《村姑》為例（因篇幅長，只節錄首尾兩節）：

> 村裏的姑娘靜靜地走著，
> 提著她的蝕著青苔的水桶；
> 濺出來的冷水滴在她的跣足上，
> 而她的心是在泉邊的柳樹下。
>
> 她的母親或許會說她的懶惰，
> （她打水的遲延便是一個好例子，）
> 但是她不會聽到這些話，
> 因為她在想著那有點魯莽的少年。

和普通人的日常說話沒有分別，看不出任何鍊字鍊句的工夫與痕跡，堪稱「一覽無餘」，從臧克家「真詩人」的眼光看來，這哪能叫詩？（故此，說戴望舒是「神秘派的詩」顯然還停留在對《雨巷》的感受與認知上）這是藝術的兩種境界：戴望舒的詩歌實踐比之於臧克家，正如周作人的美文比之於朱自清的抒情散文，一個絢爛，一個歸於平淡，一個有好詞好句好修辭，一個以素樸的表達追求整體的詩味，一個可稱「局部的詩人」，一個可稱「完全的詩人」。

從上面的分析中，我們至少可以達成三個認識：

1、看明白評論說什麼固然重要，但更要弄清楚評論者是誰以及他和原作作者的關係（這往往決定了評論者會怎麼說），在關係學中把握評論的含義與意義。

2、對別人的評頭論足往往最終變成對自己的推銷與證明，如推銷自己的文學主張、話語方式、思維習慣等。因此，與其說評論擔負著指導創作的功能，還不如評論者在通過對別人的評論來強化自己的形象地位與象徵性收益。

3、（前引）每篇評論都包含或隱含一個或數個被輕視、批判、否定的對象或對手，這表現了一種普遍的、不自覺就使用的話語方式，一種根深蒂固的思維方式。因此，如果有所謂文壇，那麼文壇內部的對立與競爭（鬥爭）是內在必須的，是一道完全正常不過的風景，所以本書在先說過「在文學投資領域，這種相對主義是合理的」。那麼，這是否意味著不可能達成共識，不可能有文學經典，也就沒有了是非高下之別？回答這個問題，需要我們檢討一下相對主義的觀點。

總的來說，相對主義名聲不佳，但它既危險又有吸引力，它自身往往就引發截然不同的對立觀點。下面這個例子就能說明問題：2014 年，中國人民大學出版社出版了一套「哲學課」叢書，包括美國哲學家史蒂文·盧坡爾的《倫理學是什麼》（陳燕譯）、英國哲學家克里斯·霍奈爾與美國哲學家埃默里斯·韋斯科特合著的《哲學是什麼》（夏國軍等譯）。前者在第三章（「文化相對主義」）中否定了相對主義，認為「幾乎沒有理由接受文化相對主義」，「相對主義的論證不僅是站不住腳的，而且從一個更深的理由看是笨拙的：如果全世界的人一致同意某事，那文化相對主義就是錯誤的！世界上哪種文化宣稱每個人的文化準則確定了那個人應該怎麼做呢？據我所知一種也沒有，大多數文化都傾心於普適主義」（第 69 頁）；後者第五章（「倫理學」）則認為人們「共同居住在地球上，但卻生活在不同的世界裏。你不能脫離文化以便尋求一種更基本的人性……從這種觀點看，絕對主義的主張似乎是站不住腳的，甚至是傲慢的，而相對主義似乎倒是更合理的觀點」（第 225～6 頁），不久我們又看到如下表述：「相對主義者看起來像這樣的某一個人……她越來越敏銳地意識到為一個人的觀點提供一種非相對性的辯護是何等的困難」（第 228 頁）。從上述不多的引文來看，否定相對主義顯得理直氣壯、信心滿滿，接受或肯定相對主義則顯得謙虛謹慎（出現兩次「似乎」、一次「看起來像」），僅以我的性情而言，我還是與後者相投。

維特根斯坦在《論確實性》中說：「我的世界圖景，是我的所有探究和斷言的基礎」，它是「我用來區分真偽對錯的傳統背景」，對這種暗示相對主義的言論，研究者強調，「《論確實性》中存在某些段落，很容易被解讀成暗示了某種相對主義……但是沒有一個輪廓鮮明的、清晰可辨的證據支持他的確是這麼認為的」〔註176〕。人們對相對主義避之唯恐不及，是因為人們擔心它

〔註176〕威廉·恰爾德：《維特根斯坦》，陳常燊譯，華夏出版社，2012 年，第 253～4 頁。

帶來的是混淆是非、自以爲是、主觀任意（想一想希特勒用相對主義爲自己的惡行辯護），但我想說的是傾向於相對主義決不意味著混混沌沌、無可無不可（相反，正是相對主義才使我們自覺地認識到某個個體或人群價值的合理性，希特勒無權清洗猶太人，任何人無權將他人當作奴隸使用），並且，我將相對主義限定在文學創作投資領域，用它來維護與鼓勵蓬勃而自由的發生與創造，用它來反對所謂的主流或者某個普遍的標準或者某種唯一正確的大一統理論。維特根斯坦的「世界圖景」是探究與論斷的基礎，而創作投資的根本任務則是形象地或詩意地呈現自己的世界圖景，作爲研究者的我們首先應該試著接納每一幅世界圖景（這是接受相對主義的最主要用意）。例如，同樣是寫農村的少女，臧克家《拾落葉的姑娘》顯然與《村姑》呈現的世界圖景不同：

> 她不管秋光老得多可憐，
> 也不管冷風吹得多淒慘，
> 讓破爛的單衣發著抖，
> 只顧拾著，一片，兩片，三片。
>
> 不知道淒豔的風光好，
> 也不知道什麼叫悲感，
> 只忙著把籃子拾滿，
> 家去換媽媽一個笑臉。

用對稱、對比的形式表現了一個不公平的世界，拾落葉姑娘和媽媽淒苦悲慘的生活；戴望舒的村姑則完全沒有感受到拾落葉姑娘的淒慘，相反，她沉浸在愛情的甜蜜與遐想之中。我們不必也不能拿臧克家拾落葉的姑娘來否定戴望舒的村姑，反之亦然。即便兩者的表現水平有高下之別，但它們在文學遊戲的世界裏完全可以並存。如是，才能顯示出文學遊戲的參差、活躍與活力；如果文學遊戲的世界裏只有經典存在，換言之，產生的作品都必須是經典（或者必須符合某一種理論觀念），那將是十分單調乏味的。

我心目中的相對主義是向對話與共識敞開的，它絕不取消辯論與變化的可能，相反，它促進競爭與碰撞的發生。文學經典就在相對主義的爭論中產生。產生一部作品之後，你說你的，我說我的，並試圖（用道理、用學理）說服對方，我們會發現，那些優秀的作品總是具有多種的可能性、多重的闡釋空間，可以喚起、經受並容納各種各樣的利益算計——評論作爲算計，其

實就是一次發現，就是承擔了對作品進行「喚醒」的功能。文學經典就是在各種各樣的目光審視與有衝突但不斷的利益算計中誕生並成長的。

結　語

這個「結語」不是通常的總結與概括，而是最後還有一些話想借這個機會說（因此，稱爲「結餘」或「借語」更名副其實）。

據我所知，泰山學院文學院使用過三種中國現代文學史教材，分別是朱棟霖等主編的《中國現代文學史 1917～2000》（上）》（北京大學出版社，2007年）、羅振亞等主編的《現代中國文學》（南開大學出版社，2009 年）和導師魏建先生等主編的《中國現代文學新編》（高等教育出版社，2012 年）。儘管它們之間有這樣那樣的不同，但有一點是共同的，那就是它們的敘述都從晚清開始。那麼，晚清以來的中國現代文學與之前的傳統文學到底有何區別呢？我接受了陳平原的一個看法，前者進入了一個以報刊雜誌爲中心的寫作時代。直到不久前，我才忽然明白，晚清以來的現代文學與傳統文學的根本區別在於文學遊戲取代了文學創作（這就是說以報刊雜誌爲中心的寫作時代就是文學遊戲的時代）。這並不是說文學創作沒有存在的必要了或創作活動消失不見了，而是應該在更廣大、更眞切、更複雜的關係域中動態地看待文學創作。說文學創作，我們關注的是作者與作品，我們論世知人，分析作品的思想內容與藝術特色；說文學遊戲，我們則要考察作者、作品、讀者、出版、評論等等一系列互相纏繞在一起的利益與力量。本書就是以 1933 年的文學遊戲爲例作說明與解釋。

據說，人文歷史研究有兩種基本類型：「一種重在理論創新，即旨在建構某種更具普遍性的理論學說，而不是在對具體的歷史文化現象本身是非的探究，所以它雖然也運用各種歷史文獻，但對文獻取的是『六經注我』的態度。另一種是旨在對具體的歷史文化現象做出實事求是的解釋，這種研究當然也會用各種理論假說，但既然目的在於解釋和說明史實本身，所以就不能不儘

量掌握並尊重文獻，力求所說所論能夠『博採文獻，信而有徵』。這兩種研究自然各有所長，但都是需要的。當然一個研究者若能兼具二者之長，那自然再好不過了」〔註1〕。這似乎在說，理論創新與文獻考證是兩條腿各走各的路，雖然有交叉，也是互相借用一下：我用你的文獻資料佐證我的理論觀點，你用我的理論支撐你對文獻史料的解釋。彼此合作，十分和諧。問題是，理論到底是怎麼「創」出來的呢？從一個人的頭腦到另一個人的頭腦，從概念到概念？為什麼不能從對史料的感知與理解中建構自己的理論思考從而讓兩條腿走一條路呢？

為了兩條腿走一條路，文獻考證就須「升級」為文學考古。文學考古是最大程度、最大限度地去感受、體驗、思考現代文學曾經發生的一切，並且是按著這一切發生時的本來的形式去進行。換言之，借由各種物質遺存（包括期刊、文字、圖片），它要把（一段）過去重新復活，占為己有，從中生出自己的問題與思考——文學考古中的史料不是史料，而是歷史本身，故此文學考古不是挖掘史料，而是重走歷史——而非讓先入為主、要考證的某個問題扼殺了鮮活的體驗。一旦存此觀念，就會進行有針對性的選擇與甄別，出現跳躍式搜查翻檢的局面，與文學考古形似而神異。

我的美好設想是：每一個研究者都能用兩條腿走一條路，我進行了力所能及的文學考古，並提出了自己的理論思考（文學遊戲），你也進行你的文學考古，然後提供你的問題與思考成果。——對文學考古來說，不存在先到先得、搶佔先機的問題。期刊雜誌誰讀就是誰的；如果有人在先已讀過並發現了諸多新史料、提出了諸多新問題，後來者也一定要按文學考古的方式再去觸摸它，萬不要以為前人的所見所思就是全部與終結。這樣，現代文學研究才會紮實、個性而豐富。

但，這個路子似乎未被學界接受與認可。我還記得畢業後一年間曾將博士論文濃縮成《試論「文學遊戲」》，由導師魏建先生推薦給《中國現代文學研究叢刊》，最終還是被否掉了。據說這不像在做現代文學研究，應該是文藝理論或美學專業的事，所以它投錯了雜誌，應該投給《文藝理論研究》那樣的理論刊物。每個行業或圈子都有自己的規範和標準，遭受這樣的待遇並不出乎我的意料。實際上，我已預感到不合群或不合時宜本是我的宿命。我願意將博士論文「後記」中的一段文字抄引於後：

<hr>

〔註1〕解志熙：《刊海尋書記》，《中國現代文學研究叢刊》2004 年第 3 期。

　　2009 年暑假，我帶著孩子爬村南的小山。山下的田裏長滿玉米、花生、穀子、辣椒等作物，而在不長莊稼的田埂和石坡上則叢集著一棵又一棵的山棗樹。叫它山棗，卻絕無山的氣派，比不了家養大棗樹的那種高大威猛。它們細瘦而矮小，結滿了青綠的棗子。我對孩子說：「過些日子，爸爸給你們摘山棗吃。」我多麼希望我的話音方落，眼前就魔術般換了個世界，棗子任我摘。我想待之成熟時，恐怕早就落到別人的手裏了。

　　一段日子後，爲了兌現我說過的話，我來摘棗子。這些山棗不會炫耀，不是面對面就不會惹人注意，不會知道它們的狀態。我大喜，有棗子紅了；更出乎我意料的是，它們是在路邊的風景，但卻似乎無人光顧。我等著它們，它們或許也在等著我。摘它們的時候，要小心翼翼，它們有刺。刺是它們的武器，這種武器不是用來盡快地結束戰鬥，而是延長戰鬥。要慢一點，再慢一點。那些紅得豔而不俗的小棗子永遠鼓勵著冒險。

　　接下來的時間，我天天去摘，天天必有收穫。棗子有兩種：一種形圓而肥，味酸而甜；一種狀長而尖，若羊屎蛋，多甜而少酸。我曾擔心它們被收莊稼的人順手採去，擔心卻總是多餘；我也奇怪他們爲何不摘山棗，棗子雖小，味道卻很美。難道是因爲它們比不過莊稼的分量？這也正是我的行文風格，喜歡在正文加入腳注，正如點綴三五枚山棗一樣。它們雖小，卻活潑不拘，似更有啓發力。

　　某一日，當我俯下身子伸長手臂去探摘一粒山棗，四周際的田野慢慢升起而被忽略不見的時候，我忽然明白了我是在做什麼。我收穫不了大宗的莊稼。我是一個摘山棗者，一個不務正業的摘山棗者，一個游手好閒的摘山棗者，一個自得其樂的摘山棗者。

　　每讀這段文字，我都感覺這是自我命運的一個隱喻。安分守己就源於這種感覺。說了這麼多，好像離開了學術研究的本題，其實對一個研究者來說，做學問與做人是同一件事情。

　　顯然，文學遊戲理論借鑒了眾多的學術成果，本書提到最多的可能是弗洛伊德，還不能不提布爾迪厄。對他的學術思想稍有瞭解的人都看得出來它對本書的思考留下了明顯的痕跡。但本書的思考依然不能被抹掉或取代。例

如，布爾迪厄用場域-資本理論剖析與解釋文學場的生成與結構（其成果是《藝術的法則》一書），如果說文學場是一個結構性的空間，那麼文學遊戲則是一個結構性的事件，並且文學遊戲的根基是文學考古，回應的是中國現代文學研究中的某些問題。

雖然對文學遊戲理論的生命力保持著信心，但我同時清醒地看到了它的局限。可以說，在解釋作家交往和作品發表、傳播、評論等方面，它是一個不錯的概念工具（可參看附錄），但在最核心的作品如何完成（資本如何「化」入作品之中）的問題上卻顯得力不從心；用它來解釋理性化的投資行為可能得心應手，但解釋趣味化的投資卻不能令我滿意。當然，我會自我寬解說，任何一種理論思考都有它的擅長，同時存在著盲點與蹩腳之處。並且，在文學藝術創造活動中，凡是可以說出來的東西大都是無關緊要的，那些最重要的東西往往無法言說，只能琢磨體會而不能言傳。

且讓博士論文「後記」中最後的話再次成為這本書最後的話：

最後，請讓我以兩位先哲的話作為本文的結束與開始：

最終，我們並不知道所是者，而只是試圖知道所能是者。

——卡爾‧雅斯貝斯

我不希望我的書使別人省心少作思考。我願它能激發誰自己去思想。

——維特根斯坦

附　錄

王統照研究資料輯佚與考釋（節錄）[註1]

　　《文化列車》第8期（1934年1月25日）載黑丁《青島文壇通訊》。作者1929年在青島求學，是王統照的學生（劉增人先生的《王統照傳》專門記載了黑丁的情況，他和臧克家是王統照的兩個在文壇上有長足發展的學生，下文的記述應該是眞實可信的）。此文同時記梁實秋、王統照、臧克家、汪靜之、章鐵民、李同愈。記王統照如下：

　　　　王統照自從辭掉青島市立中學文學教授後，便安然地住在青島，專心創作。聽說他的家庭是有錢的人家，在青島是住著自己的樓房，所以他的生活在富裕的環境下，過得舒服了。自從《文學》出版後，他便爲該刊撰稿，差不多在每一期裏都能讀到他的大作。最近開明書店出版了一本《山雨》，這是他近來一部不朽的長篇傑作。

　　　　在青島我們可以在《青島民報》「藝林」上看到他以「提西」署名一篇長篇《熱流》小説，小説已經登了三四個月了。不料有一天，忽然就不見《熱流》在「藝林」續登了，經我再三的訪聽才知道是怎麼一回事：原因是《青島民報》出了一個「書報春秋」週刊（這週刊是外人辦的），在該刊第二期曾登了一篇署名孫汀的《青島文藝刊物之總檢閱》，在這篇文章裏，孫汀卻把青島所有的報紙上的副刊來一個嚴格的評判。那知道這一評判，倒鬧出好大的亂子來：所有

<hr />

〔註1〕本文發表在《棗莊學院學報》2016年第1期。這裡只節錄該文第三部分。

的報都一致聯合起來反攻那位孫汀。我還記得孫汀對《青島民報》「藝林」的評判有過這麼一句：「……聽說王統照是他們的長期撰稿者……」

在所有的報一致聯合反攻孫汀時，於是有某報上曾有這麼一句質問孫汀：「難道王統照就算文藝家嗎？……」鬧呀，鬧呀，結果是這樣：《青島民報》倒楣。一方面，民報請各報編輯的客，一方面由總編輯出名登啓事對各報導歉，再就是「書報春秋」馬上停刊。

現在別的不說，就說王統照吧，當他看到某報以「難道王統照就算文藝家嗎？」的語調來譏笑他，他是萬分的難過！聽說他當天晚上就跑到《青島民報》去找編輯，他見了編輯開口就是這麼說：「……我並沒說出我在青島是裝文藝家呀！教他們這一頓毫無價值的拿我來開玩笑，我是出頭說話好呢？還是不出頭說話好呢？我的文章那裡不好發表，爲什麼要在青島發表來裝文藝家呢？……」

第二天，「藝林」再見不到他的《熱流》了。聽說他受了這次的刺激，灰心得要命，下決心今後再不在青島發表文章了。

《王統照全集》第三卷正文前的《說明》中寫道：「《雙清》寫於抗日戰爭時期的上海，曾連載於上海的《萬象》雜誌，這是計劃中的長篇的上部。上部共二十章，前十章曾在報紙上刊登，題名《熱流》，署提西，經作者生前校閱過，現就校閱稿排印；後十章據《萬象》連載稿排。」馮光廉、劉增人的《王統照生平及文學活動年表》對《熱流》並無記載說明。因而，黑丁的敘述是關於《熱流》的一份重要研究資料。《王統照全集》收入的是校閱稿，若能從《青島民報》找到原稿對照，或許會有有意味的發現。

王統照在給崔萬秋的信中說，文壇「因爲各據一方的關係，轉變，攻打，或只作恣意逞雄」，這一回他遭遇了一次。劉增人先生稱王統照「敏感自尊，任情負氣」[4]，這在他跑去找編輯、拒登《熱流》的事情上可得印證。有人也許會說尋找發現這樣的文壇消息對於文學研究有什麼用處呢？事實上，這些鮮活的消息至少透露出了傳媒資本對作家創作的重要影響。不是嗎？王統照的長篇小說創作因此閒話而中輟擱筆了，小說的名稱也改了，難道這種影響還小嗎？至於這次擱筆對作品本身（如情節設置、人物形象塑造、意識形態與敘事技法）造成的影響，則有待於找到原刊稿再說了。

王統照說不再在青島發表文章只是一時憤語。1947 年 4 月 15 日，《星野》第 1 卷第 3 期在青島出版。《編輯室同人雜記》記王統照：

> 劍三（王統照）先生住在青島觀海二路，房屋建築在山坡上，站立天井可以下瞰市內紅色的屋頂，和遠處的海。我們每次去拜訪時，先生總是用極關懷的口吻問道：「下期出版不生問題吧？銷路如何？」言下非常擔心著這份年齡還不足三個月的刊物的壽命，因為先生親眼看到許多誕生在島上的雜誌只能出了兩三期，甚至於只見到創刊號就夭折了。接著經我們圓滿的答覆後，先生愉快的笑了，遂忙著拿稿子給我們。

引文對王統照口稱「先生」，可見對其極為敬仰，而王統照也極其關心《星野》的銷路與壽命，編者與作者之間建立良好的互動關係，這份刊物是王統照要善加利用的傳媒資本，比《青島民報》要可靠並令人愉快得多。王統照確實在《星野》雜誌上發了不少作品。可惜，這個雜誌現在僅見出至第 1 卷第 4 期，餘則不詳。

關於魯迅的幾篇研究資料（節錄）〔註2〕

1935 年 2 月 15 日，葉靈鳳主編的《文藝畫報》第 1 卷第 3 期發表了高明的《尼采及其他》。其中說到：

> 記得在日本時，讀了魯迅先生的《野草》，我曾在給他的一封信中，對那書做了極不滿意的批評；後來魯迅先生來信說：「你說不懂那書好處何在；但是我想你若是回到國內，過了幾年之後，你一定也會寫出那樣的東西來的。」〔註3〕（原函已散失，大意如此）魯迅先生的這句話並沒有一定指什麼而言；但是大體上，也許可以解作「一個人處在中國的環境中會漸漸變成灰色」吧？

〔註2〕本文此前未公開發表。這裡只節錄兩部分，並作刪改。

〔註3〕偶讀劉運峰先生編《魯迅佚文全集》（群言出版社，2001 年，第 705 頁）將此處引號內的文字作為「致高明」信處理，是不妥當的。高明說得明白，這僅是原信的「大意」而已。後來，在他編的《魯迅全集補遺》（天津人民出版社，2006 年）一書中將此信（及類似書信）刪去了。從保留史料的角度看，要重視書信的內容，為了真實、嚴謹起見，將它們刪去是應該的；但就文學遊戲來說，還重視寫信的行為本身，它是文學遊戲過程中經常發生的事情。

　　1928 年 2 月 18 日魯迅日記中記載「午後寄高明信」。這是魯迅日記中第一次和高明的書信往來。同年 3 月 5 日《語絲》第 4 卷第 10 期，高明發表《瘋婦──寫此就以安慰她》，作於「十七年一月六日，於東京追趕室」；附注中又稱：「本篇不過是我的沒出息的『處男作』。據此我的推測是：1928 年 1 月 6 日高明寫成《瘋婦》後把文稿和評《野草》的信（這是給魯迅的「見面禮」）一併寄給魯迅，2 月 18 日魯迅回信，然後在 3 月 5 日把《瘋婦》拿在《語絲》上發表了。

　　高明與魯迅的交往先善後惡。據魯迅日記，1929 年 6 月 28 日「下午得高明信」，是兩人最後一次書信來往。

　　魯迅對高明的消極看法見之於 1933 年 3 月 1 日致增田涉的信：「關於高明君，其實並不像他的名字那樣，雖曾一度寫過不少東西，但此刻幾乎都被遺忘了。我想佐藤先生的作品，倘由他翻譯，其不幸怕在我遇到井上紅梅氏之上罷。」井上紅梅曾翻譯《魯迅全集》，誤譯太多，魯迅稱之爲「實在太荒唐了」〔註4〕。

　　而高明對魯迅也很是不滿。在他和姚蘇鳳、葉靈鳳、穆時英、劉吶鷗主編的《六藝》雜誌創刊號上（1936 年 2 月 15 日）登載了魯少飛的《文壇茶話圖》，並配文字說明，其中有：「……手不離書的葉靈鳳似乎在挽留著高明，滿面怒氣的高老師，也許是看見魯迅在座，要拂袖而去吧？」兩人何以鬧到如此，真情雖不得而知，但肯定與兩人的學識和性情有關。

　　文學遊戲就是充斥著這些看來無關緊要的人情瑣事，雖然它們被後來的文學史敘述所忘記或忽略，卻是文學遊戲發生時不可或缺的事件。正是這種種離散聚合，表明了創作投資的多向性與不確定性，也表明了文學遊戲競爭與淘汰機制的殘酷性。

　　也許魯迅本人不自覺或不願意，但他在事實上深握著文壇的權威，具有巨大的資本能量。爲了迅速積累自己的象徵性資本，剛進入遊戲的小人物往

〔註4〕見魯迅 1932 年 12 月 19 日致增田涉信。「高明並不高明」幾乎可以說是對高明的共識。1933 年 6 月 5 日《青年界》第 3 卷第 4 期登載了趙景深的《高明並不高明》。此文起於趙景深看到《文藝創作講座》第 3 卷上有高明《小說做法》的續稿，「其中有一大段關於柴霍甫的話，頗多錯誤，謹代任義務校對，一一爲之修正。」1933 年 12 月 25 日《文化列車》第 5 期是「十二月號文藝刊物批判專號」，其中有署名「方向」的對《現代》雜誌的批評，首先便是批評高明的文章《關於批評》只知臭罵而無實例，「高明先生實在『並不高明』」。

往採取一些常規戰術。例如，創造社挑戰魯迅，所謂「挑戰」就是一種攫取，把魯迅集中起來的資本象徵性地謀奪過來據爲己用，暴得大名。這是一種資本積累的方式；而像高明在初出道時「攀附」魯迅是另一種方式，一種依附性積累，類似於婚姻策略。當然，婚姻策略可以有更好的形式。據魯迅日記，1933 年 4 月 22 日「晚在知味觀招諸友人夜飯」。這個飯局是「爲介紹姚克與上海文藝界人士見面。參加者有茅盾、黎烈文、郁達夫等」，這無疑爲小人物提供了進入文學遊戲的捷徑（文學資本及其他類型資本要增值需不斷地流通、轉移與交換。這種飯局、見面會、座談會等均是資本增值的內在需要所致）。

　　這種捷徑並非是不重要的。魯迅在《並非閒話》中說：「這兩三年來，無名作家何嘗沒有勝於較有名的作者的作品，只是誰也不去理會他，一任他自生自滅」，因爲沒有人提攜和鼓勵，許多人默默無聞甚至退出了遊戲；但這種捷徑也並非就是那麼重要，因爲要在文學遊戲中立足，確立自己的位置，建立自己的聲譽，最終需要自己拿出合格的、經得起檢驗的產品。如果不能，則早晚要被淘汰出局，被時間吞噬，像高明一樣。

　　《天文臺》（社長陳孝威，社址在香港）第 208 期（1938 年 11 月 17 日）載《由梁實秋扯到魯迅》，署名「微」。先記梁實秋事：

　　　　最近參政會開會，有五個擁護蔣委員長的提議並在一起表決時，有一位參政員沒有舉手，大受全場注意。次日大會，共產黨代表提出質問，這位參政員雍容起立作辯，表明自己的意向。並由汪議長代爲解釋，不舉手不是反對最高領袖，因爲擁護最高領袖是無條件的，不舉手爲的是這個議案中有陳嘉慶所提「公務員不得言和」一點也合併在一起。經過解釋以後，全場始報以掌聲。這個參政員，就是名教授梁實秋先生。

　　接著簡述了梁實秋與魯迅的筆墨官司，之後——

　　　　記者前在平主編一刊物，正值魯迅先生去世，記者央其以戰友資格，寫一紀念文字，氏未允，問其對魯迅之逝世感想，他的話是一樣：「我當年和魯迅先生所爭論的問題，我至今仍不改變原來主張，但我對於魯迅個性之堅貞倔強，不勝心折！」魯迅罵過他，據他說並不□魯迅，而且許多地方都能原諒。記者請他把這個意思發表出來。但他回答：「這個自然在我也喜歡做出——但想起魯迅先生

的性格，我卻有點彷徨起來。魯迅先生是不喜歡人家原諒他的。我跟他吵了半生，在他老人家靜靜地躺著，我那能又再去氣他一頓呢？」「倔強愛倔強，惺惺惜惺惺」，從這短短的兩句話裏，眞是表露無遺了！

1941 年，梁實秋發表《魯迅與我》，說：「『七七』事變前不甚久，魯迅先生逝世。在北平報紙尚未刊布這消息之前，一個新聞記者來訪問我，問我的感想。我不願發表感想。」那麼，這個「微」應該就是當時採訪他的人吧。據微文，梁實秋在「許多地方都能原諒」魯迅，但他不肯把這意思落實爲文字，理由是魯迅不喜歡人家原諒。而一旦形成文字，梁實秋似乎非弄得有刺不可。

朱壽桐先生以爲魯迅「刀筆吏」作風固然刻薄，但能自始至終，而梁實秋以西式紳士自詡，「恰恰在寬容別人和善待對手這個問題上，他表現得最爲差勁，嘴上一套行動上又截然是另外一套」〔註5〕。對魯迅與梁實秋的形象定性似乎走進了二元對立的泥潭：要麼是魯迅正確，梁實秋錯誤；要麼是魯迅進步，梁實秋反動；要麼魯迅是個尖酸的刀筆吏，梁實秋是個溫文爾雅的君子紳士；要麼魯迅「吾道一以貫之」至死不寬恕，梁實秋卻是個表裏不一的險惡宵小。爲此，朱壽桐例舉了梁實秋的一些文字（恕不引用），這些表述並不完全一致，但都是圍繞一點即魯迅和共產黨、共產主義有關係而組織起來的。把政治暗示施諸於文藝批評，魯迅認爲這比起劊子手來「更加下賤」，但他又說：「但倘說梁先生意在要得『恩惠』或『金鎊』，是冤枉的，決沒有這回事，不過是想藉此助一臂之力，以濟其『文藝批評』之窮罷了」〔註6〕。看來，魯迅倒是君子之腹，並不覺得梁實秋如何惡毒。也就是說，梁實秋並不是「嘴上一套行動上又截然是另外一套」（朱壽桐先生如何區分「嘴上」和「行動上」呢？難道「嘴上」只是口頭說說，而「行動上」指的是寫文章闡述觀點？），他說魯迅如何如何（包括魯迅說他如何如何）其實都是「嘴上」的、文字上的，而不是「行動上」的（這裡指向當局揭發告密）。

〔註5〕 朱壽桐：《面對新人文主義：魯迅與梁實秋的意氣之爭》，《魯迅研究月刊》2008年第 11 期。我認爲，凡論戰，幾乎都不可避免地要摻進當事人的一時意氣，這並非壞事，而是表明了參與者對自身利益的重視與期許。「一時意氣」並非構成了教訓，而是讓我們思考：如何認識人及其每一個短暫的瞬間？歷史是如何構成的？

〔註6〕 見《「喪家的」「資本家的乏走狗」》，《魯迅全集》第 4 卷，人民文學出版社，2005 年，第 252～253 頁。

　　據微文，梁實秋在「嘴上」能原諒魯迅，形成文字卻又處處「帶刺」。他有他的理由，便是魯迅不接受怨敵的寬恕。這是不是一個可以接受的理由呢？我想是，至少這是表面上尊重魯迅的意願。但這樣一來，和許多人一樣，梁實秋並未打算、事實也沒有真正瞭解魯迅為什麼不寬恕。

　　魯迅在《死》一文中是這樣說的：「歐洲人臨死時，往往有一種儀式，是請別人寬恕，自己也寬恕了別人。我的怨敵可謂多矣，倘有新式的人問起我來，怎麼回答呢？我想了一想，決定的是：讓他們怨恨去，我也一個都不寬恕」。我是這樣看待這段敘述的：歐洲人臨死時的寬恕是一種儀式。請別人寬恕，一般會有兩種結果：一種是遭拒絕；一種是被接受。在儀式中，即便對方不想寬恕，為了完成儀式，他也得暫時施與（其中不乏對這臨死的人施捨憐憫），從而獲得臨死之人的寬恕。這是一種互惠互利的和解行為，但這種和解只是儀式性的、象徵性的而非實質性的〔註7〕。單純說「魯迅不寬恕」是一種誤解，魯迅的意思是：我不請論敵寬恕，也不給論敵寬恕；他拒絕給出「請」的前提和條件，主動選擇承擔怨恨與本來面目的歷史。它表達的是魯迅承擔過去、正視歷史、對歷史負責的態度。

　　並且，西方所謂「寬恕」是跟基督教「罪」的觀念聯繫在一起的，而根據魯迅的敘述，他不是在談「罪」的問題，而是他與論敵論戰過程中顯現出來的象徵性利益衝突（即，魯迅與梁實秋並非西方文化意義上的罪與罰的關係，而是嘴上、文字上、觀念上、符號上有分歧的論爭關係）。梁實秋說他與魯迅論戰的主張至今未變，魯迅的主張亦不變，那麼魯迅要請梁實秋寬恕有什麼意義呢？在臨死之前，魯迅不想通過儀式性的寬恕抹掉過去，忘掉歷史，混淆是非。我們應該從文學遊戲的視角看待魯迅、梁實秋之爭以及文學史其他論爭，便不存在寬恕的問題，因為每個參與者都重視和維護自己獨特的象徵性利益。寬恕論敵，往往意味著把自己的獨特性給擦掉了。魯迅不寬恕，是不想通過象徵性的和解來為過去和歷史劃上一個「圓滿」的句號（這讓我想起了阿Q的畫押簽名，但在押赴刑場的那一刻，阿Q又突然發現了追隨他的狼的眼睛），改變他參與的文學遊戲的面目。

〔註 7〕請聯繫魯迅《題三義塔》思考。詩作尾聯曰：「度盡劫波兄弟在，相逢一笑泯恩仇。」看來，魯迅並非不寬恕，而是他的寬恕並非是臨死前一場短暫儀式，須共同經歷一場毀滅又新生的時間漫長的劫難，有此共同的親身體驗，寬恕發自內心只須意會無須言傳（此種情境類似於《莊子・大宗師》所云：「三人相視而笑，莫逆於心，遂相與為友」）。

跋

魏　建

　　2010 年 6 月下旬，山東師範大學研究生畢業典禮的頭一天。那天上午，我本來正在忙別的，忽然心中一動，背起照相機來到學校圖書館的特藏部。不出我之所料，管冠生果然還在這裡！明天就要離校了，今天的應屆畢業生，或整理行裝，或與心上人約會，或與哥兒們約酒，或在校園裏的「跳蚤市場」賣東西，或無所事事……只有管冠生，還像他五年來週一至週五的每一個上午，在圖書館特藏部閱讀舊期刊。

　　走到跟前，他才看到我，楞了一下，問候了幾句，又低頭讀起來。我問他：你知道我來幹什麼嗎？他搖了搖頭，憨笑中透著不解。我說：我來給你拍照。這時，他臉上的笑容不見了，眼神裏滿是疑惑。我說：這裡是你在山師待的時間最長的地方。你的教室換過，你的宿舍換過……只有這個地方你沒換過，你不應該在這個地方拍照留念嗎？特藏部的老師聽了我的話，感慨更多，說了管冠生的很多事：他一早就來，工作人員遲到了，他準在門口等著；工作人員要下班了，不喊他他不走；這五年，特藏部的老師換了好幾個，管冠生比許多工作人員還瞭解特藏部的業務……

　　2005 年春天，我給管冠生所在年級的碩士研究生講課時，講到學界對《新青年》雜誌的誤讀：中國革命史、中國現代文學史、中國現代思想史、中國現代教育史等相關領域的教科書、研究著作和論文，無不大談《新青年》，卻很少有人認真閱讀《新青年》原刊，以至於學界對這個雜誌的某些「定論」並不正確……我特別強調，你們去圖書館特藏部讀上幾期《新青年》就知道了。管冠生按我說的，走進了特藏部，幾天後發給我一個很長的郵件——《新青年》讀後感。從此，在我校圖書館特藏部的工作日，他每天上午都泡在這

裡，閱讀晚清和民國時期的期刊、報紙。碩士畢業後，他考取了我指導的博士研究生，依然保持這個習慣。沒人要求他這樣做，更沒有人逼迫他這樣做，但他幾乎每天都這樣做。多麼單調、枯燥！漫無目標地閱讀著與自己生活毫無關聯的內容，還都是繁體的、好多是豎排的、因年代久遠而模糊不清的文字。他就這樣日復一日地重複著，一年、兩年、三年、四年、五年，直到他不得不離開的最後一天。對此，他的同學佩服者有之，嘲笑者有之，不解者有之，理解者亦有之，而理解者無非認爲他是一個書呆子。

管冠生博士論文選題範圍原是我給他選的。他原先提交的幾個題目都太「虛」。我認爲，對於既能思辨又長於實證的管冠生來說，應該選做一個更「實」的題目。幾經討論，我建議他研究 1933 年的中國文學。此前，在黃仁宇《萬曆十五年》的啓發下，大陸的中國現當代文學研究領域已經出現了一些這類學術著作。影響較大的是謝冕主編的《百年中國文學總系》，包含如下分冊：《1898：百年憂患》《1921：誰主沉浮》《1928：革命文學》《1942：走向民間》《1948：天地玄黃》《1956：百花時代》《1962：夾縫中的生存》《1978：激情歲月》《1985：延伸與轉折》《1993：世紀末的喧嘩》等。這些年份固然重要，但都是文學思潮的關鍵年，對中國現代文學創作的關鍵年份缺乏專門研究。我選擇 1933 年，因爲這是中國現代文學史上特別輝煌的創作年。

1933 年是魯迅雜文的高峰之年，創作篇數最多，名篇最多。此前，魯迅多是好幾年的雜文編成一個集子，少數是一年編一集，只有 1933 年作的雜文編了三集：《僞自由書》《準風月談》和《南腔北調集》。再加上後來收入《集外集》《集外集拾遺》《集外集拾遺補編》的，不算附錄，1933 年魯迅創作雜文 160 多篇，其中《爲了忘卻的紀念》《二丑藝術》《小品文的危機》《中國人的生命圈》等膾炙人口的名作有 20 多篇。不獨魯迅，許多「五四」老作家在這一年掀起了新的創作高潮，如林語堂、朱自清等。「五四」後出場的新作家在這一年大放光彩，或奉獻出成熟之作，如老舍的《離婚》、張恨水的《金粉世家》、沈從文的《月下小景》、施蟄存的《梅雨之夕》（小說集）等；或代表作問世，如曹禺的《雷雨》、艾青的《大堰河我的保姆》、臧克家的《烙印》（詩集）、戴望舒的《望舒草》（詩集）、葉紫的《豐收》等；這一年當時被稱爲「《子夜》《山雨》年」；1933 年還可以稱爲「巴金散文年」……綜上，1933 年中國文學的創作盛況是空前的。我希望管冠生的博士論文能揭開這盛況背後的秘密。

　　然而，管冠生讓我失望了。雖然接受了這個選題範圍，但他論文的進展卻顛覆了我的學術預設。我關注的是文學創作，他關注的是文學遊戲；我關注的是文壇主流，他關注的是文壇邊緣；我關注的是已知文學現象背後的秘密，他關注的是未知文學現象的考古發掘；我關注的是文學創作的意義實現，他關注的是文學創作的利益驅動；我關注的是文壇上的那些必然，他關注的是文壇上的那些偶然；我關注的是作家們的精神世界，他關注的是作家們的日常生活；我想讓他給讀者一個超越前人的答案，他想給讀者提供繼續思考的起點。總之，我關注的都是人們已經關注的東西，他關注的都是前人忽略的東西。他的論文全盤否定了我的設計，我卻被否定得那麼快活，每一次失望都帶給我驚喜和更大的希望！

　　管冠生論文答辯那天，答辯專家對他的論文評價很高，大都在我的預料之中。只有山東大學孔範今教授的一席話，我沒想到。孔範今教授對學位論文評價向來嚴苛。許多學位申請人對他既懼怕又感激。感激，是他的批評能指出論文的癥結所在；懼怕，是他的批評不留任何情面。那天，孔範今教授對管冠生論文的評議是這樣開頭的：評價博士論文的標準是什麼？新觀點，新材料，新方法。三者有其一可以授予學位，有其二可以申請優秀論文，三者皆有，極罕見，這一篇就是。這是多麼高的評價啊！我聽了非常欣慰，但管冠生卻不在意，只在意孔範今先生給他提出的問題。

　　管冠生就是這樣一個典型的書呆子。他不會找工作。有人給他介紹了一個最 low 的高校，他竟然以為很理想。當這個學校的領導讓他提要求時，他沒有提報酬、待遇等一般人最關心的物質條件，只提了一條任何人都不會提的要求：每月到山師圖書館看一次書。那位領導很高興地答應了他，他很高興地告訴了我，我差點沒攔住他。他也想發財，但發了財不是吃喝玩樂，而是「到國家圖書館附近買套房子住下來」（管冠生博士論文《後記》）。

　　正是這種書呆子氣，使得管冠生找工作屢屢受挫，他還不明就裏。無奈，我只好幫他介紹了他現在的工作單位。去年我到他單位去，他的領導和同事都說他很好，唯一不滿的就是不合群，同事們聚餐他絕不參加。果然，該單位領導請我吃飯，讓他作陪又被他拒絕了。我心中竊喜：看來他的書呆子脾氣改不了了。

　　「書呆子」一詞，原本沒有褒義，有時偏貶義，如《現代漢語詞典》：「不懂得聯繫實際只知道啃書本的人」；有時偏中性，如「百度百科」：「指只知讀

書而缺乏實際知識的人或沉溺於書籍而不通人情事故的人」。在不同的領域「書呆子」的含義也不一樣，在官場和商場肯定是貶義詞，在學界不同的人那裡有的是貶義，有的是中性，近年來越來越多的學人把它作爲褒義詞，因爲當下中國太缺少書呆子，太需要眞正的書呆子了。如果中國沒有這樣的書呆子，中國的人文學術就眞的沒有希望了！不光中國如此。比爾．蓋茨夫婦在斯坦福大學 2014 屆畢業典禮上發表演講，其中比爾．蓋茨夫人梅琳達・蓋茨說道：「當下，一些人用書呆子這樣詞語稱呼你們，而我們聽說你們正爲這個稱呼而倍感驕傲。」可見，在美國的頂級大學，在美國頂級人物那裡，「書呆子」已是讚賞的稱謂了。其實，在當代中國的那段「科學的春天」，絕大多數中國人對陳景潤式的書呆子都是頂禮膜拜的。只是進入市場經濟之後，中國人越發服膺有錢人和有權人，「書呆子」才逐漸退化爲官員、商人、甚至學人嘲笑的對象。

　　什麼時候，中國人口中的「書呆子」也變成比爾．蓋茨夫婦式的褒義詞呢？

魏建

2018 年 3 月 25 日夜草成